CONTENTS

KEYWORD

웨르낭트 제국

황제 펠릭스 3세가 다스리는 제국주의 국가. 수도는 에트라이. 화폐 단위는 필. 수십 년 전에 발리언트 제9계 '은린의 코퀴토스'에 의해 멸망한 세 나라를 흡수하는 형태로 판도를 확대했다. 하지만 최근에는 황실의 권위는 쇠퇴하고 경제 성장도 정체. 이웃 나라 로다니아 공화국과의 관계도 안 좋아지고 국내에는 정치적 불안이 그림자를 드리우고 있다.

비공정

마공 문명 최대의 발명품. 비스트 재료로 만든 특수한 비행 기관을 가진 하늘을 나는 대형선. 비공정 소유를 허가받은 자는 왕후 귀족과 레갈리아뿐. 비행 능력을 가진 고위 비스트가 비행 기관의 동력원이 되는데 에너지화에는 큰 비용이 들어서 어쨌든 보통 시커는 다룰 수 없다.

성도십자가 교회

제국민 대부분이 믿는 웨르낭트 제국 최대의 종교 단체. 시커 중에도 신자가 많으며, 그중에는 교황 직속 전투 집단 '겨우살이'의 구성원도 존재한다. 그들의 임무는 파견국에 무력을 과시해서 교회의 권위를 널리 펼치는 것이다.

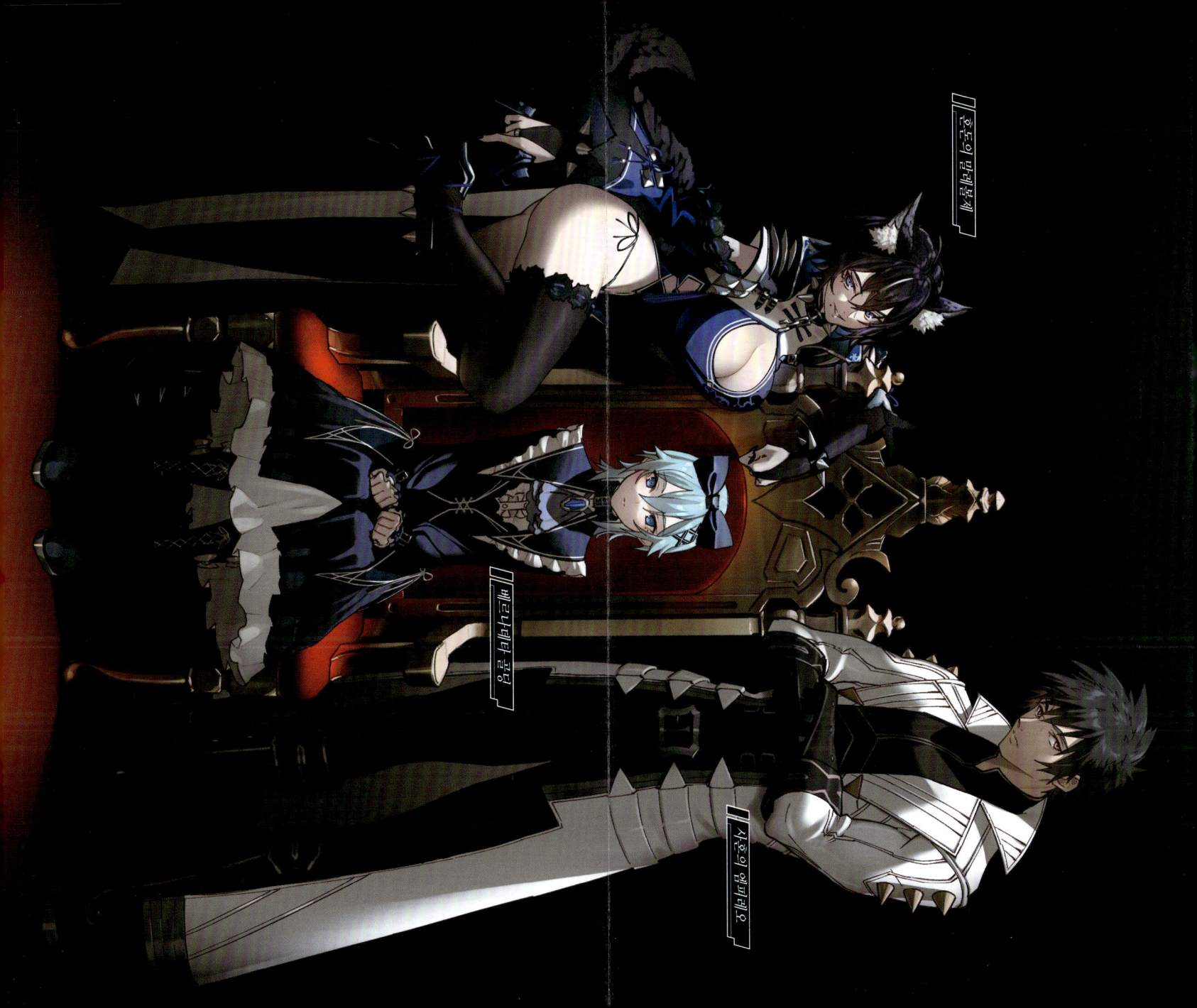

THE MOST NOTORIOUS "TALKER"
RUN THE WORLD'S GREATEST CLAN

《백귀야행》

레갈리아의 3등성. 멤버의 실력은 좋지만,
리오우의 공적으로 그 자리를 유지하고 있다.

《패룡대》

레갈리아의 1등성. 제국 최강의 클랜.

리오우 에딘

무신

백귀야행의 마스터. EX랭크
중 한 명이며 제도 최강의
시커라는 평을 받는다.

지크 판스타인

검성

패룡대의 서브마스터.
수도에 세 명밖에 없는
EX랭크 중 한 명.

스미카 클레에

검호

백귀야행의 서브마스터.
가루라라고 불리는 희소한 조인족 생존자.

빅토르 크라우저

???

패룡대의 마스터.
EX랭크 중 한 명이며 '비기닝 원'이라는 이명을 지니고 있다.

《태청동》

레갈리아의 2등성.
다른 나라 출신자가 많은 클랜.

샤론 발렌타인

거너

패룡대의 넘버3. 제자인 지크를 단련시킨 실력자.

와이즈맨

???

태청동의 마스터. 동부 대륙 '코우' 출신의 이방인.

《고트 디너》

레갈리아의 3등성.
제도에서 암약하는 이계 교단을 조사하고 있다.

《칸》

레갈리아의 2등성.
우수한 혈연자만으로 구성된 클랜.

도리 가드너

어드벤처

고트 디너의 마스터. 이전에 노엘에게 요한 암살을 제안했다.

메이스 칸

???

칸의 마스터. 표표한 분위기를 풍기는 무인.

《발리언트》

심도 13에 속한 사상 최강의 비스트.
목적은 인류를 멸하는 것이다.

《검란무섬》

레갈리아의 3등성. 소속 시커 대부분이 【검사】.

아서 맥베인

브레이버

검란무섬의 마스터. 맥베인류 검투술의 현 당주.

제8계
혼돈의 말레볼제

섭리를 벗어난 방법으로
제도에 현계. 시커들끼리
싸우다가 공멸하게 만들기
위해 암약한다.

《골딩가》

노엘에게 자금 원조 명목으로 적극적으로
혼담을 제의한다.

제9계
사혼의 엠피레오

수십 년 전에 토벌당한
은린의 코퀴토스 대신
'발리언트'의 자리에 오른다.

베르나데타 골딩

???

제도에서도 유명한 대상인
골딩가의 외동딸. 노엘의
맞선 상대가 된다.

《와일드 템페스트》

화제가 끊이지 않는 신예 클랜.
창설된 지 얼마 안 됐지만, 레갈리아에 가장 가까운 클랜으로 평가받는다.

아르마 이우 디칼레 〈스카우트〉

전설의 어쌔신의 피를 이어받은 자.
희귀한 전투 센스를 지녔다.

코우가 츠키시마 〈도검사〉

극동 출신의 전 검투 노예.
검술이 뛰어나며 전위를 맡는다.

노엘 슈톨렌 〈화술사〉

와일드 템페스트의 클랜 마스터. 할아버지의
유지를 이어받아 최강의 시커를 목표로 한다.

레온 프레데릭 〈나이트〉

전 천익기사단의 리더.
와일드 템페스트의 서브마스터를 맡고 있다.

휴고 코페리우스 〈인형술사〉

전 사형수였던 A랭크 시커.
노엘에게 스카우트 된다.

《미라지 트라이어드》

라이트닝 바이트, 권왕회, 홍련맹화가 합병한 클랜.

울프 레만 〈글래디에이터〉

미라지 트라이어드의 마스터.
노엘의 친구이자 좋은 라이벌

리샤 메르세데스 〈호크아이〉

장명종인 엘프.
이래저래 노엘을 챙겨준다.

브라카프 로즈군드 〈소환사〉

전 천익기사단 멤버. 몸집이 큰 늑대 수인
남자이며 성격은 무뚝뚝하다.

《폭력단》

뒷세계에서 수도를 관리하는 비합법 조직.

《시커 길드》

모든 시커와 클랜을 관리하는 조직.

피노키오 발지니 〈퍼니셔〉

발지니 패밀리의 두목.
노엘의 좋은 비즈니스 파트너.

해롤드 젠킨스 〈거너〉

시커 길드의 감찰관.
와일드 템페스트를 담당한다.

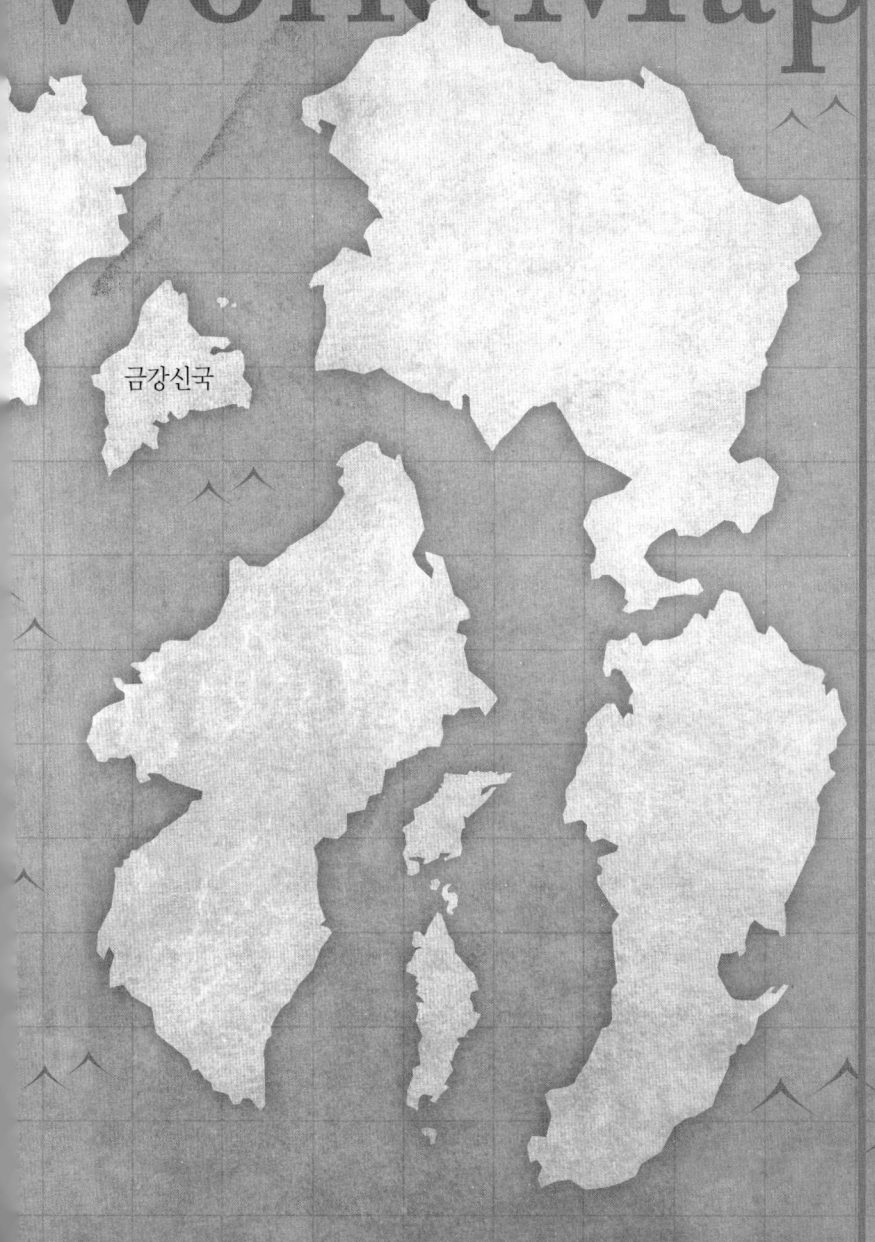

World Map

금강신국

웨르낭트 제국에는 일곱 개의 수호성이 찬연히 빛나고 있다.

전 세계를 둘러봐도 우수한 시커가 모이는 웨르낭트 제국 안에서도 더더욱 뛰어난 시커 조직, 즉 클랜에 부여되는 칭호—— '레갈리아'.

황제에게 직접 부여받는 칭호는 단순한 장식이 아니라 운영비용 일부 면세, 왕과 제후, 귀족 외에는 소유가 금지된 비공정 소지, 그리고 시커 길드가 관리하는 일반인 출입금지 구역 출입도 허가받게 된다.

따라서 제국의 시커에게 있어서 레갈리아는 가장 권위 있는 칭호다. 그 자리는 말 그대로 딱 일곱 개. 아래부터 3등성의 자리가 네 개, 2등성의 자리가 두 개, 1등성의 자리가 한 개.

3등성—— '검란무섭', '고트 디너', '백귀야행'. '로렐라이'. 2등성—— '칸'과 '태청동'. 그리고 1등성—— '패룡대'.

이들 일곱 개의 클랜이 현재 레갈리아의 자리를 차지하고 있다.

——아니, 차지하고 있었다.

3등성 중 하나인 '로렐라이'는 내가 이끄는 '와일드 템페스트'에 패배하여 마스터와 서브마스터를 모두 잃은 결과, 클랜 자체가 해체되었다. 따라서 3등성 한 자리가 비어있는 상태이다.

하지만 공석으로 남아있는 기간은 짧았다. 발리언트 현계가 다가오고 있는 지금, 제국의 수호성이기도 한 레갈리아의 부재는 중대한 사태다. 그래서 제국은 새로운 수호성을 찾았다. 그리고 그 자리에 어울리는 클랜은 단 하나밖에 없다.

전부 내가 원하는 대로———.

제도 에트라이, 중앙특별구, 황제의 거성.

제국의 지배자인 황제와 그 일족들이 거처하는 장엄한 대궁전이자 성채는 광대한 제도 안에서도 유달리 시선을 끄는 거대한 건축물이다.

정면 현관으로 이어지는 오목한 형태의 정면부는 좌우대칭으로 가로로 넓으며 500m에 이른다. 시가지로 튀어나와 있는 좌우의 건물의 형태는 마치 거인이 양손을 뻗고 있는 듯했다. 그리고 궁전 주위에는 계절에 맞는 꽃이 가지런히 피는 아름다운 정원, 그리고 국사를 돌보고 황실 행사를 진행하기 위한 시설이 있다.

내가 지금 있는 백악 예배당도 그중 하나다. 황족의 혼례 무도회장으로 이용되기도 하는 예배당은 널찍하고 천장까지 훤히 뚫린 2층 복층 구조이며 천장에는 장대한 천계의 광경을 그린 장식화가 그려져 있었다. 그리고 정면 가장 안쪽에는 황금 제단과 파이프 오르간이 자리 잡고 있다.

실로 호들갑스럽기 짝이 없는 공간이다. 평소라면 어깨가 뻐근해지는 곳이지만 오늘만큼은 기분이 나쁘지 않았다.

"저게 '뱀'인가……."

참석자 중 누군가가 나를 보고 작은 목소리로 중얼거렸다.

떠들썩했던 신년 행사가 지나가고 항간에도 일상이 돌아오기 시작한 오늘, 이곳 황실 예배당에는 쟁쟁한 사람들이 모여있었다.

황제 펠릭스 3세를 비롯한 황족들, 각계에 큰 영향력을 지닌 대귀족, 성도십자가 교회의 대사교, 그리고 레갈리아의 클랜 마스터들이다.

클랜 마스터들은 전투복 차림으로 서 있었다.

'검란무섬'의 클랜 마스터, 아서 맥베인. 어두운 빛깔의 금색과 은색의 투톤 컬러 갑주를 입고 두 자루의 롱소드를 등에 메고 있는 준엄한 인상의 남자다. 연령은 30대 중반. 암갈색 머리카락은 짧게 정리되어 있으며 날카로운 눈빛이 눈에 띄었다. 사나운 눈매로 주위를 흘겨보는 모습은 마치 사냥감을 노리는 맹금류와 같았다.

'고트 디너'의 클랜 마스터, 도리 가드너. 이전에 요한에 대항해서 함께 싸우자는 제안을 한 교활한 여자다. 20대 후반이라는 실제 연령보다 젊고 아름답게 보이는 용모를 지니고 있으며 어깻죽지에 닿는 길이로 가지런히 자른 머리카락은 피처럼 붉었다. 피부는 창백하며 입술만이 머리카락과 마찬가지로 핏빛이었다. 후드가 달린 검은 레더 드레스를 맵시 있게 입었으며 손에는 나무 지팡이를 쥐고 있었다.

'백귀야행'의 클랜 마스터, 리오우 에딘은 결석했다. 레갈리아의 클랜 마스터는 황제의 이름으로 소집되었는데 그 소집을 거절하다니, 대담한 것도 정도가 있다. 역시 소문대로의 남자인 건가.

리오우를 대신해서 서브 마스터인 여자가 서 있었다. 분명 스미카 클레에였지. 윤기가 흐르는 흑발을 허리까지 기른 늠름한 용모의 젊은 여자다. 어깨통과 허벅지가 노출된 가벼운 옷을 입고 있었다. 특징적인 것은 머리 위와 허리에 돋아나 있는 칠흑의 날개다. 조인족으로 분류되는 가루라의 특징이다. 가루라는 인간의 비율이 높은 수인인데, 다른 수인과 비교해서 전투 능력이 특출하게 높다. 그 대신 번식력이 약해 현대에는 종족 자체가 절멸 일로를 걷고 있어서 희소종으로 인지되고 있다.

'칸'의 클랜 마스터, 메이스 칸. 갈색 피부에 백발을 가진 몸집이 큰 남자다. 이미 50세를 맞았는데 그 거구는 중후한 근육으로 덮여있었다. 큰 바위 같은 얼굴에는 큰 흉터가 나 있었고, 거친 가죽 갑옷을 입고 있어서 인간이지만 야수의 느낌이 강했다. 하지만 어딘지 표표한 분위기도 있었고, 실제로 훌륭한 수염 사이로 엿보이는 입가에는 개구쟁이의 웃음과 비슷한 미소가 있었다. 사람을 간단히 압살할 수 있는 거대한 전투용 망치를 어깨에 얹고 있는 한편으로는 당장이라도 휘파람을 불 것 같은 여유로운 분위기를 자아내고 있었다.

'대청동'의 클랜 마스터, 와이즈맨. 레갈리아의 클랜 마스터 중에서는 유일한 이방인이다. 동양 출신이지만 코우가와는 다른 동부 대륙 '코우' 사람이다. 와이즈맨은 제국에서 쓰는 이름이며 본국에서는 유하오란이라는 이름을 쓴다고 한다. 키는 크지만 날씬하며 중성적인 용모를 지니고 있고 행동도 여자처럼 부드러웠다. 동양인 특유의 푸른빛이 도는 검은 머리칼을 허리까지 기르고 목덜미 부근에서 묶었다. 몸에 걸친 것은 눈부시게 아름다운 동양풍 의상—— 기모노. 냉정한 표정으로 깃털 부채를 쥐고 있었다.

'패룡대'의 클랜 마스터 빅토르 크라우저. 제도 최강의 클랜을 이끄는 금발의 대장부다. 연령은 메이스보다 더 많아 환갑이 가깝긴 하지만 육체적인 쇠퇴는 전혀 보이지 않으며 순백의 갑주를 두르고 있는데도 그 모습에서는 둔중함이 전혀 느껴지지 않았다. 안경 안쪽에서 빛나는 금색의 두 눈동자에도 힘이 있었고, 아름다운 장식이 된 칼집에 수납된 양손검을 지팡이처럼 바닥에 짚고 위풍당당하게 자세를 잡고 있었다.

리오우를 제외하고 나의 영광스러운 모습을 지켜볼 사람들이 모여 있었다. 레갈리아였던 로렐라이는 해산하고 그 대신 새로운 레갈리아로 선정된 것이 와일드 템페스트다.

아직 클랜을 창설한 지 얼마 안 되었고 재적 멤버 수도 적지만, 와일드 템페스트는 이미 많은 공적을 세웠으며, 다른 대형 클랜의 추종을 불허할 정도의 성장을 이루어냈다. 실력, 재력, 그리고 지명도, 어느 것을 들어도 레갈리아에 걸맞은 클랜이다.

"노엘 슈톨렌. 앞으로."

진행자인 대사교가 과장된 목소리로 내 이름을 불렀다. 신전을 연상케 하는 황실 예배당 안에서 와일드 템페스트를 새로운 레갈리아로 인정하는 서임식이 시작되었다.

난 제단 앞에 선 황제 펠릭스 3세에게 다가갔다. 빨간 망토를 두른 쥐스토코르 차림의 초로의 남자는 어딘지 피곤한 눈으로 날 보고 있었다. 금화의 표면에 그려진 초상화 그대로의 얼굴이다. 젊었을 때는 미남이었을 것이다. 얼굴이 갸름하고 이목구비가 또렷하지만 오랜 공무와 정신적인 피로 때문인지 실제 나이 이상으로 늙었다는 인상을 받았다. 실제로 얼굴에 새겨진 주름은 깊었고, 머리카락과 콧수염에는 하얀 털이 섞여 있었다.

이 정도밖에 안 되는가. ──난 마음속으로 악담했다.

황제와 직접 만나는 건 오늘이 처음이다. 제국을 지배하는 듀폴조의 정상과의 알현에 약간이나마 기대했던 사람으로서는 솔직히 낙담할 수밖에 없었다.

펠릭스 3세는 유능한 황제가 아니다. 눈에 띄는 실적도 없을 뿐만 아니라 경제적인 실패를 하기도 했다. 하지만 역대 황세를 되돌아보면 절대 무능하지 않다. 적어도 완전한 재정 파탄이나 역병의 만연 등을 막고 제국이라는 큰 배를 침몰시키지 않고 전진시키고 있었다. 그래서 똑같이 사람을── 조직을 거느린 자로서 일종의 공감과 경의를 품고 있었는데, 내가 잘못 짚은 모양이다.

이 남자는 혼이 다 빠진 사람이다. 패기가 전혀 느껴지지 않는다. 모든 공무를 측근에게 맡기고 있을 것이다. 즉, 황제라는 권위에 의해서만 살아있을 뿐인 인형── 아니, 가축이다.

이런 남자에게 무릎을 꿇어야만 하는 건가. 나는 내심 한숨을 쉬면서 황제 앞에서 무릎을 꿇었다. 자신의 서임식에서 싫다고 떼를 쓸 수도 없는 노릇이다. 굴욕적이지 않다고 한다면 거짓말이 되겠지만 이 정도라면 허용 범위다. 어차피 단순한 의식이다.

"그대, 노엘 슈톨렌. 제국의 새로운 수호성이여."

황제가 쉰 목소리로 고하자 옆에 서 있던 대사교가 세례용 세검을 황제에게 건네줬다. 검을 받은 황제는 그 검을 내 어깨 위에 번갈아 놓으면서 계속해서 말했다.

"그 빛은 약자를 인도하는 빛이다. 힘을 탐닉하지 아니하고, 정도를 벗어나지 아니하고, 평생 영원히 선을 행하고 악을 배제할 것을 이 자리에서 맹세하라."

서약을 요구받아 난 무릎 꿇은 채로 고개를 끄덕였다.

"저의 조상, 저의 영혼에 맹세합니다. 위대하신 황제 폐하. 그리고 위대하신 창조신 에메스."

내 맹세에 황제는 낮게 신음했다.

"지금 서약이 이루어졌다. 지금부터 그대가 이끄는 클랜 와일드 템페스트를 레갈리아의 3등성으로 임명한다. 레갈리아란 말 그대로 제국의 국보. 그 빛은 제국을 널리 비추는 빛이다. 서약을 잊지 말고 자신의 길을 나아가도록."

요컨대 자신의 처지를 잊지 말라는 이야기다. 내가 다시 고개를 끄덕이자 황제는 내 어깨에서 검을 떼고 대사교에게 돌려줬다.

"얼굴을 들라. 일어서는 것을 허하겠다."

나는 황제의 말에 따라 일어섰다. 나와 시선을 마주친 황제는 어딘가 자조하는 듯한 웃음을 지었다.

"지금 새로운 레갈리아를 이끄는 자가 된 귀공에게 포부를 듣고 싶다. 귀공이 어떻게 레갈리아의 이름을 욕되게 하지 않을 것인지 우리에게 이야기하는 것이다."

관례를 따른다면, 난 여기서 아까 한 서약에 따른 포부를 말할 필요가 있다. 즉, 신인으로서 무난한 말을 해서 서임식을 원활하게 끝내는 것이 내 역할이다. 서약의 내용을 시적으로—— 장황하게 말해야 한다. 그렇게 함으로써 서임식은 끝난다.

하지만 난 처음부터 관례를 따를 생각은 없었다.

"외람되지만 말씀드리겠습니다. ——저는 새로운 레갈리아로서 제국의 모든 클랜을 대상으로 한 투기 대회 개최를 제안합니다."

정적 속에 있던 예배당이 갑자기 술렁이기 시작했다.

"……뭐라? 투기 대회라고?"

나는 혼란스러워하는 듯한 황제에게 웃으며 고개를 끄덕였다.

"그렇습니다, 폐하. 제가 개최를 진언한 투기 대회란, 모든 국민을 고무하기 위한 큰 축제입니다. 발리언트의 현계가 가까워진 지금, 힘없는 백성들의 불안은 너무나도 큽니다. 따라서 저희 레갈리아를 비롯한 제국의 시커들이 그 실력을 국민들에게 직접 보여줌으로써 그들의 불안을 없애고 싶습니다."

내가 한 말에 모두가 경악했고, 지금 예배당 안은 폭풍 한가운데에 있었다.

"시커 투기 대회라고?! 어처구니가 없군! 백성을 고무하기 위해서라고는 해도 시커끼리 싸우면 부상만으로 끝나지 않는다! 치료 스킬로도 죽은 자를 부활시키는 것은 불가능하다! 최악의 결과가 나오면 누가 책임을 지지?!"

나에게 손가락질을 하며 소리친 사람은 참석해 있던 대귀족이자 고등국무경 중 한 명이다. 레스터 그레이엄 백작. 현 사법경이다.

──그렇다, 휴고 사건으로 얻은 내 꼭두각시다. 내가 약점을 잡고 뒤에서 조종해서 사법경의 자리에 앉을 수 있도록 준비했다.

"말씀대로입니다, 레스터 그레이엄 사법경."

난 레스터에게 시선을 옮겼다. 보통 이런 의례를 행하는 곳에서는 사법경 각하라고 부르는 것이 예의다. 경칭을 붙이지 않을 뿐만 아니라 이름을 부르는 것은 불경한 짓이다. 그걸 알면서 실행한 이유는 이곳에 있는 모두를 위축시키기 위해서다.

상대가 누구든 이의를 제기한다면 지위에 아부할 생각은 없었다. 그 점을 이해시키기 위해 일부러 레스터에게 이의를 제기하라고 전해뒀다.

레스터가 사전에 지시한 대로 입을 다물어 다른 모든 사람이 아무 말도 하지 못하게 되었다. 나에게 이의를 제기하면 공격적으로 대답해서 성가시다, 맨 처음 트집을 잡은 건 레스터이니 마지막까지 책임을 지우자는 심리가 작용하고 있다.

"물론 투기 대회에서 참가자가 재기 불능에 빠지는 건 본말전도입니다."

조금 전까지의 떠들썩함이 거짓말이었던 것처럼 참석자 모두가 조용히 내 말에 귀를 기울이고 있었다. 이렇게 되면 이제 내 독무대다.

"하지만 전 이를 해결할 수단을 찾았습니다. 자세한 사항에 대해서는 훗날 참석자 여러분께 자료를 보내 드리겠습니다. 여기서 자세한 설명을 하는 것보다 그 자료를 확인하시는 편이 확실할 겁니다. 질문이 있으면 언제든지 제게 연락해 주십시오."

약간의 소란이 일었다. 쓸데없이 이야기를 질질 끌 생각은 없다. 자세한 사항은 전부 자료로 이야기하겠다는 표면적 방침을 내세워 이야기를 생략하고 확실한 근거가 있다는 인상만을 준다. 레갈리아의 클랜 마스터 외에는 전투에 관해서는 비전문가다. 전문가도 아닌 자들에게 자세한 이야기를 한다고 해도 시간 낭비이며 쓸데없는 의심을 안겨주는 일밖에 안 된다. 확실한 자료가 있다. 무지한 자가 믿게 만드는 데는 그것만으로도 충분하다.

"투기 대회는 국민을 고무하는 것 외에도 연습 목적으로도 도움이 됩니다. 발리언트를 타도하기 위해서는 레갈리아를 비롯한 강호 클랜의 협력을 빼놓을 수 없습니다. 그래서 투기 대회에서 모의 전투를 수행해서 각자의 전투 방식을 파악해야 한다고 생각합니다."

난 더 뚜렷한 웃음을 짓고 말을 덧붙였다.

"투기 대회의 결과는 우리 중에서 누가 다가올 싸움의 총지휘관을 맡아야 할지도 밝혀주겠죠."

상황을 살피던 다른 클랜 마스터들의 눈빛이 일제히 바뀌었다. 발리언트와의 싸움에서 누가 총지휘관을 맡을지는 아직 정해지지 않았다. 레갈리아 중에서 선정되는 것은 틀림없지만 판단 재료가 부족하기 때문이다.

즉, 투기 대회는 레갈리아에게도 유용한 자리이다.

"죄송합니다만 폐하, 부디 투기 대회 개최를 허락해주셨으면 합니다."

황제는 내 간청에 당황한 채로 있었다. 하지만 측근이 다가가 귀띔하자 평정을 되찾았다.

"귀공의 바람, 잘 알았다. 기별할 때까지 기다려라."

황제의 대답을 듣고 나는 인사했다.

주위의 상황을 보고 판단하건대, 내 계획이 통과되느냐 마느냐는 반반일 것이다. 충분한 결과다. 이제 뒤에서 손을 쓰면 확실하게 개최할 수 있다.

전부 내가 바라는 대로──.

서임식이 끝난 다음은 기자회견과 축하회다. 제국의 새로운 얼굴이 되는 이상, 공적인 자리에서의 정식적인 선언과 인사는 빼놓을 수 없다. 모처럼 손에 넣은 레갈리아라는 간판이다. 최대한 이용하기 위해서라도 게으름 피우지 않고 절차를 거쳐나갈 생각이다.

하지만——.

"기다려라. 뱀—— 아니, 노엘 슈톨렌. 네놈과는 이야기해보고 싶었다."

궁전을 뒤로하려는 나를 불러서 멈춰 세우는 목소리가 들렸다.

직접 만난 적은 없지만, 눈앞에 선 아름다운 미남자가 누구인지는 금방 알았다. 용모는 황제 펠릭스 3세와 닮았지만, 그 남자와는 달리 젊음과 야심이 넘쳤다. 긴 금발은 그야말로 서러브레드의 갈기. 화려한 쥐스토코르를 차려입고 서 있기만 해도 고귀함과 위엄을 흩뿌리는 이 남자가 바로 카이우스 제2황자다.

"카이우스 전하, 뵙게 되어 영광입니다."

내가 인사하자 카이우스는 턱으로 정면 현관과는 정반대에 있는 복도를 가리켰다.

"여긴 보는 눈이 있다. 이쪽이다."

카이우스의 지시와 동시에 호위 병사들이 내 뒤를 막았다. 놓아줄 생각은 없다는 뜻인 것 같다.

이러지 않아도 도망치지 않는데.

어깨를 으쓱이고 카이우스 뒤를 따라가니 2층 정원에 접한 담

화실로 안내를 받았다. 귀족들의 모임 장소로도 쓰는 담화실은 넓었고, 벽에는 많은 명화가 장식되어 있었다. 그리고 방에는 카이우스의 집사로 보이는 초로의 남자가 서 있었다.

"앉아라."

짧게 명령을 받아 소파에 앉으니 카이우스도 맞은편 자리에 앉았다. 호위들은 주위에 선 채로 내 동향을 주시하고 있었다.

"우선은 이걸 보아라."

카이우스의 눈짓에 응하여 집사가 테이블에 두꺼운 종이 다발을 놓았다. 난 종이 다발을 들고 내용을 확인해 나갔다. 그리고 실소했다.

"전하, 이게 무엇입니까?"

"네놈이 본 그대로다. 여기에 기재되어 있는 건 전부 네놈이 내야 하는 손해배상금. 작년 말에 네놈이 저지른 소동에 대한 책임을 물어야겠다."

지면에는 무수한 목록과 숫자가 기재되어 있었고, 공통점은 나와 요한의 싸움으로 인해 생긴 손해라는 점이었다. 요한이 습격한 마을의 복구 비용, 경제적 손해, 그리고 철도 계획 지연에 따른 손실. 그 모든 배상금을 내라고 카이우스는 내게 명령하는 것이다.

"손해는 이미 해체된 로렐라이의 자금으로 충당했을 텐데요?"

카이우스는 내 지적에 웃으면서 고개를 저었다.

"아니지. 그건 국가가 값을 대신 치른 것에 불과하다. 로렐라이의 재산은 이미 나라가 접수했고, 그 소유권은 로렐라이가 아니라 국가에 있다. 애초에 이번 일로 난 손해는 전부 네놈과 요한이 초래한 것이다. 그렇다면 책임과 함께 배상금도 평등하게 발생하는 게 도리겠지. 하지만 장본인인 요한은 고인이 되었다. 따라서 배상금 지불은 전부 네놈에게 명하겠다. ——총 3,500억 필, 빠짐없이 내라."

3,500억 필. 그 막대한 금액은 딱 내가 절도 계획 관련 회사의 주식을 공매도해서 얻은 금액과 같았다. 대부분은 볼칸 중공업에 사업 지원금으로 투자했는데, 그 보상으로 연간 1%—— 약 500억 필로 추정되는 이익 배분을 얻을 수 있는 계약을 맺었다.

요컨대, 카이우스는 그 권리를 나에게서 빼앗을 생각이다. 돈이 목적이 아니다. 나에게서 경제력을 빼앗아 약체화시키고 자신의 개로 만들 속셈일 것이다.

그렇다면 내 대답은 정해져 있다.

"죄송합니다만, 그 명령에는 따를 수 없습니다."

카이우스의 눈이 갑자기 날카로워졌다.

"레갈리아의 클랜 마스터가 자신의 책임에서 도망치는 건가?"

"책임? 발단을 이야기하면——."

난 품에서 담배를 꺼내 입에 물고 불을 붙였다.

"어이쿠, 실례. 허가를 받는 걸 잊고 있었습니다. 담배, 괜찮겠습니까? 폐하."

"흥, 마음대로 해라."

"그럼 말씀하신 대로."

나는 담배를 피우면서 아까 하던 이야기를 계속했다.

"——요한의 습격은 세간에서는 정체불명의 무장집단에 의한 대규모 파괴 행위로 발표되었습니다. 하지만 실제로는 로렐라이가 범인이죠. 그리고 이를 은폐한 건 당신이죠? 카이우스 전하."

"그걸 폭로하겠다고 협박하는 건가? 그건 무의미하지. 세상이 누굴 믿을지 네놈이 모르지도 않겠지."

"어떨까요? 오랫동안 끈질기게 싸우면 제게도 승산이 있을 텐데요? 추잡한 싸움, 아주 좋습니다. 서로 끈기를 겨뤄볼까요?"

카이우스의 목적은 날 꼼짝 못 하게 해서 자신의 부하로 만드는 것. 그럴 생각이 없었다면 이렇게 직접 이야기하려고 하지는 않았을 것이다. 그러니 나와 진흙탕 싸움을 벌일 의도는 없을 것이다. 더구나 발리언트의 위협이 다가오고 있는 지금 그런 짓을 하고 있을 여유는 건 없다.

아무리 제국의 황자라고 해도 그 목적—— 동시에 무엇을 하면 가장 싫어할지를 알고 있으니 교섭의 여지는 얼마든지 있다.

카이우스는 전혀 고분고분하게 따르지 않는 나를 보고 미간에 깊은 주름을 만들었다.

"할 수 있을 것 같나?"

"할 수 있죠. 전 항상 그렇게 이겨왔습니다."

난 소파에 깊숙이 앉으면서 카이우스를 보며 입가를 일그러뜨렸다.

"이 자식, 무례한 것도 정도가 있다!"

노성을 터뜨린 건 카이우스가 아니라 집사였다. 집사의 분노에 응해서 병사들도 휴대하고 있던 무기에 손을 걸쳤다.

"레갈리아라고는 해도 단순한 평민이 전하를 대하는 태도가 그게 뭐냐?! 네놈 따위는 이 자리에서 처형할 수도 있다!"

"할 수 있으면 해보라고, 썩을 영감."

난 집사를 날카롭게 노려봤다.

"전하를 대하는 태도가 그게 뭐냐고? 그 경애해 마지않아야 할 전하를 제쳐두고 멋대로 내린 판단으로 소리를 질러대는 놈이 잘도 말하는구나. 모순됐다고, 영감. 너, 노망이 나서 자기가 전하라고 착각하고 있는 거 아니냐?"

"뭣, 이, 이이이, 이 자식!"

"네놈이 진짜 충신이라면 얌전히 입 다물고 있어. 난 지금 카이우스 전하와 이야기하고 있다고."

얼굴을 벌겋게 물들인 집사는 분노한 나머지 말을 잇지 못했다.

"이제 됐다. 뱀의 말대로다. 네놈은 끼어들지 마라."

카이우스가 한숨 섞인 목소리로 고하자 집사는 고개를 떨구듯이 머리를 숙이고 뒤로 물러났다. 병사들도 집사를 따라서 물러났다.

"……소문대로의 남자로군. 네놈에겐 공포라는 게 없나?"

카이우스의 말을 듣고 나는 큰소리로 웃었다.

"죄송합니다만 전하, 그 질문은 맞지 않습니다. 공포에 굴복하는 자는 시커를 할 수 없습니다. 저희는 스스로 의지로 공포를 지배할 수 있기에 다른 자와는 다른 힘을 얻을 수 있죠."

실제로 시커와 일반 병사를 보면 시커의 전투 능력이 더 높아지는 경향이 있다. 이는 자신의 벽을 부숴야만 직업 랭크가 올라가는 것에 기인하고 있으며, 군이라는 틀에 얽매인 병사는 그 벽을 부술 수 없기 때문이다. 따라서 국가는 시커의 독립성을 존중할 뿐만 아니라 군의 요직에는 우수한 시커를 등용하는 경우가 많다.

카이우스가 나에게 목줄을 채우려는 것도 결국 우수한 부하를 필요로 하기 때문이다. ——아마 요한의 대체재로.

"연극은 슬슬 그만하시지요. 전하, 전하께서 제게 무엇을 원하는지는 알고 있습니다. 그러니 말하고 싶습니다. 제게 목줄은 필요 없습니다."

카이우스는 호오 라고 말하며 눈을 가늘게 떴다.

"겉으로 드러나지 않은 네놈의 악행을 생각하면 목줄뿐만 아니라 족쇄도 필요하다고 생각하는데. 뭐, 그건 내 생각이다. 네놈의 의견도 들어볼까."

난 간단한 이야기입니다, 라고 말하며 이어서 말했다.

"제 목적은 단 하나. 이 세상에서 제가 가장 뛰어나다는 것을 증명하는 것입니다. 그리고 그 목적을 달성하기 위해서는 그에 걸맞은 시련—— 적의 존재를 빼놓을 수 없습니다. 곧 현계하는 발리언트는 물론이고 이웃 나라인 로다니아 공화국, 그뿐만 아니라 성도십자가 교회도 상대하는 게 즐거울 것 같습니다."

"네놈……."

내 말을 들은 카이우스는 잠깐 숨을 죽였다.

"저희의 적은 비스트만 있는 게 아닙니다. 발리언트를 무사히 타도했다고 하더라도 피폐해진 제국을 좋다고 노릴 자들이 많습니다. 전하도 분명 머리가 아프시겠죠. 하지만 안심하십시오. 제가 있는 이상, 제국을 덮치는 모든 재앙을 배제해 보이겠습니다. 왜냐하면 요한을 죽인 저야말로 '최강'이기 때문입니다."

카이우스도 요한의 진정한 힘을 알고 있었을 것이다. 그러니 내 말이 허세가 아니라 전부 진실이라는 것도 이해하고 있을 것이다.

"그걸 공공연하게 증명하기 위한 투기 대회인가?"

카이우스의 물음에 나는 고개를 끄덕였다.

"투기 대회가 개최되면 제국의 모든 사람이 제가 바로 최강이라는 걸 알게 되겠죠."

"공적인 자리에선 잔꾀를 부릴 수 없는데?"

"잔꾀는 필요 없습니다. 그때가 오면 전하도 알게 될 겁니다."

내가 단언하자 카이우스는 잠깐 시간을 두고 고개를 끄덕였다.

"좋다. 네놈의 말을 믿어주겠다. 배상금 건은 없는 걸로 하겠다. 투기 대회 개최에 대해서도 내가 다시금 폐하께 진언하겠다. 그뿐만 아니라 로렐라이로부터 접수한 비공정도 네놈에게 양도해주지."

"갑자기 기세가 좋아지셨네요. 무슨 속셈입니까?"

카이우스는 수상하게 여기는 내게 대담한 웃음을 지었다.

"네놈이 진정 국가에 도움이 되는 인재라면 이 정도는 싼 거지. 단, 알고 있겠지? 가치가 없다는 게 판명되면 가차 없이 버릴 것이다."

"당연하죠. 저도 애완견으로 사육당할 생각은 없습니다. 서로 비즈니스 파트너로서 건전한 교제를 해나갑시다."

"비즈니스 파트너, 훌륭한 관계로군."

카이우스는 나를 응시하면서 계속해서 말했다.

"한 가지 조건이 있다."

"어떤 조건일까요?"

"네놈에게 불리한 조건은 아니다. 서로 대등한 비즈니스 파트너 관계를 형성하기 위해서라도 네놈이 귀족이 돼줬으면 한다."

난 목구멍까지 차오른 경악의 목소리를 겨우 삼켰다.

"……이해가 안 되네요. 굳이 저를 귀족으로 만들지 않아도 레갈리아라는 지위로 충분할 텐데요. 무엇보다도 저희의 관계를 일반에 공개할 생각도 없을 텐데."

"지금은, 말이지. 발리언트가 현계한 후에 이 제국에 파란이 찾아오는 건 불가피한 일이다. 그렇다면 지금 귀족의 권한을 확대해두는 편이 언젠가 도움이 될지도 모른다."

카이우스는 웃는 얼굴로 이야기하고 있지만, 뭔가를 꾸미고 있다는 건 틀림없었다. 이대로 승낙하는 건 좋지 않다. 그렇다고 해도 거절하는 이유에 타당성이 없으면 카이우스도 납득하지 않을 것이다.

대체 뭘 노리고 있는 거지?

답을 찾아 머리를 굴리는 나에게 카이우스가 오른손을 내밀었다.

"서로 좋은 파트너가 되자고."

황자인 카이우스가 내민 손을 저버릴 수도 없었다. 카이우스에게도 영광을 돌려주지 않으면 오늘의 대화가 훗날의 화근으로 남을 것이다.

안 그래도 위험인물로 찍힌 상황이다. 완고하게 고집을 부리려는 모습을 보여주면 이익보다 해가 더 크다고 판단하는 재료가 될 것이다. 그렇게 되면 서로의 균형이 무너지고 카이우스는 가차 없이 날 부수려고 할 것이다.

──어쩔 수 없다.

난 카이우스의 손을 잡고 굳은 악수를 했다.

"전하, 괜찮겠습니까?"

노엘이 방에서 나간 후, 집사가 걱정하는 얼굴로 카이우스에게 물었다.

"저런 자를 신용할 뿐만 아니라 귀족의 지위를 주겠다고 약속하시다니, 아무리 전하라고 하시더라도 월권행위입니다."

하지만 정작 카이우스는 호쾌하게 웃었다.

"하하하하하핫! 그 반대다!"

"……반대, 말입니까?"

"그렇고말고. 난 놈이 이득을 보게 하려고 귀족의 지위를 준 게 아니다."

카이우스는 웃으면서 말했다.

"확실히 놈의 말대로다. 우리의 적은 비스트뿐만이 아니다. 세력 확대를 노리는 로다니아 공화국, 종교조직이면서 제국을 내부에서 지배하려고 하는 성도십자가 교회가 어둠 속에서 발톱을 갈면서 호시탐탐 눈을 번뜩이고 있다. 요한을 잃은 이상, 놈들에게 대항하기 위해서는 뱀처럼 교활하고 만만치 않은 시커의 힘이 꼭 필요하다."

카이우스는 하지만, 이라고 말하며 험악한 표정을 짓고 시선을 창밖으로 돌렸다.

"뱀은 위험하다. 놈과 손을 잡기 전에 놈의 송곳니를 부순다."

와일드 템페스트가 새로운 레갈리아로 취임했다는 소식은 축하회와 기자회견을 통해 모든 제국민에게 알려졌다. 결성된 지 아직 반년 정도밖에 안 된 클랜이 레갈리아가 된 것에 대해 비판하는 목소리가 컸지만, 그 이상으로 칭찬하는 자도 많았다. 스폰서의 수도 현재진행형으로 계속 늘고 있다. 발리언트 현계가 다가온 지금, 모두가 새로운 영웅을 원하고 있기 때문이다.

더구나 난 불멸의 악귀의 손자다. 발리언트 중 한 위인 은린의 코퀴토스를 토벌한 할아버지, 그 유일한 혈연자인 내가 거느린 클랜이 새로운 레갈리아가 되었다는 사실을 운명이라 느끼지 않는 자는 적다.

운명은 스스로 개척하는 것이라 생각하는 나조차도 보이지 않는 의지를 느낄 정도이니, 무지몽매한 일반시민은 더더욱 그럴 것이다.

나로서는 편리한 전개다. 멋대로 눈에 보이지 않는 것을 믿는 다수의 어리석은 자들만큼 다루기 쉬운 것도 없다. 내 야망을 이루는 데 도움이 될 것이다.

하지만 모든 것이 내 생각대로 되는 건 아니었다.

"그 썩을 황자, 잘도 이따위 짓을 했군."

난 클랜 하우스의 집무실에서 읽고 있던 신문을 책상 위에 내던졌다.

신문 1면에는 카이우스가 한 기자회견에 대해 적혀있었다. 레갈리아가 된 와일드 템페스트의 클랜 마스터인 나를 다시금 칭찬하고 그 위업에 보답하기 위해 나를 귀족으로 만든다고 공적인 자리에서 선언한 것이다.

거기까진 좋다. 나도 어쩔 수 없다고는 해도 승낙한 조건이다. 문제는 그 뒤에 이야기한 나도 몰랐던 나의 혈통에 대한 것이었다.

'작위를 수여함에 즈음하여 노엘 슈톨렌의 호적을 조사해보니 놀라운 사실이 판명되었다. 그의 조부, 모두가 아는 대영웅인 불멸의 악귀 브랜든 슈톨렌은 이전에 불운의 사고로 인해 목숨을 잃은 대귀족, 가스파르 드 코레토르의 사생아였다.'

경악할만한 진실이다. 난 할아버지에게 그런 말은 듣지 못했다.

'브랜든은 사생아라서 코레토르 가문의 가계도에 이름을 올리지 못했지만, 아버지인 가스파르의 호의로 호적에는 그가 친아버지로 인지했다는 사실이 기재되어 있었다. 즉, 정식적인 부자관계다. 가스파르의 고귀한 피는 아들인 브랜든에게, 그리고 브랜든의 피는 노엘에게 이어져 내려오고 있다.'

호적에 관한 이야기는 카이우스의 거짓말이다. 과거에 흥미본위로 가계도를 확인한 적이 있는데, 거기엔 가스파르라는 이름은 없었다. 할아버지는 비적출자라서 어머니—— 증조할머니의 이름만이 기재되어 있었다는 걸 기억하고 있다.

물론 할아버지가 귀족의 사생아라는 건 사실일 것이다. 나도 짚이는 데가 있다. 할아버지는 거친 성격과는 반대로 그 행동에서는 어째서인지 품위가 느껴졌다. 당시에는 크게 신경 쓰지 않았지만, 카이우스의 이야기로 미루어 추측하면 역시 할아버지는 귀족의 사생아였을 것이다.

'현재 코레토르령은 후계자가 없어 주변 영주들이 나누어 관리하고 있지만, 드디어 정식 주인을 맞이하게 될 것이다. 노엘 슈톨렌, 그자야말로 새로운 영주로 적합하다. 고귀한 피가 새로운 레갈리아가 되는 것을 제2황자로서 진심으로 환영한다.'

내가 코레토르령의 영주라고? 당시에는 어땠을지 모르겠지만, 현재는 한산한 시골이다. 그런 곳의 영주가 되어도 이익은커녕 유지 및 관리로 적자가 날 것이 뻔하다.

아니, 그런 건 큰 문제가 아니다. 애초부터 귀족으로 대우받는 것에는 기대하지 않았다. 나에게 문제가 되는 것은 카이우스가 내 신원을 공적인 자리에서 밝혔다는 것이다.

"후후후, 곤란하게 됐네."

내 옆에 서 있던 남자가 웃음 섞인 목소리로 말했다.

"역시 카이우스 전하야. 네가 가장 싫어하는 일을 훌륭하게 실행했어. 인제 와서 말해도 늦었지만, 좀 더 잘 약삭빠르게 행동해야 했어."

난 남자에게 시선을 돌렸다. 반듯한 얼굴에 은발인 남자가 빈정거리는 듯한 웃음을 띠고 날 내려다보고 있었다.

"카이우스 전하의 수작으로 넌 '민중의 영웅'에서 '귀족의 영웅'이 되었어. 평민이 활약을 인정받아 귀족이 되는 이야기는 같은 평민을 기쁘게 하는 영웅담이 되지. 하지만 처음부터 귀족이었던 자가 귀족으로 돌아가는 건 평민에게는 단순한 촌극이지."

담담하게 이야기하는 남자의 말을 듣고 나는 씁쓸한 표정을 지으면서도 고개를 끄덕였다.

"몰랐다는 말은 안 통하겠지. 카이우스의 말이 거짓말이라고 증명하려고 해도 노력한 것에 비해 기대하는 효과는 얻을 수 없을 거야. 그리고 카이우스는 날 방해하는 한편으로 약속대로 행정부가 투기 대회 개최를 인가하도록 만들었어."

연락이 온 것은 어제였다. 후일에 나와 카이우스 둘이서 기자 회견을 하기로 약속되어 있다. 그러니 이번의 카이우스의 방해를 이유로 들어 싸우는 건 나에게 득이 안 된다.

"애초에 거짓말이 아니야. 네 할아버님은 귀족의 사생아야."

"……알고 있어."

난 한숨을 쉬었다. 좋지 않은 상황이다.

"지금까지 넌 최단거리로 정점에 이르기 위해 많은 터무니없는 일을 강행해왔어. 민중은 그런 널 새로운 영웅이라며 칭찬해왔지만 네가 귀족의 핏줄이라면 이야기는 달라지지. 처음부터 귀족들이 짜놓은 판이었다고 의심하는 자가 많이 나타나겠지. 선동적으로 활동해온 만큼 그 반동은 클 거야."

"지금까지 해온 것처럼 신문사를 써서 민의를 조종하는 것도 위험하겠네. 돈과 폭력으로 놈들을 지배해왔지만, 놈들이 고분고분했던 건 내가 무서울 뿐만 아니라 같은 평민으로서 활약을 기대하는 마음이 있었기 때문이야. 하지만 내가 귀족의 혈통이라고 알려진 지금, 놈들이 내 편을 들어줄 이유는 사라져버렸어. 다시 말해서 언제 배신당할지 알 길이 없는 거지."

단 한 수로 상황은 뒤집혀버렸다. 앞으로 좋지 않은 일이 많이 발생할 것이다. 그에 대한 대처에 쫓기면서 투기 대회 준비와 발리언트와의 싸움을 준비해야만 한다. 정말이지, 굉장한 무덤을 파버렸다.

"그런 일을 당한 것 치고는 기뻐 보이네."

남자는 내 마음을 읽고 그렇게 말했다.

"기뻐 보인다고? 바보 같은 소리 하지 마."

"아니. 넌 기쁜 거야. 카이우스 전하가 널 방해할 수 있는 남자라는 걸 안 것이. 너도 말했잖아. 너는 널 만족시켜줄 적을 바라고 있어."

"카이우스의 교활함은 인정하지만, 그놈이 내 적이 될 일은 없어. 난 놈에게 필요한 인재야. 그러니 쉽게 관리할 수 있도록 약체화를 꾀한 것에 지나지 않아."

남자는 깊은 미소를 띤 채로 고개를 젓는 나를 들여다봤다.

"넌 고독하구나. 싸우는 것으로밖에 자신의 가치를 증명하지 못해."

"그건 너도 마찬가지잖아?"

내가 대답하자 남자는 즐거운 듯이 웃음을 터뜨렸다.

"하하하하하하, 그렇고말고! 나와 넌 동류야! 그러니──."

표정을 확 바꿔서 불쌍히 여기는 눈길로 나를 바라봤다.

"난 네가 원하는 '죽을 곳'을 찾을 수 있기를 진심으로 바라고 있어."

"흣, 쓸데없는 참견이야."

작게 웃었을 때, 누가 방문을 노크했다.

"레온이야. 들어가도 될까?"

"그래, 괜찮아."

내가 허가하자 서브 마스터인 레온이 문을 열고 들어왔다. 레온은 방에 들어오자마자 의아한 표정으로 실내를 둘러봤다.

"노엘, 방에는 너 혼자였어?"

"그래. 나 외에는 아무도 없어. 이야기하는 소리도 안 들렸지?"

"어, 어어. 하지만 기척은 느꼈는데……."

작은 목소리로 말하면서 고개를 갸웃거리는 레온을 보고 나는 웃었다.

"여기가 이전에 어떤 곳이었는지 잊었어?"

내 말에 레온은 얼굴이 파랗게 질려서 몸을 뒤로 젖혔다.

"그, 그런 농담은 하지 말라고."

그리고 한숨을 쉬고 나를 똑바로 봤다.

"회의실에 다른 멤버가 모여 있어. 이제 너만 오면 돼."

"알았어. 바로 앞으로의 작전을 공유하도록 하지."

난 의자에서 일어나 레온을 따라 집무실에서 나갔다.

"──이상이 현재 상황이다."

난 회의실에 모인 멤버에게 와일드 템페스트가 놓인 상황을 단적으로 설명했다. 투기 대회 개최가 정식으로 결정되었다는 것, 그리고 카이우스의 방해. 아르마, 코우가, 레온, 휴고 네 사람은 이야기를 다 듣자 복잡한 표정을 지었다.

"카이우스 전하는 마스터에게 몹시 집착하는 것 같네."

휴고가 중지로 안경을 밀어 올리면서 말했다.

"목줄을 단단히 채웠어."

난 쓴웃음을 지으며 담배에 불을 붙였다.

"생각 이상으로 성가신 분이야."

"인기 많은 남자는 괴롭구나."

밉살스러운 미소를 지은 아르마가 옆에서 끼어들었다.

"노엘이 남자도 홀리는 마성의 미소년인 건 알고 있었지만, 귀족이었다는 건 놀라웠어. 전혀 그런 느낌이 없었어. 그야 언동이 완전히 깡패인걸."

""""그러게.""""

아르마의 말을 듣고 다른 세 사람도 수긍했다.

"너희들⋯⋯."

난 담배를 피우면서 한숨을 쉬었다.

"웃을 일이 아니야. 카이우스 때문에 상황이 좋지 않아. 이 문제를 해결하기 위해서라도 투기 대회를 반드시 성공시켜야 해."

"알고 있다니깐."

아르마는 하지만, 이라며 턱에 검지를 대면서 고개를 갸웃했다.

"노엘치고는 보기 드문 실태. ⋯⋯설마, 후유증?"

아르마의 말에 다른 세 명이 긴장한 표정을 지었다.

"아니야. 단순히 카이우스가 우수했을 뿐이야."

난 부정했지만 안심하는 사람은 없었다.

요한과 싸운 결과, 난 수명의 대부분을 잃게 되었다. 남은 수명은 길어도 10년. 물론 후회는 하지 않는다. 그 방법이 아니었으면 난 요한을 쓰러뜨리지 못했을 것이다. 요한을 쓰러뜨린 덕분에 지금이 있다. 대가는 컸지만, 그에 맞는 결과를 얻을 수 있었다. 전부 예상 범위 안이다.

"내 말이 믿기지 않나? 안심해라. A랭크가 된 지금 몸 상태는 이전보다 훨씬 나아. 그건 너희도 보면 알 수 있을 거다."

거짓말이 아니다. 실제로 몸 상태는 좋았다. 랭크업으로 인해 신체 보정이 증가해서 뇌에 가해지는 부하가 약해졌기 때문이다. 아르마, 레온, 휴고는 내 말에 고개를 끄덕였다. 하지만 코우가만이 굉장히 불쾌한 듯이 찡그린 표정을 짓고 있었다.

"코우가, 하고 싶은 말이 있으면 해봐라."

"……됐다."

코우가는 내뱉듯이 말하고 날 외면했다. 그 싸움 이후로 쭉 저런 상태다. 내가 수명을 버리면서까지 싸운 게 마음에 안 드는 모양이다. 난 다소의 짜증을 느끼면서도 코우가의 태도에 대해서는 언급하지 않고 이야기를 계속했다.

"어쨌든 난 걱정할 필요 없다. 중요한 건 투기 대회다. 현재, 피노키오의 감독 아래 투기장 준비도 진행되고 있다. 경비나 현장 스태프도 발지니 패밀리에서 파견될 예정이다."

"매드 피에로에게 맡겨도 괜찮은 거야?"

레온의 질문에 난 고개를 끄덕였다.

"문제없어. 애초에 발지니 패밀리가 산하에 들어가 있는 루키아노 패밀리는 처음부터 황실과 관계가 있는 폭력단이다. 인제 와서 불평을 들을 이유도 없고, 이번 일 같은 흥업은 폭력단의 본분이기도 해."

"그 점에 대해서는 이해하고 있어. 내가 걱정하는 건——."

레온은 턱을 쓰다듬으면서 근심에 잠긴 표정을 지었다.

"루키아노 패밀리 내부의 힘의 균형이야. 이번 투기 대회가 성공하면 실행위원을 맡은 피노키오에게 막대한 돈이 들어갈 뿐만 아니라 중심인물로서 패밀리 내의 지위가 더더욱 향상되겠지. 직속 두목인 그 사람 같은 경우에는 그대로 다음 회장 자리에 앉는 것도 가능할 거야. 그런 만큼 다른 직속 두목에게 방해를 받을 가능성도 있지 않을까?"

"지당한 걱정이네."

난 수긍하고 레온을 봤다.

"솔직히 말해서 그 점에 관해서는 나도 불안이 없는 건 아니야. 그 여장남자는 내 힘을 빌리지 않아도 역할을 완수할 수 있다고 큰소리쳤지만, 다른 직속 두목들의 속셈에 따라서는 어려운 상황에 놓이게 되겠지. 그건 우리에게도 바람직하지 않아."

신뢰하지 않는 건 아니다. 오히려 난 피노키오를 높이 사고 있다. 그래서 피노키오에게도 믿고 있다고 말했다.

문제는 너무 우수하다는 점이다. 우수하기에 녀석을 시기하는 정적이 많다. 레온이 걱정하듯이 투기 대회를 성공시키면 녀석의 지위는 탄탄해진다. 모든 대항마와의 거리를 벌리고 독주하는 상태가 될 것이다.

즉, 다른 정적들에게 피노키오의 독주를 저지할 기회는 지금밖에 없는 것이다.

"머지않아 루키아노 패밀리의 간부회가 열린다고 한다. 다른 직속 두목의 생각은 거기서 알 수 있다. 피노키오의 떡고물을 받아먹으려 하는가, 아니면 항쟁을 바라는가, 어느 쪽이든 답이 나올 거다. 정보상들에게도 정탐을 시켰지만, 마음속까지는 알 수 없으니까."

"항쟁을 원하는 놈들은 우리가 처리하는 건가?"

나는 레온의 말을 듣고 눈을 휘둥그레 떴다.

"네가 폭력단과 싸울 생각을 하고 있었다니, 놀랍네. 원한이라도 있나?"

"설마! 아무 원한도 없어!"

레온은 곤란한 듯이 웃으면서 부정했다.

"하지만 여기까지 와서 방해받을 수도 없잖아? 폭력단의 항쟁에 개입하는 건 싫지만, 필요하다면 손을 더럽힐 각오는 돼 있어."

"흐음, 사고방식이 상당히 바뀌었네."

난 레온을 바라보는 채로 피우던 담배를 재떨이에 비벼 껐다. 고지식하고 결벽증 성향까지 있었던 레온이 자진해서 손을 더럽히려 했다.

다만, 난 그걸 성장이라 생각하지 않았다. 지금의 레온은 합리적으로 변한 것이 아니라 로렐라이와의 싸움, 그리고 레갈리아 취임을 거쳐 완전히 흥분한 상태다. 평정을 되찾지 않으면 잘못된 방향으로 나아갈 위험성마저 있었다.

하지만 올바르지 못한 방식으로 싸워온 내가 타일러도 역효과밖에 나지 않을 것이다. 평소의 행실이 자신의 목을 조른다며 속으로 자조하는 수밖에 없었다.

"물론 항쟁에 개입하는 경우에는 너희의 힘이 필요해. 장본인인 피노키오에게도 각오하라고 독려해뒀어. 하지만 카이우스의 책략 때문에 지금은 너무 눈에 띄게 움직이고 싶지 않은 게 본심이야."

"확실히 지금까지 해왔던 것처럼 뭉개는 건 어려울 것 같네……."

"그러니 폭력으로 해결하는 건 최후의 수단이다. 다소 수고는 들겠지만, 항쟁을 피하고 교섭으로 원만하게 끝내고 싶어. 내 목적은 피노키오를 루키아노 패밀리의 차기 회장으로 취임시키는 것. 방해자를 한 번에 없앨 수 있다면 몰라도, 훗날에 원한을 남기는 폭력 행사는 바람직하지 않아. 놈이 새로운 회장이 되어도 조직의 분열을 초래하면 의미가 없으니까."

"폭력에 의존하지 않는 수단은 있어?"

"있어. 요컨대, 다른 직속 두목들이 새로운 회장을 맡을 수 있는 사람은 피노키오밖에 없다고 인정하게 만들면 돼. 그러기 위한 대본은 내 머릿속에 있어."

내가 단언하자 레온은 고개를 끄덕였다.

"알았어. 네 판단에 맡길게."

"앞으로 난 바빠질 거야. 시커 길드에서 주는 토벌 의뢰도 있지만 지휘하는 건 어려울 것 같아. 레온, 그쪽은 맡길게."

"그래, 맡겨줘."

와일드 템페스트는 레갈리아가 되어서 지금까지 이상으로 많은 토벌 의뢰를 받을 수 있게 되었다. 반면, 책임도 커져서 정해진 토벌 수를 달성하지 못하면 칭호 박탈이라는 처분이 기다리고 있다. 하지만 지난 로렐라이와의 싸움으로 아르마도 A랭크가 된 지금의 전력이라면 내가 없어도 고위 비스트를 사냥할 수 있을 것이다. 로드는 아무래도 어렵지만, 로드 현계는 빈번하지 않다.

"다시 투기 대회 이야기를 하겠다. 자세한 규칙은 사전에 나눠 준 자료에 적힌 그대로다."

난 책상 위에 있던 자료를 손가락으로 쳤다.

①참가 가능자는 제국에서 인가받은 클랜의 멤버로 한정한다. 또한 한 클랜에서 참가 가능한 인원은 최대 두 명이다.

②스킬은 두 개까지 사용할 수 있다. 사전 신청이 필요하다.

③무기 지참 가능. 단, 사람이 휴대할 수 있는 크기로 한정한다.

④투기 대회는 토너먼트식. 전투에 방해되는 심판은 없다.

⑤항복, 다운된 후에 열까지 카운트해도 일어날 수 없을 때, 행동불능, 또는 링 아웃 되면 패배한다.

⑥행동불능 상태에 빠진 대전 상대에 대한 타격은 묻지도 따지지도 않고 실격.

"기본적인 규칙은 6개. 규칙①은 타국의 공작원을 배제하는 게 목적이다. 참가에 제한을 두고 인원을 한정해서 참가자에 대한 사전 조사를 철저하게 한다. 현재 제국에서 인가받은 클랜은 레갈리아를 포함해서 72개. 즉, 최대 144명의 참가자가 모이게 된다. 투기 대회는 예선과 본선으로 나뉘고, 예선은 레갈리아 이외의 참가자가 치른다."

"전투 횟수가 많은 만큼 레갈리아 이외의 참가자가 불리해지는 것 아닌가?"

휴고의 질문을 듣고 난 고개를 저었다.

"아니, 오히려 그들 입장에서는 자신의 실력을 보여줄 기회가 늘어나는 편이 이득이야."

"어째서?"

"애초에 이번 투기 대회는 단순한 힘겨루기가 아니라 발리언트와의 싸움에 대비한 사전 연습이기도 해. 물론 전투 횟수가 늘어나면 피로가 쌓이고 다른 대전 상대에게 패를 보여주게 되겠지만, 그래도 결과를 남긴 자는 설령 패퇴했다고 하더라도 발리언트와의 싸움에서 중요한 포지션을 얻을 수 있어. 왜냐하면 전장에서 요구되는 전력은 운이 좋은 승자가 아니라 어떤 상황에서도 싸워낼 수 있는 진정한 시커이기 때문이지."

"그렇군. 이치에 맞네. 규칙②에서 사용 가능한 스킬의 수를 두 개로 제한한 것도 그런 이유 때문인가."

맞아, 라고 말하면서 나는 고개를 끄덕였다.

"한정된 스킬로 어떻게 싸우는가 하는 적응력, 그리고 상대의 스킬이 무엇인지 추측하는 관찰력을 확인하기 위한 규칙이다. 물론 경기성을 유지한다는 목적도 있다."

"경기라. 지금까지 실현하려고 한 자는 많았지만, 틀을 만들어낸 건 네가 처음이군. 이 투기 대회의 가장 중요한 요소인 '대미지를 대신 받아주는 장치', 개발하는 데 막대한 돈이 필요하지 않았나?"

"뭐 그렇지. 하지만 필요한 투자였어."

지금까지 시커 투기 대회가 개최되지 않은 건 시합 중에 입을 부상을 모두가 두려워했기 때문이다. 비스트와의 싸움이 본분인데 대인전을 치르느라 토벌 의뢰 수행에 지장이 생겨서는 안 된다. 그래서 개최까지 이르지 못했다.

이 문제를 해결한 것이 많은 금액을 투자해서 겨우 실현해낸 특수 장치—— '메가리스'다.

비스트 소재로 구성된 메가리스는 링 근처에 설치되며, 링크된 투기자의 대미지를 전부 대신 입어준다. 허용 한계는 있지만 메가리스와 링크되는 동안에는 거의 무적이다.

흡수할 수 있는 대미지의 양이 8할을 넘으면 해당 메가리스와 링크된 투기자는 움직이지 못하는 상태가 된다. 다시 말해서 행동불능 상태. 8할에서 중단되는 이유는 행동불능 상태에 빠진 뒤에 추가타를 맞아도 다치지 않기 때문이다.

만일 메가리스가 완전한 한계에 달한 경우에는 해당 메가리스와 링크된 투기자뿐만 아니라 대전 상대도 강제적으로 움직이지 못하는 상태가 된다. 이게 사실상의 레퍼리 스톱이다.

"원래는 군사 목적으로 개발된 장치다. 그걸 내가 암시장에서 사들여서 투기 대회에서 이용할 수 있도록 피노키오에게 맡겼다."

"이건 비스트와의 싸움에서도 활용할 수 없나?"

난 무리다, 라고 바로 대답했다.

"장치의 본체는 메가리스가 아니라 투기장 그 자체다. 메가리스는 쓰고 버리는 카트리지. 이 장치는 너무 거대해. 게다가 거대한 것에 비해서 효과 범위나 흡수할 수 있는 대미지의 양도 적어. 다시 말해서 이번 대회 같은 용도로 쓰는 것 말고는 쓸 길이 없는 거지."

"그렇군. 그래서 연구는 좌절되고 암시장을 통해서 네 손에 넘어간 건가."

"그런 거지. 그리고 투기 목적으로 사용하기 위해서 몇 가지 특수한 설정을 추가했다. 참가자에게 가해지는 대미지는 흡수하지만, 통증이나 충격은 그대로다. 검으로 팔을 잘리면 그에 맞는 통증, 그리고 부분적인 마비가 일어나게 돼 있다. 이는 메가리스와 링크된 한 이어진다. 장기 같은 경우에는 더 심각하지. 생명 활동에 문제가 없는 범위로 기능이 저하된다. 따라서 메가리스에 여유가 있어도 전투를 계속하는 게 어려운 경우에는 항복이 권장된다."

"독은?"

질문한 사람은 아르마였다.

"독의 영향도 재현했어. 실전처럼 체내에 주입할 수는 없지만 메가리스가 독을 감지해서 그에 맞는 기능 부전을 일으킨다."

내가 대답하자 아르마는 주먹을 쥐고 기뻐했다.

"좋았어! 그럼 내가 최강이네!"

아르마의 직업은 【스카우트】계열 A랭크 【데스】. 타의 추종을 불허하는 높은 기동력과 독을 비롯한 즉사 공격이 특기인 전투계 직업이다. 투기 대회의 성질상 적을 압도적인 속도로 농락하면서 처리할 수 있는 【데스】인 아르마는 틀림없이 최강자 중 한 명일 것이다.

하지만 난 쓴웃음을 지으면서 고개를 저었다.

"착각하지 마. 난 널 내보낼 생각 없어."

"어?! 왜?!"

"넌 전투 능력의 기복이 너무 커."

"기복이라니?!"

"목숨이 위태롭지 않으면 제 실력을 발휘하지 못한다는 말이다."

아르마가 용으로 변한 제로를 단독으로 격파한 이야기는 레온에게 들었다. 그 사투에서 승리하여 아르마는 A랭크가 되었다. 처음부터 뛰어난 재능을 가진 여자라는 건 알고 있었지만, 예상 밖의 전과였다.

하지만 그와 동시에 아르마의 약점도 드러나게 되었다.

"아르마, 넌 전투의 강도를 올리는 게 느려. 아슬아슬한 생사의 갈림길에 서야 겨우 제 실력을 발휘할 수 있지. 즉, 생사 문제가 얽히지 않는 이번 투기 대회에는 맞지 않아. 더 뛰어난 상대에겐 이길 수 없어."

"으, 으음⋯⋯."

짚이는 데가 있는지 아르마는 입술을 깨물면서 낮은 목소리로 신음했다.

"그, 그럼 레온이랑 휴고를 내보내는 거야?"

레온도 요한과의 일대일 싸움에서 훌륭하게 싸웠다. 사투를 겪고 전투 능력이 이전보다 비약적으로 향상되었다. 무엇보다 한창 싸우는 와중에 습득한 《헤븐즈 로우》는 투기 대회의 성질과도 잘 맞물리는 강력한 스킬이다. 더 뛰어난 사람을 상대로도 승률이 높다.

그리고 와일드 템페스트 최강의 전력인 휴고는 재능을 꽃피운 레온보다 훨씬 강하다. 좁은 링 위에서는 인형 병사를 옆으로 전개하지 못한다는 약점이 있지만, 풍부한 전투 경험과 높은 대응력으로 적 대부분을 압도할 수 있을 것이다.

하지만 난 아르마를 보고 고개를 저었다.

"아니, 레온과 휴고도 나가지 않아."

놀라서 눈을 크게 뜨는 동료들을 둘러보고 똑똑히 선언했다.

"투기대회에 참가하는 건 나와 코우다."

"에엑?!"

동료들이 경악하는 목소리가 회의실에 울려 퍼졌다.

"그렇게 놀랄 일인가?"

난 책상 위로 깍지를 끼며 쓴웃음을 지었다. 동료들은 완전히 당황했다.

"당연히 놀라지."

휴고는 한숨을 쉬며 고개를 저었다.

"노엘, 네가 대인전에 뛰어나다는 건 알고 있어. 투기대회의 규칙도 너에게 유리하게 작용하겠지. 하지만 그래도 【화술사】인 네가 이기는 건 어렵지 않을까?"

"뭐, 그렇지. 하지만 기획자인 내가 참가하지 않을 수 없어. 다른 레갈리아의 클랜 마스터들에게도 모범을 보이지 못하니까."

"승산은 있어? 설마 요한과 싸웠을 때랑 같은 수를 쓰는 건 아니겠지?"

난 표정을 굳히는 레온을 보고 고개를 끄덕였다.

"당연하지. 그걸 쓸 수 있는 여유는 이제 없어."

난 요한과의 싸움에서 수명을 대폭 줄이는 대신 로드의 힘을 다룰 수 있는 비약을 썼다. 마력으로 찬 체내로 어비스를 모방해서 로드의 능력만을 가져오는 구조다.

이 비약 덕분이 승리를 거둘 수 있었지만, 그 대가로 내 남은 수명은 최대 10년까지 줄었다. 급격한 존재 변화를 겪어서 내 영혼은 심하게 손상되었다.

영혼과는 별개인 정보 그 자체. 생명의 설계도다. 이 설계도에 따라 정신과 육체가 구성된다. 즉, 설계도에 문제가 생기면 정신과 육체는 급속한 열화를 피할 수 없다.

현재 난 요한과의 싸움을 거쳐 A랭크가 되었다. 그 신체 보정 효과와 의사가 마련한 약 덕분에 열화를 어떻게든 억제하고 있지만, 그것도 한계가 있다. 그 제한 시간이 10년이다.

지금 내 수명으로는 그 비약을 더는 쓸 수 없다. 쓰는 순간 몸이 붕괴한다. 애초에 그 비약을 정제할 수 있는 리가쿠는 죽었다. 내가 죽였다. 예비도 남겨두지 않았다. 그 약을 다시 이용하는 건 불가능하다.

"비약이 없어도 질 생각은 없어. 그러기 위해 선택한 새로운 직업이야."

확실히 내가 선택한 랭크업 직업은 대인 전투에 적합했다.

"【진언사】. 내 새로운 직업은 조건만 갖춰지면 최강이야."

【화술사】계열 A랭크 직업. 【진언사】. 버퍼인 것은 변함없지만 버프 스킬뿐만 아니라 특수한 디버프 스킬을 습득할 수 있다.

【화술사】에서 【전술가】로 랭크업 한 나는 원래라면 【군사】가 될 예정이었다.

【화술사】 계열 A랭크 직업 【군사】는 【전술가】의 정통 진화 직업이다. 버프 스킬의 효과량이 상승하고, 거기에 더해 효과 범위도 커진다. 비스트와의 전투를 생각하면 【군사】가 되는 게 【진언사】가 되는 것보다 더 도움이 될 것이다.

하지만 난 일부러 【진언사】를 선택했다. 이유는 단순하다. 【군사】와는 달리 【진언사】로 각성한 사람은 직업의 역사를 뒤져봐도 나 혼자밖에 없기 때문이다.

아마 일시적이라고는 해도 인간 이외의 존재로 변화한 데다가 죽음을 경험한 게 원인일 것이다. 전례가 없는 만큼 스스로 능력을 조사할 필요가 있지만, 반대로 생각하면 외부자에게 내 능력을 숨길 수 있다는 이점이 있다.

조사 협력을 의뢰한 감정사 협회에도 돈을 줘서 외부에 정보를 누설하지 않도록 입을 막아뒀다. 물론 공적 기관인 감정사 협회의 입을 언제까지고 막아둘 순 없으니 내가 죽은 뒤에 【진언사】에 대한 자세한 정보를 밝히는 조건으로 계약했다.

카이우스에게도 말했듯이 내가 싸울 상대는 비스트뿐만이 아니다. 발리언트와의 싸움이 끝나면 피폐해진 제국을 온갖 악인들이 노릴 것이다. 놈들을 배제하려면 아무래도 【진언사】의 힘이 필요했다.

"누구와 싸워도 질 것 같지 않아."

내가 단언하자 아르마는 복잡한 표정을 지었다.

"노엘이 나가는 건 알겠어. 하지만 코우가는? 이 클랜에서 제일 약골이잖아! 참가해도 더 뛰어난 상대에게 순식간에 당할 거야!"

아르마의 지적에 코우가는 눈살을 찌푸렸지만 반론하지는 않았다. 코우가는 결코 약골이 아니다. 하지만 와일드 템페스트 멤버 중에서는 유일한 B랭크다.

"코우가는 원래 검투사였어. 투기장에서의 움직임은 우리보다 더 능숙해. 그리고 동양 출신이야. 이곳과는 다른 전투 방식, 그리고 직업이【도검사】이니 격이 더 높은 상대라도 대응에 애먹을 거야. 다시 말해서 이길 가능성이 높아."

실제로 나도 고전을 면치 못했다. 최종적으로는 내가 이겼지만 코우가가 진심으로 죽일 생각을 하고 있었다면 난 진작에 죽었을 것이다.

"노엘의 생각도 이해가 되지만, 그렇다고 해서 B랭크인 채로는 이겨나갈 수 없어. 역시 코우가도 랭크업을 했으면 해. 재능을 생각하면 가능할 거야. 투기 대회는 언제부터 개최되지?"

난 질문하는 휴고에게 시선을 돌렸다.

"예선은 3주 뒤. 본선은 4주 뒤에 열릴 예정이다. 이번 주중에 나와 카이우스가 기자회견을 열고 그 자리에서 발표할 예정이다."

"즉, 유예는 한 달인가……."

휴고는 심각한 표정을 지으면서 신음했다.

"코우가 정도로 뛰어난 인재라도 아슬아슬하네."

"그래. 그러니 너도 도와줘. 비스트와의 싸움뿐만 아니라 네 인형 병사와 훈련을 거듭하면 랭크업이 가능할 거야."

"그렇긴 해도 단순한 훈련으로는 의미가 없어. 극한의 싸움을 거듭하지 않으면 새로운 가능성의 문을 열 수 없어."

"하지만 너라면 조정할 수 있잖아?"

내가 미소를 짓자 휴고는 크게 한숨을 쉬었다.

"하아, 마스터는 사람을 거칠게 다루네. 당분간 인형 작가 일은 못 하겠군."

"미안해. 특별 수당은 두둑할 거야. ──코우가, 너도 문제없지? 피를 토할 정도로 고생하겠지만 얻을 수 있는 게 커. 전력으로 도전해."

그 말을 들은 코우가는 힘차게 고개를 끄덕였다.

"알고 있다. 죽을 각오로 해볼 생각이다."

나도 의기충천한 코우가에게 고개를 끄덕였고, 불만스러운 표정을 짓고 있는 아르마에게 시선을 옮겼다.

"아르마, 너도 도와줘."

"뭐어?! 농담하는 거지?! 내가 왜?!"

"너도 약점을 극복해. 지금 이대로는 안 돼."

"그렇다고 해도 혼자 할 거야! 코우가의 샌드백이 되는 건 절대로 싫어!"

"──닥쳐라."

난 언성을 높이지 않고 조용히 아르마를 제압했다.

"이건 명령이다. 너한테 거부권은 없어. 만약 거부한다면──."

"아, 아아아아, 알았어! 나도 도울게!"

새파랗게 질린 얼굴로 거리를 벌리는 아르마를 보고 일어나려다가 다시 앉았다.

"다음은 없어. 명심해 두라고."

"……예, 예. …………화난 노엘의 얼굴, 너무 무섭잖아."

나는 꿍얼꿍얼 투덜거리는 아르마를 무시하고 담배에 불을 붙였다.

"이후의 방침은 이상이다. 난 투기 대회 개최에 전념한다. 그동안 레온이 비스트 토벌을 지휘한다. 현장에서는 레온의 명령을 절대적으로 따른다. 그 외 세 명은 의뢰 사이사이에 코우가의 랭크 업을 제1목표로 삼고 훈련을 계속해라."

동료들이 알았다며 수긍했다. 회의는 끝났다. 해산하라고 말하려고 했을 때, 레온이 생각에 잠긴 얼굴로 나를 불러 세웠다.

"잠깐만, 노엘. 투기 대회의 진짜 목적은 네가 발리언트와의 싸움에서 총지휘관 자리에 걸맞다는 걸 증명하는 거잖아? 너랑 코우가를 못 믿는 건 아니지만, 상당히 어려운 싸움이 되리라는 것도 사실이야. 그러니 만약 너희 둘 다 패퇴했을 때의 백업 플랜도 알아두고 싶어."

난 뭔가를 실행할 때 항상 복수의 계획을 준비한다. 레온도 그걸 알고 있으니 자세한 계획을 밝히기를 원할 것이다.

하지만 난 고개를 저었다.

"이번만큼은 백업 플랜이 없어. 있어도 방해만 될 뿐이야. 여러 계책을 준비한다는 것은 그만큼 자신의 흔적을 남기고 약점으로 연결되는 것이기도 하지. 완벽한 메인 플랜이 있다면 다른 건 필요 없어. 왜냐하면 내 목적은 무조건 이루어지기 때문이야. 체스에서 말하는 체크인 상태지."

"체크라고? 아직 대회가 개최되지도 않았는데?"

레온은 무슨 뜻이라고 물으며 대답을 재촉했다. 내가 대답하려고 했을 때 휴고가 먼저 입을 열었다.

"노엘, 네 진의를 알았다."

"흐음. 그 답을 들어볼까."

답변을 맡게 된 휴고는 유쾌하게 입가를 일그러뜨렸다.

"넌 질 생각이 없다고 했지. 하지만 이길 생각도 없지?"

"맞아. 그래서 그다음은?"

"내 예상이 맞는다면 네 진짜 목적은——."

휴고가 그다음으로 말한 내용은 전부 맞았다. 난 휴고에게 손뼉을 쳤고 다른 동료들은 경악해서 말을 잃었다.

"훌륭해. 완벽한 답이야."

"알고 지낸 지는 오래되지 않았지만 네 생각은 이해하고 있다고 생각하고 있거든. ——그건 그렇고 터무니없는 생각을 떠올리는군. 역시 너야말로 최강의 시커야."

휴고는 질렸다는 듯이 말하고 레온을 봤다.

"이 계획에서 가장 중요한 사람은 너야. 수정을 희망한다면 지금이 기회야."

"……아니, 그럴 필요는 없어."

레온은 굳은 미소를 띠면서 고개를 저었다.

"여전히 제정신으로 짰다고 볼 수 없는 작전이지만, 자세한 내용을 듣고 납득했어. 확실히 체크인 상태야. 거의 틀림없이 네가 총지휘관이 되겠지."

"진짜 제정신이 아니야. 머리가 돌았어."

아르마도 곤란하다는 듯이 웃었다. 간언해도 소용없다는 걸 알고 있는 얼굴이었다.

그렇다. 나에게 간언은 무의미하다. 각오는 이미 되어 있다. 다른 동료들도 나라는 남자를 이해하고 있다고 생각했다.

하지만 코우가만큼은 달랐다──.

"이 멍청이가!! 니 뭘 생각하는 거고?!"

코우가의 노성이 회의실에 울려 퍼졌다.

"니 요한이랑 싸운다고 수명을 태반이나 날려 먹고 아직도 그 따위 도박을 할 생각이가! 이번엔 진짜 죽는다고!"

떨리는 목소리로 소리친 코우가는 격노했는지 거친 호흡을 반복했다. 난 그런 코우가를 응시하면서 담배를 피웠다.

"도박이 아니야. 이건 지극히 승산이 높은 계획이야."

"근데 절대적인 건 아니다이가! 니 죽을지도 모른다고! 그런 계획은 동료로서 인정 못 한다!"

거친 말투로 말하는 코우가를 보고 나는 무심코 웃음을 터뜨리고 말았다.

"새삼스럽게 무슨 소리야. 최강의 시커를 노리는 내가 죽음을 무서워할 것 같나?"

"……알고 있다. 새삼스러운 건 내도 알고 있다. 하지만 지금이라면 아직 되돌릴 수 있는 거 아이가?! 10년이라고?! 노엘, 니는 겨우 10년 밖에 못 산다고! 그럼 목숨을 좀 더 소중히 해야 하는 거 아이가?! 최강이 돼도 못 살면은 의미가 없다이가!"

필사적으로 호소하는 코우가의 눈동자에는 눈물이 희미하게 맺혀있었다.

"내는 니를 죽일라고 동료가 된 게 아이다……."

주먹을 쥐고 고개를 숙이는 코우가. 회의실에 있는 모두가 아무 말도 못 하게 되었다. 귀가 따가울 정도의 정적 속에서 나는 천천히 입을 열었다.

"난 나야. 네 말을 따를 생각은 없어."

"니, 아직도 모르겠나……."

"모르는 건 너다, 코우가. 내가 목숨을 아끼는 남자였으면 네가 동료가 되고 싶다고 생각했을까? 내가 나이기에, 넌 내 아래에서 계속 싸우기를 선택한 것 아닌가? ……대답해라, 코우가."

난 코우가를 노려보며 위협적인 목소리로 일갈했다.

"대답하라고 했다, 코우가!!"

코우가는 내 노성을 듣고 위축된 것처럼 뒷걸음질 쳤다. 하지만 바로 나를 마주 노려보고 서로의 이마가 닿을 거리까지 다가왔다.

"니 말이 맞다. 내는 니 안에 있는 사나이다운 모습에 반했다. 그게 진실이다. 그래도 내한테도 내 생각이 있다. 노엘, 니가 뭐라고 하든 니 계획에는 반대한다."

"그럼 어떡할까? 어떻게 흑백을 가릴까?"

"간단하지."

코우가는 나를 노려보는 채로 허리에 차고 있던 칼을 잡았다.

"내가 투기 대회에서 우승한다. 그라믄 니 계획을 실행 안 해도 내 고용주인 니가 최강인 기다. 누구도 불평 못하게 할 거다."

난 날카로운 눈빛으로 선언하는 코우가를 보고 코웃음 쳤다.

"네가 우승한다고? 웃기지도 않는 소릴 하네. 넌 클랜의 간판에 먹칠하지 않는 정도의 결과를 내면 돼. 누구도 우승할 수 있다고 생각하지 않아."

"마음대로 씨불여뒤라. 내는 한다면 한다."

자신에게 들려주듯이 선언한 코우가는 내게 등을 돌렸다.

"노엘, 니 계획은 내가 벤다. ——반드시."

누구도 회의실에서 나가는 코우가에게 말을 걸지 못했다.

회의가 끝나고 회의실 안에는 나와 레온만 남았다. 코우가뿐만 아니라 아르마와 휴고도 이미 클랜 하우스에서 나갔다.

"코우가가 한 말, 어떻게 생각해?"

망설이면서 물어보는 레온에게 나는 어깨를 으쓱였다.

"어쩌고 자시고 할 것도 없지. 흥분한다고 해도 못 이기는 건 못 이기는 거야."

코우가의 실력은 신뢰한다. 투기 대회에서도 좋은 전과를 올려줄 것이다. 하지만 투기 대회 참가자 중에는 코우가를 아득히 뛰어넘는 괴물이 모여 있다.

그중에서도 무서운 자가 웨르낭트 제국이 품은 두 사람의 현역 최강자.

즉——.

패룡대의 서브 마스터, 이노센트 블레이드, 지크 판스타인.

백귀야행의 마스터 킹 슬레이어, 리오우 에딘.

이 두 사람의 최강자가 있는 한 지금의 코우가로서는 무슨 짓을 해도 이기지 못할 것이다.

"그 녀석은 감정적인 상태가 되어 있을 뿐이야. 냉정해지면 자기가 얼마나 바보 같은 말을 하는 건지 알 거야."

"하지만 그 감정이 중요한 거 아냐? 강한 의지로 자신의 한계를 뛰어넘을 수 있는 자에게 승리의 여신은 미소 짓지. 그건 네가 제일 실감하고 있을 거야."

"나랑 코우가를 같은 수준으로 취급할 생각인가?"

"그런 뜻으로 한 말이 아니야."

레온은 미소 지으면서 고개를 저었다.

"네 의지의 힘이 누구보다도 뛰어나다는 건 나도 알고 있어. 하지만 코우가의 의지도 강한 건 분명해. 아까 한 선언은 진심일 거야. 일시적인 감정에 맡기고 한 게 아니야. 코우가는 진심으로 널 지키고 싶어 하고 있어."

"그래서, 배려해주라고?"

"그래. 그 말이야. 나도 조금 흥분해 있었어. 코우가의 말을 듣고 눈이 뜨였어. 노엘, 넌 좀 더 살아야 해. 나도 그러길 바라고 있어. 넌 광포하고 악랄하고, 천익 기사단을 해산시킨 원한도 있어. 하지만 네 순수한 본연의 모습은 솔직히 존경할 수 있어. 그러니 죽지 않았으면 해. 아르마와 휴고도 같은 생각일 거야."

난 타이르는 듯한 레온의 말을 듣고 반론하려고 했지만 할 수 없었다.

"……난 나야. 지금 와서 내 삶의 방식을 바꿀 생각은 없어."

여기에 올 때까지 많은 것을 희생해왔다. 하지만 그에 대한 후회는 없다. 납득하고 있다. 망설임도 없다. 연기를 내뱉으면서 말하니 레온은 왠지 섭섭한 듯한 표정을 지었다.

"알고 있어. 넌 너야. 삶의 방식을 바꿀 필요는 없어."

하지만, 이라고 말하며 레온은 온화한 말투로 이어서 말했다.

"우리가 널 보좌하고 싶어 하는 마음도 인정해줬으면 좋겠어."

"너희를 믿고 있고 의지하고 있어. 너희 없이는 이 클랜은 꾸려나갈 수 없어."

레온은 그게 아니라며 고개를 저었다.

"우리는 클랜의 동료로서도, 친구로서도 널 도와주고 싶어."

난 레온의 말에 숨을 죽였다. 아무 말도 못 하는 날 보고 레온은 우습다는 듯이 웃었다.

"나도 내 마음에 놀라고 있어. 하지만 진심이야."

레온은 그렇게 말을 덧붙이고 자세를 바로잡았다.

"나도 갈게. 도장을 찍어야만 하는 서류가 잔뜩 있어."

레온도 회의실을 떠나 실내에는 나 혼자만 남게 되었다.

"좋은 동료—— 아니, 좋은 친구가 있네."

어디선가 차분한 남자의 목소리가 들렸다.

"넌 네가 생각하는 것 이상으로 풍족해."

"……그럴지도."

난 그렇게 중얼거리고 완전히 짧아진 몇 개비째의 담배를 재떨이에 비벼 껐다.

"내 계획을 벤다, 이건가."

코우가의 맹세를 되새기니 갑자기 어깨가 흔들렸다. 터져 나오는 웃음이 내 어깨를 흔들었다.

"크크크, 코우가 녀석, 그런 말도 하게 됐잖아. 그 바보가 어디까지 해낼 수 있을지, 볼만하겠어."

절대로 불가능하다는 확신과 코우가라면 기적을 일으킬지도 모른다는 모순된 기대, 그 사이에서 생기는 유열이 참을 수 없이 사랑스러웠다.

†

"여러분의 담당을 맡지 못하게 되었습니다. 새로 선출된 담당이 후일에 여러분의 클랜 하우스를 방문할 것입니다."

옆에서 걷는 해롤드가 낙담한 목소리로 말했다. 이 계절에는 드문 따뜻한 오후 무렵, 나와 해롤드는 함께 은빛으로 빛나는 눈이 쌓인 제도 교외의 숲길을 걷고 있었다.

"카이우스 전하의 책략 때문입니다. 그분이 직접 뭔가를 하신 건 아닙니다. 하지만 노엘 씨가 귀족의 혈통이라고 알려진 탓에 당신은 민중의 지지를 많이 잃었죠. 그 결과, 당신은 이전처럼 민의를 무기로 삼아서 싸울 수 없게 되었고, 그 대신 다른 누군가가 당신과 똑같이 민의를 무기로 삼아 시커 길드의 부정을 바로잡도록 손을 쓰고 있는 상황입니다. 실제로 전 당신의 편의를 상당히 많이 봐줬으니까요. 이런 상황에 그 부분을 찔리면 타격이 큽니다.

협회의 공평성을 보여주기 위해서는 제가 담당에서 떠날 필요가 있었습니다."

해롤드가 말했듯이, 이 할아버지 덕분에 우리는 원래 평가 이상의 의뢰를 받을 수 있었다. 로드인 '노블 블러드'가 가장 좋은 예시다. 원래라면 창설된 지 1년도 되지 않은 클랜이 로드 토벌 의뢰를 받는 것은 불가능하다. 하지만 해롤드가 편의를 봐줘서 우리 와일드 템페스트는 로드 토벌 의뢰를 받을 수 있었다. 그리고 그 토벌 실적이 레갈리아 취임에 도움을 줬다.

물론 당시에도 비판하는 목소리는 있었다. 하지만 난 휴고의 무고함을 밝히고 감옥 폭파 사건을 해결한 민중의 영웅이었다. 사실 자작극이었다고 하더라도 민중은 알 수 없다. 제국 내에는 나를 영웅시하는 자들이 넘쳐났고, 소수의 비판 따위는 간단히 뭉갤 수 있었다. 그게 내 책략이었다.

"민의를 자기 형편에 맞게 악용해온 업보가 돌아왔군요."

해롤드는 그렇게 이야기하면서 담배를 물고 연기를 뿜었다.

"모든 민중의 신뢰를 잃은 건 아닙니다. 당신들의 팬은 여전히 많습니다. 하지만 이전만큼 숫자가 압도적이진 않죠. 민의라는 무기를 등에 업고 올라온 당신들에게는 치명적인 상황입니다. 고귀한 혈통으로 태어난 사람이 밑바닥에 떨어졌다가 다시 출세하는 이야기는 민중이 좋아하는 이야기이긴 하지만, 카이우스 전하의 수는 민중이 혐오감을 품게 만드는 방식이었습니다. 민중은 고귀한 혈통 자체를 신성시하는 경우는 있어도 정치적인 연결이 보였다 안 보였다 하면 반감을 느끼는 법이니까요. 자신의 평판도 떨어뜨릴지도 모르는데, 대담한 분입니다. 그 정도로 카이우스 전하는 당신을 위험하게 여기고 있는 것이겠죠."

해롤드의 질문하는 듯한 눈길에 나는 어깨를 으쓱이는 수밖에 없었다.

"예절을 지키면서 대응했는데. 전하는 나를 믿을 수 없나봐. 내가 민중을 선동해서 혁명이라도 일으키는 건 아닌지 무섭겠지."

"평소의 행실 때문이죠. 제가 전하라도 똑같이 생각할 겁니다. 그렇다고는 해도 당신이 제국의 미래에 필요한 인재라는 생각도 하는 것 같습니다. 투기 대회 개최를 승인받기 위해 상당히 힘을 쓰셨다고 들었습니다."

"당연하지. 그 정도는 해주지 않으면 수지가 안 맞아."

"제국의 황자도 당신에게는 장기말 중 하나입니까. 무서운 사람이군요. 그 대담함을 보고 안심했습니다. 분명 전하의 뜻대로 몰려서 낙담하고 있을 줄 알았거든요."

장난스럽게 웃는 해롤드를 보고 나는 인상을 썼다.

"깔보지 말라고, 썩을 영감. 확실히 카이우스 전하의 대담함에는 놀랐지만, 대국적으로는 사소한 문제야. 내 계획이 틀어질 일은 없어."

"제가 당신의 담당이 아니게 된 것도 계획대로라는 말입니까?"

"사실대로 말하자면, 그건 오히려 잘된 일이야."

난 걸음을 멈추고 해롤드를 봤다. 해롤드도 멈춰 섰다.

"무슨 뜻입니까?"

"우리의 담당 직위가 해제된 네가 배치되는 곳, 소문으로는 토르메기드라고 들었어.”

“……여전히 귀가 밝군요.”

제국, 구 메디오라 왕국령, 토르메기드. 그 땅은 예전에 메디오라 왕국과 알키리오 대공국, 그리고 자유도시 뫼히, 세 곳의 큰 나라를 멸망시킨 비스트, 발리언트 중 한 위인 은린의 코퀴토스가 현계한 곳이다.

토르메기드는 여러 지맥이 교차하는 곳으로 시커 길드의 조사가 바르면 머지않아── 반년 이내에 지맥 대분출이 일어날 것으로 예측된다.

그리고 그 결과, 새로운 대재앙, 발리언트 현계도.

“현재의 토르메기드는 실질적으로 세상을 날려버릴 수도 있는 시한폭탄이야. 물론 우리도 수수방관할 생각은 없지만, 발리언트에 대처하기 위한 준비에는 상응하는 시간이 걸려. 만약 현계가 예측보다 더 빨라지면 우린 손도 못 쓰고 제거되겠지.”

나는 즉, 이라고 말하며 쓴웃음을 지었다.

“적대자가 그 땅을 어지럽히지 않도록 신뢰할 수 있는 인재가 관리해야만 하지. 내 손이 닿는 범위에도 한계가 있으니까. 현재 시커 길드에서 가장 신뢰할 수 있는 사람은 너야, 해롤드.”

“과분한 말씀, 황송하군요. ……역시, 올까요?”

“단언할 순 없지만, 가능성은 높아. 제국에는 적이 많으니까. 페이스리스는 이웃 나라인 로다니아 공화국에 정탐을 보냈어. 예상대로 수상한 움직임이 있다고 해.”

“페이스리스, 그 정보상 말입니까. 당신이 얻은 정보라면 확실하겠죠."

해롤드는 피곤한 얼굴로 한숨을 쉬었다.

"이거야 원, 거친 일에 종사할만한 나이가 아닙니다만. 그렇다고는 해도 만약 로다니아가 제국의 멸망을 노리고 있다면 늙은 몸에 채찍질하는 수밖에 없겠군요. 제국뿐만 아니라, 온 세상이 존망의 갈림길에 섰는데, 일치단결하여 맞서기는커녕 뒤에서 찌르려고 하다니, 인간이라는 존재는 정말 구제할 길이 없군요."

"로다니아에도 발리언트에 대항할 수 있는 비장의 수단이 있겠지. 그렇다면 발리언트가 방해되는 제국을 멸망시키게 두고, 그후에 자국에서 발리언트를 토벌하면 된다고 생각하고 있겠지. ……훗, 그놈들이 할 법한 생각이야."

내가 생각해도 아주 차가운 목소리로 그런 말을 내뱉으니 갑자기 해롤드가 고개를 갸웃했다.

"……노엘 씨, 몸 상태는 괜찮습니까?"

"괜찮아. 남은 수명에 문제는 있지만, 몸 상태는 아주 좋아."

"그, 그렇습니까. 그럼 괜찮습니다만……."

"가자. 거의 다 왔어."

내가 걸어가기 시작하자 해롤드는 피우던 담배를 손가락으로 뭉개서 끄고 뒤에 따라왔다.

"제국의 시커는 변혁을 요구받고 있어."

걸으면서 이야기를 계속했다.

"발리언트와의 싸움에서 이겨도 제국은 일시적인 국력 저하를 피할 수 없어. 전에는 주변 여러 나라에도 여력이 없었지만, 지금은 달라. 제국만 약점을 보여주면 놈들은 주저 없이 공격해 오겠지. 그걸 막기 위해서는 시커가 강해져야만 해. 지금까지와는 다른 새로운 모습이 요구되고 있어."

지금까지는 정신력, 기술, 체력, 그리고 재력만 뛰어나면 됐다. 물론 라이벌과의 경쟁에서 이기기 위해 지모와 책략을 쓰기는 했지만 전부 규모가 작은 것들뿐이었다. 그 막연한 흐름을 바꾼 것이 나와 요한이다.

"시커의 본분은 비스트와의 싸움이다. 그러기 위해 단련하고, 실적을 쌓아가는 것이 왕도. 홍보 전략을 중시하고 민의를 무기로 삼는 전략, 또는 국가나 기업과 협력해서 다른 시커와는 다른 위업을 이룩하려는 전략은 누구도 생각하지 못했지. 아니, 생각해냈다고 하더라도 실행하기까지의 비용과 디메리트를 걱정해서 정석적인 전략을 취할 수밖에 없었지."

"하지만 당신은 그걸 해내셨죠."

나는 그렇지, 라며 고개를 끄덕였다.

"만약 내가 없었다면 요한이 제국 최강의 시커로서 이름을 떨치고 있었겠지. 결과적으로는 나에게 패배했지만, 그래도 철도 계획 달성 직전까지 간 녀석의 공적을 경시할 순 없어. 어지간한 바보가 아닌 이상, 그 중요성은 이해하고 있을 거야. 제국 전체의 시커가 말이야."

"즉, 제국 전체의 시커가 당신과 요한을 모방한다는 말입니까?"

"길은 제시됐어. 이미 감화된 사람들은 많아. 그래서 네가 담당자 직위에서 해제됐지. 나에 대한 시민의 반감을 이용해서 협회가 그렇게 움직이도록 만드는 전략은 내가 쓰는 방식 그 자체야. 기쁜 일이야. 모방자가 나타난다는 건 선구자로서 보람찬 일이지. 레갈리아가 된 나는 이제 추격하는 쪽이 아니라 추격당하는 쪽이 된 거지."

선구자로서 자만은 용납되지 않는다. 같은 수법을 쓰는 자들이 늘었다고 해서 간단히 굴러떨어진다는 건 말도 안 되는 일이다. 얻은 지위를 지키면서 더 앞으로 나아가야만 진짜 선구자라 할 수 있다.

"기쁘십니까. 즐거운 것 같아 다행입니다만, 그 불똥이 튀어서 제가 벽지로 보내진다는 걸 잊지 마십시오."

원망하는 듯한 해롤드의 말을 듣고 나는 큰 소리로 웃었다.

"하하하, 넌 제도 토박이지. 벽지에 뼈를 묻고 싶진 않겠지."

"웃을 일이 아닙니다. 제 소임은 다하겠지만, 당신도 제가 빨리 제도로 돌아올 수 있도록 손을 써주십시오."

"알고 있어. 넌 늙었지만, 아직 제국에 필요한 인재야. 발리언트와의 싸움이 끝나도 그 역할이 끝날 일은 없지. 똑바로 제도로 복귀시켜줄게."

"부탁합니다. 만약 거짓말이라면 귀신이 돼서 나타날 겁니다."

해롤드가 농담을 하는 사이에 마침 목적지가 눈에 보이는 거리에 들어섰다. 우리의 눈앞에는 거대한 돔 형태의 구조물이 우뚝 서 있었다.

"크군요. 저게 투기 대회 경기장입니까?"

"그래. 수용 가능한 인원은 약 5만 명. 발지니 패밀리가 시공을 담당하고 있는 시설이지. 원래는 3년 전부터 여러 공연을 보여주는 곳으로 착공한 걸 경기장으로 조정했어. 그렇다고는 해도 시설 자체는 거의 완성되어 있었으니까 메가리스를 포함한 투기 대회용 설비를 설치만 하는 작업이었지만. 그 작업도 끝나서 지금은 시설을 장식하고 있는 단계지."

"훌륭하군요. 이렇게 실물을 보니 나잇값도 못 하고 가슴이 뛰는군요."

난 미소를 띤 해롤드를 보고 웃으면서 고개를 끄덕였다.

"유사 이래 최초의 시커 투기 대회야. 재미없을 리가 없지."

"시대가 바뀌겠군요. 투기 대회는 당신뿐만 아니라 다른 강자들의 전투 방식을 배울 수 있는 자리입니다. 모두 대회를 통해 더욱 뛰어난 시커로 다시 태어날 겁니다."

"황금시대가 막을 연다고, 해롤드."

난 노래하듯이 말했다.

"제국에 시커의 황금시대가 찾아온다. 그리고 그 선두에 서 있는 자는 다른 누구도 아닌 바로 나다. 내가 모든 시대 중에 가장 뛰어난 시커들의 정점에 설 것이다. 후세 사람들은 분명 나야말로 최강이자 최고의 시커라고 입에서 입으로 전해 나가겠지."

해롤드는 진지한 표정으로 그렇게 단언하는 나를 보고 고개를 끄덕였다.

"제가 보증합니다. 당신은 이미 불멸의 악귀마저 능가한 시커입니다."

"그럴지도 모르지. 할아버지가 살아계셨어도 부정하지 않았을 거야."

하지만, 이라고 말하며 난 멈춰 서서 하늘을 올려다봤다.

"절대로 칭찬해주진 않았겠지."

거짓말처럼 맑고 푸른 겨울 하늘, 할아버지는 저 너머에 있는 걸까? 만약 있다면 어떤 얼굴로 날 보고 있을까?

"노엘 씨……."

해롤드는 뭔가 말하려고 했지만, 할 말을 찾지 못했는지 시선을 돌렸다.

"재미없는 이야기는 끝이다. 시설을 안내하지."

난 시선을 되돌리고 앞으로 나아갔다.

더는 되돌아갈 수 없는 나만의 길을——.

경기장에서는 많은 스태프가 작업에 종사하고 있었다. 하얀 돔 형태의 경기장은 넓었고, 음식점 등을 대상으로 한 임대 점포가 늘어서 있었다. 이미 모든 임대 점포가 채워져 있었고 투기 대회 가 개최될 때 오픈할 예정이다.

나와 해롤드는 계단을 올라 최상층에 있는 프리미엄 라운지에 들어갔다. 유리로 된 실내에서는 필드에 배치된 네 개의 링이 잘 보였다.

"예선에서는 네 개의 시합을 병행해서 치를 예정이다. 시합이 격렬해져도 피해가 생기지 않도록 관객석은 물론이고 각 링에도 견고한 배리어 장치가 설치되어 있어. 제도의 성벽에 설치된 것 과 같은 물건이지."

"그렇군요. 대강 둘러본 느낌으로는 안전 면에서의 기준은 만족하고 있는 것 같군요. 길드에도 그렇게 보고해두겠습니다."

해롤드가 경기장을 방문한 이유는 길드에 경기장에 대해 보고를 하기 위해서다. 담당감찰관 직위에서는 해제된 입장이지만, 제도에 있는 동안에는 여전히 해롤드가 책임자를 맡고 있다. 내가 기획한 투기 대회에 문제가 없는지 조사하는 것도 이 할아버지의 일이다.

"시찰도 끝났으니 전 이만 물러가겠습니다. 투기 대회에서 당신이 어떻게 날뛸지 기대하고 있습니다."

해롤드가 떠나간 뒤에도 나는 경기장에 남았다.

시설 안을 돌아다니면서 문제가 없는지 다시 확인해 나갔다. 대회 당일에는 타국 공작원의 파괴 공작을 막기 위해 엄중한 경계 태세를 갖출 예정이지만, 주의에 또 주의를 기울일 필요가 있었다. 폭탄을 설치할 수 있을 것 같은 장소, 그중에서도 폭파되면 시설 내에 막대한 피해가 생기는 장소의 리스트를 만들어 경비 주임에게 넘겼다.

순시를 끝낸 나는 귀로에 오르기 전에 담배를 피우기로 했다. 스태프들의 작업에 방해가 되지 않도록 경기장 바깥의 구석에서 담배를 피우고 있으니 익숙한 사람이 모습을 드러냈다.

"어머. 노엘이잖아."

화려한 화장을 한 여장남자. 발지니 패밀리의 두목인 피노키오 발지니다. 나를 발견한 피노키오가 우아한 발걸음으로 다가왔다.

"혹시 공사의 진척 상황을 확인하러 온 거야? 여전히 얄미운 애네. 공사는 전부 순조로워. 문제는 아무것도 없어. 부엉이 우편으로 그렇게 전했잖아?"

"진척 상황에 문제가 없는 건 알고 있어. 그걸 내 감찰관에게 확인시켜줄 필요가 있었을 뿐이야. 이미 돌아갔지만."

"네 감찰관이라면, 해롤드라고 하는 멋쟁이 아저씨? 그 아저씨, 완전 내 취향이란 말이지. 중후한 멋이 있어서 참 좋은 남자야. 못 만나서 아쉬워."

"그 영감은 널 못 봐서 참 다행이네."

"잠깐만, 그게 무슨 뜻이야?!"

나는 눈을 치켜뜨고 화내는 피노키오를 보고 웃었다.

"하하하, 농담이야. 뭐, 언젠가 만날 때가 있겠지."

그렇게 말하면서 손가락으로 담배를 뭉개서 끄고 가까이에 있는 쓰레기통에 버렸다.

"너도 현장 시찰인가?"

"뭐 그렇지. 나중에 잔소리 많이 하는 시누이한테 싫은 소리는 듣기 싫으니까 정기적으로 내가 직접 시찰하고 있어. 고마워하라고, 정말."

"기특한 마음가짐이네. 투기 대회는 제국에서 가장 큰 규모의 행사가 될 거야. 일반시민뿐만 아니라 왕족, 제후, 귀족에 자산가들도 모이는 자리지. 그런 만큼 다른 나라 공작원의 표적이 될 위험성이 높아. 시설 체크와 경비는 신중하게 해. 아까 경비 주임에게 폭발물을 설치할 것 같은 장소에 대해 말해뒀으니까 너도 나중에 확인해줘."

"예이 예이. 알겠습니다. 정말이지, 네가 오면 일이 늘어서 곤란해. 너 말이야, 일 중독에도 정도가 있다고. 조만간 과로사 하는 거 아냐?"

피노키오는 기가 막힌다는 듯이 말하고 희미하게 미소 지었다.

"뭐, 중요한 시기니까 신경질적으로 변하는 것도 당연한 일이지. 솔직히 처음 만났을 때는 네가 이렇게까지 할 줄은 몰랐어. 그런데 지금은 제국의 수호성이니 놀랄 일이야. 당시의 나에게 말해도 절대로 안 믿었겠지."

"은퇴한 할아버지처럼 말하지 말라고. 나에게 있어서 레갈리아는 통과점이야. 결승점이 아니지. 피노키오, 너도 지금부터가 진짜라고?"

"알고 있어. ……그 일 말하는 거지?"

피노키오는 주위에 사람이 없는 것을 확인하고 목소리를 낮췄다.

"항쟁할 준비는 돼 있어. 죽이려면 언제든지 죽일 수 있어."

"그 건 말인데──."

난 피노키오를 똑바로 바라보면서 이어서 말했다.

"죽이는 건 취소야. 교섭으로 끝낼 거야."

"뭐어?! 너 지금 뭐라고 했어?!"

"썩을 황자 때문에 상황이 바뀌었으니까. 지금은 눈에 띄고 싶지 않아."

"그건 네 문제잖아. 나하고는 상관없어."

피노키오는 팔짱을 끼고 코웃음 쳤다.

"네가 카이우스 전하의 계략에 걸려든 건 알고 있어. 너답지 않은 실태였지. 투기 대회가 시작될 때까지 얌전히 있고 싶은 심정도 이해가 돼. 하지만 너만 못 움직이는 거지, 난 아니야."

겨울의 일몰은 빠르다. 암적색 석양이 피노키오의 얼굴에 복잡한 음영을 드리웠다.

"내가 투기 대회를 관리하는 데 불만을 가진 녀석들이 있어. 이 대로 마음대로 하게 두면 결탁해서 성가신 걸림돌이 될 거야. 중립 입장에 있는 간부들도 포섭당할지도 몰라. 그러니 피로 해결하는 수밖에 없어."

"알고 있어. 하지만 너희들만으로는 왠지 전력이 불안해."

"쓸데없는 참견이야. 우리한테는 정예가 모여 있어. 너희 도움 따위는 처음부터 계산에 안 들어가 있었어."

피노키오는 애초에, 라고 말하며 나를 노려봤다.

"나한테 방해되는 간부를 죽이라고 꼬드긴 건 너거든? 그런데 이제 와서 겁을 먹다니 말도 안 되는 일이지. 실망하게 하지 말라고, 뱀."

"그러니까 상황이 바뀌었다고 말하고 있잖아. 루키아노 패밀리의 간부회에 날 데려가. 내가 거기서 놈들과 교섭한다."

"간부회에 널?! 농담하는 거지?!"

난 경악하는 피노키오를 보고 고개를 저었다.

"난 진심이야. 대본은 이미 준비돼있어."

"……대본, 말이지. 넌【화술사】. 어떤 뒷세계의 중진들이 상대라도 말로 마음대로 조종할 수 있지. 그게 너의 재능. 알고 있어. 네가 가능하다면 분명 가능하겠지. 곤란하네. 항복이야. 이제 내가 나설 자리는 없네. 역시 천하의 레갈리아 님이야——라고 할 줄 알았냐, 이 썩을 꼬맹이!!"

노성을 지른 피노키오는 내 멱살을 난폭하게 잡았다.

"난 네 꼭두각시가 아니란 말이다! 네놈의 실태 따위 내 알 바 아니다! 난 내 마음대로 죽일 거다! 네놈의 지시는 안 받는다!"

분노뿐만 아니라 살의를 불태우는 피노키오는 한없이 난폭했다. 하지만 내 마음에 공포는 없었고, 태연하게 입가를 일그러뜨렸다.

"위협하지 마, 피노키오. 피곤해질 뿐이라고."

"뭐라고 했냐, 이 자식아?! 레갈리아가 됐다고 까불지 말라고!"

"아니지. 내가 널 무서워하지 않는 건 레갈리아라서가 아니야. 네가 나에게 반했기 때문이지."

"……뭐? 뭐어어어어어어어어어어어?!"

놀라서 소리치는 피노키오는 나에게서 손을 떼고 비틀거리며 뒷걸음질 쳤다.

"바, 바바바바, 바보 아냐?! 내, 내내내내, 내가, 너 같은 꼬맹이한테 반할 리가 없잖아! 말도 안 돼! 달리 할 말이 있을 텐데 무슨 말 하는 거야! 이 바보! 바보!! 바보!!"

바보바보 라며 연달아 외치는 피노키오의 얼굴은 석양과 같은 색으로 물들어 있었다. 난 웃음을 띤 채로 피노키오에게 다가갔다.

"부탁할게, 피노키오. 내 평생의 부탁이야. 이번만큼은 날 따라줘."

"큭, 하, 하지만, 여기서 명령을 바꾸면 부하들에게 모범이……."

"너랑 내 사이잖아. 부하들도 이해해줄 거야."

"웃, ㅇㅇㅇㅇㅇ, 그, 그치만, 그치만!"

"피노키오, 내 말을 못 들어주겠어?"

"아, 아아아아, 알았어! 늠름한 얼굴로 다가오지 마!"

피노키오는 나에게서 크게 물러나 양손으로 얼굴을 덮었다.

"이, 이번만이다! 이 다음은 절대로 없어!"

그리고 도망치듯이 달려서 떠나가는 피노키오. 그 모습을 지켜본 나는 깊은 한숨을 쉬었다.

"쓸만한 놈인데, 저 성격만큼은 어쩔 도리가 없네."

†

카이우스와의 기자회견을 다음 날로 앞둔 나는 이전에 심포지엄을 연 제도 안에 있는 호텔에 와있었다. 그 최상층에 있는 회의실이 소집 장소이다.

중후한 문 너머에는 여러 사람의 기척이 있었다. 저쪽도 내 존재를 알아차린 듯했다. 두꺼운 문 너머로 끈적끈적한 시선이 느껴졌다.

"훗, 극진한 환영이군."

난 웃으면서 중얼거리고 문에 손을 댔다. 실내에는 이미 주역이 모여 있었다. 원탁에 앉은 대영웅들. 즉, 레갈리아의 클랜 마스터들이다.

검란무섭의 클랜 마스터, 아서 맥베인.

고트 디너의 클랜 마스터, 도리 가드너.

칸의 클랜 마스터, 메이스 칸.

태청동의 클랜 마스터, 와이즈맨.

패룡대의 클랜 마스터 빅토르 크라우저.

백귀야행만이 유일하게 나의 레갈리아 서임식 때와 마찬가지로 서브마스터인 스미카 클레아가 대리로 출석해 있었다.

리오우 에딘은 결석한 듯했다. 여전히 자유로운 남자다.

다른 클랜과 파티가 그렇듯이, 레갈리아에도 서로의 활동 내용을 공유하는 보고회가 매월 열리고 있다. ——이 자리가 바로 그 자리였다.

이것도 절대적인 의무는 아니지만, 레갈리아라는 황실 공인 칭호를 달고 있는 이상, 무단결석은 평가에 크게 영향을 끼친다. 너무 멋대로 굴면 레갈리아 칭호를 박탈당할 가능성도 있으며, 그렇게 되어도 클랜 측은 불평할 권리가 없다.

그런데 리오우는 서임식에 이어서 보고회 출석도 포기했다. 녀석은 레갈리아라는 자리에 흥미가 없는 걸까? 신경은 쓰이지만 지금 여기서 생각해도 어쩔 수 없는 일이었다.

그보다 난 무시할 수 없는 위화감을 느꼈다.

회의실에는 이미 다른 인원이 모두 착석해 있었다. 집합 시간 10분 전이라서 시간을 잘 지키는 자들이라면 모여 있는 게 이상한 일은 아니다. 문제는 공기 중에 떠다니는 먼지의 양이다. 내가 들어왔을 때 날린 양을 포함해도 너무 적다. 이렇게 공기가 안정되었다는 것은 나보다 먼저 들어온 사람이 훨씬 전에 들어왔다는 증거다.

내가 집합 시간을 착각했나? 아니, 아니다. ──그런 속셈인가.

"이런, 여러분 이미 모여 계셨나요. 신입이 마지막으로 들어와 정말 죄송합니다. 집합 시간보다 일찍 온 줄 알았는데."

난 웃으면서 그렇게 말하고 비어있는 입구 바로 앞의 자리에 앉았다. 원탁을 위아래로 나눠서 하석은 3등성, 상석은 1등성과 2등성이 나눠서 순서대로 앉았다.

"역시 레갈리아 선배님들입니다. 시간을 잘 지킬 뿐만 아니라 친구끼리 소통할 시간도 충분히 준비하다니, 스케줄에 여유가 있어서 정말 부럽군요. 여긴 한가하게 잡담이나 하는 곳입니까?"

옅은 미소를 띤 채로 고개를 갸웃거리자 방의 가장 안쪽── 즉, 원탁의 상석에 앉아있는 패룡대의 빅토르는 한순간 놀란 후에 곤란한 듯이 웃었다.

"우리가 먼저 모인 건 자네를 따돌리고 싶어서가 아니네, 노엘 군. 하지만 기분이 상했다면 사과하지. 그러기로 정한 건 나다. 미안하다."

빅토르는 잘못된 집합 시간을 전해준 걸 숨기려고 하지도 않았다. 아무래도 나 이외의 인원이 먼저 모여서 나에 대한 대책을 짜고 있었던 모양이다. 그래서 모두가 나보다 더 빨리 회의실에 앉아있었다.

"기분을 상하게 했다니, 당치도 않습니다. 오히려 위대하신 선배님들이 그렇게까지 경계해주시니 이렇게 자랑스러운 일도 없죠. 천하의 레갈리아가 다 같이 모여서 클랜을 창설한 지 반년도 안 된 애송이를 겁내고 있습니다. 아주 기분이 좋아요. 노래라도 불러드릴까요?"

"분수를 파악해라, 꼬맹이."

조용한 분노를 살짝 드러낸 사람은 왼쪽에 앉은 검란무섭의 아서였다.

"너도 레갈리아 나부랭이라면 의연한 태도를 보이는 게 어때?"

"의연한 태도! 그거 지당한 말이군요!"

난 아서를 바라보며 난폭하게 원탁 위에 발을 올렸다. 그리고 담배에 불을 붙였다.

"이러면 됩니까, 아서 선배님?"

"너!"

격노한 아서가 일어서려고 한 순간, 빅토르가 날카로운 목소리를 냈다.

"그만해라."

빅토르의 질책에 아서는 떨떠름한 모습으로 의자에 다시 앉았다.

"싸움을 좋아하는 건 젊은이의 특권이지만 때와 장소를 가려줬으면 하는군."

빅토르는 한숨을 쉬고 날 똑바로 바라봤다.

"노엘 군, 우선은 레갈리아 취임, 다시 한번 축하하네. 새로운 수호성의 탄생을 진심으로 축복한다. 그리고 레갈리아 회의에 잘 왔다. 이미 알고 있겠지만, 내 이름은 빅토르. 패룡대의 클랜 마스터다. 이 회의에서는 분수에 지나치긴 하지만 의장 역할도 담당하고 있다."

"그럼 빅토르 의장님, 레갈리아 회의를 사유화한 이유를 들어볼까요? 이 자리는 원래 우리의 활동 결과를 공유하는 자리입니다. 특정 인물을 곤경에 빠뜨리기 위해 사유화하는 처사는 용서되지 않을 것입니다. 설령 그게 의장인 당신이라 하더라도요."

"마땅한 의견이다. 물론 그것도 설명하지. 하지만 그 전에——."

한 줄기 바람이 불고 내 손에서 담배가 사라졌다.

"이 회의실은 금연이다."

어떤 스킬을 발동해서 나에게서 담배를 빼앗은 빅토르는 그 담배를 손가락으로 뭉개서 껐다. ——빠르다. 경계하고 있었는데 담배를 빼앗길 때까지 스킬 발동을 전혀 예측하지 못했다. 틀림없다. 빅토르도 레온과 같은 체질이다. 선천적으로 마력의 흐름이 일반인보다 매끄러워 스킬을 고속으로 발동할 수 있는 '천익' 사용자.

늙어서 쇠약해졌어도 EX랭크. 비기닝 원이라는 이명은 아직 건재하다는 건가.

"원인은 애초에 자네한테 있네, 노엘 군."

빅토르는 원탁 위에 팔꿈치를 괴고 양손으로 깍지를 꼈다.

"자네가 발안한 투기 대회, 훌륭한 기획이라 생각하네. 하지만 조금 급하지 않나? 우리도 너무 갑작스러워서 놀랐어."

"투기 대회는 제가 레갈리아로 취임할 수 있었기에 진행할 수 있는 기획입니다. 그야말로 예지능력자가 아닌 이상, 여러분에게 사전이 알려주는 건 불가능해요. 무엇보다 여러분도 곧이곧대로 받아들이지 않았을 겁니다."

"아니지. 우리가 말하고 싶은 건 그게 아니야. 승인이 너무 빠르다는 점이다. 카이우스 전하와의 기자회견이 내일이라면서?"

빅토르의 눈이 갑자기 날카로워졌다. ──그런 건가. 상황과 빅토르의 목적이 이해되기 시작했다.

"즉, 제가 카이우스 전하와 결탁해서 여러분에게 불이익을 주려는 걸로 의심하고 있는 것이군요?"

"바로 그렇다네, 노엘 군. 항간의 소문을 믿는 건 아니지만, 자네를 믿을 수 있는 근거가 없는 것 또한 사실이다. 자네는 서임식에서 투기 대회가 발리언트전의 총지휘관을 정하는 데도 도움이 된다고 말했지? 과연, 자네의 말은 옳아. 자네가 보내준 자료를 믿는다면, 우리는 안전하고 공평하게 경기장 안에서 힘겨루기를 할 수 있지. 하지만 최종적으로 결정을 내리는 건 길드와 행정부다. 그 때 주최자인 자네의 편의를 봐주지 않는다는 것을 어떻게 믿을 수 있겠나?"

난 직설적으로 던진 질문을 듣고 코웃음 쳤다.

"레갈리아의 1등성이라고는 생각할 수 없는 말씀이군요. 저뿐만이라면 몰라도, 길드와 행정부를 의심하다니. 혹시 음모론에 관심이 있습니까?"

"말 돌리지 말래? 꼬마야."

오른쪽에 앉은 고트 디너의 도리가 옆에서 끼어들었다.

"시치미 떼도 소용없어. 너랑 카이우스 전하가 결탁하고 있다는 건 명백해. 우선 그에 대해 설명을 해야 하지 않을까?"

"결탁이라는 말은 어폐가 있죠, 미스 가드너. 투기 대회는 제국 최대 규모의 축제입니다. 국가의 상층부와 서로 협력하는 건 당연한 일이죠."

"내가 말하고 있는 건 정도의 문제야. 주최자라고 해서 멋대로 하면 곤란하지. 너에겐 결백을 증명할 의무가 있어. 아니야?"

"아니죠. 제게 그런 의무는 없습니다."

난 원탁에서 발을 내리고 도리를 응시하면서 단언했다.

"애초에 레갈리아라는 특권은 황실과 이어져 있는 행정부와 길드가 저희에게 준 것입니다. 그걸 믿지 못하겠다면, 좋습니다. 그렇다면 레갈리아의 특권을 전부 반납해야겠죠."

"이야기가 너무 비약된 거 아냐? 내가 요구하고 있는 건 너에 대한 진실뿐이야."

"무심결에 실토했군요. 당신은 제가 카이우스 전하와 결탁했다고 말했습니다. 그리고 당신의 저에 대한 트집은 전부 그 결탁을 근거로 삼은 것이죠. 그런데 저에게만 해명을 요구하는 건 이치에 맞지 않습니다. 카이우스 전하—— 더 나아가서는 행정부와 길드의 책임도 묻지 않는다면, 그것은 곧 당신 스스로가 제 결백을—— 카이우스 전하와 결탁하지 않았다고 증명하는 것 아닙니까?"

도리는 바로 반박하려다가, 한 박자 쉰 다음에 입을 열었다.

"물론 너뿐만 아니라 카이우스 전하께도 진위를 따질 거야."

"그거 훌륭한 각오군요. 다시 말해서 레갈리아의 특권을 반납한다는 말씀이시죠?"

"확실히 레갈리아는 행정부와 길드에서 부여받은 특권이야. 하지만 시커 조직으로서의 독립성을 포기하는 게 아니야. 오히려 독립된 조직이기 때문에 행정부와 협회의 폭주를 막을 의무가 있지. 내 요구는 레갈리아의 이념에 전혀 어긋나지 않아."

"궤변이군요. 진정으로 우국지사를 표방한다면, 당신은 역시 기존 이권에서 벗어나야 합니다. 그러지 못하는 현재, 당신의 말에는 아무런 설득력도 강제력도 없습니다."

내가 담담하게 설복시키자 도리는 어금니를 깨물었다. 어설프군. 안전한 곳에서 노 리스크, 노 코스트로 일방적으로 공격하는 걸 내가 허용할 리가 없잖아.

"미스 가드너, 당신의 주장은 트집의 영역을 벗어나지 못했고, 아무런 정당성도 없습니다. 이제 그만 보이지 않는 적과 싸우는 건 그만두는 게 어떻습니까?"

"너……."

"하지만 정의를 추구하는 것에 관해서는 저도 찬성입니다. 그 또한 레갈리아의 의무입니다. 그러니 전 여기서 고발하겠습니다. 미스 가드너, 당신은 제게 요한 씨 암살 공모를 제의했습니다. 그건 레갈리아의 이념에 반하는 행위입니다. 당신은 레갈리아에 어울리지 않습니다."

내 발언에 모두가 깜짝 놀라는 걸 알 수 있었다. 특히 도리의 얼굴은 볼만했다. 이 상황에 내가 폭로할 줄은 꿈에도 생각지 못했을 것이다. 얼굴이 창백해져 입술을 바들바들 떨었다.

도리가 강하게 나온 건 전적으로 내가 이 회의에서 고립되어 있었기 때문이다. 아무튼 나를 빼놓고 사전 협의까지 했다. 주위에 있는 모두가 적인 와중에 내가 도리의 악행을 폭로해도 아무도 믿지 않을 것이고, 처지가 더 나빠질 가능성이 높다. ──내가 그런 식으로 경계하고 겁낼 것이라고 얕보고 있었던 것이다.

하지만 그건 잘못된 인식이었다. 고립된 건 나뿐만이 아니다. 이 자리에 있는 모두다. 다른 인원은 나에게 압력을 가하기 위해 일시적으로 협력하고 있는 것에 불과하다. 그렇지 않으면 막판에 협의할 필요는 없으며, 좀 더 이전부터 물밑에서 공모했으면 될 일이다. 그러지 못했던 이유는 서로 그럴 만한 신뢰 관계가 없기 때문이다. 누가 먼저 앞질러 갈지 모르는 상황에 보조를 맞추는 것은 불가능하다. 즉, 신뢰 관계가 없는 이상, 내 폭로 또한 유효한 것이다.

내 폭로로 인해 이 자리에 있는 모두가 도리에게 냉랭한 시선을 보내게 되었다. 도리도 판단을 잘못하긴 했지만 어리석진 않다. 더는 처지가 나빠지지 않도록 어설픈 해명은 하지 않고 조용히 상황이 변하는 것을 기다렸다. 내 폭로만으로 레갈리아의 칭호를 박탈당하지 않는 것을 이해하고 있기 때문이다.

"노엘 군, 자네의 의견은 잘 알았다."

빅토르는 태연한 태도를 유지했지만, 내면에서 약간의 초조함을 느꼈다. 난 미세한 표정 변화를 감지할 수 있다. 어떤 사소한 심경의 변화도 절대 놓치지 않는다.

"하지만 우리도 할 말이 있다. 역시 지금의 자네를 믿을 수는 없다. 믿을 수 없는 이상, 자네의 투기 대회에는 참가할 수 없다──고 말하고 싶다만, 우리가 자네에게 가진 의혹에 대한 확실한 증거가 없는 것 또한 사실이다. 자네뿐만이라면 몰라도, 억측으로 카이우스 전하의 얼굴에 먹칠할 수는 없다."

그래서, 라고 말하며 빅토르는 허리를 바로 펴고 계속해서 말했다.

"우리와 자네의 타협안을 준비했다."

"타협안? 그게 뭡니까?"

"우리도 투기 대회 운영에 끼워줬으면 한다. 그걸 승인해준다면 자네도 믿도록 하지."

나는 빅토르의 제안에 실소할 수밖에 없었다.

"아하하하, 제정신입니까? 아무런 투자도 하지 않은 당신들에게 주최자 권한의 일부를 양도하라고? 어이가 없군!"

"물론 자네가 승인해준다면 그에 맞는 대가를 지급할 생각이다. 투기 대회 준비에 든 비용은 막대할 것이다. 자네에게도 나쁜 조건은 아니지 않나?"

"부정은 안 합니다. 그렇다고 하더라도 당신들에게 흥행 수입을 분배하게 되면, 결국엔 똑같습니다. 도저히 승인할 수 없군요."

"분배는 바라지 않는다. 이익은 자네가 다 가져가도 좋아."

빅토르는 희미한 미소를 띠고 그렇게 분명하게 말했다.

"첫 시커 투기 대회 개최를 실현한 건 전부 자네의 공적이다. 그 공적을 옆에서 가로채는 그런 파렴치한 짓은 안 해."

은근히 나와 요한 사이에 일어난 일을 야유하고 있다는 건 바로 알 수 있었다. 난 요한의 철도 계획의 이권을 옆에서 망쳐버렸고, 그 덕에 레갈리아로 오르는 길을 얻었다. 빅토르뿐만 아니라 다른 녀석들도 그 점을 숙지하고 있는 것 같았다.

"이건 자네에게 이익만 되는 이야기야."

"확실히 나쁘지 않은 이야기군요."

실제로 투기 대회 개최에는 막대한 비용이 들었다. 발지니 패밀리와 협력해서 일을 맡고는 있지만, 부담 비율은 발안자인 내가 훨씬 더 크다. 빅토르의 제안이 매력적인 건 사실이었다.

"하지만 내 답은 노다."

난 말투를 바꾸고 비웃듯이 단언했다.

"말이 안 된다고. 당신들은 내 부정을 우려하고 있는 것 같은데, 돈을 받고 당신들의 운영 개입을 인정해버리면 결국 다른 클랜에게 불공평하다는 반감을 사게 된다. 그렇게 되면 비난의 대상이 되는 건 주최자인 나다. 얻는 것보다 잃는 게 더 커."

"우린 투기 대회를 사유화할 생각은 없네. 자네가 정한 규칙에도 불만은 없어. 명확한 문제가 없는 한, 운영에도 참견하지 않겠다. 다만, 모든 참가자가 올바르게 평가받는지를 확인하기 위해 자네와 같은 입장에 서고 싶을 뿐이야."

"뻔뻔한 소리를 잘도 하네. 여섯이서 날 잡아먹으려는 놈들이 무슨 낯짝으로 간섭하지 않겠다고 지껄이는 거냐? 잠꼬대는 자면서 하라고, 썩을 영감."

"우린 당신과는 다르다구요, 뱀."

시원한 목소리로 말한 사람은 빅토르 옆에 앉은 태청동의 와이즈맨이었다.

"다른 클랜에서 불만이 생긴다면 저희가 앞에 나서서 사정을 설명하죠. 물론 카이우스 전하나 당신의 체면을 손상하지 않는 말로요. 누군가를 깎아내려서 자신을 유리하게 만드는 식으로 싸우지는 않을 겁니다."

"그 말을 믿으라고?"

"애초에 사람들이 인식하는 공평성이란, 실제로는 모두가 올바르고 공평한 것이 아닌 모두가 납득할 수 있는 타당성을 의미합니다. 그렇다면 이런 경우에 요구되는 타당성이란 무엇인가? 그건 억제의 존재에요. 만약 당신이 폭주했을 때 바로잡을 사람이 있다는 억제 균형이 다른 사람의 신뢰로 이어지는 겁니다. 그러니 당신의 걱정은 기우에 불과합니다. 사회의 기본이죠."

"그럴싸한 말이지만 논지가 어긋났어. 난 너희를 믿을 수 없다고 말하고 있는 거다. 이야기를 딴 데로 돌리고 거만한 태도로 말하는 건 사기꾼의 상투적인 수법. 너, 시커보다 그쪽이 더 잘 맞는 거 아냐?"

"후후후, 성품이 저열하기 짝이 없군요. 다른 사람을 사기꾼이라 업신여기기 전에 자신의 행동을 되돌아보는 게 어떻습니까? 하늘을 보고 침을 뱉는 어리석음을 아십시오."

깃털 부채를 입가에 대고 웃는 와이즈맨을 보고 난 어깨를 으쓱였다.

"난 하늘이 아니라 너한테 침을 뱉고 있는 거라고, 와이즈맨. 그 더러운 얼굴이 조금은 깨끗해질까 싶었는데, 안 될 것 같네. 미안한지만 알아서 어떻게든 해줘."

내가 사과하자 와이즈맨은 눈을 크게 뜨고 관자놀이에 핏대를 세웠다. 얼핏 봐도 나르시시스트라는 걸 알 수 있는 풍모를 지닌 남자다. 자랑스러운 용모를 욕했는데 화를 안 낼 리가 없다. 난 분노하여 말문이 막힌 와이즈맨에게서 시선을 돌려 다시 빅토르를 바라봤다.

"너희의 제안은 기각하겠다. 아쉽게 됐네."

"그렇군. 그게 자네의 대답이라면 어쩔 수 없지. 우린 투기 대회에서 사퇴하도록 하겠다. 레갈리아가 없는 투기 대회에 어느 정도의 가치가 있는지 천박한 나로서는 상상도 안 되지만, 가치가 크게 떨어질 것이라는 건 틀림없겠지. 흥행 실패에 따른 손실, 그리고 자네에 대한 책임 추궁이 어떻게 될지, 상상만 해도 가슴이 아프군."

"후후후, 마음에도 없는 소리는 안 하는 편이 좋다고."

"자네를 걱정하는 건 사실이야."

"그쪽이 아니라고."

난 쓴웃음을 짓고 빅토르를 날카롭게 노려봤다.

"그런 유치한 허세로 날 속일 수 있을 것 같나? 당신들이 입으로 어떻게 말하든 투기 대회에 나올 수밖에 없어."

"호오. 왜 그렇게 생각하는 거지?"

"간단한 이야기지. 투기 대회 이외에는 발리언트전의 총지휘관을 정할 자리가 없기 때문이다. 의논해서 결정한다? 말도 안 되는 소리지. 그게 가능했다면 이미 정했겠지. 그럼 피로 피를 씻는 항쟁을 벌이나? 그것도 말이 안 되지. 윤리관의 문제가 아니라 폭력으로 총지휘관 자리에 앉아도 가장 중요한 발리언트와의 싸움에서 전력이 부족해지기 때문이다. 그래서는 의미가 없지. 최후의 수단으로 나와 같은 일을 벌인다? 그것도 말이 안 되지. 지금부터 투기 대회 준비를 시작해도 물리적으로 시간을 맞출 수 없어. 설령 개최를 강행하더라도 제대로 된 진행은 절대로 불가능하지."

다시 말해서, 라고 말하며 난 품에서 담배를 꺼내 불을 붙였다. 금연이라고 주의를 받은 곳에서 담배를 피우면서 이어서 말했다.

"누가 총지휘관으로 어울리는지 정할 수 있는 공식적인 자리는 투기 대회 외에는 없다고. 그리고 그 자리를 준비해낸 건 나밖에 없지. 내가 곧 규칙이다."

빅토르 일행은 아무도 반론할 수 없었다. 그저 불쾌한 표정을 짓고 있었다.

"이참에 똑똑히 말하지. 투기 대회가 없어도 난 총지휘관이 될 수 있어. 내가 그런 방식으로 싸운다는 걸 너희도 알고 있을 거다. 하지만 그래서는 너희도 납득하지 않겠지. 발리언트와의 싸움에서 내 장기말이 된다는 사실을 납득할 수 없을 거야."

그러니까, 라고 말하며 깊은 미소를 지었다.

"누가 가장 뛰어난지 투기 대회에서 확실하게 정하자고."

내 말에 회의실에 있는 모두가 낮은 신음했다.

"그렇게까지 말한다면——."

미간에 깊은 주름을 만든 아서는 팔짱을 끼고 천천히 입을 열었다.

"너도 투기 대회에 나오겠지? 각 클랜에 허용된 출전 인원은 두 명. 이렇게나 기세 좋게 말해놓고 중요한 싸움은 동료에게 맡기고 자기는 철저하게 방관하는 짓이 용납될 리가 없다. 뱀, 네 대답을 들려다오."

난 한 박자 쉬고 힘차게 고개를 끄덕였다.

"당연하다. 투기 대회에는 나도 나간다."

그 순간, 회의실이 떠들썩해졌다.

"어이, 진짜냐?! 【화술사】인 네놈이 투기 대회에 나온다고?!"

놀라서 소리친 사람은 칸의 메이스였다.

"어이, 꼬맹이! 울면서 사과할 거라면 지금 하라고! 수만 명의 군중 앞에서 창피를 당하는 건 너도 싫잖아?"

"발정 난 개처럼 흥분하지 말라고, 늙다리. 심장 발작으로 죽어도 모른다."

"오오, 말 잘했다. 좋다, 남자는 두말하지 않는 걸로 받아들이지! 그렇다면 칸은 투기 대회에 나가주겠다! 가장 약한 직업이 어떻게 싸우는지, 특등석에서 안 보면 손해지!"

메이스는 무식하게 큰 목소리로 선언하고 다른 사람들을 둘러봤다.

"네놈들은 어떡할 거냐? 이 꼬맹이한테 이렇게나 바보 취급당했는데 얌전히 집에 처박혀 있을 생각인가?"

"나도—— 검란무섬도 나가겠다."

아서가 수긍하자 다른 자들도 차례차례 찬동했다.

"고트 디너도 나갈게."

"어쩔 수 없군요. 태청동도 나가죠."

"……백귀야행도 나간다."

스미카도 승낙하여 마지막으로 빅토르만 남게 되었다.

"이런, 혈기왕성한 자들뿐이군. 하지만 모두가 승낙했는데 나만 거절하면 분위기를 망칠 뿐인가. 알았다. 패룡대도 출전하지."

빅토르는 하얀 이를 보이며 웃었다.

"노엘 군, 난 자네의 용기에 경의를 표하네. 좋은 싸움을 하지."

언뜻 보면 온화해 보이는 웃음에는 마치 짐승이 엄니를 드러낸 듯한 사나움이 내포되어 있었다.

너무나도 순조로운 흐름.

이 녀석들의 진짜 목적이 무엇인지는 이제 생각할 것도 없이 명백하다. 결국 내가 투기 대회에 출전한다는 확실한 약속을 이 자리에서 받고 싶었던 것이다.

전투에 적합하지 않은 내가 출전하면 클랜의 출전권 하나를 없앨 수 있을 뿐만 아니라 다른 사람들에게 내가 총지휘관에 어울리지 않다는 인상을 남기기 쉽다. 운영에 끼워달라는 주장은 전부 위장이었다. 내가 압력에 굴해서 허락할 것이라는 생각은 처음부터 하지 않았고, 호전적이었던 것도 전부 고립된 나의 선택지를 좁히기 위한 연기. 내가 압력에 굴하지 않기 위해 말하면 말할수록 이 녀석들이 의도한 결말에 가까워지는 그런 책략이다. 내 성격도 다 파악하고 짠 계획이었을 것이다.

하지만 이 녀석들은 착각하고 있다. 난 처음부터 투기 대회에 직접 출전할 생각이었다. 내 진짜 목적을 파악하고 있는 자는 이 자리에 아무도 없다. 날 함정에 빠뜨렸다고 생각하고 있겠지만, 함정에 빠진 건 너희들이다. 너희가 투기 대회에 출전하겠다고 정한 순간, 내 승리는 완전해졌다.

아마 이 자리에 있는 모두가 마음속으로 생각하고 있을 것을 나도 강하게 생각했다.

즉——.

최강은, 바로 나다.

†

노엘이 레갈리아 회의에 나가 있는 동안, 휴고, 코우가, 아르마세 사람은 제도에서 운영하는 지하 훈련소에 모여 있었다.

광대한 훈련 시설에는 다양한 환경이 재현되어 있었고, 세 사람이 모인 층은 산악 구역이었다. 실제로 높은 곳에 있는 게 아니라 불안정한 지대와 적은 공기량으로 산 정상이 재현되어 있었다. 휴고는 차가운 바람이 사납게 부는 바위 표면에 그저 홀로 서 있었다. 그 옆에는 10체의 인형 병사가 대기하고 있었다.

"벌써 끝인가?"

휴고는 발치에 쓰러져 있는 코우가에게 물었다. 코우가의 모습은 말 그대로 걸레짝 같은 상태였다. 갑주는 반쯤 부서졌고 전신 곳곳에 심각한 열상을 입고 있을 뿐만 아니라 양쪽 팔다리가 말도 안 되는 방향으로 꺾여있었다. 겉으로는 보이지 않는 내장도 약해져 있을 것이다. 그런 꼴이 되어도 코우가는 칼을 놓으려 하지 않았다.

벌써 15번째 보는 광경이었다.

"……아, 아직, 이다. 나는…… 아직, 할 수, 있다!"

모깃소리만 한 목소리. 그 눈에는 투지의 불꽃이 깃들어 있었

지만, 코우가의 몸은 이미 한계에 다다른 상태였다. 일어서려고 발버둥 쳐도 깨진 손톱이 덧없게 흙을 긁을 뿐이었다.

하지만 휴고는 진지한 표정으로 고개를 끄덕였다.

"오케이. 이어서 계속하지."

휴고의 목소리에 반응하여 가장 가까이에 있는 인형 병사가 움직였다. 격투 타입 인형 병사의 손이 코우가를 들어 올리고 강인한 팔을 높이 쳐든 다음 명치를 세게 쳤다.

"커헉!"

가차 없는 주먹으로 인해 바위에 내동댕이쳐진 코우가는 성대하게 피를 토하고 움직일 수 없게 되었다. 이번에는 완전히 의식을 잃었다. 호흡하고 있는지조차 의심스러운 빈사 상태다. 그 모습을 확인한 휴고는 다른 인형 병사에게 지시를 내렸다.

"치료해라."

명령에 따라 지팡이를 든 인형 병사가 코우가에게 따뜻한 빛을 뿜었다. 회복 타입 인형 병사의 치료 효과는 즉각적이었다. 코우가의 상처가 순식간에 치료되어 갔다. 하지만 몸이 입은 대미지 자체는 사라지지 않는다. 모든 상처가 아물어도 코우가는 당분간 움직일 수 없을 것이다. 휴식을 취할까 생각하던 휴고는 그 자리에 앉았다.

휴고에게는 신체적 피로가 없었다. 노엘에게 떠밀려 시작한 코우가의 수행은 레벨로 따지면 아직 레벨1 단계다. 만들어낸 인형 병사의 수도 10체밖에 안 돼서 여력은 충분했다. 하지만 정신적인 피로는 있었다. 어쨌든 가학 취미가 있는 것도 아닌데 동료를 극한까지 몰아넣어야만 한다. 동료가 된 지 아직 얼마 안 됐지만, 고락을 함께해온 코우가를 몇 번이나 반쯤 죽게 만드는 건 심적인 부담이 너무나도 컸다.

하지만 이걸 극복하지 못하면 조기 랭크업은 할 수 없다.

"완전히 글렀잖아."

떨어진 곳에서 비웃는 듯한 목소리가 들렸다. 약간 높이 융기된 기둥 형태의 바위산 위에서 아르마가 양반다리를 하고 앉아 짓궂은 웃음을 짓고 있었다.

"어이가 없네. 겨우 10체의—— 아, 회복형을 빼면 9체인가—— 인형 병사한테 손도 못 쓰다니. 코우가는 역시 약골."

어깨를 으쓱이는 아르마를 보고 휴고는 한숨을 쉬었다.

"그러지 마. 수행은 이제 막 시작했어."

"내가 말하고 있는 건 잠재력에 대한 이야기. 전혀 가망이 없어."

"잠재력만 보면 코우가는 나보다 뛰어나."

영양가 없이 편만 들어주는 의견이 아니다. 실제로 코우가는 휴고보다 시커의 재능을 타고났다.

휴고는 최강의 직업이라 평가받는 【인형술사】가 발현되고 수많은 전장에서 승리에 공헌해왔지만, 아주 오래전에 자신의 한계가 보였다. 시커로서 피크를 맞이하는 동시에 더 이상 강해질 수 없다고 자각한 것이 6년 전, 아직 18살이었을 때다.

철저하게 단련하면 더 강해질 수는 있었다. 하지만 정점에 어깨를 견줄 수 있을 정도는 될 수 없다. 그렇게 확신할 수 있을 정도로 눈에 띄게 능력 상승이 정체되기 시작한 것이었다.

원래 휴고는 폭력을 좋아하지 않는 성격이다. 시커가 된 것도 단순히 돈이 목적이었다. 충분한 자금이 모이면 시커를 그만두고 원래의 꿈이었던 인형 작가가 될 생각이었다. 그리고 그렇게 되었다. 그래서 충격은 받지 않았다. 혹은 천성이 그래서 신의 영역에 도달한 자들처럼 되지 못했던 것일지도 모른다.

직업 랭크업이란 결국 동일 개체의 생물적 진화다. 진화란 원래 몇 번이나 세대를 거쳐 실현되는 환경에 적응한 새로운 힘이다. 동일 개체에서 일어나는 현상이 아니다. 자연계에서는 절대로 있을 수 없는 그 현상을 인간은 【감정사】의 힘을 빌리는 것으로 실현했다.

하지만 【감정사】의 힘도 만능이 아니다. 랭크업이 가능한 자는 선택받은 한 줌의 천재들뿐이다. C에서 B로, B에서 A로, 그리고 A에서 EX에 달할수록 대상자는 지수 함수적으로 감소해간다.

그리고 재능이 있어도 조건을 달성하지 못하면 랭크업은 할 수 없다. 전투직에 한해서 말하자면, 세포 하나하나가 진화하지 않으면 살아남을 수 없다고 오인할 정도로 위험한 환경에서 승리를 쌓아나가는 것이다. 그런 과정 끝에 랭크업에 필요한 그릇이 완성된다.

재능이 다음 영역으로 통하는 문이라면, 단단한 의지는 문을 열기 위한 열쇠다. 휴고의 길에는 신역으로 통하는 문이 없었고 열쇠도 가지고 있지 않았다. 휴고의 보스인 노엘은 강제로 문을 만들어내서 열쇠로 열기는커녕 공성추로 문을 억지로 열었는데, 그건 이례 중의 이례다. 흉내 낼 수 있는 곡예가 아니다.

그에 비해 코우가에게는 신의 영역에도 발을 들일 수 있는 재능이 있었다. 수많은 시커를 봐온 휴고이기에 알 수 있는 확실한 관찰 결과다. 코우가는 언젠가 신의 영역에 도달한 자가 될 것이다. 만족할 줄 모르고 힘을 추구하는 의지라는 이름의 열쇠를 가지고 있다.

문제는 코우가 정도의 인재라고 하더라도 투기 대회 본선이 시작되기 전까지 A랭크에 도달하는 일은 지극히 어려운 일이라는 것이다.

"아르마, 너도 코우가의 수행을 도와줘."

휴고는 일어서서 아르마를 올려다봤다.

"내 도움이 필요한 단계로는 안 보이는데?"

"교대로 코우가의 수행 상대를 하자. 같은 상대하고만 싸우는 것보다, 그렇게 해야 더 빨리 코우가의 전투 능력이 향상될 거야."

랭크업 할 수 있는 단계에 도달하지 않더라도 전투 능력이 향상되면 수행 수준을 올릴 수 있다. 더 가혹한 수행을 거치는 것으로 랭크업을 노리는 작전이다. 휴고의 제안에 아르마는 팔짱을 끼면서 고개를 갸웃거렸다.

"음~, 그만두는 편이 좋을걸."

"왜지? 너도 협력해주지 않으면 곤란해."

"그야——."

아르마의 눈에 불길한 징조가 엿보이는 꺼림칙한 빛이 깃들었다.

"나, 코우가를 죽여버릴 것 같으니까."

온몸의 털이 곤두설 정도의 순수한 악의. 휴고는 자기도 모르게 경계 태세를 취할 뻔한 걸 이성으로 억누르고 섬뜩한 미소를 짓고 있는 아르마를 똑바로 응시했다.

"이해가 안 되네. 왜 그렇게 코우가에게 적의를 품는 거지?"

"짜증 나니까."

"너와 코우가가 견원지간이라는 건 알고 있지만, 그래도——."

"휴고는 짜증 안 나?"

"……내가?"

말을 끝내기 전에 질문을 받아 고개를 갸웃하는 휴고를 보고 아르마는 고개를 끄덕였다.

"회의할 때 코우가가 한 말 들었지? 자기만 노엘을 걱정하고 있다는 듯이 말하고 말이야, 그래서는 우리가 노엘의 죽음을 바라는 것 같잖아."

"……무슨 말을 하고 싶은 건지 알겠지만, 코우가에게 그런 의도는 없었을 거야."

"난 그런 거 몰라. 내가 짜증이 났어. 얘기는 그걸로 끝. 이유가 있으면 무슨 말을 해도 좋은 건 아니잖아?"

휴고는 대꾸할 말을 찾을 수 없었다. 코우가의 배려가 부족했던 것 또한 사실이기 때문이다. 누구도 노엘의 죽음을 바라지 않는다. 모두 노엘의 의지를 존중했을 뿐이다. 그가 위험을 무릅쓰지 않아도 된다면, 그게 동료 누구에게 있어서도 가장 좋은 것이다.

"코우가는 처음부터 마음에 안 들었어."

아르마는 중얼거리듯이 계속 말했다.

"그래도 동료라 생각하고 있었어. 생각하려고 했어. 언젠가는 좋아할 수 있을 줄 알았지. 하지만 코우가는 자기밖에 생각하지 않았어."

"아르마, 그건 아니야. 코우가는 노엘을 최우선으로 생각해서 우리에 대한 배려가 부족했을 뿐이야. 그 마음은 너도 이해할 수 있지?"

"할 수 있어. 할 수 있으니까 코우가가 자기 주제를 파악했으면 좋겠다는 게 내 속마음. 확실히 코우가의 잠재력은 높을지도. 하지만 가능성은 어디까지나 가능성. 실력도 따라주지 않는데 큰소리나 뻥뻥 친 끝에 우리한테 훈련을 받으려 하다니, 너무 뻔뻔한 거 아냐?"

"신랄하네."

휴고는 쓴웃음을 지을 수밖에 없었다. 이건 설득할 수 없을 것 같다.

"알았어. 넌 마음대로 해. 노엘에게도 이르지 않을게."

"고마워. 코우가를 수행시키는 김에 내 수행 상대도 해주지 않을래?"

아르마의 부탁에 휴고는 고개를 저었다.

"나로서는 네 욕구는 채워줄 수 없을 것 같아. 지금 네가 원하는 건 자기보다 강한 존재잖아?"

"휴고는 겸손하네. 아직 휴고가 좀 더 강한데."

과연 아르마가 말하는 조금은 어느 정도의 차이일까. 아르마는 A랭크로 랭크업 한 지 얼마 안 됐는데도 이미 그 전투 능력은 휴고 수준에 육박할 정도로 높았다.

모든 것은 재능이 초래한 결과. 노엘도 인정하고 경의를 표하는 아르마의 재능은 코우가보다 더 뛰어났다. 코우가가 신역에 도달할 수 있을지도 모르는 재능의 소유자라면, 아르마는 확실하게 신의 영역에 도달한 자가 될 수 있는 재능의 소유자다.

"조금만 더…… 조금만 더 가면, 난 나의 가장 깊은 곳에 도달할 수 있을 것 같아. 지금의 나라면 로드나 지크, 요한과도 선전할 수 있다는 확신이 있어. 아니, 이기는 것도 불가능하지 않아. 만에 하나의 가능성이라도 움켜쥐어 보이겠어."

아르마는 바위산에서 소리도 없이 뛰어내렸다. 그리고 거대한 바위산에 살짝 손을 대고 가볍게 밀듯이 힘을 줬다.

"누가 상대라도 난 절대로 지지 않아."

발길을 돌려 떠나가는 아르마. 그 모습이 보이지 않게 된 순간, 거대한 바위산이 갑자기 모래로 변했다. 주위를 메우는 대량의 모래, 모래—— 모래. 지금은 사막으로 변한 곳에서 휴고는 깊은 한숨을 쉬었다.

"재능이라는 건 한없이 잔혹하구나……."

쓴웃음을 지은 채로 가만히 서 있으니 코우가가 일어날 기미가 보였다.

"……뭐, 뭐고, 이건?"

이제 막 정신을 차린 코우가는 휘청거리면서 의아한 표정을 짓고 있었다.

"사막으로 스테이지 변경이다. 이대로 이어서 한다. 문제없지?"

"그래, 괜않다. 이어서 부탁한다."

코우가의 장비도 몸을 회복하는 것과 동시에 수리를 끝내뒀다. 인형술사 스킬《리페어》. 만전——은 아니지만, 수행을 계속하는 데 문제없는 범위다.

"자세를 잡아라, 코우가. 정말로 강해지고 싶다면 좀 더 사력을 다해라."

"그래!"

코우가의 하얀 칼날이 번뜩이고 인형 병사들과 맞부딪쳤다. 싸움은 끝없이 격렬함을 더했고, 뜨거운 마음이 깃든 검도 착실하게 예리해졌다——.

†

투기 대회 개최를 공식적인 자리에서 발표하는 날이 찾아왔다. 호텔의 파티 회장에는 이미 기자회견 준비가 돼 있었고, 많은 기자로 자리가 가득 찼다.

나는 회견 시간이 될 때까지 카이우스와 함께 대기실에서 대기하고 있었다. 우리 외에도 카이우스의 호위가 실내외에서 우리를 지키기 위해 경호하고 있었다. 상당한 강자들이다. 궁전에 있던 병사들과는 수준이 전혀 달랐다. 특히 내 눈을 끈 사람은 목깃이 세워져 있는 하얀 사제복을 입은 갈색 피부의 남자였다. 분위기만으로 알 수 있다. 이 남자, 무시무시하게 강하다……

"지난번과는 달리 호위 수준이 상당히 높군요. 전하, 아직 저를 믿을 수 없는 겁니까? 그렇게 두려워하지 않아도 잡아먹거나 하지 않습니다."

아유를 담은 웃음을 보이자 카이우스는 미간을 찌푸렸다.

"나는 네놈을 높이 사고 있다. 그래서 투기 대회 개최도 지원해 줬다. 하지만 아직 믿을 수는 없다."

"신중한 분이군요. 절 계략에 빠뜨리는 데 성공해서 좀 우쭐해지셨을 줄 알았는데 단순한 기우였던 것 같군요. 덕분에 낙담하지 않았습니다."

"무슨 소리냐? 전혀 기억이 없는데."

시치미 떼는 카이우스는 우아하게 홍차를 홀짝였다.

"네놈도 이제는 귀족이다. 술책을 부리는 데만 골몰하지 말고 영주로서의 책무도 다해라."

"걱정하지 않으셔도 받은 영토는 전문가에게 맡겼습니다."

이 시대에 직접 영토를 관리하는 귀족은 적다. 대리자에게 관리를 맡기고 제도에서 생활하는 자가 대부분이다. 화려한 제도의 사교계에서 비즈니스 파트너들과 친목을 다지고 새로운 사업을 계획하거나, 사업의 출자자가 되거나 하는 것이 주된 업무다. 지방에 틀어박혀 시대의 흐름에서 뒤처진다는 건 말이 안 되는 일이다. 나도 그들을 따라서 영토는 관리 위탁업자에게 맡겨둔 상황이다.

"팔아치울까 하는 생각도 했지만, 모처럼 전하께서 주신 선물을 거저나 마찬가지로 다른 사람에게 넘기면 아무래도 면목이 없어서 생각을 바꿨습니다."

카이우스는 불쾌한 듯이 볼에 경련을 일으켰지만 아무 말도 하지 않았다. 나에게서 눈을 돌리고 입을 다물고 있었다. 나도 딱히 공유하고 싶은 화제는 없었다. 카이우스의 계략에 빠진 원한은 있지만, 그렇다고 보복할 정도의 일은 아니다. 난 홍차를 홀짝이면서 하얀 사제복을 입은 남자를 곁눈질로 엿보았다.

이 남자, 어떤 자일까? 이 정도의 힘을 숨기고 있는 남자라면 분명 어디선가 그 존재에 대해 들은 적이 있을 것이다. 하지만 짐작 가는 정보는 없었다. ……아니, 잠깐만. 이 남자와 연결되지 않았을 뿐이지, 정보 자체는 기억에 있는 게 아닐까? 떠올려라. 황족의 호위. 내가 최고 수준의 경계심을 품을 정도의 강자.

'지금까지 어째신 교단은 독립된 비밀조직이었지만, 조만간 제국의 산하 조직으로 다시 태어난다고 현재 교단장이 말했어. 살인보다 첩보활동 같은 걸 주로 해나간대. 뭐, 살인도 하는 것 같지만. 조직의 모습은 꽤 변하게 될 거야.'

기억났다. 전에 아르마가 한 이야기와 이 상황을 종합해서 추리하면, 남자의 정체는 하나. 틀림없다. 이 남자는 어째신 교단의 교단장이다.

"근데 어디든 인재 부족이 심각하네요. 유능하다고 해서 원래 업무와 다른 업무에 종사시키면 언젠가 한계가 올 겁니다. 전하도 위정자로서 그렇게 생각하지 않으십니까?"

내 질문에 카이우스는 한순간이지만 표정을 굳혔다. 교단장은 무표정을 유지했지만, 시선으로 카이우스의 반응을 확인했다.

충분하다. 역시 내 추리는 맞았다.

"네 이놈——."

카이우스가 나를 향해 입을 열었을 때, 대기실의 문에서 노크 소리가 난 뒤에 열렸다.

"전하, 시간이 되었습니다. 준비를 부탁드립니다."

대기실에 나타난 사람은 카이우스의 집사였다. 이제 기자회견을 시작할 시간이다.

"알았다. 어이, 네놈도 간다."

카이우스에게 재촉을 받으며 우리는 경호에 둘러싸여 회장으로 향했다. 가는 도중에 카이우스가 나에게만 들리는 목소리로 속삭였다.

"역시 방심할 수 없는 남자군."

"믿음직하죠?"

"홋, 부디 그러길 바라지."

가볍게 웃은 카이우스의 옆얼굴에서는 어딘가 만족스러운 분위기가 감돌았다.

"여러분, 오늘은 모여주셔서 정말 감사합니다."

카이우스는 단상에서 기자들을 향해 낭랑하게 말했다.

"사전에 배포한 자료로도 전해드렸습니다만, 오늘 하는 기자회견은 중대한 발표를 고지하기 위한 것입니다."

기자석에서는 억제된 흥분과 긴장이 전해져 왔다.

"여러분도 아시다시피 제국에는 위기가 다가오고 있습니다. 바로, 발리언트의 현계. 현계가 예상되는 반년 후 이전까지 우리는 국민 여러분을 지키기 위한 준비를 마쳐야만 합니다. 제국은 강합니다. 제국이 거느린 시커들 또한 강합니다. 여러분의 안전은 반드시 저희가 지킵니다. 하지만 역시 가까이 다가온 대재앙의 위협을 앞에 두면 그 모든 불안을 없애는 건 어려울 것입니다."

카이우스는 그러니, 라며 목소리를 강하게 냈다.

"저희는 여러분의 마음을 고무하기 위해 사상 최초의 시도를 하기로 했습니다. 지금부터는 이 기획의 발안자이자 공로자인 레갈리아의 3등성, 와일드 템페스트의 젊은 클랜 마스터, 노엘 슈톨렌이 전해드립니다."

나는 카이우스를 대신해서 기자들 앞에 섰다.

"이번 기획의 목적은 셋. 첫 번째, 제국의 시커들의 강한 모습을 다시 보여줘서 국민 여러분의 불안을 없애는 것. 두 번째, 시커들 간의 연습. 그리고 세 번째, 다가올 결전의 날, 그 총지휘관으로 어울리는 자를 선출하는 것. 이상, 세 가지 목적을 달성하기 위해 저는 준비해왔습니다. 그 발표를 할 수 있는 것을 진심으로 기쁘게 생각합니다."

기자석의 흥분과 긴장은 최고점에 달해있었다. 회장에 있는 모두가 내가 다음에 할 말을 기다리고 있었다. 그 기대에 부응하기 위해 나는 외쳤다.

"전 오늘, 이 자리에서 제국 최강의 시커를 정하는 투기 대회, '칠성배' 개최를 선언하겠습니다!"

2장: 어리석은 자들의 미학

기자회견이 끝나고 사흘 후, 투기 대회 운영에 접수된 참가 신청은 레갈리아를 제외해도 이미 60건을 넘기고 있었다. 제국 내에 존재하는 클랜의 총수는 합쳐서 72개. 이건 경이적인 숫자다. 레갈리아의 출전은 확실하다는 걸 알고 있었지만, 다른 클랜의 참가 신청률이 이렇게까지 높을 줄은 나도 예상하지 못했다.

시커의 본분은 비스트 토벌. 클랜은 길드로부터 의뢰를 받아 밤낮으로 비스트 토벌에 열중하고 있다. 레갈리아나 레갈리아에 가까운 대형 클랜이라면 투기 대회를 위한 스케줄 조정이 얼마든지 가능하지만, 일반 클랜에게 그 정도의 여력은 없다.

그런데도 발표한 지 겨우 3일 만에 대부분의 클랜이 참가하겠다고 정한 건 칠성배의 중요성을 이해하고 있기 때문이다. 로다니아 공화국에 넘어가 있는 로키 이외의 정보상들의 조사 보고에 따르면 참가를 보류하고 있는 나머지 클랜도 최종적으로는 참가를 결정할 것이라고 한다. 현명한 판단이다. 이 제국에 눈앞의 이익에 눈이 멀어 상황을 대국적으로 못 보는 클랜은 존재하지 않는다.

그렇다고는 해도 제국에 존재하는 모든 클랜이 투기 대회를 위해 움직이기 시작하면 국내의 비스트 토벌률이 내려가게 된다. 상위 비스트는 레갈리아와 대형 클랜이 담당하기 때문에 처음부터 문제없다. 하위 비스트는 클랜에 소속되지 않은 시커 파티에 외주 의뢰로 맡겨질 것이다. 문제는 그 중간이다. 이 문제에 관해서는 와일드 템페스트가 가능한 범위 안에서 맡겠다고 길드에 전해뒀다. 어차피 내가 토벌에 동행하지 못하는 현재, 받을 수 있는 의뢰의 격도 떨어진다. 그렇다면 협회에 은혜를 베풀어둬야 한다.

여러 의뢰를 동시에 진행하기 위해 온 제국을 오가게 되겠지만, 지금 우리에게는 '하늘을 나는 날개'가 있다.

제도 교외, 비공정 발착장. 다른 비공정과 함께 늘어서서 아름다운 유선형 선체를 자랑하는 칠흑의 날개가 쾌청한 아침 해 아래에 장엄하기까지 한 위용을 뽐내고 있었다.

"배의 이름은 블랙 오딜. 로렐라이가 소유하고 있던 화이트 오데트를 개수했다. 전장 50m. 최대 속도, 마하 2. 최대 탑승원 수, 200. 공중전 장비와 배리어 장치도 갖추고 있다. 다른 비공정이 그렇듯이 연료로 들어가는 비용은 막대하지만, 현존하는 비공정 기술의 정수를 모은 최첨단이자 최고의 배다."

배를 앞에 두고 설명하자 동료들은 눈을 반짝이면서 감탄을 자아냈다.

"굉장해. 정말 아름다운 배야……."

넋을 잃고 블랙 오딜을 바라보는 아르마를 보고 레온이 고개를 끄덕였다.

"검은색 바탕에 금색 장식. 각종 무장을 갖췄지만 난잡하지 않은 아름다운 유선형 선체. 완벽한 비공정이야. 개수 디자인은 휴고가 담당했었지?"

휴고는 만족스러운 미소를 띠면서 수긍했다.

"그래. 노엘에게 부탁받았지. 원본인 화이트 오데트 자체가 좋은 배라서 원래 가지고 있는 좋은 점을 해치지 않을까 불안했지만, 훌륭하게 완성됐어. 나도 불만 없어."

"오, 잘 보니까 뱃머리 쪽 아랫부분에 우리 클랜 심볼이 있다."

흥분한 듯한 코우가 가리킨 곳에는 금색 날개가 돋은 뱀이 그려져 있었다. 비공정은 말 그대로 하늘을 나는 배다. 지상에 있는 사람들은 선저(밑바닥)에 그려진 심볼을 보고 누가 배의 소유자인지를 알게 된다.

"하지만 이렇게 훌륭한 배를 양도해주다니, 뒷일이 두렵네."

레온의 질문하는 듯한 눈빛을 보고 나는 쓴웃음을 지었다.

"안심해. 그만큼 전하도 필사적인 거야. 요한이 사라져서 이웃 나라에 대항하기 위해 의지할 수 있는 사람은 나밖에 없어. 내가 성공하지 않으면 전하가 제일 곤란하거든."

"그러면 좋을 텐데. 전하의 일은 뒤로 미뤄두고, 현재의 문제는 이거네."

떨떠름한 표정을 지은 레온은 손에 들고 있던 자료를 쳤다.

"카탈로그 스펙을 훑어봤는데, 이 아가씨는 엄청난 대식가야. 이번에 받은 심도 5부터 8까지의 모든 토벌 보수를 보태도 적자가 더 커. 경리들이 화냈어. 비공정을 쓴다면 심도 10 이상의 비스트가 아니면 수지가 안 맞으니까."

비공정의 동력원은 비행 능력을 가진 고위 비스트다. 완전한 액체가 될 때까지 녹여서 특수한 제법으로 재결정화한 것을 전용 엔진의 연료로 사용하여 경이로운 비행 능력을 발휘할 수 있다. 이 결정 에너지체가 무시무시하게 비싼 것이다.

"이번에는 적자를 각오한 원정이다. 협회에 은혜를 베푸는 것을 우선한다."

투기 대회 준비에 막대한 비용이 들어서 윤택했던 와일드 템페스트의 자금은 바닥나려고 했다. 그렇다고 해서 발리언트 현계를 앞둔 지금 돈을 아끼는 것은 어리석은 방책이다. 제국 최대의 위기이자 최대의 기회에 가진 돈을 전부 쓸 각오도 없는 녀석이 최강의 시커가 될 수 있을 리가 없다.

"그렇게 됐어. 이후의 지휘는 잘 부탁한다."

나는 이번 원정에 참여하지 않는다. 투기 대회 준비를 해야 하는데 제도를 떠날 수는 없기 때문이다.

"무슨 일이 있으면 선내에 있는 통신기로 연락해."

"알았어. 뒷일은 맡겨줘. 코우가의 특훈도 가능한 한 도울게."

"무리할 필요는 없어. 설령 코우가가 A랭크가 되지 못해도 내 계획에 큰 영향은 없으니까."

"계획만이 전부가 아니잖아?"

나도 모르게 않는 소리가 나왔다. 내가 아무 대답도 안 하고 있으니 레온은 곤란하다는 듯이 웃고 블랙 오딜로 시선을 옮겼다.

"다들, 슬슬 가자! 시간이 늦었어!"

레온의 지시에 따라 동료들은 블랙 오딜에 올라탔다. 한순간 해치에 선 코우가와 시선이 마주쳤지만 서로 아무 말도 하지 않았다. 더는 할 말이 없다. 결과로 보여줄 뿐이다. 코우가는 나에게서 시선을 떼고 배 안으로 자취를 감췄다.

엔진에 불이 붙었다. 으르렁거리면서 활주로를 달리기 시작하는 칠흑의 날개. 이륙하는 모습은 그 선체의 거대함에도 불구하고 깃털이 날리는 것처럼 가벼웠다.

올려다보고 있는 가운데, 블랙 오딜은 충분한 고도에 다다르자 단숨에 가속해서 소리의 벽을 간단히 부쉈다. 시야에서 사라진 후에 뒤늦게 오는 충격파의 폭풍과 귀를 찢는 굉음.

난 바람 때문에 흐트러진 머리카락을 손으로 정리하면서 웃었다.

"저 녀석들, 멀미로 토하지 않았으면 좋겠는데."

집무실에 돌아온 뒤부터는 계속 정보상들이 모은 참가자에 대한 정보를 확인하는 작업을 했다. 투기 대회가 시작됐을 때 다른 나라의 공작원이나 위험한 사상을 가진 반정부주의자가 섞여들면 곤란하다. 참가자의 경력뿐만 아니라 이데올로기, 종교관, 출신지와 친족, 거기에 더해 현재의 교우 관계 등을 전부 파악해둘 필요가 있었다.

투기 대회의 최고 책임자는 나다. 타협은 용납되지 않는다.

한 번 훑어봤는데 문제가 있는 참가자는 없는 듯했다. 현 단계에는 모두가 결백하다고 단정해도 문제없을 것이다. 물론 방심은 할 수 없다. 만일의 이야기지만 개최 전날에 공작원에게 가족을 인질로 잡힌 참가자가 파괴 공작에 협력하라는 강요를 당할 가능성도 충분히 있기 때문이다.

지금 문제가 없다고 해서 결코 긴장을 늦출 수는 없다. 개최 당일까지 계속해서 이상이 없는지 조사해야 할 것이다. 그러기 위한 인원은 발지니 패밀리에서 확보해뒀다. 정보상에게서 얻은 정보를 써서 패밀리의 구성원들에게 감시를 시킬 예정이다.

발지니 패밀리의 구성원은 도시 전체에 뿌리를 내리고 있다.

창관은 물론이고 레스토랑, 이발소, 병원, 옷 가게 등 일상 곳곳에. 조금이라도 수상한 움직임을 보이면 내 귀에 소식이 들려오게 되어 있다.

참가자 정보 확인을 끝낸 나는 다시 투기 대회 규칙을 검토하기로 했다. 규칙 자체에 문제는 없다. 대회 취지에도 잘 맞았다. 그리고 사용 스킬을 두 개로 제한해서 참가자의 응용력과 관찰력을 확인할 수 있을 뿐만 아니라, 타국의 공작원에게 전투력의 한계가 알려질 우려도 없다. 이 점에 관해서는 참가자도 좋게 평가하고 있으며, 클랜 하우스 안에 임시로 설치한 창구에도 질문이나 불만 등이 전혀 접수되지 않았다.

하지만 그 규칙을 어떻게 준수하게 만들 것인가 하는 우려의 목소리는 컸다. 가장 많았던 질문은 신청하지 않은 자기 강화 스킬을 사전에 사용했을 경우, 반칙행위라는 걸 간파할 수 있느냐는 질문이었다.

결론부터 말해서 간파하는 건 확실하게 가능하다. 선수가 링에 올라가기 전에 몸의 마나 농도를 계측하면 된다. 만약 스킬을 발동했다면 마나 농도는 반드시 상승해 있을 것이다. 이 현상은 어떤 스킬과 아이템으로도 은폐할 수 없다. 내 직업인 【화술사】처럼 마력 소비 없이 스킬을 발동할 수 있는 직업도 있지만, 효과를 발휘한 이상 결국엔 대상의 마나 농도가 상승하기 때문에 계측기로 바로 부정을 밝혀낼 수 있다.

애초에 투기 대회라는 자리에서 부정을 저지르는 건 지극히 어렵다. 왜냐하면 회장에는 참가자뿐만 아니라 참가하지 않는 사람도 포함해서 많은 시커가 관객의 입장에서 시합을 보기 때문이다. 참가자가 사전에 신청한 두 개의 스킬을 알게 되는 사람은 나 이외의 운영자뿐인데, 제대로 된 시커라면 스킬의 발동 유무를 간파하기 쉽다. 즉, 반드시 누군가가 알아차린다.

그렇다고 해서 우려의 목소리가 나오고 있는데 운영자가 구체적인 해결책을 제시하지 않으면 참가자의 신뢰를 깰 수도 있다. 그래서 규칙 일부를 개정해서 각 참가자당 보조자 한 명을 인정하기로 했다.

보조자에게는 이의 신청권을 준다. 이의 신청은 시합 시작 전과 시합 종료 후로 각각 한 번씩. 권리를 악용한 시합 방해를 방지하기 위해 시합 중에는 신청할 수 없다. 보조자의 이의 신청이 적절했을 경우, 부정을 저지른 대전 상대는 실격 처리한다.

만약 보조자가 부정을 알아차리지 못하면 어떡할 것인가? 라는 질문이 예상되는데, 그건 참가자의 문제라고 단호하게 말할 생각이다.

칠성배는 최강의 시커를 정하는 투기 대회. 우수하고 신뢰할 수 있는 보조자—— 동료의 존재도 시커에게 있어서는 빼놓을 수 없는 능력이다. 절대로 변명하게 두지 않을 것이다.

새로 제정된 규칙은 공평성 확보를 위해서도 이미 참가를 결정한 클랜뿐만 아니라, 참가를 보류하고 있는 클랜도 포함해서 모든 관계자에게 직접 편지로 알려야만 한다. 메모지에 펜을 놀리고 있을 때, 누가 집무실의 문을 노크했다.

"마스터, 계십니까?"

목소리의 주인은 비서였다. 내가 허가하자 문을 열고 집무실로 들어왔다.

"바쁘신데 죄송합니다. 마스터 앞으로 온 우편물에 몇 개 있습니다. 확인해 주십시오."

책상 위에 크기가 제각각인 봉투가 놓였다.

"바로 확인해둘게. 그리고 같은 편지를 여러 개 보낼 테니까 준비를 부탁하지. 내용과 보내는 곳은 이걸 참조하도록."

필요 사항을 적은 메모를 건네자 비서는 고개를 끄덕였다.

"알겠습니다. 바로 준비하겠습니다."

그대로 방에서 나갈 줄 알았는데 비서는 방에 남아 거북한 표정으로 날 보고 있었다.

"뭐지? 아직 더 있는가?"

"실은, 이 외에도 마스터 앞으로 온 우편물이 있는데……."

"그럼 빨리 가져와."

"여기 있습니다……."

비서는 겨드랑이에 끼고 있던 봉투를 내 앞에 놓았다. 난 고개를 살짝 갸웃거리며 집어서 내용을 확인했다. 그리고 큰 한숨을 쉬었다.

"또인가……."

"네, 또입니다……. 보낸 사람의 주소로 바로 알았습니다……."

봉투 안에 들어있던 것은 나에게 온 편지와 종이 액자에 담긴 소녀의 사진. 보낸 사람은 와일드 템페스트의 스폰서 중 한 명인 랄프 골딩. 제도에 이름을 떨치고 있는 대상이다. 증권거래소와 항공운송업, 그리고 비스트 소재 기술 연구소 등, 다양한 사업을 경영하고 있다. 그런 재계의 거두가 보낸 편지에 적혀있는 것은 단적인 요구였다.

그것은 바로 나와 랄프의 외동딸의 맞선이었다.

"이걸로 다섯 번째인가⋯⋯."

와일드 템페스트를 창설한 뒤로 이런 이야기가 많이 나왔다.

소위 정략결혼이라는 것이다.

시커를 장려하는 제국에서 뛰어난 시커와 깊은 관계── 스폰서 관계를 맺는 것은 자신의 지위 향상으로 연결된다. 그리고 토벌한 비스트 소재를 먼저 도매 받을 수 있다는 상업적인 메리트도 있다. 그래서 귀족과 대상인들은 적극적으로 시커의 스폰서가 되는 것이다. 당연히 레갈리아를 비롯한 대형 클랜쯤 되면 그 스폰서의 수도 극적으로 늘어난다. 그때 다른 스폰서를 앞지르기 위해 취할 수 있는 작전이 자신의 자식과 결혼시키는 것이다.

귀족, 대상인, 지금까지 맞선 이야기는 많이 들어왔지만 나도 동료들도 거절해왔다. 잇속을 목적으로 하는 결혼 따위는 백해무익하다는 걸 이해하고 있기 때문이다. 문전박대만 하면 체면상 좋지 않아서 딱 한 번 코우가에게 강제로 맞선을 보라고 한 적이 있는데, 다행인지 불행인지 상대측에서 거절했다. 아무래도 진짜 목적은 나인 것 같았다.

정략결혼을 꾀하는 자들은 역시 클랜의 수장인 나를 손에 넣고 싶은 것 같았다. 그다음은 서브 마스터인 레온이다. 물론 나도 레온도 정략결혼 같은 건 애초부터 사절이다. 상대도 강요했다가 우리와의 관계가 나빠지면 본전도 못 찾기 때문에 정중하게 거절하면 물러난다.

유일하게 랄프 골딩을 제외하면······.

"나 참, 끈질긴 아저씨네······."

로드 토벌 축하회에서 알게 된 이후로 나에 대한 집착이 대단하다. 무슨 일이 있어도 나와 사랑하는 딸을 결혼시키고 싶은 것 같았다. 현재는 강제적인 수단은 안 쓰고 있지만, 몇 번이나 거절해도 맞선 사진을 보내면 아무리 나라도 난감하다.

머리를 싸매는 나를 보고 비서는 망설이는 기색을 보이면서 입을 열었다.

"마스터, 외람되지만 맞선을 보시는 게 어떻습니까?"

"어어? 이런 중요한 때에 그럴 시간이 있을 것 같아?"

"하지만 랄프 골딩은 중요한 스폰서입니다. 이대로 계속 거절하는 것도 안 좋지 않나 싶습니다······."

"스폰서는 얼마든지 있어."

"알고 있습니다. 하지만 투기 대회 개최 준비에 더해 이번 원정으로 클랜의 자금이 거의 바닥을 드러낸 상태입니다. 투기 대회의 흥행 수입은 발지니 패밀리와 나누기로 약속했고, 처음부터 상금으로 돌릴 예정이었으니 수익은 거의 없습니다."

칠성배도 투기 대회인 이상, 상금은 물론 있다. 고지한 금액은 우승자에게 300억, 준우승자에게 200억, 준결승에서 패배한 두 명을 동률 3위로 쳐서 각각 50억이다. 총상금, 600억. 그 모든 금액을 와일드 템페스트가 낸다.

"그리고 철도 배당금이 들어오는 날도 아직 멀었습니다. 그러니 골딩의 비위를 맞춰줘도 손해는 없지 않을까 싶습니다……."

비서의 의견은 타당하다. 딱히 결혼할 필요는 없다. 맞선을 보고 잠깐만이라도 교제하는 사이가 되면 골딩의 체면을 지킬 수 있다. 지갑을 열고 우리에게 추가 투자할 마음이 들 것이다.

당장만 모면한다면 은행 융자에 기대는 수단도 있지만, 공공연하게 돈이 없다는 것을 드러내는 꼴이 된다. 그 정도는 대형 클랜의 정보망이라면 금방 조사할 수 있는 내용이다. 투기 대회 개최를 앞둔 데다가 발리언트전에서 총지휘관이 되는 것을 노리고 있는 내가 약점을 보일 수는 없다.

"……알았다. 맞선을 보지."

"네? 저, 정말입니까?"

눈을 동그랗게 뜨고 놀라는 비서를 보고 나는 고개를 끄덕였다.

"그래. 빨리 상대에게 답장을 보내고 와라."

"아, 알겠습니다! 바로 준비하겠습니다!"

황급히 퇴실하는 비서의 등을 바라본 나는 마음속의 짜증을 달래기 위해 담배를 물었다. 불을 붙여 연기를 들이쉬고 책상 위에 있는 맞선 상대의 사진으로 시선을 떨궜다.

"음침할 것 같은 여자네……."

결코 추한 건 아니다. 섬세한 용모는 무섭도록 반듯했고, 새벽하늘과 비슷한 군청색 눈동자에는 신비한 매력이 있었다. 그리고 명주실 같은 매끈하고 푸른빛을 띤 은발은 그녀의 고귀함을 자아내고 있었다.

하지만 몇 번을 봐도 음침한 분위기가 느껴졌다. 미소 짓고 있는데 미소 짓고 있지 않았다. 차가운 게 아니라 어두운 인상을 받았다. 직업 특성상 주위에 있는 여자는 모두 강하고 씩씩해서 더더욱 마음에 와닿지 않는 것일지도 모른다. 어쨌든 사진으로 받은 인상은 좋지 않았다.

"……이름이 뭐였지?"

담배를 물면서 랄프의 편지를 다시 읽어보니, 거기에 그녀의 이름이 있었다.

"그렇군. 베르나데타 골딩이라 하는가."

†

사람은 한없이 어리석다.

다른 생물보다 뛰어난 지능을 가지고 있는데도 몇 번이나 같은 잘못을 반복하고 자멸한다. 갓난아기다. 거대한 갓난아기들이 서로를 걸신들린 듯이 먹는 지옥. 그것이 인간 세상이다.

"실로 훌륭하군요."

잘 차려입은 흑발의 남자가 눈 아래에 펼쳐진 광경을 바라보면서 중얼거렸다. 이곳은 제도 모처에 건조된 천장까지 훤히 뚫린 복층 구조의 지하 신전. 2층 홀에 선 세 사람의 그림자가 어둑어둑한 1층에서 벌어지고 있는 의식을 시선을 떼궈 보고 있었다.

머리에 여러 동물의 가죽을 뒤집어쓰고 그 아래는 태어난 그대로의 모습인 행색이 이상한 50명 정도의 남녀가 의식을 거행하고 있었다. 원시적인 북의 리듬이 신전 안에 울리는 가운데, 그들은 서로를 탐하듯이 음란한 행위에 열중하고 있었다.

의식 전에 접종한 약으로 인해 모두가 트랜스 상태였다. 그들은 이제 자신이 사람인지, 아니면 짐승인지도 모를 것이다.

제단에는 그들의 신앙의 대상이 앉아있었다. 상반신은 날개 달린 여체, 하반신은 섬뜩한 촉수인 괴물의 조각상이었다. 그 바로 앞의 돌 테이블 위에는 발가벗은 젊은 여자가 하늘을 보고 누워있었다. 눈을 부릅뜨고 있었지만, 초점이 맞지 않았고 뭔가를 계속 중얼거렸다. 그녀 또한 깊은 트랜스 상태에 빠져있었다. 그 단상에 염소 탈을 쓴 남자가 올라가 흑요석 나이프를 치켜들면서 외쳤다.

"이계의 신이시여! 저희의 공물을 받아주십시오!"

남자는 여자의 가슴 한가운데를 노리고 날카로운 나이프를 내리찍었다. 그 한 번의 찌르기로 여자는 입으로 피를 토하고 절명했다. 약 때문에 저항은 없었다. 그저 육지에 올라온 물고기처럼 계속 경련했다.

남자가 나이프를 뽑자 상처에서 새빨간 선혈이 뿜어져 나왔다. 피투성이가 된 남자는 자신이 피투성이가 된 것도 신경 쓰지 않고 나이프를 써서 난폭하게 여자의 가슴뼈를 열어 거기서 심장을 도려냈다. 그리고 그 심장을 공손하게 괴물 조각상의 발치에 놓았다. 남자의 이상한 행위에 집단은 흥분하여 미친 듯이 환호성을 질렀다. 괴물 조각상── 이계의 신을 믿는 광신자들이 벌이는 의식은 그야말로 최고조에 달하고 있었다.

"재밌는 볼거리죠?"

2층에서 불길한 의식을 바라보는 세 사람의 그림자 속에서 젊고 요염한 여자가 잔혹한 미소를 띠었다. 노출도 높은 동양풍 원피스 드레스를 입은 글래머러스한 여자다. 머리에는 여우의 귀와 비슷한 짐승의 귀가 나 있었다. 그 귀는 수인이라는 증거다.

"이계 교단. 보이드에 사는 고위 비스트를 진짜 신으로 숭상하는 어리석은 자들의 집단이에요. 신자들은 어리석지만, 교주에게 순종하죠. 그리고 죽음을 두려워하지 않아요."

"훌륭하군. 그야말로 저희가 원하는 것입니다. 제도 최고의 중개상이라는 평판은 정말이었군요. 거래 성립입니다, 레이센."

남자는 흥분한 목소리로 말했다. 레이센이라 불린 여자는 만족스럽게 고개를 끄덕였다.

"저와 이계 교단의 교주는 친밀한 관계입니다. 저들은 무정부주의자입니다. 돈만 주면 로다니아의 첩보원인 당신들의 명령도 따르겠죠. 중개는 제게 맡겨주십시오."

레이센과 이야기하는 남자의 정체는 로다니아 공화국의 첩보원이다. 전임자의 실패를 뒤처리하기 위해 본국에서 파견된 이후, 제도에서 첩보활동을 이어나가고 있었다. 그리고 본국에서 새로운 임무를 통지받은 게 며칠 전의 일이다.

"부탁드립니다. 저희의 계획에 이계 교단의 존재는 필수입니다. 그들을 잘 이용해서 칠성배를 관람하러 오는 제국의 요인을 암살하는 것이 저희의 사명입니다. 실패는 절대로 용납되지 않습니다. 믿고 있습니다."

"맡겨주십시오. 계획을 실행할 때, 그의 힘도 도움이 될 겁니다."

레이센은 옆에 선 검은 옷을 입은 괴인을 봤다. 칠흑빛 로브를 깊이 눌러쓰고 있어서 그 표정을 엿볼 수는 없었다.

괴인의 뒷세계에서의 통칭은 '파리 대왕'. 어떤 위험한 일이라도 받는 청부업자── 스캐빈저 중에서도 가장 우수하면서 위험한 괴인이다.

"기대해 주십시오, 로다니아인. 당신들의 바람은 반드시 이루어질 겁니다."

파리 대왕이 웃으면서 단언하자 남자는 심각한 얼굴로 고개를 끄덕였다.

"소문은 예전부터 들었습니다. 파리 대왕, 당신의 도움도 받을 수 있다면 정말 든든할 겁니다. ──그럼, 계획을 알려주겠습니다."

1층의 피비린내 나는 소란은 아랑곳하지 않고 세 사람은 밀담을 나눴다. 계획 공유가 끝나자 남자는 조용히 지하 신전을 떠났다. 남겨진 두 사람은 1층으로 시선을 돌렸다. 야단법석은 이미 끝나 있었고, 완전히 지쳐 잠들어 있는 신자들의 모습이 보였다.

"우릴 철석같이 믿었네, 말레볼제."

파리 대왕이 비웃듯이 말하자 레이센── 말레볼제는 유쾌하게 어깨를 들썩였다. 중개상 레이센은 세상의 눈을 피하는 가짜 모습. 진짜 이름은 말레볼제라고 한다. 인류의 원수 발리언트 중 한 위, 혼돈의 말레볼제.

"네가 인간이 아니라 비스트인 줄은 꿈에도 모를 거야."

"속이고 있는 건 서로 마찬가지야. 그 남자, 마치 신사인 척을 하고 있었지만, 그 두꺼운 가죽 깊숙한 곳에서 차가운 살의를 느

겠어. 일이 끝나면 증거 인멸을 위해 우리도 죽일 생각이야. 정말
이지, 이래서 로다니아인은 좋아할 수 없어."

파리 대왕은 어깨를 으쓱이는 말레볼제에게 고개를 끄덕였다.

"동감이야. 당하기 전에 이쪽에서 먼저 공격하자."

"그럴 필요는 없어. 놈들의 처리는 제도의 시커에게 맡기자. 우
린 평소대로 노리는 기회가 찾아올 때까지 강 건너 불구경만 하
고 있으면 돼."

"괜찮아? 고트 디너의 도리 가드너가 널 수상하게 여기고 있잖
아? 섣불리 시커를 쓰면 꼬리를 밟히지 않을까?"

말레볼제와 도리는 이미 면식이 있었다. 상대는 중개상 레이센
에 대해서밖에 모르지만, 시커의 감인지 정체를 의심하고 있는 것
같았다. 정보상을 고용해 말레볼제의 신변을 캐고 있었다. 아직은
정체를 숨기고 있지만 들키는 건 시간문제라는 생각이 들었다.

"모처럼 네가 만든 이계 교단도 이대로 가면 못 쓰게 될지도 모
르겠네."

이계 교단을 뒤에서 조종하고 있는 건 말레볼제다. 적합한 날
에 대비해서 대규모 파괴 공작을 실행하기 위해 현 체제에 불만
을 가진 자들을 모아왔다. 구성원 대부분은 아무것도 모르는 광
신자지만 간부는 모두 듀폴조의 멸망을 꾀하고 있는 활동가들이
었다. 이곳 이외에도 다수의 지부에서 지하활동에 힘쓰고 있다.

"그렇게는 안 될 거야."

말레볼제는 표표한 태도로 말했다.

"고트 디너의 의혹을 역이용해서 로다니아의 첩보원과 싸우게

할 거야. 전력을 생각하면 고트 디너가 이기는 건 확실하지만, 그들도 앉아서 당하고만 있지는 않을 거야. 그 후에는 피폐해진 고트 디너를 기습하면 돼."

"그렇게 해서 쓰러뜨릴 수 있을까? 고트 디너는 레갈리아라고?"

"이길 필요는 없어. 우리를 쫓을 만한 여력이 없어지면 자연스럽게 손을 뗄 거야. 고트 디너는 레갈리아야. 그렇기 때문에 조직의 힘을 유지하지 못하면 다른 클랜으로 대체될 우려가 있지. 조직 재편이 완료될 때까지 얌전히 있을 거야."

그리고, 라며 말레볼제는 입가를 사악하게 일그러뜨렸다.

"같은 레갈리아에도 결코 방심할 수 없는 독사가 있으니까."

"독사── 노엘 슈톨렌인가……."

새로운 레갈리아, 와일드 템페스트의 클랜 마스터인 노엘은 전임자였던 요한을 이기고 현재의 지위에 오른 제국 굴지의 무투파 시커다. 조금이라도 약점을 보이면 분명 가차 없이 물어뜯을 것이다. 절대로 경계를 게을리할 수 없는 상대다.

"하지만 만약 도리와 노엘이 손을 잡으면 어떻게 할 거야? 그 둘은 수단을 가리지 않는 무투파라는 점에서는 동류잖아."

"있을 수 없는 일이야. 노엘은 칠성배 준비에 쫓기고 있어. 도리를 도울 여유 같은 건 없어. 만약 도리가 협력을 부탁해도 지난번처럼 거절하겠지."

"그건 무른 생각이 아닐까? 만약 도리가 네 정체를 알아차리면 노엘도 협력을 거절하지 않을 거야. 어쨌든 네 정체는 발리언트 잖아."

"그때는 그때지."

말레볼제는 가벼운 말투로 말했다.

"나에겐 무한한 시간이 있어. 전부 처음부터 다시 하면 그만이야. 너와는 달리."

낮게 신음하는 파리 대왕. 말레볼제는 낭랑하게 웃었다.

"아하하하, 너무 그렇게 험악해지지 마. 나도 진지해. 칠성배를 이용해서 대규모 파괴 공작을 실행하고 제국의 지휘 계통을 부순다. 그렇게 하면 다가올 날의 승리는 확실해. 뱀도 흑염소도 사소한 문제야."

"그럼 좋겠는데……."

"너야말로 조심하는 편이 좋을 거야. 뱀과 인연이 있는 건 내가 아니라 너니까. 집념이 강한 뱀의 독니가 너를 물지 않을 거란 보장은 없어."

파리 대왕은 침묵을 지켰다. 노엘이 이용하려고 한 대부호, 후가 그룹의 대표 안드레아스 후가를 노엘의 눈앞에서 암살한 일이 새록새록 기억났다.

"결전의 날이 가까워. 서로 실수가 없도록 하자."

표정을 고친 말레볼제에게 파리 대왕은 고개를 끄덕였다.

"그렇네. 세계의 분기점은 눈앞에 다가와 있어. 우린 무엇을 희생하더라도 반드시 해내야만 해."

모든 것은 인류 구제를 위해——.

결의를 새로 다진 파리 대왕은 발길을 돌렸다.

"난 돌아갈게. 무슨 일이 있으면 또 연락해줘."

파리 대왕이 말한 순간, 그 몸이 무수한 파리로 변했다. 이 자리에 있던 파리 대왕은 본체가 조종하는 파리 사역마의 집합체였다. 검은 안개 같은 파리 무리가 지하 신전을 날아서 떠나갔다.

모든 파리가 시야에서 사라졌을 때, 말레볼제의 등 뒤에 소리도 없이 하얀 코트를 걸친 남자가 섰다.

"언제까지 저걸 쓸 셈이지?"

"부서질 때까지."

억양 없는 무기질적인 목소리로 대답한 말레볼제에게 남자──사혼의 엠피레오는 혐오로 가득한 찡그린 표정을 지었다.

"역시 네놈은 좋아할 수가 없군."

"난 너한테 귀염받으려고 사는 게 아니야, 엠피레오."

"그럼 사양할 필요는 없겠군. 모든 것이 끝났을 때, 반드시 네놈을 죽인다."

엠피레오는 살의를 담은 말을 남기고 나타났을 때와 마찬가지로 소리도 없이 떠났다. 떠난 후에는 잔향조차 없었다.

"반드시 네놈을 죽인다, 라. 멋진 말이야."

노래하듯이 중얼거린 말레볼제의 눈동자는 어스름처럼 어둡게 가라앉아 있었다.

사역마의 접속을 끊고 침대에서 몸을 일으키니 가슴에 날카로운 통증이 일었다.

"큭, 윽……."

정신을 잃을 것만 같을 정도의 아픔을 견디면서 작은 가슴에 양손을 대고 심호흡을 반복했다. 그러자 차차 몸이 편안해졌다. 편안해지긴 했지만, 권태감이 심했다. 참지 못하고 몸을 누이고 그대로 기분이 나아지는 것을 기다렸다.

이전부터 이랬던 건 아니다. 스킬 발동에 따른 마력 소비는 있어도 몸이 말을 안 듣는다는 일은 있을 수 없는 일이었다.

모든 원인은 요한에게 받은 공격에 있었다. 그 공격 때문에 영혼 자체에 손상을 입게 되었다. 다행히도 그렇게까지 깊은 손상은 아니었고 말레볼제의 치료로 회복은 했지만, 입은 상처 자체는 사라지지 않았다. 그 후유증으로 장시간 스킬을 발동하면 온몸에 이상이 생기게 된 것이다.

주된 증상은 온몸의 격통, 그리고 의식 상실. 아마 더 긴 시간 스킬을 쓰면 장기 부전을 일으켜 죽음에 이를 것이다. 제한 시간은 약 1시간 정도다.

이 사실은 말레볼제에게도 이야기하지 않았다. 전부 완치되었다고 전해뒀다. 만약 그 비스트가 진실을 알면 용건이 끝났다고 매장할 위험이 있었다. 말레볼제와는 협력 관계지만 절대로 믿을 수는 없다. 그 여자는 틀림없는 비스트다. 그뿐만 아니라 어떤 의혹도 품고 있다.

어찌 됐든 말레볼제의 협력은 불가결하다. 아직은 녀석과의 관계를 끊을 수 없다.

하지만 언젠가 서로를 죽이는 관계가 되는 것 또한 사실이다. 말레볼제를 어떻게 매장하는가, 그 대책을 마련해둬야만 한다. 쉽게 죽일 수 있는 상대가 아니라는 것은 아주 잘 알고 있다. 몇

중으로 계책을 짜고, 철저하고 완전하게 죽일 필요가 있다.

"혼자선 무리야. 협력자가 필요해."

방법은 있다. 하지만 실행하려면 협력자의 존재가 없어서는 안됐다. 더구나 이 몸으로는 더더욱. 남은 시간은 적다. 한정된 시간 속에서 최선책을 실행하지 못하면 지금까지의 노력이 물거품으로 돌아갈 것이다.

캐노피가 씌워진 부드러운 침대 속에서 생각하고 있으니, 비가 창문을 두드리는 소리가 들렸다. 비가 내리기 시작한 모양이다. 빗발은 차차 굵어졌다. 그 시끄러운 소리에 짜증이 나서 다시 몸을 일으켰을 때, 말이 우는 소리가 들렸다. ──마차다. 딱 집 앞에서 정차하고 사람이 내리는 기척이 났다.

"……돌아왔나."

귀를 기울이니 현관문이 열리고 고용인들이 주인을 맞이하고 있다는 걸 알 수 있었다. 이대로 누워있을 수만은 없다. 잠옷 위로 담요를 걸치고 침대 아래에 가지런히 놓인 슬리퍼를 신고 방에서 나와 그대로 계단을 내려가 현관으로 향했다.

현관에서는 장년의 남자가 비에 젖은 코트를 고용인에게 건네주고 있었다. 남자는 나를 알아차리고 미소를 지어줬다.

"다녀왔다, 베르나데타."

"어서오세요, 아버님."

남자의 이름은 랄프 골딩. 베르나데타의 친아버지다.

"밖에 장대비가 퍼붓고 있어. 일찍 돌아올 수 있어서 다행이야."

"정말이네요. 길이 수몰되면 사고가 무서우니까요."

랄프는 고개를 끄덕이고 식당을 가리켰다.

"저녁 준비가 돼 있다. 같이 먹자꾸나."

"알겠습니다. 아버님과 함께 식사하는 것도 오랜만이네요."

"미안하다. 일이 바빠서 말이다."

베르나데타는 미안해하는 표정을 짓는 랄프에게 부드럽게 웃어줬다.

"사과 안 하셔도 돼요. 상냥하신 아버님은 분명 미안한 마음을 표현하기 위해 멋진 선물을 준비해주실 테니까요. 꼭 참을 수 있어요."

"하하하, 흥정을 잘하는구나. 역시 이 랄프 골딩의 외동딸이야. 천국에 계신 어머니도 우쭐하실 거다."

랄프는 유쾌하게 웃었다. 베르나데타의 어머니는 어릴 적에 병으로 죽었다. 친척은 많지만, 가족이라 부를 만한 사람은 랄프뿐이다.

"실은 선물이 없는 건 아니다."

"그런가요? 하지만 빈손인 것 같은데요?"

랄프는 고개를 갸웃하는 베르나데타에게 의미심장한 미소를 지었다.

"지금 여기에는 없다. 하지만 분명 마음에 들 거야."

두 사람이 테이블에 앉자 고용인이 식사를 가져왔다. 오랜만에 부모와 자식이 오붓하게 하는 식사에 담소가 끊이지 않았다.

"몸은 이제 괜찮니?"

베르나데타는 랄프에게 질문을 받아 고개를 끄덕였다.

"네. 이제 괜찮아요. 의사 선생님도 차도를 보인다고 하셨어요."

요한에게 받은 대미지 때문에 한동안 제대로 걸어 다니지도 못했다. 상태가 안 좋으면 몸져눕는 나날이 이어졌지만, 지금은 침대 밖으로 나올 수도 있다. 다만 근본적인 영혼의 손상은 평생 낫지 않을 것이다. 그건 랄프가 알 수 없는 이야기다. 베르나데타가 뒤에서 하는 일을 랄프는 전혀 모른다.

"갑자기 몸이 나빠졌을 때는 걱정했지만, 그 모습을 보니 괜찮은 것 같구나."

랄프는 안도한 듯이 웃고 와인으로 목을 축였다.

"그러고 보니, 다음 달이 생일이었지."

"네. 다음 달에 20살이 돼요."

"벌써 20살인가. 시간 가는 게 빠르구나. 한 손으로 안아 올릴 수 있을 정도로 작았던 나만의 아가씨가 이제는 훌륭한 숙녀가 됐구나. 내 흰머리가 많아지는 것도 당연하지."

감회가 새롭다는 듯한 목소리로 말한 후에 랄프는 자세를 바로 잡았다.

"베르나데타, 오늘은 너한테 할 중요한 이야기가 있다. 성인이 된 지 5년, 너도 시집을 가도 이상하지 않을 나이가 되었다. 그러니 선을 보지 않겠느냐?"

베르나데타는 아버지의 얼굴을 보면서 어떻게 된 일인지 생각했다.

딸을 과하게 보호하는 랄프는 지금까지 딸 근처에 남자가 절대로 접근하지 못하게 했다. 사교 파티장에서는 물론이고 사업 상대가 혼담을 제의해도 전부 거절해왔을 정도였다.

랄프가 말하길, 딸의 상대는 직접 찾겠다고 했다. 거절한 혼담 중에는 유력 귀족의 자식도 포함되어 있어서, 모두 딸을 떠나보내고 싶지 않은 아버지의 변명이라 생각했다. 장본인인 베르나데타조차 그렇게 생각했을 정도였다.

하지만 그런 랄프가 진지한 얼굴로 맞선 이야기를 하고 있다. 즉, 랄프의 마음에 드는 상대를 찾았다는 뜻일 것이다.

"갑작스럽네요. 혹시 선물이라는 건 혼담을 말하는 건가요?"

"그렇다. 상대가 누군지 들으면 너도 분명 기뻐할 거다."

자신만만하게 고개를 끄덕이는 랄프. 아무래도 맞선 상대는 상당한 거물인 모양이다. 그렇지 않으면 랄프가 이렇게까지 적극적일 리가 없다.

베르나데타는 거절하는 건 어려울 것 같다며 속으로 혀를 찼다.

랄프는 상냥한 아버지지만, 젊어서 경제계의 중진까지 오른 만큼 한 번 정한 것은 반드시 관철하는 강한 의지를 가지고 있었다. 설령 베르나데타가 거절해도 랄프가 납득할 수 있는 이유를 듣지 못하면 절대로 물러나지 않을 것이다.

차라리 쓸데없이 저항하지 않고 맞선을 보는 게 일이 쉬울 것이다. 선만 보고 나중에 상대와 잘 안 맞았다면서 거절하면 랄프도 납득할 수밖에 없을 것이다. 아버지를 속이는 것 같아 다소의 죄책감을 품기는 했지만, 그게 가장 좋은 방법이라는 것은 명백했다.

"아버님이 그렇게 말씀하신다면, 멋진 분이라는 건 의심의 여지가 없겠네요. 알겠습니다. 그 맞선, 정중히 받아들이겠습니다."

"오오, 그런가! 말이 잘 통해서 나도 기쁘구나."

"그래서, 그분은 누구신가요?"

베르나데타는 랄프에게 물어본 다음 와인을 입에 머금었다. 피곤해서인지 목이 굉장히 말랐다. 아니면 아버지에 대한 죄책감 때문일지도 모른다.

베르나데타의 마음속을 모르는 랄프는 활짝 웃으며 그 이름을 말했다.

"네 맞선 상대의 이름은 노엘 슈톨렌. 레갈리아인 와일드 템페스트의 클랜 마스터다."

"푸흡?! 쿨럭, 쿨럭?!"

그 이름을 들은 순간, 베르나데타의 입에서 와인이 안개처럼 뿜어져 나왔다. 기관에도 들어갔는지 기침이 멈추지 않았다.

"왜, 왜 그러느냐?! 괜찮니?!"

베르나데타는 기침하면서 걱정하여 당황한 랄프에게 고개를 끄덕였다.

"콜록, 콜록……. 괘, 괜찮아요, 콜록…… 아, 아버님."

"그, 그러냐. 만약 몸이 안 좋은 것 같으면 다른 날을——."

"아뇨, 문제없어요! 어서 이야기를 계속해주세요!"

베르나데타는 큰 목소리로 재촉했다.

뱀이랑 맞선이라고? 대체 뭐가 어떻게 된 거지?

이야기가 너무 뜻밖이라서 이해가 잘 안 되는 상황이지만, 이대로 랄프에게 맡기면 더더욱 흐름을 따라가지 못하게 된다는 것만큼은 알 수 있었다.

우선은 정확한 상황 확인. 그리고 어떻게 처신할지 결정한다.

"네가 그렇게까지 말한다면 좋다……."

랄프는 의아하게 여기면서도 이야기를 계속했다.

"내가 노엘 슈톨렌을 상대로 고른 데는 깊은 이유가 있다. 바로 말하자면, 그가 앞으로 제국에 없어서는 안 될 존재가 될 것이라고 확신하고 있기 때문이다. 발리언트 현계가 발표된 직후, 그는 심포지엄을 열고 다른 대형 클랜 마스터들에게 뒤지지 않는 재능을 보여줬다. 그 결과가 어떻게 됐는지는 너도 알고 있지?"

"사법성의 부정을 폭로하고 휴고 코페리우스의 무고함을 증명했죠."

"그렇다. 그는 그 젊은 나이에 많은 유력자를 움직였을 뿐만 아니라 국가의 결정까지도 뒤집었다. 좀처럼 노리고 할 수 있는 일이 아니다. 아마 훨씬 전부터 준비하고 있었겠지. 그리고 발리언트 현계 발표를 약진의 기회로 보고 실행으로 옮겼다. 행동력이 있고 계산이 빠를 뿐만 아니라 기회를 보는 힘도 갖추고 있다."

열정적인 말투로 말하는 랄프의 눈동자는 소년처럼 반짝였다.

"그 후에도 그는 계속해서 약진하여 로드 토벌에도 성공했다. 그리고 지금은 천하의 레갈리아의 일원이다. 정말 훌륭한 남자야, 그는."

"하지만 그는 시커예요. 아버님의 일을 이어받을 수가 없어요."

"아니, 그러면 어떤 일도 할 수 있어. 신원을 조사해보니, 시커가 되기 전에는 와이너리를 경영했다고 하더군. 게다가 상당한 수익을 내고 있었다고 해. 물론 적성이 있다고 해서 무리하게 후계자로 삼을 생각은 없다. 그는 이미 성공한 사람이다. 다른 사람의 지위를 잇는 것에는 관심이 없겠지. 나도 그걸로 충분하다고 생각하고 있어."

랄프는 목이 말랐는지 와인을 들이켜고 재킷의 안주머니에서 한 장의 낡은 종잇조각을 꺼냈다.

"베르나데타, 이게 무엇인지 아느냐?"

아뇨, 라고 말하며 베르나데타는 고개를 저었다.

"모르겠어요. 무슨 종이인가요?"

"이건 말이다, 지폐라는 종이로 된 돈이다."

들은 적이 있다. 동전과는 달리 지폐 자체에 가치는 없지만, 정부가 경제 거래의 결제 수단으로 인정한 통화다. 종이인 만큼, 동전보다 보관과 운송이 편하고 동전처럼 금이나 은, 그리고 동과 같은 한정된 원재료에 발행 수량이 좌우되지 않아 경제 활동을 더욱 활발하게 만드는 효과가 기대되고 있다.

"제국은 동전에서 지폐로 바꾸길 바라고 있다. 전부 경제 활동을 더욱 활성화하기 위해서다. 동전은 사용하기 불편하니 말이야. 사람 입장에서도, 국가 입장에서도."

"그럼, 그 지폐는 제국이 발행하는 건가요?"

"아니다. 이 지폐는 제국 정부가 발행하는 것이 아니다. 예전에 자유도시 뮌히에서 발행되던 것이지."

"자유도시 뮌히……."

수십 년 전, 발리언트의 한 위—— 은린의 코퀴토스에게 멸망한 나라의 이름이다. 제국에 흡수 합병되어서 이제는 항간에서 그 이름을 듣는 일은 많지 않다.

"자유도시 뮌히는 상당히 선진적인 경제관을 가지고 있었다. 타국보다 먼저 지폐 경제를 도입할 수 있었던 것도 오랜 세월의 지식과 경험, 그리고 신뢰가 있었기 때문이지. 실제로 자유도시 뮌히의 지폐는 타국으로부터도 국제 통화로서 인정받을 예정이었어."

하지만, 이라며 랄프는 냉소를 지었다.

"너도 역사에서 배웠듯이 자유도시 뮌히는 지폐를 정식 발행하기 전에 멸망했다. 조심성 없는 말이지만, 지폐가 나돌기 전에 멸망해서 살았어. 만약 지폐가 나돈 후에 멸망했다면 자유도시 뮌히와 거래를 하고 있던 모든 나라가 경제에 큰 타격을 입었을 거야. 왜냐하면 지폐는 귀금속이 아니라 종이이니까. 발행한 나라가 멸망해버리면 지폐의 가치도 사라지지. 이제는 휴지로도 못 쓰는 종이 쪼가리야."

확실히 지폐의 가치를 보증하는 건 발행한 나라다. 인간은 지폐 그 자체를 쓰는 것이 아니라 지폐를 발행한 나라의 신용을 거래에 쓰는 것이다. 국가의 신용 없이는 지폐는 성립되지 않는다.

"이후, 지폐에 대한 국제적인 신용은 떨어지기만 했지. 아무도 종이 쪼가리가 될지도 모르는 물건을 거래에 쓰고 싶어 하지 않았으니까. 딜레마야. 어느 나라든 사실은 지폐 경제로 이행하고 싶은데 자유도시 뮌히의 참극을 잊을 수 없는 거지."

베르나데타는 고개를 끄덕였다. 고개를 끄덕이고, 그리고 고개를 갸웃했다.

"지폐 이야기는 알겠어요. 그런데 그게 저와 무슨 관계가 있는 거죠?"

"난 말이다, 사람도 지폐도 똑같다고 생각하고 있단다."

"……똑같은, 가요?"

"그래, 똑같아. 지폐도 사람도 그 자체에는 가치가 없고, 신용이라는 외적 평가에 의해 처음으로 가치를 인정받지."

랄프는 그렇게 말하고 눈을 아련하게 떴다.

"세상은 날 경제계의 거인이라고 하지. 연 매출 20조 필은 확실히 그렇게 불리기에 걸맞은 성과임이 틀림없어. 나도 자신에게 자부심을 가지고 있다. 하지만 내가 돈을 버는 것 외에는 장점이 없는 남자라는 것 또한 사실이야. 어쨌든 내일 신을 양말이 어디에 있는지조차도 모르니 말이야."

아버지의 말을 듣고 베르나데타는 쓴웃음을 지었다.

"아버님은 훌륭하신 분이에요. 그렇게 자신을 비하하지 마세요."

"비하하는 게 아니라 사실이야. 내 가치는 너라는 훌륭한 딸의 아버지라는 점 외에는 없어."

랄프는 부드럽게 미소 지은 다음 표정을 고쳤다.

"내 가치는 정말 제국이 있기에 존재하는 거야. 발리언트가 현계했을 때, 시커들이 순조롭게 토벌에 성공해도 그 후의 나라가 어떻게 될지는 알 수 없다. 그래서 계속 생각하고 있었다. 내 소중한 딸은 어떤 때라도 흔들리지 않는 힘을 가진 남자에게 시집을 보내주고 싶다고."

"그게 노엘 슈톨렌?"

"그 사람 외에는 생각할 수가 없어. 뭐, 키는 좀 작고 나이도 너보다 어리지만 아주 우수하다는 것은 변함없으니까. 얼굴도 미형이야."

"얼굴이 중요한가요?"

"귀여운 손자의 응석을 마음껏 받아주는 게 내 꿈이야."

랄프는 장난스럽게 윙크를 해보였다.

"후후후, 알겠어요. 잘 생각해볼게요."

베르나데타는 아버지에게 보인 미소 뒤로 기회일지도 모른다고 생각했다.

뱀의 목적은 십중팔구 랄프의 돈일 것이다. 그렇지 않으면 그 인간 같지도 않은 놈이 선 따위를 볼 리가 없다. 하지만 이는 돈에 따라서는 말레볼제를 타도하는데 뱀을 협력자로서 이용할 가능성이 높다는 뜻이기도 하다. 그렇다면 맞선은 녀석의 경계를 받지 않고 다가갈 수 있는 절호의 기회다.

뱀은 강하고 교활하다. 그 점은 뱀을 극찬하는 아버지 이상으로 잘 이해하고 있다. 요한을 매장한 녀석이라면 말레볼제의 등도 찌를 수 있을 것이다.

"그건 그렇고, 그가 마음을 바꿔줘서 다행이야."

베르나데타는 랄프의 말을 듣고 뭔가 걸리는 느낌이 들었다.

"마음을 바꿨다니, 무슨 말인가요?"

"그에게는 맞선 제의를 네 번이나 거절당했어. 그런데 갑자기 상대 쪽에서 선을 보고 싶다고 연락이 와서 말이지. 포기하지 않고 버틴 보람이 있었어."

"그, 그런가요……."

베르나데타의 등줄기에 차가운 기운이 돌았다. 랄프는 뱀이 어지간히 마음에 드는지 뱀에 관한 이야기를 계속했다. 하지만 베르나데타의 귀에는 그 이야기가 전혀 들어오지 않았다.

네 번이나 거절했어? 그런데 왜 갑자기 마음을 바꿨지?

처음엔 뱀의 목적이 단순히 돈이라고 생각했다. 하지만 랄프의 이야기를 토대로 추리하면 다른 목적이 있는 듯했다. 그렇지 않으면 거절하던 선을 볼 리가 없다.

물론 칠성배 개최에 따른 클랜의 자금 융통이 악화된 것이 원인일 가능성도 있다. 하지만 그렇게 단정하는 건 위험하다는 느낌이 들었다. 뱀은 단순히 경영난이라고 해서 한 번 정한 것을 바꾸는 남자가 아니다. 만약 정말로 돈이 궁하다고 해도 자산가의 딸과 선 따위는 보지 않고 철저하게 주위 사람들이 내부 사정을 알아차릴 수 없도록 할 것이다.

"베르나데타, 얼굴이 새파란데?"

랄프의 걱정하는 목소리를 듣고 베르나데타는 정신이 번쩍 들었다.

"역시 괜찮지 않구나. 바로 방으로 돌아가 쉬려무나. 맞선 이야기는 나중에 하자. 어차피 서로 준비가 필요할 거야."

"네, 그렇게 하겠습니다."

베르나데타는 비틀비틀 일어나 방으로 돌아갔다. 방으로 가는 도중에도 머릿속은 뱀의 행동에 대한 의문으로 가득했다. 몇 번을 생각해도 단순히 돈이 목적인 것 같진 않았다.

——설마, 파리 대왕의 정체를 알아차렸나?

그렇다고 한다면 전부 납득이 된다.

파리 대왕은 베르나데타의 사역마다. 그래서 베르나데타는 지금까지 정체를 밝히지 않고 암약할 수 있었다. 하지만 반드시 정체를 계속 숨길 수 있는 건 아니다. 사역마를 원격으로 조작할 때의 마력 흔적을 더듬어 찾을 수 있다면, 이 집에 있는 베르나데타가 사역마의 주인이라는 걸 간파할 수 있을 것이다. 간단히 실행할 수 있는 조사는 아니지만 가능하다는 건 사실이다.

즉, 뱀이 상응하는 비용을 치르면서까지 베르나데타의 정체를 이미 파악했다면, 그건 확실하게 놈이 명확한 살의를 품고 있다는 증거다. 적을 이기기 위해서라면 주저하지 않고 자신의 수명을 바치는 미친 행동 이념의 소유자가 베르나데타의 목숨을 노리고 있다……

거기에 생각이 미친 베르나데타의 온몸에서 공포심으로 인한 식은땀이 뿜어져 나왔다. 땀은 몸을 적셨고, 몸뿐만 아니라 마음도 차가워지게 했다.

죽는 것은 두렵지 않다. 정말로 무서운 건 뱀에게 잡히면 죽음보다도 무서운 고문이 기다리고 있을 것이라는 확신. 뱀은 결코 자신의 적을 용서하지 않는다. 목적을 위해서라면 수단을 가리지 않고 감옥도 폭파하는 남자다.

'——집념이 강한 뱀의 독니가 너를 물지 않을 거란 보장은 없어.'

말레볼제가 한 말이 뇌리를 스쳤다. 뱀은 강하고 교활할 뿐만 아니라, 잔인하고 집념이 강하다. 표적이 되면 끝장, 도망칠 방법은 없을 것이다.

말레볼제에게 사정을 말하고 도움을 구할까? ──아니, 안 된다. 뱀을 두려워해서 녀석에게 의지하면 자력으로 해결도 못 하는 잔챙이라며 무시당할 것이다. 무시당한다는 것은 녀석의 계획에서 배제된다는 것을 의미한다. 그뿐이라면 몰라도 발목을 잡는 무능한 자라고 처치당할 가능성마저 있었다. 무엇보다 말레볼제에게 품고 있는 의혹이 만약 진실이라면, 도움을 청해도 소용없을 것이다. 녀석을 믿을 순 없다.

"……내가 하는 수밖에 없어."

베르나데타는 방으로 이어지는 계단을 올라가면서 중얼거렸다.

"살해당하기 전에, 내가 뱀을 죽인다."

그 목소리에 더 이상 공포는 없었다. 존재하는 것은 명확한 살의뿐이었다.

†

와일드 템페스트가 로드── '노블 블러드'를 토벌한 것은 약 반년 정도 전. 구 알키리오 대공국령에서 사투를 펼친 끝에 훌륭하게 격파에 성공했다. 전투 전부터 폐허가 되어 있었던 거리는 양자의 싸움의 여파로 인해 지금은 거의 빈터로 변해 있었다. 그리고 지금, 예전에는 영화를 자랑했던 불모의 대지에 새로운 피가 흐르려 하고 있었다.

광대한 어비스의 가장 안쪽에서 대치하고 있는 것은 인간과 비스트, 양측의 군세.

한쪽은 심도 12, 로드라 불리는 비스트, 노블 블러드가 이끄는 엘리먼트 솔저.

지난번에 와일드 템페스트에게 토벌당한 노블 블러드와는 다른 개체이다. 같은 토지에 발생한 어비스에서는 동종의 비스트가 현계하기 쉽다는 통계가 있지만, 같은 로드종이 짧은 기간에 두 번이나 현계하는 경우는 드물다.

새로운 노블 블러드는 지난번과는 달리 여자 형태였다. 아리따운 드레스를 입은 은발의 아름다운 소녀가 호사스러운 의자에 으스대며 앉아 공중에 떠 있었다. 그 눈 아래에는 노블 블러드가 소환한 300을 넘는 엘리먼트 솔저 군세가 진영을 갖추고 있었다.

이에 대항하는 인간의 군세는 노블 블러드 토벌 의뢰를 받은 시커들이었다. A랭크가 4명, B랭크가 20명, C랭크가 3명. 위에서부터 아래까지 역전의 강자들이 모여 있었다. 그래도 이 전력으로는 대치하고 있는 노블 블러드에겐 이기지 못할 것이다. 기껏해야 엘리먼트 솔저 군세를 배제하는 게 한계다.

실제로 그들도 이기지 못한다는 것은 알고 있었다. 길드로부터 보고받은 노블 블러드의 전투 능력은 지난번보다 더 뛰어났다. 토벌하려면 최소한 지금 있는 전력의 두 배는 필요할 것이다. 싸우면 이길 수 없다. 이길 수 없으니 움직이지 못하고 있는 것이 현재 상태였다.

"마치 고양이 앞의 쥐가 된 꼴이네요."

노블 블러드는 입술을 악하고 박정하게 일그러뜨리면서 말했다.

"이기지 못한다는 걸 알고 있는데 뻔뻔스럽게 오다니. 설마 저랑 이야기하러 온 것도 아니겠죠?"

은근히 무례한 노블 블러드의 태도에 흑발의 가루라가 혀를 찼다.

"칫, 철저하게 얕보고 있군……."

가루라의 이름은 스미카 클레에. 이곳에 있는 시커 집단——백귀야행의 서브 마스터이자 지휘관이다.

스미카는 허리에 찬 칼에 손을 얹었다. 극동의 섬나라 '금강신국' 출신인 스미카의 직업은【도검사】계열 A랭크인【검호】. 한 번 칼을 뽑으면 가루라의 신체 능력과 맞물려서 비길 데 없는 전투 능력을 발휘한다. 하지만 그런 스미카도 눈앞에 있는 노블 블러드를 칠 빈틈을 찾는 것이 어려웠다.

"서로 노려보는 것도 질렸습니다. 이제 죽어주십시오."

노블 블러드는 깔보듯이 눈을 가늘게 뜨고 오케스트라를 지휘하듯이 검지로 스미카 일행을 가리켰다. 곧바로 부하인 엘리먼트 솔저가 주인의 명령에 따라 움직이기 시작했다.

"온다! 전원, 전투 준비!"

스미카가 날카롭게 호령하자 동료들은 엘리먼트 솔저를 요격하기 위해 무기를 들었다. ——경과는 순조롭다. 노블 블러드는 스미카 일행을 완전히 얕보고 있으며 모든 전투를 엘리먼트 솔저들에게 맡길 속셈이다.

이런 상태라면 예지 능력도 잘 기능하지 않을 것이다. 미래가 보인다고 해도 그건 얼마 안 되는 순간의 미래. 노블 블러드의 전투 준비가 되어 있지 않으면 확실하게 반응이 늦어진다. 그렇게 확신할 수 있을 정도로 노블 블러드가 피아의 실력 차이를 과신하고 있다는 건 명백했다.

하지만 노블 블러드는 몰랐다. 백귀야행에는 제국 최강의 남자가 있다는 것을.

킹 슬레이어, 리오우 에딘.

백귀야행의 작전은 단순하다. 스미카 일행이 미끼가 되고, 잠복하고 있는 리오우가 노블 블러드의 허를 찔러 죽인다. 상대는 로드지만 EX랭크인 리오우라면 확실하게 죽일 수 있을 것이다. 노블 블러드는 시간을 멈추는 힘을 가지고 있다. 그 대책으로 시간을 멈추기 전에 기습을 성공시키는 것이 이번 작전의 포인트다.

만약 백귀야행이 충분한 전력을 보유한 클랜이었다면 미리 강력한 배리어를 중첩하여 시간을 멈추고 가하는 모든 공격을 완전히 봉쇄하고 마력이 다 떨어졌을 때 유린하는 작전도 실행할 수 있었겠지만, 현재의 백귀야행에 그 정도의 힘은 없었다.

일이 작전대로 진행되면 스미카 일행이 엘리먼트 솔저와 한창 교전하는 와중에 노블 블러드의 배후에 숨어있는 리오우가 노블 블러드를 일격에 묻어버릴 예정이었다.

하지만 스미카가 계획한 작전은 완성 전에 와해되었다──.

"아니?!"

경악한 나머지 소리친 사람은 스미카였다. 백귀야행과 엘리먼트 솔저가 격돌하는 그 순간, 상공에서 내려온 한 사람의 그림자가 양군 사이에 착지했다. ──금발 남자였다. 남자가 입고 있는 가죽옷은 팔이 노출되어 있어서 억센 근육과 피부에 새겨진 진홍색 문신을 드러내고 있었다. 그리고 남자는 얼굴에 사자를 본뜬 가면을 쓰고 있었다.

"리오우?! 무슨 생각이지?!"

가면을 쓴 남자의 이름은 리오우. 백귀야행의 클랜 마스터이자 킹 슬레이어라는 이명을 가진 제국 최강의 시커다.

원래라면 리오우는 아직 잠복해 있어야 했다. 그런데 리오우는 터무니없게도 노블 블러드의 정면에 나타났다. 스미카의 경악은 동료들에게도 전해져 모두가 동요하고 있었다. 그리고 적대하고 있는 노블 블러드조차도 갑작스러운 리오우의 등장에 눈을 휘둥그레 떴다.

"……복병? 하지만 정면에 나타나면 의미가 없잖아요?"

노블 블러드는 어처구니없다는 듯이 웃었다.

"멍청이는 싫어요. 같이 죽어주세요."

엘리먼트 솔저가 리오우를 향해 쇄도했다. 수도 질도 압도적. 백귀야행의 동료들이 도우려고 해도 이미 손쓰기에 늦은 거리까지 육박해 있었다. 이 정도의 군세와 충돌하면, 설령 A랭크 시커라고 하더라도 꼼짝없이 피안개로 증발할 것이다.

하지만 리오우는 EX랭크다. ──소리도 없이, 그림자조차 보이지 않고 신속으로 날린 무수한 주먹이 찰나의 순간에 모든 엘리먼트 솔저를 꿰뚫었다.

그리고 찾아오는 완전한 정적.

심도 8에서 10에 상당하는 전투력을 가진, 총 300체가 넘는 엘

리먼트 솔저들은 모조리 파괴되었고, 그 세세한 잔해가 눈처럼 쏟아졌다.

리오우의 주먹을 볼 수 있는 자는 없다. 예지 능력을 가진 노블 블러드의 눈에도 단속적인 광경으로만 보였다. 공격을 가하는 타이밍, 공격이 닿는 타이밍, 그 모든 것을 일련의 흐름으로 이해하는 것이 불가능한 것이다.

리오우의 주먹은 너무나도 빠르고 다른 사람은 예측할 수 없는 유려하면서도 오류가 없는 극한의 기술. 만약 리오우의 주먹이 노블 블러드에게 향하면 예지 능력을 구사해도 피하는 것은 절대로 불가능할 것이다.

"마, 말도 안 돼……."

노블 블러드의 볼에 식은땀이 흘렀다. 발리언트를 제외하면 보이드에서도 압도적인 강력함과 권위를 자랑하는 노블 블러드가 명확한 공포를 품고 있었다.

"너——."

리오우는 노블 블러드를 올려다보며 느릿한 말투로 말을 걸었다. 그 목소리는 가면 때문에 분명하지 않았지만 신기하게도 잘 들렸다.

"시간을 멈출 수 있다면서? 재밌군. 해봐라."

리오우의 말을 듣고 그 자리에 있던 모두가 귀를 의심했다.

온갖 속성 마법을 행사할 수 있는 노블 블러드는 세계의 시간을 멈출 수 있다. 방대한 마력을 소비해서 시간을 멈추고 있는 동안에 다른 힘을 쓸 수는 없지만, 무수한 공격 방법 중에서도 틀림없는 최강의 힘이다. 허를 찌르거나 노블 블러드의 공격 능력을 웃도는 배리어 말고는 대항할 수단이 없다.

그런데도 리오우는 가수에게 한 곡을 부탁하는 듯한 가벼운 마음으로 노블 블러드에게 시간을 멈춰보라고 말한 것이다. 백귀야행의 동료들은 절망하여 표정을 찡그렸고, 노블 블러드는 분노와 수치심으로 어금니를 꽉 깨물고 있을 뿐만 아니라 그 두 눈에는 눈물이 맺혀있었다.

"버러지 놈, 반드시 죽여주겠다!!"

분노와 원망으로 물든 노블 블러드가 고함친 순간, 그 몸이 괴이하게 변했다. 등에서는 박쥐의 날개와 비슷한 날개가, 머리에서는 두 개의 뒤틀린 뿔이 돋아나고 가늘었던 오른팔이 비대해져 나무처럼 거칠고 울퉁불퉁해졌다. 본체는 가련한 소녀인 그대로지만, 각 부위에 생긴 언밸런스하고 괴이한 형체는 키메라를 연상케 했다.

실제로 더 뛰어난 부위를 조합한다는 술식 개념은 똑같다. 와일드 템페스트에게 토벌당한 개체가 단순히 거대화함으로써 진정한 힘을 발휘할 수 있었던 것에 비해 이 노블 블러드는 변이하는 부분을 최적화하고 있다. 그 결과, 압축된 진짜 힘은 온몸을 거대화시키는 변이보다 신체 능력을 훨씬 더 끌어올렸다.

변이 전후의 차이는 가히 10배. 같은 노블 블러드라고 해도 격이 달랐다.

"말 없는 고깃덩어리가 되어라!!"

하지만 그 정도의 힘을 자랑하는 노블 블러드는 약간의 자만심도 품지 않고 시간 정지 마법을 발동했다. 방대한 마력을 대가로 세상의 이치가 바뀌어 모든 것이 정지했다. 멈춘 시간 속에서 노블 블러드는 리오우를 향해 괴이하게 변한 오른팔을 휘둘렀다. 지형마저도 바꾸는 노블 블러드의 일격이 리오우를 노렸고──── 그리고 그의 왼팔에 가볍게 막혔다.

"아니?! 어, 어떻게?!"

있을 수 없다. 있어서는 안 된다. 시간은 제대로 정지되어 있다. 이 멈춘 공간 속에서 움직일 수 있는 건 노블 블러드뿐이다. 그런데 어째서──── 이 남자는 움직일 수 있지?

"네 시간 정지 마법은 두 개의 술식이 동시에 작동하고 있다."

리오우는 노블 블러드의 주먹을 잡은 채로 중얼거리듯이 말했다.

"하나는 시간을 멈추는 힘. 그리고 또 하나는 멈춘 시간 속에서도 움직이는 힘. 정확히는 자신을 시간 정지 마법의 대상에서 제외하는 힘이지. 판별 방법은, 네 마력. 즉, 너와 같은 마력을 가진 자라면 이 정지한 세상 속에서도 움직일 수 있다."

"나랑 같은 마력?! 어째서 네놈이?!"

"그것이 나의──【무신】의 힘이다."

【격투사】계열 EX랭크, 【무신】. EX랭크인 리오우는 한계를 뛰어넘어 【격투사】의 능력을 행사할 수 있다. 그중 하나가 무신 스킬 《천의무봉》. 자신의 마력 파장을 대상과 동기시킴으로써 마력을 쓰는 공격과 방어를 무효화하는 스킬이다.

"자, 시간 정지 마법은 불발로 끝났다. 다음은 뭘 보여줄 거지?"

노블 블러드는 고개를 갸웃하는 리오우를 보고 말문이 막혔다.

믿고 의지했던 시간 정지 마법은 통하지 않고 힘에서도 압도당하고 있다. 리오우에게 잡힌 주먹에 아무리 힘을 줘도 떨쳐낼 수 없었다.

"제, 젠자아앙……."

자신이 죽을 것을 깨닫고 새파랗게 질린 얼굴로 눈물을 흘리는 노블 블러드. 이미 승패는 결정되어 있었다.

"예지 능력을 쓸 수 있어도 이 결말은 보이지 않았나. ——아니, 시간 정지 마법과는 병용할 수 없구나. 멈춘 시간의 행방은 누구도 알지 못한다. 네게 보이던 것은 시간 정지 마법을 발동하는 순간까지인가. 의외로 대단한 능력이 아니었네……."

리오우는 한숨을 쉬고 주먹을 쥐었다.

"나는 천벌의 화신. 내 자비와 기도가 그대를 정화하고 구원하기를 기원한다."

일격필살. ——리오우의 신의 주먹은 순식간에 노블 블러드를 분쇄했다. 파란 피와 살과 뼈와 내장이 비가 되어 리오우에게 쏟아졌다.

노블 블러드가 토벌되어 세상의 시간이 돌아왔다. 그리고 어비스가 정화되었다. 빨간 안개가 걷히고 납빛의 흐린 하늘이 모습을 드러냈다.

"……이, 이겼나?"

백귀야행의 멤버가 어리둥절하며 중얼거렸다. 하지만 그 얼굴에 기쁜 기색은 없었다. 모두 노블 블러드의 파란 피에 젖은 리오우를 보고 공포에 다리가 얼어붙었다.

동료들을 뒤돌아본 리오우는 한마디도 하지 않고 집단 한가운데를 지나가려 했다. 길목에 있던 자들이 비명을 지를 것만 같은 표정을 짓고 황급히 리오우에게서 물러섰다. 공포다. 이제는 공포밖에 없었다.

"기, 기다려, 리오우!"

유일하게 서브 마스터인 스미카만이 리오우를 불러 세웠지만, 그 발걸음이 멈추는 일은 없었다. 스미카는 초조함과 짜증으로 혀를 찼다.

"너희는 먼저 비공정으로 돌아가라. 난 저 바보와 할 얘기가 있다."

"아, 알겠습니다."

아무 말도 못 하게 하는 스미카의 박력에 동료들은 고개를 저었다. 스미카는 앞서가는 리오우에게 달려갔지만, 역시 아무런 대답도 없었다.

"기다리라고 했잖아!"

결국 참지 못한 스미카는 억지로 리오우의 어깨를 잡고 멈춰 세웠다.

"……무슨 일이지?"

스미카에게 향한 리오우의 시선은 한없이 어둡고 차가웠다. 스미카는 그 헤아릴 수 없는 시선에 한순간 겁먹을 뻔했지만, 바로 마음을 다그쳐 정면으로 리오우를 바라봤다.

"왜 내 작전을 무시했지?"

리오우는 그렇게 질문하는 스미카를 가면 뒤에서 조소했다.

"필요 없다고 판단했기 때문이다. 실제로 나 혼자서도 충분했어."

"그건 결과론이잖아! 만약 네가 졌으면 우린 멈춘 시간 속에서 온갖 고통을 받다가 죽었을 거라고!"

"그렇다고 하더라도 나하고는 상관없어."

차갑게 뿌리치는 말투에 스미카는 속이 뒤집어졌다.

"웃기지 마! 넌 동료를 뭐라고 생각하는 거야?!"

"타인이다. 난 너희에게 간섭하지 않아. 그러니 너희도 나에게 간섭하지 마라. 그 약속이 지켜지는 한, 무르고 약한 너희를 이끌어주지."

"너!"

분노에 몸을 맡기고 리오우에게 덤벼들려고 했을 때, 날카롭게 제지하는 목소리가 들렸다.

"그만둬! 그 이상은 그만해라!"

금발의 포니테일을 휘날리며 달려온 사람은 연미복을 입은 젊은 여자였다. 마리온 젠킨스, 백귀야행을 담당하는 길드의 감찰관이다. 주위를 경비하는 감독을 맡고 있던 그녀가 중재하러 나타나서 스미카는 치켜올린 주먹을 내릴 수밖에 없었다.

"무슨 일이 있었는지는 모르겠지만 동료끼리 싸우지 마라."

사이에 끼어든 마리온이 타이르자 스미카는 주먹을 쥔 채로 고개를 숙였다.

"토벌 확인은 끝났다. 뒷일은 우리에게 맡겨줘."

마리온은 스미카에게 걱정스러운 시선을 보내면서 말했다.

"그럼 난 이제 필요 없겠지."

냉담하게 중얼거린 리오우는 다시 걷기 시작했다. 향하고 있는 곳은 백귀야행의 비공정이 정박한 곳과는 반대였다.

"어디로 갈 생각이지? 비공정은 그쪽이 아니야."

리오우는 질문을 던지는 마리온에게 코웃음 쳤다.

"너하고는 상관없잖아."

"아니, 상관있지. 넌 백귀야행의 클랜 마스터다. 감독관인 나는 항상 너희의 동향을 파악해둘 필요가 있다. ——한 번 더 묻겠다. 그렇게 피투성이가 된 모습으로 동료들을 내팽개치고 어디로 갈 생각이지? 리오우, 난 너의 책임 능력을 확인하고 있는 거다."

마리온이 엄하게 따지자 리오우는 멈춰 서서 한숨을 쉬었다.

"……하아, 피로 더러워졌으니까. 가까운 마을에서 목욕하고 싶어."

"너, 날 얕보고 있구나?"

표정이 험악해진 마리온은 리오우를 뚫어지게 쳐다봤다.

"백번 양보해서 날 바보 취급하는 건 용서한다. 하지만 잊지 마라. 너희가 제국을 깔보면 너희 처지를 깨닫게 해줄 것이다."

"그거, 협박하는 건가?"

리오우는 뒤돌아서 마리온을 비웃듯이 내려다봤다.

"큰소리치고 창피를 당하는 건 너희라고?"

"그렇게 생각한다면 네놈의 생각을 관철해보라고. 날 여기서 죽이면 우리 시커 길드와 너희 성도십자가 교회의 관계는 완전히 단절된다. 그게 네 바람이잖아?"

"피라미가 조직의 위세를 등에 업고 잘난 듯이 짖지 마라."

"이도 저도 아닌 박쥐 자식한테 그런 말은 안 듣고 싶은데. 리오우, 넌 틀림없이 최강이다. 그런데 언제까지 겁쟁이처럼 싱거운 짓을 할 거냐? 네가 클랜의 동료들을 냉대하는 건 성도십자가 교회의 지시로 활동하고 있다는 찜찜함 때문이냐?"

리오우의 정체는 성도십자가 교회의 관계자다. 제국 최대의 종교단체인 성도십자가 교회의 신자는 시커 중에도 많지만, 리오우는 단순한 신자가 아니라 교황 직속 전투 집단── '겨우살이'의 구성원이다.

그들의 임무는 파견국에 무력을 과시해서 교회의 권위를 널리 떨치는 것. 그야말로 큰 나무에 기생하여 번성하는 겨우살이처럼 그들은 무력으로 많은 나라의 중추에 파고들어 왔다. 리오우가 시커가 된 것도 임무를 수행하기 위해서다.

시커 측에서 이 사실을 알고 있는 사람은 마리온을 포함한 일부 시커 길드 관계자와 백귀야행의 서브 마스터인 스미카 뿐이다.

시커 길드는 리오우의 정체를 알고 있어도 배제할만한 명목이 없었고, 그 유례가 드문 무력을 이용하기 위해 묵인하고 있다.

마리온 또한 리오우의 전투 능력 자체는 높이 사고 있었다. 하지만 그렇다고 해서 감찰관으로서의 직무 책임을 포기할 생각은 없었다.

"난 네 입장을 따지지 않아. 설령 교회의 개라고 해도 말이야. 하지만 어떤 이유가 있다 하더라도 한 번 클랜 마스터가 되는 것을 택했다면 그 책임을 져라. 동료들을 신뢰하고 그들과 함께 싸워라."

간곡하게 타이르는 마리온에게 리오우는 아무 말도 하지 않고 등을 돌렸다. 그 등은 은연중에 자기가 알 바가 아니라고 말하고 있었다.

　"리오우, 네가 진지해지지 못한 건 네 수준에 맞는 적이 없어서 인가?"

　물어보는 마리온의 목소리에 대답은 없었다. 마리온은 걸어서 떠나려고 하는 리오우에게 큰 소리로 계속해서 말했다.

　"자만하지 마라. 네가 아무리 강해도 뛰는 놈 위에는 나는 놈이 있다."

　그 말에 리오우의 발이 멈췄다.

　"……발리언트인가. 안심해라, 놈들과의 싸움에는 참여할 거다."

　"아니, 발리언트가 아니다."

　"흐음? 그럼 패룡대인가?"

　"아니다. 내가 말하고 있는 사람은 노엘 슈톨렌이다."

　마리온이 단언하자 리오우는 천천히 뒤돌아봤고, 그리고 다른 사람의 눈도 의식하지 않고 배를 잡고 큰 웃음을 터뜨렸다.

　"하하하하하하, 너, 날 웃겨서 죽일 셈이냐? 다른 사람도 아니고 그 사기꾼? 확실히 놈은 교활하다. 머리가 잘 돌아가. 칠성배라는 촌극을 기획한 것도 훌륭해. 하지만 그게 어쨌다는 거냐? 확실하게 약속하지. 나라면 1초 만에 놈을 다진 고기로 만들 수 있다."

　리오우가 계속 비웃어도 마리온은 동요하지 않고 냉정한 그대로였다.

　"그럼 물어보겠는데, 넌 노엘과 같은 일을 할 수 있나?"

"난 놈과는 달리 사기꾼이 아니야. 그런 가정은 무의미해."

"발뺌하지 마라, 리오우. 못 하는 건 못 한다고 해라."

마리온이 딱 잘라 말하자 가면 너머로도 리오우가 화가 났다는 걸 알 수 있었다.

"리오우, 넌 최강이다. 하지만 너보다 노엘이 더 위다. 네가 아무리 강해도 노엘에겐 이길 수 없다."

"궤변이군. 말뿐이라면 무슨 말이든 할 수 있지."

"그래, 말뿐이라면 무슨 말이든 할 수 있다."

그러니, 라며 마리온은 말을 끊고 호전적인 미소를 지었다.

"누가 위인지 칠성배에서 정하면 된다."

그리고 리오우에게 다가가 품에서 꺼낸 한 통의 편지를 떠밀었다.

"노엘의 편지를 가져왔다. 읽어라."

편지를 받은 리오우는 마지못한 기색으로 봉투를 열어 그 내용을 확인했다. 리오우의 표정은 알 수 없었다. 하지만 잠시 후에 가면 안쪽에서 소리 죽인 웃음소리가 새어 나왔다.

"크크크, 그렇군. ……알겠다. 칠성배에 나도 나가지."

리오우의 선언에 방관하고 있던 스미카는 놀랐다.

"네가 나간다고? 촌극이라면서 바보 취급했는데……."

클랜이 참가할지 안 할지에 대한 결정권은 스미카에게 있었는데, 리오우는 촌극에 참가할 생각은 없다면서 처음부터 거절했었다. 그런데 왜 마음을 바꿨는지는 알 수 없다. 다만, 리오우의 몸에서는 광기마저 느껴지는 투지가 용솟음치고 있었다.

"마리온, 뱀에게 전해줘라."

리오우는 가지고 있던 편지를 찢어버리고 눈을 번뜩였다.

"목을 씻고 기다리고 있으라고."

†

"미안해, 일부러 여기까지 오게 해서."

제도에서 말을 타고 1시간 걸리는 거리에 있는 험준한 바위산 정상에서 상의를 탈의한 지크는 명랑하게 웃으면서 말했다. 옆에는 벗은 옷과 검이 놓여있었다.

아직 낮이고 날이 맑아서 눈은 안 내리지만, 몸을 에는 듯한 칼바람이 차가웠다. 용케도 이런 극한 환경에서 반쯤 벗은 상태로 있을 수 있구나.

지크는 괜찮아도 바쁜 때에 갑자기 부엉이 우편으로 불려온 난 참을 수가 없었다. 바람이 너무 세서 담배를 피울 수도 없는 상황이다.

"제대로 된 곳을 골라라, 멍청아. 머리가 돈 거 아냐?"

내가 매도하자 지크는 즐거운 듯이 웃음을 터뜨렸다.

"아하하하, 미안해. 한 번 온 적이 있으니까 괜찮을 줄 알았어."

"그때는 여름이었잖아. 지금은 한겨울이야."

당시에도 차가운 바람이 휘몰아쳤지만, 지금만큼은 아니었다. 공기도 희박하고 최악이다. 수행하기에는 최적의 장소이긴 하지만 조금이라도 방심하면 눈꺼풀이 얼어붙어 눈을 뜰 수 없게 된다. 공기 중에 반짝반짝 빛나는 세빙은 전부 나와 지크의 호흡에 포함된 수분이다. 아마 기온은 영하 30도를 밑돌 것이다.

"아아, 추워……. 젠장, 앞머리가 얼어붙었어……."

"불평하는 것 치고는 가벼운 차림으로 왔네."

지크가 지적했듯이 난 평소대로의 차림이었다. 별다른 등산 도구도 없이 맨손으로 정상에 왔다. 블랙 드래곤의 심근 섬유로 짠 코트가 추위를 조금 누그러뜨려 주었다.

"할아버지한테 훈련을 받았거든. 춥긴 하지만 견딜 수는 있어."

"나도 마찬가지야. 어릴 때의 이야기인데, 우리 마귀할멈은 이런 극한 환경에서만 수행을 시켰어. 덕분에 환경 변화에 강한 몸이 되었지만."

"마귀할멈…… 샤론 발렌타인인가."

패룡대의 현 넘버3, 예전에는 넘버2였던 엘프 여걸이다. 평범한 시골 악동에 불과했던 지크를 찾아내서 철저하게 단련시킨 것도 그녀.

즉, 지크의 스승이다. 그리고 지크뿐만 아니라 제국 전체에서 재능 있는 아이들을 모아 엘리트 시커 교육을 하는 인재 육성 시스템을 구축하고 많은 A랭크를 길러내는 데 성공한 공적으로도 유명하다. 그 결과, 패룡대는 제국 최강의 클랜이 되었다.

세간이 높이 평가하는 사람은 EX랭크인 빅토르와 지크지만, 패룡대의 진짜 중심인물은 분명 샤론이다. 그녀의 지도 능력은 그 정도로 탁월했다. 내 스승님인 불멸의 악귀조차 근대 시커 이론을 교육할 때 샤론의 저서를 교과서로 썼을 정도였다.

'만약 전성기의 내가 최강의 시커였다고 한다면, 샤론 발렌타인 여사는 최고의 트레이너겠지. 노엘, 네가 시커로서 더 배우고 싶다는 생각이 들면 그 사람을 두 번째 스승으로 선택하면 좋을 게다. 내가 추천서를 써주면 그쪽도 문전박대 하지는 않겠지.'

결국 난 실전을 겪으며 강해지는 걸 선택해서 그녀를 찾아가는 일은 없었지만, 할아버지의 판단은 틀리지 않았다고 생각한다. 와일드 템페스트의 클랜 마스터가 된 지금도 전투에서는 그녀의 전술 지도서로 배운 지식을 기본으로 삼는 일이 많기 때문이다.

양성학교에 다녔던 레온이나 독학으로 시커의 이상적인 모습을 모색했던 휴고도 샤론의 영향을 강하게 받았다. 다른 나라에서 자란 코우가나 산에 틀어박혀 수행한 아르마 같은 특수한 예를 제외하면, 아마 제국에서 샤론의 영향을 받지 않은 시커는 없을 것이다. 샤론을 보고 '시커의 어머니'라고 하는데 참 적절한 표현이다.

"그 사람과는 한번 의논해보고 싶어."

"그러지 않는 게 신상에 좋을걸."

중얼거린 나를 보고 지크는 표정을 굳혔다.

"넌 샤론에게 미움받고 있으니까. 논의하기는커녕 만나자마자 너한테 총구를 겨눠도 이상하지 않아. 농담 아니다?"

"그렇군. 그건 아쉽네."

샤론과 만난 적은 없지만, 미움받고 있을 것이라는 자각은 있었다. 난 상대가 누구든 방해된다고 판단하면 배제하는 남자다. 시커의 중진으로서 권위와 품격을 중요시하는 그녀와는 성격이 안 맞다. 그리고 레갈리아 회의에서 내가 어떻게 행동했는지도 들었을 것이다. 그렇다면 더더욱 날 싫어할 것이다.

"네 약점이지."

지크는 희미한 웃음을 띠고 날 똑바로 바라봤다.

"노엘 군, 넌 훌륭한 시커야. 다른 사람에겐 없는 유일무이한 재능을 가지고 있어. 그래서 그 젊은 나이에 많은 위업을 이룰 수 있었지. 많은 강자가 너에게 이끌리는 것도 당연한 일이야. 하지만 너의 폭군 같은 행동은 확실히 많은 적도 만들고 있어. 단순히 꺾으면 되는 적뿐만 아니라, 개중에는 함께 절차탁마할 수 있는 상대도 있었을 거야."

이야기를 듣고 있던 내 뇌리에 네 사람의 얼굴이 떠올랐다. 로이드, 타니아, 발터, 그리고── 첼시.

"사람이 홀로 강해질 수 있는 범위에는 한계가 있어. 그래서 서로 절차탁마함으로써 한계를 뛰어넘으려고 하는 거야. 네가 샤론과 의견을 나누고 싶다고 생각한 것처럼 말이지. 하지만 네가 싸우는 방식은 그런 기회를 전부 날려버렸어. 그건 인간으로서 치명적인 약점이야."

지크의 주장은 지당하다. 하지만 동시에 코웃음 치며 넘길 수 있는 지적이기도 했다.

"난 내 존재 방식을 약점이라 생각하지 않아. 우호적인 관계를 쌓지 않아도 서로 절차탁마할 수 있어. 그건 네가 증명하지 않았나."

"……흠. 부정은 못 하겠네."

지크는 요한과의 싸움을 겪고 더 큰 힘으로 통하는 문을 열 수 있었다. 전투에서 입은 모든 상처도 치유되었는지 이전보다 더 무시무시한 기백이 넘쳐흘렀다.

"그건 굉장한 싸움이었어. 누군가의 방해만 없었다면 말이지?"

불만스러운 듯이 한쪽 눈을 가늘게 뜬 지크를 보고 난 쓴웃음을 지었다.

"애초에 그건 내 싸움이었어. 레온이 어떻게 부탁했는지는 모르겠지만 내가 불평을 들을 이유는 없어. 그리고 네가 진짜로 노리는 사람은 따로 있잖아? 바람피우지 말라고, 호색한."

"그 부분을 찔리면 아픈데……."

지크는 코트를 쥐고 일어서더니 맨살 위로 걸쳤다.

"본론으로 들어가지. 내가 널 부른 이유는 그것 때문이야. 노엘군, 리오우는 네가 여는 칠성배에 참가하겠지?"

"그래, 이미 언질은 받아놨어."

내가 바로 답하니 지크는 약간 놀란 얼굴을 보였다.

"이야, 그거 대단하네. 어떤 비겁한 수를 쓴 거야?"

"남이 듣기에 안 좋은 말 하지 마. 편지로 독려했을 뿐이야."

"편지로 독려를 해?"

앵무새처럼 했던 말을 그대로 하며 물어보는 지크에게 나는 고개를 끄덕였다.

"만약 참가하지 않으면 리오우는 싸움에서 도망친 겁쟁이라고 길거리에서 떠들썩하게 소문을 퍼뜨릴 거라고 썼어. 그랬더니 놈의 담당 감찰관한테서 참가하겠다는 답이 왔어."

내가 답하자 지크는 의아한 듯이 미간을 찌푸렸다.

"……그것만으로?"

"놈은 압도적인 강자야. 그리고 아마 날 깔보고 있겠지. 상상해 봐. 네가 리오우의 입장이라면 화가 나겠지?"

"그건 뭐……."

"화가 난 이상, 자존심을 지키기 위해서는 날 정면으로 굴복시킬 필요가 있지. 그래서 참가하겠다고 정한 거야. 나도 이런 방식으로 도발을 당하고 불쾌해진 기억이 있어서 말이지. 효과적인 건 처음부터 알고 있었어."

제로가 로키를 인질로 잡고 날 불러내려고 했을 때, 비슷한 문구로 도발한 일이 생생하게 기억났다. 난 도발이라는 걸 알고 있어도 무시할 수 없었다.

"강자는 강자이기에 자존심에 얽매이지. 자존심을 부정하는 것은 곧 자신이 강하다는 것을 부정하는 것이니까. 미학, 이라고 바꿔 말해도 돼. 우린 자존심이라는 이름의 미학조차 가지지 못하는 약자와는 달라. 따라서 그게 약점이기도 하지."

가만히 이야기를 듣고 있던 지크는 감동한 것처럼 고개를 끄덕였다.

"이해했어. 넌 역시 빌어먹을 놈이야. 근성이 완전히 썩어빠졌어."

그리고 아이 같은 천진난만한 웃음을 보여줬다.

"네가 그래서 나도 이끌렸겠지……."

지크는 나에게서 시선을 떼고 등을 돌린 채로 이어서 말했다.

"노엘 군, 약속을 지켜줘서 고마워. 감사해."

"서로 이용하는 관계야. 감사 인사는 필요 없어."

"그래도 할 거야. 이게 내 미학이야."

어깨 너머로 미소를 보이는 지크를 보고 나도 표정을 풀었다.

"너의 그런 점, 싫지 않아."

"고마운 말이지만 칠성배에서는 안 봐줄 거야. 사실대로 말하자면, 너와 싸울 수 있을지도 모른다는 가능성에도 기대하고 있어. 아무튼 난 호색한이니까."

지크는 그대로 미소를 띠고 있었지만, 그 깊숙한 곳에서 사나운 투지를 느꼈다. 바라던 바다. 본선은 추첨이기에 내가 대전 상대를 정할 수 없다. 그래도 지크와 싸워보고 싶다는 마음은 나에게도 있었다.

"알았어. 그때가 오면 전력으로 싸우자."

이 남자에게라면 내 모든 것을 보여줘도 좋다. 이렇게 뜨거워지는 건 내가 철저하게 책사로서 행동하지 못하는 어리석은 자이기 때문일 것이다. 그 어리석음이 내 자존심이자 미학이다.

"난 이만 간다."

그대로 산에서 내려가려고 했는데, 갑자기 샘솟은 장난기가 발을 멈추게 했다.

"지크, 넌 분명 호색한이야. 이 제국에서 너한테 다리를 벌리지 않을 여자는 적겠지. 하지만 나도 인기가 많다고?"

"네가 인기가 많다는 건 알고 있어. 남녀불문하고 말이지."

빈정거리면서 대답하는 지크에게 나는 여유로운 미소를 보여줬다.

"내일 어떤 아가씨랑 선을 보게 됐어."

"좋은 일이네. 축하해. 어디 사는 아가씨야?"

"랄프 골딩의 외동딸, 베르나데타 골딩이야."

"뭐, 뭐라고?!"

경악한 나머지 항상 가늘게 뜨고 있는 두 눈을 휘둥그레 뜬 지크의 얼굴이 바로 내가 보고 싶었던 광경이었다.

선을 보겠다고 한 뒤에 랄프에 대해 다시 조사했는데, 외동딸인 베르나데타를 대단히 아끼는지 지금까지 어떤 남자도 다가오지 못 하게 한 모양이었다. 놀란 점은 랄프가 배제해온 남자 중에 눈앞에 있는 지크의 이름도 있었다는 점.

잘은 모르겠지만, 파티에서 지크가 베르나데타를 꼬시려고 했는데 베르나데타가 거절했고, 그 뒤에 랄프가 정식으로 패룡대에 항의했다고 한다. 그 사건으로 인해 패룡대는 랄프를 포함한 관련 그룹과의 관계가 악화되어 큰 경제적 손해를 입게 되었다. 사건의 원인이 된 지크가 동료들에게 어떤 질책을 받았을지는 쉽게 상상이 됐다.

"그 베르나데타 아가씨가 너랑 맞선을?! 농담이지?!"

"글쎄, 어떨려나?"

난 의미심장한 말을 하고 뒤돌아서 빠른 걸음으로 산에서 내려가기 시작했다.

"노엘 군, 기다려! 이야기는 아직 안 끝났어!"

뒤에서는 지크가 날 부르는 목소리가 들렸지만 걸음을 멈출 생각은 없었다. 지크의 얼빠진 얼굴을 봐서 만족했다. 내일을 생각하면 우울하긴 하지만, 지금만큼은 진심으로 마음이 상쾌했다.

†

창문으로 보이는 납빛의 흐린 하늘은 베르나데타의 심정과 완전히 같은 색이었다.

맞선 당일, 베르나데타와 랄프 부녀와 노엘 세 사람은 랄프가 소유한 레스토랑에서 얼굴을 마주하게 되었다. 전세를 내서 넓은 플로어에 다른 손님은 없었다. 최고 종업원들의 서비스, 그리고 고급 요리와 술을 즐기면서 랄프와 노엘은 담소를 나누고 있었다.

"호오, 시커 일을 시작하기 전에는 와이너리를 경영했습니까."

랄프는 이미 알고 있던 정보임에도 불구하고 노엘의 이야기에 관심을 보였다.

"네. 바로 경영권을 지인에게 양도했지만, 즐거운 경험이었습니다. 그리고 경영에서 물러난 뒤에도 좋은 와인이 생기면 제게 보내줍니다."

연미복을 입은 노엘은 쾌활한 웃음을 띠면서 계속해서 말했다.

"당시의 가장 큰 수확은 역시 종업원들과의 인연이죠. 돈으로 바꿀 수 없는 저의 소중한 보물입니다."

"저도 잘 압니다. 세간에서는 저를 냉혹한 남자라고 평가하는 자도 있습니다만, 저도 당신과 마찬가지로 사람 간의 인연이 가장 중요하다고 생각하고 있습니다. 노엘 씨, 오늘은 당신과 이렇게 이야기할 수 있어서 정말 다행입니다."

"황송합니다. 저야말로 경제계의 거인, 랄프 골딩 씨와 이렇게 흉금을 털어놓고 이야기할 수 있는 것을 진심으로 기쁘게 생각하고 있습니다."

노골적인 비즈니스 토크를 나누는 두 사람 옆에서 베르나데타는 이야기에 끼지 않고 철저하게 미소를 띤 장식으로 있었다. 자산가의 영애로서 남자가 이야기를 나누고 있는데 여자가 끼어드는 건 무례한 행동이라는 걸 알고 있을 뿐만 아니라, 마음속에 품고 있는 공포와 불안에 찌부러질 것만 같은 걸 필사적으로 참고 있기 때문이다.

베르나데타가 직접 만난 노엘은 벌레를 통해 봐온 모습보다 훨씬 아름다웠고 끝없는 패기를 지니고 있었다.

사람에겐 격이라는 것이 있다. 용모, 신체 능력, 두뇌, 예술성, 카리스마, 인덕, 재력, 지위, 권력, 혈통, 인맥, 위업——. 온갖 인간의 가치에 있어서 가진 자와 가지지 못한 자, 양자를 나누는 벽은 거대하고 절대적이다. 인간은 절대 평등하지 않다.

어느 빈자가 말했다. ——인생은 돈이 전부가 아니다.

어느 부호가 말했다. ——인생은 돈이 전부가 아니다.

같은 말이라도 거기에 담긴 무게는 전혀 다르다.

가지지 못한 것이 나쁜 게 아니다. 하지만 인간은 가지지 못한 자를 신용하지 않는다. 감동하지 못한다. 왜냐하면 그 언동을 뒷받침해주는 것이 없기 때문이다. 인간의 격이란 곧, 좋고 싫음을 따지지 않고 다른 사람을 납득시킬만한 배경—— 가치의 결정체다.

그 점을 감안해서 보면 경제계의 거인이라 숭상받는 랄프조차 겨우 16살 소년인 노엘에게 격에서 지고 있었다. 관점에 따라서는 소녀 같은 덧없는 느낌을 주는 소년이 갖춘 압도적인 존재감과 심오함——. 수많은 위업을 이룬 끝에 얻었을 완전무결함을 보고 그냥 지나칠 수 있는 자가 얼마나 있을까.

베르나데타도 뒷세계에서는 수많은 수라장을 경험한 사람이다. 하지만 그래도 노엘이 무서웠다. 두려움이 판단력을 무뎌지게 했다. 아무리 눈여겨봐도 그 생글거리는 웃음 깊은 곳에 숨겨진 진의를 간파할 수 없었다.

모르겠다. 이 아름다운 남자가 대체 무슨 생각을 하는지——.

"어디 불편하신가요?"

걱정스럽게 물어보는 노엘의 목소리에 베르나데타는 퍼뜩 정신이 들었다.

"아, 아뇨, 괜찮습니다……."

"괜찮다고 하는 것 치고는 안색이 좋지 않네요. 오늘은 이만 해산하고 날을 다시 잡아서 만나는 편이 좋을 것 같습니다."

노엘이 제안하자 랄프도 수긍했다.

"그렇게 하겠습니다. 몸 상태가 좋지 않은 상태로 회식을 계속하는 것도 오히려 예의에 어긋나는 일이죠. ——노엘 씨, 오늘은 죄송합니다."

"괜찮습니다. 누구나 몸이 안 좋을 때가 있으니까요."

"그렇게 말해주시니 감사합니다. 그럼 훗날에 잘 부탁드립니다. 그때는 딸과 둘이서만 만나도 괜찮겠습니까?"

"알겠습니다. 여성분을 대하는 건 서투르지만 기꺼이 에스코트하겠습니다."

노엘이 웃는 얼굴로 바라봐서 베르나데타는 애매하게 고개를 끄덕였다.

"실례, 잠시 자리를 비우겠습니다."

갑자기 랄프가 일어났다. 볼일을 보러 가는 줄 알았는데, 떠날 때 베르나데타에게 가볍게 윙크를 해보였다. 아무래도 회식을 끝내기 전에 둘이서만 이야기하라는 랄프 나름의 배려인 듯했다.

랄프가 자리를 뜬 뒤, 베르나데타는 어떻게 말을 꺼낼지 망설였다.

애초에 노엘은 정말로 베르나데타의 정체를 알고 있는 걸까? 만약 알고 있다면, 굳이 맞선 제의를 받아들인 건 왜인가?

긴장해서 목이 말랐다. 와인으로 적시고 각오를 다진 후에 노엘과 시선을 맞췄다.

"한 가지 물어봐도 될까요?"

"제가 대답할 수 있는 질문이라면 뭐든 괜찮습니다."

"이번 맞선, 당신은 처음에는 거절했다고 아버지께 들었습니다. 그런데 왜 마음을 바꾸신 건가요?"

"그렇군요. 그것 말인가요."

노엘은 자조하듯이 미소 지었다.

"솔직히 말씀드리자면, 돈 때문입니다. 전 당신의 아버님이신 랄프 골딩 씨께 자금 원조를 받고 싶다고 생각하여 맞선을 승낙했습니다."

직설적으로 날아든 대답에 베르나데타는 당황하고 말았다. 말을

163

못 하고 있으니 노엘은 테이블 위로 깍지를 끼고 이어서 말했다.

"알고 계시겠지만, 전 지금 칠성배를 개최하는 데 힘을 쓰고 있습니다. 그래서 부끄럽게도 막대한 출자가 늘어나 자금 융통이 어렵습니다. 그래서 당신의 아버님께 의지하고자 생각한 것입니다."

"……정말 솔직하네요. 하지만 그렇게 말씀하시면 제 기분이 상할 것이라는 생각은 안 하셨나요? 돈 때문이라는 말을 듣고 좋아할 사람은 없어요."

노엘은 기막혀하는 베르나데타에게 미소를 띤 채로 고개를 끄덕였다.

"말씀대로입니다. 당신에게는 불쾌감을 안겨주고 말았습니다. 하지만 이 일에 대해서는 아버님께서도 이미 허락하셨습니다. 그러니 언젠가 당신도 이 이야기를 듣게 될 것이라면, 처음부터 제입으로 말해둬야 한다고 생각했습니다. 그리고——."

노엘은 말을 끊고 베르나데타를 감정하듯이 눈을 가늘게 떴다.

"이 맞선, 내키지 않는 건 당신도 마찬가지 아닙니까?"

"그렇지는……."

않습니다, 라고 단언할 수 없었다. 상대가 노엘이 아니더라도 누군가와 결혼할 마음은 없었다. 더구나 적인 노엘과 한다는 건 절대로 생각할 수 없는 일이었다. 선을 보겠다고 정한 건 노엘의 진의를 떠보기 위해서였다.

부정하지 못하는 베르나데타를 본 노엘은 더욱 선명하게 웃었다.

"걱정하실 필요는 없어요. 아버님은 당신을 사랑하시지만, 그렇다고 해서 당신의 마음이 무시당해도 되는 이유가 되지는 않습니다."

"아버지는 발리언트 현계로 인해 지금의 사회가 붕괴되는 것을 두려워하고 있습니다. 그래서 당신 같은 강한 사람을 제 배우자로 삼고 싶어 하죠."

"높이 평가해주시는 건 기쁘지만, 아버님의 걱정은 기우로 끝날 겁니다. 왜냐하면 제가 있는 한, 제국의 미래는 탄탄할 것이기 때문입니다."

당연하다는 듯이 말하는 노엘의 눈동자는 다른 자를 압도하는 빛을 띠고 있었다. 진심으로 하는 말이라는 것을 베르나데타는 이해하지 않을 수 없었다. 거짓 없이 노엘은 발리언트에게 이길 수 있다고 믿고 있었다. ――아니, 확신하고 있었다.

정말로 무서운 점은 적인 베르나데타조차 노엘이라면 할 수 있을지도 모른다고 생각해버린 것이다. 세계를 멸망시킬 수 있는 재앙보다도 눈앞에 있는 소년이 더 무서웠다. 노엘은 그렇게 느껴버릴 정도의 박력이 있었다.

"괜찮으시다면 위장 연인이 되지 않겠습니까?"

"……위장, 말인가요?"

노엘은 되묻는 베르나데타에게 고개를 끄덕였다.

"저와 당신, 똑같이 맞선이 내키지 않는 처지입니다. 하지만 처지를 생각하면, 제 쪽에서 거절할 수는 없습니다. 한편으로 당신도 아버님의 체면을 구기지 않기 위해서 바로 거절할 수는 없을 겁니다. 그러니 잠시만 교제 관계를 이어가지 않겠습니까?"

"아버지를 속이라는 말인가요?"

"거짓말이 꼭 배신인 것은 아닙니다, 물론 당신이 용납할 수 없다고 생각하신다면 바로 거절하셔야 합니다."

"제가 바로 거절하면 아버지께 투자를 못 받게 되는 것 아닌가요?"

"선금으로 이미 10억을 받았습니다. 교제가 잘 되면 추가로 50억을 받기로 약속했습니다. 당신의 협력을 받아내지 못하면 받을 수 있는 투자는 적어지지만, 이 맞선이 완전히 헛수고로 끝나는 건 아닙니다."

"저도 거절하기 어려운 처지인 걸 알고 있었으니 쓸데없는 말을 하지 않았다면 60억을 전부 받을 수 있었을 텐데……."

"속마음을 이야기해서 당신에게 미리 양해를 구하지 않으면 그대로 결혼까지 하게 되잖아요. 그건 서로 원하지 않는 결과잖아요?"

그렇군요, 라고 말하며 베르나데타는 쓴웃음을 지었다.

"잠깐 생각하게 해주세요."

베르나데타는 입에 손을 대고 고민하는 모습을 보였다.

실제로 노엘의 제안을 거절할 이유는 없다. 고민하는 모습을 보인 건 바로 대답해서 노엘이 의혹을 품게 되는 일을 피하기 위해서다.

정말로 단순히 돈이 목적인지, 아니면 다른 의도가 있어서 베르나데타에게 접근했는지 아직 확실하지 않은 이상, 관계를 끊는 건 시기상조다. 가능한 한 정보를 끄집어내서 말레볼제 타도에 이용할 수 있는지도 확인하고 싶다.

이 남자를 죽이는 건 그 뒤에 해도 늦지 않을 것이다.

"알겠습니다. 당신과 위장 연인이 되겠습니다."

위장이긴 해도 베르나데타와 노엘은 연인 관계가 되었다.

첫 대면이 끝난 다음 날, 노엘 쪽에서 부엉이 우편으로 다음 예정에 대한 타진을 해왔다. 비어있는 스케줄 중에서 베르나데타가 편한 날을 골라줬으면 한다는 내용이었다. 편지를 주고받은 지 며칠 뒤, 첫 데이트 날을 맞이했다.

"뱀이 뭔가 행동을 취한다면 오늘이겠지……."

베르나데타는 화장대 앞에서 화장하면서 중얼거렸다.

거울에 비친 자신의 얼굴은 긴장으로 인해 굳어 있었다. 전에는 랄프가 있었지만, 오늘은 노엘과 단둘이다. 긴장하지 않는 게 더 어려운 일이다.

만약 노엘이 베르나데타의 정체를 알고 있다면, 그걸 구실로 삼아 협박하거나 직접 처리하려고 하거나, 어느 한쪽의 행동을 취할 것이다.

하지만 베르나데타도 싸움에 대한 소양은 충분히 있었다. 노엘에게 공격당한다고 해도 일방적으로 당해줄 생각은 없다.

"괜찮아. 나라면 상대가 뱀이라도 잘 할 수 있어."

화장을 끝낸 베르나데타는 거울 속의 자신에게 들려주듯이 중얼거렸다. 그리고 의자에서 일어났을 때, 방 한구석이 갑자기 일그러졌다. 일그러짐은 커졌고 다른 공간으로 연결됐다. 그 구멍을 통해 나타난 자는 잘 알고 있는 여자였다.

"말레볼제……."

동양풍 원피스를 입은 고혹적인 여우 수인 여자가 희미한 미소를 띠고 베르나데타의 방에 서 있었다.

"뭐하러 왔어? 여기엔 오지 말라고 했을 텐데?"

베르나데타가 묻자 말레볼제는 손에 들고 있던 신문의 표지를 보여줬다. 그 신문에 실려 있는 것은 노엘과 베르나데타의 교제 사실을 전하는 기사였다.

"일이 재밌게 됐네, 파리 대왕."

말레볼제의 유쾌한 목소리에 베르나데타는 속으로 혀를 찼다.

노엘과의 교제가 화제가 될 것은 알고 있었다. 한쪽은 레갈리아의 클랜 마스터, 한쪽은 랄프 골딩의 외동딸이다. 화제가 되는 것은 당연한 일이다.

하지만 너무 빠르다. 아마 누가 정보를 폭로한 게 아니라 랄프가 누설했을 것이다. 분명 제국 전체에 두 사람의 교제를 철저히 알려서 목적을 달성하려는 속셈일 것이다.

"설마 네가 뱀이랑 연인 사이가 될 줄은 꿈에도 몰랐어."

말레볼제는 눈을 가늘게 뜨고 베르나데타를 살펴봤다.

"이렇게 중요한 걸 왜 나한테는 안 가르쳐준 거야? 친구 사이인데 매정하잖아."

베르나데타는 슬픈 듯이 눈꼬리를 내리는 말레볼제에게 웃음을 지었다.

"그럴 필요가 없다고 판단했기 때문이야."

"흠, 다시 말해서 이런 건가? 우리에 대한 선전포고인 걸까?"

말레볼제는 온화한 목소리로 물었지만, 그 몸에서는 꺼림칙한 적의가 뿜어져 나왔다. 여기서 선택을 잘못하면 분명 싸우게 될 것이다. 임시적인 신체를 쓰고 있는 말레볼제의 전투 능력은 원래의 천분의 일도 안 되지만 그래도 강적이라는 것은 틀림없다. 싸우면 베르나데타가 진다.

"착각하지 말았으면 해. 난 너희와 적대할 생각은 없어."

베르나데타는 양손을 들어 전의가 없다는 것을 나타냈다.

"뱀과의 혼담은 아버지가 멋대로 정한 거야. 내 쪽에서 부탁한 게 아니야. 우발적인 사고지. 단순한 사고인데 너희에게 알릴 필요가 있을까?"

"상대는 뱀이야. 우리의 적이지. 알리는 게 당연하다고 생각하는데?"

"적이니까 이 교제 관계를 통해서 뱀의 실체를 파헤칠 생각이야. 너도 내가 모르는 곳에서 똑같은 짓을 하고 있잖아? 나만 비난받는 건 납득이 안 되네. 비난할 거면 먼저 네가 숨기고 있는 정보를 전부 가르쳐줘야 하지 않을까?"

베르나데타의 반박에 말레볼제는 험악한 표정을 지었다. 여전히 불길과 같은 위압감을 발하고 있지만, 마음속의 천칭이 흔들리고 있다는 걸 알 수 있었다. 죽여야 할지 말아야 할지, 다양한 생각을 저울에 달아보고 있는 것 같았다.

베르나데타의 예상으로는 천칭은 약간이나마 한쪽으로 기울어져 있었다. ——여기서 죽여야 한다는 명확한 살기가 느껴졌다.

싸우면 이길 수 없다. 베르나데타는 말레볼제가 눈치채지 못하도록 도망갈 길을 찾았다. ——깊은 골짜기 위에서 줄타기하는 듯한 심경에 빠졌을 때, 밖에서 마차가 정차하는 소리가 들렸다.

그대로 귀를 기울이고 있으니 누군가가 급히 계단을 올라오는 기척이 느껴졌다.

"아가씨, 노엘 님이 데리러 오셨습니다."

문을 노크하는 것과 동시에 고용인이 노엘의 방문을 알렸다. 베르나데타는 말레볼제와 시선을 맞춘 채로 천천히 입을 열었다.

"……알겠습니다. 바로 갈 테니 노엘 님께는 응접실에서 기다리라고 전해주세요."

"알겠습니다. 그렇게 전달하겠습니다."

고용인이 계단을 내려가는 동안에도 베르나데타는 긴장을 풀 수 없었다. 서로 노려보는 채로 있으니, 갑자기 말레볼제의 위압감이 사라졌다.

"알았어. 뱀에 관해서는 너에게 맡길게."

말레볼제는 그렇게 말하고 발길을 돌렸다.

"베르나데타, 넌 이방인이야. 이 세상 어디를 뒤져도 우리 이외의 이해자는 없을 거야. 그 사실을 잊지 말도록 해."

"……그래, 알고 있어."

"그럼 잘됐네. ——맡긴 이상 내 기대를 배신하면 안 된다?"

베르나데타가 고개를 끄덕이자 말레볼제는 공간 너머로 떠나갔다. 그 순간, 극한의 긴장감에서 해방된 탓에 탈력감이 몸을 지배했다. 하마터면 주저앉을 뻔한 몸을 화장대에 올린 손으로 지탱하고 심호흡을 반복했다.

말레볼제는 눈감아줬지만, 관계 결렬은 결정적이다. 만약 처음부터 노엘에 대한 일을 전했어도 관계가 악화하는 것은 확실했다. 언젠가 결별하겠다고 마음을 먹고 있었는데, 그때는 상상 이상으로 빨리 찾아온 것 같았다. 이렇게 돼버리면 무슨 일이 있어도 말레볼제에게 대항할 협력자를 구할 필요가 있다.

호흡을 가다듬은 베르나데타는 자세를 바로잡고 방에서 나갔다. 계단을 내려가 응접실로 들어가니 소파에 앉은 노엘이 우아하게 홍차를 마시고 있었다.

"기다리게 해서 죄송합니다."

노엘은 목례하는 베르나데타에게 미소 지었다.

"그럼 갈까요."

베르나데타가 일어선 노엘을 따라가자 하녀들이 베르나데타를 향해 주먹을 꼭 쥐고 있었다. 데이트 열심히 하라는 응원인 모양이다. 베르나데타는 쓴웃음을 지을 수밖에 없었다. 그녀들이 진실을 알았을 때 어떤 표정을 지을까? 그건 상상만 해도 기분이 암담해지는 광경이었다.

오늘은 함께 점심을 먹은 다음 제도에서 유행하는 연극을 감상할 예정이다. 레스토랑을 예약한 것도 연극표를 산 것도 노엘이다.

노엘의 에스코트를 받아 들어간 레스토랑은 VIP만이 들어갈 수 있는 완전 회원제 가게였다. 두 사람 모두 사교계의 꽃이라서 예절을 익힌 요인들도 둘에 대한 호기심 어린 시선을 보내왔다. 하지만 역시 두 사람의 교류를 방해하는 무례한 사람은 없었다. 이곳이 보통 레스토랑이었다면 지금쯤 큰 소란이 일어났을 것이다.

"당신은 왜 시커를 지망하셨나요?"

베르나데타는 식사를 하면서 노엘에게 물었다.

자리에 앉은 뒤부터 쭉 두 사람의 대화는 생각 이상으로 활기를 띠었다. 가벼운 농담부터 시작해서 최근의 사회적 사건, 그리고 패션이나 음악 취향 등을 이야기해서 조금 진지한 질문을 해도 문제없는 분위기가 형성되어 있었다.

"가장 큰 이유는 할아버지를 동경했기 때문이죠."

노엘은 미소를 지으며 대답했다.

"할아버지는 어릴 적에 부모님이 돌아가셔서 할아버지 손에 길러진 전 필연적으로 잠자리에서 할아버지의 모험담을 듣게 됐죠. 시커를 지망한 건 그게 가장 큰 이유에요."

"할아버님에 대한 동경이 성공의 원동력이었군요."

"아뇨, 동경은 계기에 지나지 않아요. 원동력은 다른 감정이에요."

"그런가요?"

"사람들에게 있어서 시커는 힘의 상징이죠. 아무튼 군이나 관헌은 물론이고 무시무시한 비스트에게도 지지 않는 강자들이에요. 사람들은 그들을 통해 인간의 진정한 힘—— 그 가능성에 매료되죠. 저도 마찬가지예요. 제가 지금의 지위에 오를 수 있었던 건 전적으로 계속해서 힘을 추구했기 때문이에요. 그리고 그건 앞으로도 변하지 않을 거예요. 힘을 추구하는 마음이 제 원동력이에요. 무엇보다 할아버지께 최강의 시커가 되겠다고 맹세했으니까요."

노엘의 말은 명료하고 망설임이라는 것이 눈곱만큼도 느껴지지 않았다.

"……당신은 순수하군요."

거짓 없는 솔직한 감상이었다.

이 남자는 정말 순수하고 순진무구한 삶을 살고 있다. 그렇기에 요한을 쓰러뜨리기 위해 수명의 대부분을 소모한다는 폭거를 저질렀다. 그 삶에는 불순물이 존재하지 않았다. 상반되는 입장에 있는 베르나데타조차 아름답다고 느낄 정도로 맑디맑았다.

마치 바닥이 보이지 않는 바다처럼 아름다웠고, 그렇기에 두려웠다——.

"부러워요. 당신처럼 살 수 있다면 참 통쾌하겠죠."

"음~, 글쎄요. 확실히 전 제 인생에 만족하고 있지만, 완벽주의 성향이 있어요. 이것만큼은 자신도 어떻게 할 수 없는 감정이에요. 이 감정에 휘둘려서 손해를 보는 일도 많아요."

"뭐든지 완벽한 사람은 없다고 생각해요."

"말씀하신 대로예요. 전 미학이라고 큰소리치고 있지만, 명백한 결점인 건 틀림없어요. 요컨대 심하게 지기 싫어하는 성격인 거예요. ……아마 어릴 때의 트라우마가 원인일 거예요."

"트라우마, 말인가요?"

베르나데타가 고개를 갸웃하자 노엘은 난처한 듯한 표정을 지었다.

"사실 저는 어렸을 때 자주 괴롭힘당했어요."

"예? 당신이요?!"

믿기지 않는다. 사람을 괴롭히다가 죽이는 게 취미일 것 같은 남자가 어렸을 때는 자기가 괴롭힘당했다니……. 베르나데타는 눈을 크게 뜨고 놀랐다.

"의외였나요?"

"아, 네, 놀랐어요. 당신은 모든 시커 중에서도 1, 2위를 다투는 무투파라고 들었으니까요……. 전혀 괴롭힘당한 것처럼 보이지 않아요……."

"괴롭힘당했기 때문에 그런 거겠죠. 다른 사람보다 공격적이고 가차 없는 건 사람의 잔혹함을 몸소 체험했기 때문이에요. 그래서 강해지고 싶었어요. 누구에게도 무시당하지 않는 힘을 원했어요. 더는 누구에게도 지고 싶지 않아요."

그렇게 이야기를 매듭지은 노엘은 부끄러운 듯이 웃었다.

"이 이야기는 절대로 다른 사람에게 하면 안 됩니다? 클랜 동료들에게도 이야기한 적 없어요. 이 일이 드러나면 좀 부끄러우니까요."

"그건 물론이죠……. 하지만, 그럼 왜 이야기해준 건가요?"

"아버님을 속이는 데 협력하게 만든 죄책감 때문이에요.

"죄책감? ……풉, 아하하하! 아버지를 속여서 60억이나 가져가려는 사람이 인제 와서 성실한 소리 하지 마세요."

노엘의 어긋난 착실함이 재밌어서 베르나데타는 자기도 모르게 웃음을 터뜨렸고, 그대로 계속해서 큰 소리로 웃었다.

"제가 그렇게 이상한 말을 했나요?"

베르나데타는 눈꼬리의 눈물을 닦으면서 고개를 갸웃거리는 노엘에게 끄덕였다.

"네, 이상해요."

"잘 웃으시네요. 조금 놀랐어요."

"노엘 님이 특이한 것일 뿐이라고 생각해요."

"그런가. 그렇지는 않은 것 같은데. ……하지만 여성분과 데이트하는 건 처음이라서 어쩌면 긴장하고 있는 걸지도 몰라요."

데이트라는 말을 듣고 가슴이 덜컥했다. 확실히 둘은 지금 데이트하고 있다. 위장 연인이긴 하지만 그건 틀림없었다. 그리고 노엘은 이성과 데이트하는 것이 처음이라고 했는데, 처음인 건 베르나데타도 마찬가지였다.

"얼굴이 빨간데, 괜찮나요?"

"괘, 괜찮아요!"

갑자기 지적당해서 목소리가 높아지고 말았다. 베르나데타는 얼버무리듯이 헛기침을 하고 표정을 고쳤다.

"그러고 보니, 전 노엘 님보다 네 살이나 연상인데, 그 점은 문제없을까요?"

"문제고 뭐고, 위장 연인이라서 딱히 관심 없어요."

"아, 그, 그랬죠……."

실수했다. 동요해서 나이 차이를 신경 쓰는 듯한 질문을 해버렸다. 위장 연인 관계니까 진지하게 생각하는 게 바보다.

"그리고 네 살 차이가 아니에요. 어제 17살이 됐으니까요."

"그런가요? 그거…… 축하드립니다……."

"감사합니다."

노엘은 가볍게 웃은 뒤에 시계를 확인했다.

"연극 시작 시각이 다가왔네요. 가게에서 나갈까요."

연극의 내용은 젊은 왕자가 병상에 누워있는 왕을 대신해서 침략 전쟁을 계획한 이웃 나라에 대항하는 이야기였다. 분위기가 어둡긴 했지만 젊고 현명한 왕자와 왕자를 따르는 신하들의 분투가 드라마틱해서 재밌었다. 침략 전쟁을 계획한 이웃 나라의 왕도 단순한 악역이 아니라 자국을 사랑하는 마음과 자식을 아끼는 일면이 강조되어 미워할 수 없었다.

등장인물들로 분장한 배우들의 연기력도 우수했다. 소품과 무대 연출에도 공을 들여서 최신 기술이 풍부하게 사용되었다.

역시 제도에서 지금 가장 인기 있는 연극이다. 관객석은 전부 채워져 있었고, 모두 무대에 열중하고 있었다. 베르나데타도 마찬가지였다.

단 한 사람, 옆에 앉아있는 노엘만은 달랐다.

노엘은 눈을 감고 새근새근 조용한 숨소리를 내고 있었다. 그 편안하게 잠든 얼굴에는 연극에 대한 흥분 따위는 없었다. 지루했는지, 아니면 단순히 지쳤을 뿐인지, 어찌 됐든 꿈속에 있는 편이 행복한 모양이다.

잠을 자고 있어도 빈틈이 없는 건 놀랍지만. 노엘의 아이처럼 순수한 잠든 얼굴을 보고 있으니 베르나데타는 독기가 빠져나가는 게 느껴졌다.

지금까지 한 말과 행동을 생각해보면, 아마 노엘은 베르나데타의 정체를 모를 것이다. 그렇지 않으면 적 앞에서 자는 얼굴을 보여주는 일은 절대로 있을 수 없기 때문이다. 방심하게 만들기 위한 행동이라 하더라도 너무 비효율적이다. 평상시의 노엘이라면 그런 답답한 짓은 하지 않고 좀 더 직접적으로 베르나데타를 공격했을 것이다.

전부 베르나데타의 기우였다. 노엘의 목적은 당초의 예상대로 랄프의 돈이다. 다른 목적은 없다. 베르나데타의 정체가 파리 대왕인 줄은 분명 꿈에도 모를 것이다.

베르나데타는 진심으로 안도했다. 그리고 생각했다. 노엘을 어떻게 이용하면 말레볼제를 죽일 수 있는지.

서로 죽이도록 만들기만 하는 것이라면 간단하다. 노엘에게 익명으로 말레볼제의 정체를 전하면 된다. 문제는 말레볼제가 해줘야 하는 일이 아직 남아있다는 것. 배제하는 건 그 뒤가 아니면 의미가 없다. 가장 바람직한 상황은 둘이 싸우다가 죽어주는 것. 말레볼제뿐만 아니라 노엘도 앞으로의 세상에는 방해된다. 그의 사상은 너무 위험하다. 반드시 죽어야 할 필요가 있었다.

각본을 잘 써야만 한다. ──눈앞에서 펼쳐지는 연극처럼.

극장에서 떠나갈 듯한 박수가 울려 퍼졌다. 연극이 끝나고 감동한 관객들이 기립 박수를 보냈다. 일어서서 박수를 보내고 있는 베르나데타 옆에서 어느샌가 잠에서 깬 노엘이 졸린 듯이 손뼉을 치고 있었다.

이야기는 마지막에 왕자의 죽음으로 막을 내린다. 이웃 나라 왕과의 일대일 대결 끝에 서로를 찔러 죽이는 형태로 목숨을 잃는다. 비극, 이라고 하면 비극일 것이다. 하지만 왕자는 이웃 나라의 침략을 막았다. 나라는 왕자를 잃었지만, 왕자의 유지를 이어받은 충신들이 있는 한, 멸망하는 일은 없을 것이다.

비극인데 기묘한 카타르시스가 있는 이야기였다. 베르나데타는 자연스럽게 눈물을 흘렸다. 그 눈물은 죽은 왕자를 애도하는 마음. 그리고 앞으로 일어날 결말에 보내는 눈물이었다.

베르나데타와 노엘은 입관했을 때와 마찬가지로 관계자가 쓰는 극장의 뒷문을 통해 인적이 드문 뒷골목으로 나왔다. 다른 사람의 눈을 피하지 않으면 많은 주목을 받게 되기 때문이다. 노엘이 자리를 예약할 때 사정을 이야기해서 이용할 수 있도록 교섭했다고 한다.

뒷골목을 나온 바로 앞의 큰길에 마차가 대기하고 있었다. 예정은 전부 끝났으니 이제 귀가하기만 하면 된다.

"오늘은 정말 즐거웠어요. 감사합니다."

베르나데타가 미소 짓고 감사 인사를 하자 노엘도 부드럽게 웃었다.

"저야말로 감사합니다. 오늘처럼 데이트를 몇 번인가 하면 아버님도 속으시겠죠. 그 후에 결혼하기에는 성격이 맞지 않으니 교제를 그만하고 싶다고 전하는 작전으로 부탁드립니다."

"그건 상관없지만, 그래도 데이트하는 도중에 자는 건 별로 좋지 않다고 생각해요. 피곤하면 신경 쓰지 말고 처음부터 그렇게 말해주세요."

"······전 안 잤어요. 일어나 있었습니다."

진지한 얼굴로 정색하는 노엘을 보고 베르나데타는 눈을 깜빡였다.

"자, 자고 있었는데요? 왜 부정하는 거죠?"

"그건 당신의 기분 탓입니다. 전 자지 않았습니다."

"아, 아뇨, 분명 자고 있었어요!"

노엘이 인정하려고 하지 않아서 베르나데타도 자기도 모르게 정색하고 화내고 말았다.

"혹시 부끄럽나요?"

"뭐라고요? 안 부끄러운데요?"

"고집 센 사람이네요⋯⋯. 이상하게 고집을 부려도 역효과만 난다구요?"

"⋯⋯거 참 시끄럽네. 설교하지 말라고. 안 잤다고 하잖아. 내가 잤다는 증거 있냐?"

"즈, 증거라니⋯⋯."

갑자기 태도를 바꾼 노엘을 보고 베르나데타는 당황했다.

이 남자, 아무리 그래도 성질이 너무 급해⋯⋯.

아까 전까지 보인 신사적인 행동이 거짓말인 것처럼 호전적인 태도를 숨기려 하지도 않았다. 팔짱을 끼고 베르나데타를 날카로운 시선으로 바라보고 있었다.

"거짓말인 것 같으면 연극에 관한 질문을 뭐든지 해봐. 전부 대답해줄 테니까."

"네에? 제가 왜 시비조로 하는 말을 들어줘야 하죠?"

난폭한 말투에 화를 낸 베르나데타가 반론하자 노엘은 불쾌한 듯이 아름다운 눈썹을 곤두세웠다.

"이봐, 처음에 트집을 잡은 건 너라고? 계속 저자세로 대하니까 시시한 트집이나 잡고 있어. 성가신 여자네."

"당신이 자고 있었으니까 주의를 줬을 뿐이잖아!"

"그러니까 안 잤다고 하잖아! 멍청아!"

"누가 멍청이야, 이 썩을 꼬맹이! 나이도 어린 주제에 건방진 소리 하지 마!"

가는 말이 고와야 오는 말이 곱다는 말은 이래서 생겼을 것이다. 노엘의 영향을 받아 베르나데타까지 말투가 난폭해져버렸다.

"애초에 오늘 연극을 네가 골랐으니까 이야기를 알고 있는 게 당연하잖아! 그거야말로 아무런 증거도 안 되지!"

"그럼 넌 내가 잤다는 증거를 댈 수 있냐? 증거도 못 대는데 트집 잡는 너의 그 값싼 근성이 마음에 안 들어."

"증거증거 거리기나 하고, 넌 앵무새냐!"

"누가 앵무새냐, 이 절벽 히스테리녀!"

"절벽 히스테리녀?! ……이 썩을 꼬맹이, 너, 거기 가만히 있어라? 그 예쁜 얼굴을 두들겨 패서──."

격분한 베르나데타가 노엘에게 다가가려고 한 순간, 근소하지만 인간의 것과는 다른 마력을 느꼈다. 이어서 이변을 알아차린 노엘이 경악하여 눈을 크게 뜨고 외쳤다.

"엎드려!"

"엇?!"

노엘이 베르나데타를 밀쳐 넘어뜨리고 몸으로 덮은 순간, 귀를 찢는 폭발음이 울려 퍼졌다. 가까이에서 큰 폭발이 일어났다는 것을 이해하는 것과 동시에 건물의 파편이 쏟아졌다. 노엘이 방패가 되어줘서 다치지는 않았지만, 파편 중에는 사람의 머리만큼 큰 것도 포함되어 있었다.

잠시 후에 파편이 떨어지지 않게 되자 노엘은 일어나서 넘어져 있는 베르나데타에게 손을 내밀었다.

"괜찮아?"

"아, 네, 감사합니다."

흙먼지가 뭉게뭉게 피어오르는 가운데, 노엘의 손을 잡고 일어난 베르나데타는 그의 머리가 피로 젖어있는 것을 깨달았다.

"머리를 부딪쳤나요?!"

"괜찮아. 이 정도라면 문제없어."

"하지만, 절 감싸서……."

"넌 중요한 돈줄의 딸이니까. 다치게 할 수는 없잖아?"

노엘은 차가운 웃음을 띠고 턱으로 큰길을 가리켰다.

"가자. 상황을 확인하고 싶어."

베르나데타는 고개를 끄덕이고 함께 잔해투성이 길을 걷기 시작했다. 뒷골목에서 큰길로 나가니, 그곳은 대량의 부상자들로 아비규환이었다. 둘을 기다리던 마차도 잔해에 찌부러져서 원형을 잃었다.

주위를 둘러보고 폭심지로 보이는 건물을 찾았다. 극장 바로 근처의 건물이었고, 극장에 들어가기 전에 봤을 때는 5층 건물이었는데 지금은 3층 건물이 되어 있었다. 위층이 폭탄으로 날아갔는지 검은 연기가 피어오르고 있었다.

"베르나데타, 넌 집으로 돌아가."

노엘이 담배에 불을 붙이면서 말했다.

"보아하니 다친 곳은 없는 것 같으니, 혼자 갈 수 있겠지? 난 남아서 구조 활동을 돕겠다. 【화술사】의 버프가 있으면 이 지옥도 조금은 나아질 거다."

베르나데타는 고개를 끄덕일 수밖에 없었다.

"알겠습니다. 조심하세요."

발길을 돌려 현장을 떠나는 베르나데타의 가슴에 씁쓸함이 오갔다.

이 참상을 불러일으킨 것은 틀림없이 말레볼제다.

무엇이 목적이었는지는 모르겠지만, 폭발이 일어난 순간 말레볼제의 마력을 느꼈다. 처음엔 베르나데타를 노린 줄 알고 경계했지만, 그런 것 치고는 정도가 미지근하고 위협치고는 어중간했다. 뭔가 다른 이유가 있었을 것이다.

어쨌든 말레볼제가 초래한 참극은 베르나데타조차 눈을 가리고 싶어지는 광경이었다. 평온했던 거리는 한순간에 무너져 없어지고 많은 이들이 피를 흘리며 괴로워했다. 그중에는 다친 아기를 안고 울부짖는 어머니의 모습도 있었다. 베르나데타는 더는 볼 수 없어 시선을 돌리고 빠른 걸음으로 떠나갔다.

"이게 대가인가……."

아주 불쾌한 마음으로 중얼거린 말은 사람들의 비명 속으로 사라졌다.

베르나데타가 떠난 후, 난 급히 달려온 관리와 소방대, 그리고 선의의 시커들과 함께 구조 활동을 했다. 시커는 시가지에 어비스가 발생했을 때를 대비해서 기본적인 구조 활동에 대한 지식과 기술을 습득하고 있는 자가 많다. 할아버지에게 훈련받은 나는 물론이고 시민을 구하기 위해 모인 다른 시커들도 문외한이 아니었다.

난 레갈리아의 클랜 마스터로서 그들을 계속 지휘했고, 어떻게든 해가 지기 전에 모든 피해자를 구조하는 데 성공했다.

중상자는 많았지만, 사망자가 나오지 않은 건 다행이었다. 그리고 운 좋게 우수한 【힐러】들이 모여준 덕분에 부상자들을 빠르게 치료할 수 있었다. 경상자는 완치되었고 중상자도 자력으로 귀가할 수 있을 정도로 회복했다.

내가 담배를 피우며 한숨 돌리고 있으니 소방대의 대장이 나타났다.

"협력해주셔서 감사합니다. 당신 덕분에 신속하게 피해자들을 구조할 수 있었습니다. 소방대를 대표해서 진심으로 감사드립니다."

"제국민으로서 당연한 의무를 다했을 뿐입니다. 당신들도 고생 많았습니다. ──그런데 폭발 원인은 밝혀냈나요?"

"아뇨, 아직 모릅니다. 관헌이 현장을 조사하고 있습니다."

"그런가요. 그럼 수고스럽겠지만, 뭔가 알아내면 제게도 알려달라는 말을 관리에게 전해줄 수 있나요? 그때까지 여기서 기다리고 있겠습니다."

대장은 알겠습니다, 라고 말하며 고개를 끄덕이고 발길을 돌렸다. 현장은 관리들에 의해 봉쇄되어 외부인은 들어갈 수 없는 상황이다. 떨어진 곳에서는 구경꾼들이 떠드는 목소리가 들렸다.

"내일의 1면은 이 사건으로 결정 났군."

해는 이미 졌다. 가로등 아래, 발치의 담배꽁초가 눈에 띄기 시작했을 때, 내 앞에 예상 밖의 인물이 나타났다.

"놀랐네……."

"안녕, 노엘 군."

대담한 웃음을 띠고 나타난 사람은 고트 디너의 클랜 마스터, 도리 가드너였다. 그 뒤에는 억지웃음을 띤 관리가 서 있었다.

"그, 그럼 전 이만 실례하겠습니다."

허둥지둥 퇴장하는 관리를 지켜본 나는 도리에게 시선을 돌렸다.

"너, 이 사건을 계속 쫓고 있나?"

그렇지 않으면 때마침 관리를 동반해서 나타날 리가 없다.

"눈치 빠른 남자는 좋아, 노엘 군. 소방대 사람한테 들었어. 사건 개요를 듣고 싶다면서?"

"네가 엮여있을 줄은 몰랐으니까. 사정이 그렇다면 난 손을 뗄게. 너랑 싸우고 있을 시간은 없으니까."

도리가 발길을 돌려 가려고 한 나를 불러 세웠다.

"지레짐작하지 마. 나도 너한테 물어보고 싶은 게 있어. 그러니까 교환하는 조건으로 가자. 너, 폭발이 일어났을 때 현장에 있었다면서?"

갑자기 심각한 표정을 짓는 도리를 보고 나는 고개를 끄덕였다.

"그래, 그게 무슨 문제라도 있나?"

"그때 뭔가 알아차리지 못했어? 너 정도의 시커라면 폭발이 일어나기 전에 이변을 감지했을 텐데."

좋은 추리다. 확실히 난 폭탄이 폭발하기 전에 이변을 감지했다.

"알아차린 건 있어. ——있지만 문맥을 모르니 정확히는 답할 수 없어. 우선 그쪽이 정보를 공개하는 게 먼저라고 생각하는데?"

내가 재촉하자 도리는 한숨을 쉬면서 수긍했다.

"하아, 알았어. 이걸 봐."

도리는 품에서 한 장의 사진을 꺼내 나에게 건넸다. 사진에는 젊은 수인 여자가 찍혀있었다. 모르는 얼굴이다. 누구일까?

"그 여자의 이름은 레이센. 제도의 중개상이야."

마음속으로 제기한 의문에 도리가 대답했다.

"창부 같은 모습을 하고 있지만, 이웃 나라 스파이와도 거래하는 위험한 여자야."

"그래서, 네가 쫓고 있는 건가?"

"그 외에도 이유는 있지만. 단적으로 말하면 제국에 해를 끼치는 존재야. 이미 관청하고도 협력해서 행방을 쫓고 있어. 그리고 조사하는 도중에 새로운 정보를 입수했어. ——노엘 군, 이계 교단이라고 알고 있어?"

아니라고 말하며 내가 고개를 젓자 도리는 목소리를 낮췄다.

"비스트를 신으로 숭배하는 광신자 집단이야."

"⋯⋯거참 멋진 취미네."

"연일 수상한 의식을 행하고 제물로 납치해온 사람을 죽이기도 하고 있어. 그뿐만이라면 몰라도 놈들의 간부들은 반체제주의자들로 구성돼있어."

"그러니까 사이비 교단의 탈을 쓴 테러리스트들이라는 말인가?"

"그런 거지. 그리고 이 이계 교단의 중심인물이 된 게 중개상 레이센이야. 아마 다른 나라의 공작원에게 부탁을 받아서 한 짓이겠지."

"최종적인 목적인 테러리스트를 이용한 대규모 파괴 공작인 가……."

범행 가능성이 가장 높은 건 로다니아 공화국이다. 잠복해 있는 로키한테서도 매일같이 수상한 이야기가 전해져왔다.

"그럼 조금 전의 폭발은 놈들의 소행인가?"

"맞아. 하지만 계획적인 테러 행위는 아니야."

"무슨 말이야?"

"그 폭발은, 내 실수가 원인이 됐어……."

도리는 화가 치민다는 듯이 얼굴을 찌푸렸다.

"애초에 그 건물은 교단 간부가 소유한 물건이야. 레이센이 있는 곳을 알아내기 위해 부하에게 감시를 부탁했지만, 수사로 연결되는 정보는 얻지 못했어. 그래서 어쩔 수 없이 간부를 유괴해서 강제로 자백하게 만들기로 했어. 간부가 비전투원인 것이 비해 부하는 잠행에 뛰어난 A랭크의 강자. 실패할 것이라고는 생각지도 못했어……."

하지만, 이라고 말하며 이어나간 도리의 말에는 격렬한 분노가 담겨있었다.

"그녀는 폭발에 휘말려 빈사 상태에 이르는 중상을 입었어. 관리의 연락을 받고 급히 달려간 내가 치료했지만, 살아남을 수 있을지는 미묘해. 상처가 너무 심해서 제대로 치료할 방법이 없었어……. 내가 좀 더 경계했다면 이렇게 되진 않았을 거야……."

원통한 도리의 마음은 절실하게 이해가 됐다. 나도 동료를 이끄는 자리에 있다. 내 명령 하나로 동료들은 살기도 하고 죽기도 한다. 그 책임의 무게는 아무리 지위를 얻어도 가벼워지지 않으며 결코 가볍게 여겨서는 안 된다. 그게 수장의 의무다.

"부하 일은 딱하게 됐어. 나도 쾌차하길 빌게."

"후후후, 너한테 위로받을 날이 올 줄은 몰랐네. ——감상에 빠지는 건 그만하고, 이야기를 이어서 할게. 현장을 검증한 결과, 폭발을 일으킨 게 간부의 몸이라는 걸 알아냈어."

"몸속에 폭발물이 장치되어 있었던 건가?"

"폭발물이라고 해도 폭탄은 아니야. ——마력이야. 사전에 간부의 몸속에 주입되어 있던 마력이 원격 조작이나 어떤 조건을 만족해서 엄청난 폭발을 일으킨 거야."

"아니, 마력이 폭발한 것만으로 건물을 날려버리고, 게다가 A랭크 시커에게 치명상을 줬다는 거야? 그런 강력한 스킬은 들어본 적이 없다고."

나도야, 라고 말하며 도리는 험악한 표정으로 고개를 끄덕였다.

"맨 처음 질문으로 돌아갈게. 노엘 군, 넌 폭발 직전에 뭘 느꼈어?"

"……이질적인 마력을 느꼈어."

난 폭발이 일어났을 때의 일을 떠올리면서 계속 말했다.

"일상에서는 접할 일이 없는 성질의 마력이야. 하지만 그와 동시에 익숙한 느낌도 들었어. 피부에 들러붙고 가볍게 취한 듯한 착각을 불러일으키는 마력——."

"그건……."

"그래. 너도 알지? 그건 어비스에 떠도는 마나와 똑같았어."

어비스의 마나와 달랐던 점은 누군가의 흉포한 적의가 담겨있었다는 것. 그래서 난 대규모 공격이 이루어지리라 예측할 수 있었다.

"그래……. 역시, 그렇군……."

도리는 납득했다는 듯이 고개를 끄덕였다.

"귀중한 정보 고마워. 덕분에 대책을 짤 수 있을 것 같아."

"나한테도 도움이 됐어. 네 정보를 모르는 채로 칠성배를 개최했으면 테러리스트 놈들이 멋대로 날뛸 뻔했어."

"천만에. 그래서 그에 대한 대책은 있어?"

"입장 검사를 더더욱 엄격하게 할 예정이야. 마력계측기를 쓰면 폭탄이 된 녀석을 밝혀낼 수 있겠지. 인간의 것과는 다른 마력이라면 더더욱."

"그럼 안심이네. 나도 출전자로서 개최를 기대하고 있어."

표면상으로는 냉정함을 유지한 채로 대화를 나눴지만, 마음속은 평온하지 못했다. 도리한테서도 그 평정 속에서 동요하고 있는 기색이 전해져왔다.

"난 수사로 돌아갈게. 또 봐, 뱀 씨."

손을 팔랑거리며 떠나려고 하는 도리를 이번에는 내가 불러 세우기로 했다.

"잠깐. 혹시 괜찮으면 도와줄까?"

내 말을 들은 도리는 눈을 휘둥그레 떴다.

"전에는 협력을 거절했는데 이제 와서 무슨 생각이지?"

"위험한 테러리스트가 제멋대로 하게 둘 수는 없으니까. 너한
테는 레갈리아 회의의 원한이 있지만, 그건 없었던 일로 해줄 수
있어."

"원한이라고? 원한이라면 요한에 대한 일을 폭로당한 내가 더
널 원망하고 있다고."

"그건 네 자업자득이잖아. 네가 빅토르와 한패가 돼서 날 함정
에 빠뜨리려고 하지 않았으면 나도 폭로할 생각은 없었어."

"말은 하기 나름이네. 뭐, 그 건은 이제 됐어. 확실히 네 협력은
매력적이야. 특히【인형술사】휴고의 힘을 갖고 싶은 마음은 굴뚝
같아."

도리는 하지만, 이라고 말하며 곤란한 듯이 웃었다.

"협력은 거절하겠어."

"일단 이유를 들어볼까?"

"착각하지 않았으면 좋겠어. 전에 거절당해서 그런 것도 아니
고, 레갈리아 회의 건도 관계없어. 이건 내 미학의 문제야. 너랑
같아, 노엘 군. 네가 요한을 자신의 사냥감이라고 정했듯이, 나도
레이센을 내 손으로 잡고 싶어. 그 여자는 내 사냥감이야."

도리는 미소 짓고 있었지만, 그와 동시에 확고한 거절의 의지
가 느껴졌다. 그 어두컴컴한 눈동자는 방해한다면 상대가 누구라
도 용서하지 않겠다고 말하고 있었다.

"알았어. 그럼 난 관여 안 하겠어."

"이해해줘서 고마워. 나도 지금은 너랑 싸우고 싶지 않은걸. 그리고 너랑 협력 관계를 맺으려면 이외에도 문제가 있기도 하고."

"무슨 의미지?"

"알고 싶어?"

내가 고개를 갸웃하지 도리는 경계할 틈도 주지 않고 품으로 파고들어 왔다. 그리고 부드러운 몸을 밀착시키고 내 귓가에 달콤한 숨을 내쉬었다.

"그건 말이야――."

불쾌하게 느낀 내가 뿌리치려고 했을 때였다. 들은 적 있는 목소리가 히스테릭하게 울려 퍼졌다.

"마스터! 노엘한테 뭐 하는 거예요?!"

목소리가 들린 곳을 보고 놀랐다. 연두색 로브를 몸에 걸친 금발 여자가 험악한 표정으로 우리를 째려보고 있었다.

"역시 따라왔구나."

도리는 가볍게 웃고 나한테서 떨어지더니 분개한 여자 옆에 섰다.

"대기명령을 내렸을 텐데? 그렇게 노엘 군이 걱정됐어?"

도리가 얼굴을 들여다보면서 질문하자 여자는 거북한 듯이 시선을 돌렸다.

"뭐, 됐나. 그런 격정적인 면도 다 이해하고 고용했으니까. 이번엔 용서해줄게."

"……죄송합니다."

여자가 고개를 숙이며 사과하자 도리는 나에게 시선을 돌렸다.

"답이 나와버렸네. 이 애가 내가 말한 문제야."

둘의 대화를 멍하니 보고 있던 나는 뱃속에서 화가 부글부글 끓어오르는 게 느껴졌다.

"이 자식, 무슨 생각이지? 왜 여기에——."

분노 때문에 목에 걸린 여자의 이름을 살의와 함께 쥐어 짜냈다.

"타니아가 있지?"

타니아 클라크. 와일드 템페스트의 전신인 블루 비욘드 시절의 동료다. 그리고 파티 자금을 횡령한 벌을 받게 하기 위해 내 손으로 직접 노예로 전락시킨 여자이기도 했다. 주인이 죽어서 자유로워져 지금은 유유자적한 생활을 하고 있었을 것이다.

그런데 타니아는 시커 시절의 모습으로 내 눈앞에 나타났다. 도리와 한 대화를 토대로 헤아려보면 아무래도 고트 디너에 소속되어 있는 듯했다. 그 이유는 모르겠지만, 만약 도리나 나에게 대항하기 위한 도구로 타니아를 고용했다면 절대로 용서할 수 없다.

난 자연스럽게 오른쪽 어깨에 실려 있는 무게를 의식했다. 재킷 아래에는 숄더 홀스터를 장비했고, 거기에 새로 장만한 실버 플레임이 수납되어 있었다. 아무리 그래도 이 자리에서 싸울 생각은 없지만, 분노가 전투에 임한 상태라고 착각하게 했다.

"화내지 마, 노엘 군. 예쁜 얼굴을 못 쓰게 되잖아."

난 살기를 담아 노려봤지만 도리는 표표한 태도를 유지했다.

"말해두겠는데, 그녀를 고용한 건 순수하게 시커로서의 능력을 좋게 평가했기 때문이야. 다른 이유는 없어. 같은 【힐러】인 나라면 그녀의 재능을 꽃피울 수 있어. 설령 약간의 공백이 있더라도."

"……정말로 그뿐이겠지?"

"맹세코 다른 뜻은 없어. 너에게 있어서는 불쾌한 일이라는 건 알고 있어. 하지만 이건 진실이야. 다른 사람의 미세한 표정 변화를 읽을 수 있다고 큰소리쳤던 너라면 알겠지?"

확실히 도리는 거짓말을 하지 않았다. 만약 거짓말을 하고 있다면 본인의 의지와는 상관없이 미세한 표정 변화가 얼굴에 나타난다. 냉정하게 관찰하면 일목요연하다.

"그럼 상관없어."

난 발길을 돌려 두 사람에게서 떠났다. 도리가 타니아를 이용해서 날 깎아내릴 속셈이 없다면 참견할 생각은 없다. 타니아가 고트 디너에 소속되든 뭘 하든, 그건 개인의 자유다. 아무런 흥미도 감흥도 생기지 않는다.

난 구경꾼에게 둘러싸이지 않도록 사람의 왕래가 적은 길을 골라 봉쇄 구역 밖으로 나왔다. 사고 현장으로 이어지는 큰길에는 여전히 많은 구경꾼이 몰려있었고, 노란 통제선에 저지당하면서도 안쪽의 모습을 엿보려 하고 있었다.

경비를 하는 관리들도 큰일이다. 오늘 밤은 철야로 대응해야만 할 것이다. 내가 구경꾼들에게 발각당하면 그들의 일이 늘어난다. 주목을 받지 않도록 어두운 곳을 골라 걷고 있었을 때, 뒤에서 날 부르는 소리가 들렸다.

"노엘!"

목소리의 주인은 타니아였다. 숨을 헐떡이면서 나에게 달려왔다.

이대로 무시해도 되지만, 이름을 연호하면 일이 번거로워진다. 애써 사람들의 눈을 피하고 있는데 구경꾼들에게 들키면 본전도 못 찾는다. 난 어쩔 수 없이 걸음을 멈췄다.

"……무슨 일이지?"

뒤돌아서 묻자 타니아는 달리는 것을 그만뒀다. 하지만 멈춰 서지 않고 가냘픈 어깨로 거친 숨을 몰아쉬면서 나에게 다가왔다. 그리고 그 하얀 손을 내 머리에 얹었다. 그 순간 따뜻한 빛이 흘러나와 내 머리의 상처를 치유했다. 그러고 보니 바빠서 잊고 있었는데 머리를 다쳤다는 걸 새삼스럽게 기억해냈다.

"왜 다쳤는데 치료 안 받은 거야?"

타니아의 나무라는 듯한 말투에 난 진심으로 질색했다.

"너 진짜 짜증 나."

머리에 얹힌 타니아의 손을 뿌리치고 이어서 말했다.

"그렇게 계속 마음을 쓰면 내가 정에 끌려서 마음을 바꾸기라도 할 것 같아? 그렇다면 아주 큰 착각이다. 시시한 짓은 그만두고 네 분수에 맞게 살라고."

내가 명확하게 거절하자 타니아는 한순간 슬픈 듯이 어두운 표정을 지었지만, 금방 새까만 증오를 불태웠다.

"랄프 골딩의 딸이랑 교제한다면서?"

"그게 어쨌다고? 너하고 무슨 상관이지?"

"말했을 텐데. 너한테 접근하는 여자는 전부 내가 죽여주겠다고."

"하지도 못 할 일을 떠벌리지 말라고."

"할 수 있어. 난 진심이야."

난 단언하는 타니아를 보고 혀를 찼다.

"그렇게 평생 날 따라다닐 셈이냐?"

"그래. 네가 내 것이 되지 않는 한 절대로 떨어지지 않을 거야."

"……까불고 자빠졌어."

더는 참을 수 없다. 난 타니아의 멱살을 잡고 그 고운 턱에 홀스터에서 뽑은 실버 플레임을 들이댔다.

"죽인다, 썩을 년아."

"……죽여줘."

타니아는 실버 플레임을 들이대고 있는데도 겁먹지 않고 말했다. 공허한 눈동자는 흔들림 없이 나만을 비추고 있었다. 타니아가 망가져 있다는 건 명백했다. 망가질 정도로 날 계속 사랑한 결과가 이 꼴이다.

약간, 정말 약간이지만—— 가슴이 아팠다.

"너 같은 건 죽일 가치도 없어."

난 타니아한테서 손을 떼고 실버 플레임도 홀스터에 넣었다.

"이 말만큼은 해두겠다. 베르나데타 골딩하고는 엮이지 마라."

"그 여자가 그렇게 중요해? 교제한 지 얼마 안 됐는데 꽤나 푹 빠진 것 같네."

타니아는 비난하듯이 말했지만, 그 목소리는 떨렸고 당장이라도 울 것 같았다.

"……싫어. 네가 그 여자랑 하나가 된다는 게 너무 싫어. 무엇을 희생하더라도 그 여자를 죽일 거야."

"무리야."

난 감정을 죽인 목소리로 부정했다.

"넌 못 해. 내가 있는 한 절대로."

타니아의 두 눈에서 눈물이 흘러나오기 시작했다. 피가 맺힐 정도로 입술을 꽉 깨물고 아무 말도 못 하는 채로 가만히 서 있었다. 그렇게 한참이 지나고 천천히 발길을 돌려 떠나갔다.

"불쌍한 아이네."

정신을 차리고 보니 옆에 은발 남자가 서 있었다. 남자의 시선은 내가 아니라 힘없이 걷는 타니아의 작은 등을 향하고 있었다.

"저 정도면 진짜 네가 죽여주는 편이 편해질 거야."

"……꺼져."

내가 한마디 하자 은발 남자는 사라졌다. 홀로 남겨진 나는 담배를 꺼내 성냥에 불을 붙였다. 담배 끝에서 작게 연기를 내는 불을 바라보면서 달콤한 향이 나는 연기를 폐 깊숙이까지 퍼뜨렸다. 그 연기를 힘차게 내뱉으니 마음이 약간은 편안해지는 게 느껴졌다.

"이 도시에서 나에게 다정하게 대해주는 건 너뿐이구나……."

내뱉듯이 중얼거린 말에 대답하는 사람은 아무도 없었다──.

관리와 이야기를 끝낸 도리가 클랜 하우스에 돌아가려고 했을 때, 노엘을 쫓기 위해 뛰쳐나간 타니아가 돌아왔다. 타니아의 의기소침한 모습을 본 도리는 쓴웃음을 지었다.

"또 차인 거야? 질리지도 않네."

타니아의 시선이 갑자기 날카로워졌지만 금방 연약하게 변했다.

"······바보 같은 건 알고 있어요."

입술을 꽉 깨물고 눈을 내리뜬 타니아의 발치에 물방울이 뚝뚝 떨어졌다.

"가질 수 없으니 더 갖고 싶어진다. 이해 안 되는 마음은 아니지만, 넌 심각하네······."

도리는 타니아에게 다가가 어깨에 손을 올렸다.

"타니아, 너에겐 재능이 있어. 하지만 그걸 꽃피우기 위해서는 너의 강한 의지가 필요해. 지금 상태로는 강해질 수 없어."

도리가 타니아를 고용한 건 순수하게 그녀의 실력을 좋게 평가했기 때문이다. 인재를 적극적으로 고용하는 건 단순히 클랜을 강화할 수 있을 뿐만 아니라 다른 클랜을 견제하는 의미도 있다. 소문으로는 이전에 패룡대의 지크가 직접 노엘을 꼬드겼다고 하는데, 그건 결코 드문 일이 아니다.

"그리고 네가 강해지면 뱀── 아 참, 노엘 군도 다시 봐주지 않을까?"

도리는 자기답지 않게 부드럽게 타일렀지만 타니아는 한숨을 쉴 뿐이었다.

"······먼저 클랜 하우스에 돌아가겠습니다."

터벅터벅 걸어서 떠나가는 타니아를 지켜본 도리는 천천히 고개를 저었다.

"생각했던 것 이상으로 중증이네······."

잘못 본 걸까? 아니, 설령 그렇다고 해도 다른 클랜에서 크게 성공하는 것을 막을 수 있다고 생각하면 타니아를 고용한 건 올

바른 선택이었을 것이다. 도리는 그렇게 납득하고 가까운 건물의
벽에 등을 기댔다.

"……조금, 피곤하네."

혼자가 되어서인지 피로가 온몸을 내리눌렀다. 눈빛이 공허해
진 도리는 옷 주머니에서 로켓을 꺼냈다. 로켓을 여니, 거기엔 아
기를 안은 빨간 머리칼 소녀의 사진이 담겨있었다.

도리는 한참 사진을 바라본 뒤에 그런 자신을 자조했다.

"시시해."

그렇게 중얼거린 목소리는 자신도 놀랄 정도로 차갑고 가냘팠
다——.

†

레온이 지휘관 대행을 맡은 토벌 원정은 무사히 모든 의뢰가 끝
나려 하고 있었다. 광대한 제국 전체를 도는 여행이 되었지만, 와
일드 템페스트가 소유한 비공정 블랙 오딜 덕분에 스케줄 지연은
전혀 없었다.

토벌 자체도 레온을 포함해서 이전보다 훨씬 더 수준이 높아진
동료들 앞에서는 심도 8의 비스트라고 하더라도 아무런 방해가
되지 않았다.

이렇게 가면 예정보다 빠르게 제도에 귀환할 수 있을 것 같다.
레온은 함내에 비치된 통신기를 써서 노엘에게 그렇게 전했다.
그 목소리는 기쁨으로 가득했다.

"아마 칠성배 예선이 시작되기 전에 돌아갈 수 있을 거야."

당초의 예정으로는 한창 예선이 시작됐을 때 귀환할 예정이었다. 레갈리아인 와일드 템페스트는 본선부터 참가하기 때문에 그렇게 해도 여유는 있지만, 조금이라도 빨리 귀환하는 게 기쁜 건 당연한 감정이다.

"이 고속선에는 정말 많은 도움을 받고 있어. 너무 빨라서 처음에는 당황했지만."

레온이 웃자 통신기 너머로 노엘도 웃는 걸 알 수 있었다.

'누군가 멀미가 나서 토하지는 않았나?'

"휴고가 토했어."

'휴고? 의외네. 분명 코우가가 토할 줄 알았는데.'

"나도 의외였어. 그는 그렇게 안 보이지만 배에 약하대."

'비공정에 타기 전에 말하란 말이야. 그런 이야기는 처음 들었다고.'

"비행형 인형 병사는 아무렇지도 않게 타니까, 스스로 컨트롤할 수 없는 배에 약한 거겠지. 얼굴이 새파래져서 화장실에 틀어박혀 있었어."

'……용케 그 상태로 토벌 원정을 버텼네.'

"내가 가져간 멀미약을 줬어. 약이 잘 들은 것 같았어."

'준비를 엄청 잘했네.'

"누구 덕분에 약을 떼놓을 수 없는 생활을 하고 있으니까. 멀미약을 준비해두는 것쯤은 간단하지."

레온의 빈정거림에 노엘은 소리 죽인 웃음으로 답했다. 웃을 일이 아니라고 딴지를 걸고 싶지만, 말해도 무의미할 것이다. 이미 포기했다.

"코우가의 수행도 순조로워. 본선에 맞출 수 있을지는 미묘하지만, 원정 전보다 훨씬 강해졌어. 의욕도 충분해."

'내 앞에서 큰소리쳐났으니 물러서려야 물러설 수 없게 됐겠지.'

"또 그런 식으로 말한다……. 네가 코우가한테 강해지라고 명령했으니까 솔직하게 인정해주면 좋을 것을……."

'내가 인정하는 건 결과뿐이야. 입만 산 녀석한테는 관심 없어.'

"그럼 코우가가 결과를 내면 확실히 인정해주는 거지?"

노엘의 대답은 없었다. 교신기의 상태가 나쁜 건 아니니 대답하고 싶지 않을 뿐일 것이다. 이상한 곳에서 고집을 부리는 건 나이에 어울린다고 생각하며 레온은 속으로 쓴웃음 지었다.

"다른 이야기인데, 선을 봤다는 게 사실이야?"

'그래. 골딩가의 따님과 교제하고 있어. 신문을 통해 안 건가?'

"응. 제국의 신문사는 각 지부와 연결되어 있으니까. 그쪽 조간신문의 기사도 점심때는 알 수 있어. 다들 놀랐어. 너, 그런 거 싫어하지 않았어?"

'……깊은 사정이 있어.'

노엘은 당장이라도 한숨을 쉴 것 같은 지친 목소리로 답했다.

'자세한 이야기는 술자리에서 해주지.'

"하하하, 기대할게. 다만 이야기의 내용에 따라서는 아르마의 칼에 찔릴지도 모르니까 조심하는 편이 좋을 거야. 현재진행형으로 상당히 화가 많이 났으니까."

'화가 많이 났다니?'

"네가 선을 봤다는 사실을 알았을 때 혼자서라도 돌아가서 따지겠다면서 날뛰었어. 어떻게든 어르고 달랬지만 일할 때 빼고는 자기 방에 틀어박혀서 네 이름을 계속 중얼거리고 있어. 완벽한 호러야."

'내 알 바 아니야. 그 녀석의 바보짓은 새삼스러운 일도 아니야.'

"충고는 했다? 난 무슨 일이 있어도 중재 안 할 거야."

미친 듯이 격노한 아르마 앞에 나서는 일은 두 번 다시 하고 싶지 않다. 나이프를 뽑지는 않았지만, 레온뿐만 아니라 휴고와 코우가도 아르마가 진정될 때까지 흠씬 두들겨 맞았다. 상처가 나은 지금도 맞은 곳이 아프다. 특히 코우가는 평소 사이가 좋지 않은 게 탈이 나서 턱과 갈비뼈가 부서질 정도로 심하게 맞았다. 그런 아르마에 비하면 호랑이도 귀여운 아기고양이다.

'시시해. ——그 외의 연락 사항은 없나?'

어이없다는 목소리로 질문하는 노엘에게 레온은 평소의 습관으로 고개를 저었다.

"아니. 딱히 없어."

'그런가. 또 무슨 일이 있으면 연락해줘. 귀환을 기다리고 있어.'

노엘과의 통신을 끝낸 레온은 샤워를 하고 자기로 했다. 시간은 이미 심야, 내일도 토벌해야 하니 밤을 새울 수는 없다. 하품하면서 함내의 복도를 걷다가 창문으로 바깥을 바라보고 있는 잠옷 차림의 휴고를 만났다.

"휴고, 무슨 일 있어?"

레온이 묻자 휴고는 턱으로 창밖을 가리켰다. 휴고가 가리킨 대로 얼굴을 가까이 댄 레온의 눈이 포착한 것은 비공정 밖——정박 중인 초원에서 일심불란하게 칼을 계속해서 휘두르는 코우가의 모습이었다.

"……오늘의 수행은 끝났다고 말하지 않았던가?"

"끝났어. 저건 코우가가 멋대로 하고 있을 뿐이야."

"오버 트레이닝은 역효과가 나지 않을까?"

"그렇다고 단언할 수도 없어. 랭크업 하기 위해서는 자신의 한계를 뛰어넘을 필요가 있으니까. 철저하게 몸을 괴롭혀서 트랜스 상태에 들어가는 게 랭크업의 지름길이 될 가능성도 있어."

레온은 그렇구나, 라고 말하며 고개를 끄덕이고 창문에서 떨어졌다.

"휴고가 봤을 때, 코우가는 기일까지 랭크업 할 수 있을까?"

"나쁘지 않은 완성도야. 상대가 자동 조작 인형 병사라면 100체라도 쓰러뜨릴 수 있게 되었어. 처음과 비교하면 극적인 진화야. 하지만……."

"결정적으로 부족한 게 있어."

레온은 말을 머뭇거리는 휴고 대신 답했다.

수행은 순조롭다. 그건 틀림없다. 원정 중에는 휴고뿐만 아니라 레온도 수행을 도와주고 있어서 코우가의 성장 속도가 굉장하다는 건 충분히 이해하고 있다. 하지만 그와 동시에 레온도 기일까지 랭크업 하는 건 지금 이대로 수행을 계속해도 어렵다고 생각했다.

"역시 너도 그렇게 생각하고 있구나……."

"재능은 훌륭하지만, 이것만큼은 본인이 스스로 깨닫지 못하면 어쩔 도리가 없어. 우리의 감각을 말해줘도 오히려 혼란스럽게 만들 가능성이 있어. 마구잡이로 강해지려 해도 소용없어. 자신이 마음속에 그리는 강한 모습과 자신을 동기화해야만 해."

"말로는 전하기 어려운 감각이란 말이지……. 애초에 사람에 따라서 마음에 그리는 이상적인 강한 모습이 다르니까."

"코우가도 자신에게 부족한 것을 깨달았을 거야. 그래서 저렇게 칼을 휘둘러서 내면의 자신과 마주하려 하고 있지. 이제는 시간과의 싸움이야. 우리가 할 수 있는 일도 적어."

휴고는 자신의 말에 수긍하더니 레온에게 등을 돌렸다.

"이제 자는 거야?"

"아니, 코우가에게 야식을 만들어줄 거야. 배가 고프면 싸울 수 없다고 하잖아."

예상 밖의 대답에 레온은 눈을 크게 떴다.

"……야식이라고? 꽤나 헌신적이잖아."

휴고가 뒤돌아보며 의미심장한 웃음을 지었다.

"코우가가 강해져야 우리에게도 득이 되잖아?"

어쨌든, 이라며 휴고는 더욱 선명하게 웃었다.

"코우가가 칠성배에서 우승하면 노엘이 찍소리 못하게 만들 수 있으니까."

"……기가 막히네. 그게 진짜 목적인가."

쓴웃음을 짓는 레온을 보고 휴고는 고개를 갸웃했다.

"그럼 넌 노엘이 찍소리 못하게 만들고 싶지 않은 건가?"

"뭐어? 당연히 찍소리 못하게 만들고 싶지."

"그렇지?"

노엘은 존경하고 있지만, 그렇기에 찍소리 못하는 모습을 보고 싶었다. 경의와 골탕 먹이고 싶은 마음은 절대 모순되지 않는 감정이다.

"나도 야식 준비를 도와줄게. 요리에 대한 소양이 조금 있어."

"좋았어. 맛있는 걸 만들어주자고."

두 사람은 서로에게 고개를 끄덕이고 조리실로 향하기로 했다.

"그런데――."

레온은 계속 신경 쓰였던 것을 말했다.

"언제까지 베개를 겨드랑이에 끼고 있을 거야?"

"읏!"

얼굴을 빨갛게 물들인 휴고는 복도에 베개를 내버리고 도망치듯이 달리기 시작했다. 레온은 웃으면서 그 뒤를 쫓았다. ――세 남자의 밤은 이제부터 시작이다.

3장: 칠성배

"드디어! 드디어! 이날이 찾아왔습니다!!"

5만 명이 넘는 관객들이 모인 제도 경기장에 확성기를 통해서 젊은 여자의 목소리가 울려 퍼졌다. 그 환희와 흥분은 모든 관객이 공유하는 감정이다. 모두가 이날을 고대했다.

마이크를 쥔 여자의 모습은 내가 있는 최상층의 프리미엄 라운지에서도 확인할 수 있었다. 밤색 머리칼을 투 사이드 업으로 묶은 젊은 노움 여자가 중계석에 앉아있었다. 이목구비는 반듯하지만 노움이라 동안에 키가 작고 아이 같다. 프릴이 달린 흰색과 핑크색으로 배색된 드레스가 그런 인상을 더 강하게 만들었다.

이름은──.

"저, 루나 루체, 이 축제의 중계자가 되어 죽을 만큼 영광입니다!"

요즘 화제가 하는 아이돌이다. 대단한 시커 오타쿠라고 하며 그 지식과 지명도를 높이 평가받아 중계자로 발탁되었다. 다만 그녀를 선택한 건 내가 아니라 루나의 프로듀서를 맡은 피노키오다. 피노키오도 해설자로서 루나 옆에 앉아있었다.

"레갈리아의 3등성이자 괴물적인 천재, 여러분이 알고 계시는 와일드 템페스트의 클랜 마스터 노엘 슈톨렌과 카이우스 전하의 회견으로부터 3주! 기대감에 잠들지 못하는 나날을 보낸 건 저뿐만이 아닐 것입니다! 여러분도 기다리고 기다리셨을 겁니다! 오늘 이 시간부터 우리의 꿈이 실현됩니다! 다시 말해서!"

루나는 목청을 높여 외쳤다.

"제국 최강의 시커를 정하는 축제, 칠성배 개최입니다!!"

그 순간, 대지를 뒤흔드는 큰 환성이 경기장 안에 울렸다. 관객들의 흥분은 그치지 않았고, 온 경기장에서 함성이 들렸다. 중계자인 루나는 이에 질세라 보통 사람 수준을 벗어난 큰 목소리로 외쳤다.

"열광하는 관객분들! 시합이 시작되기 전에 지치지 마세요! 오늘부터 일주일은 예선! 물론 예선이라고 해도 참가하는 시커들은 모두 쟁쟁한 강자뿐입니다! 그들의 용감하고 당당한 모습을 확실하게 눈에 새기기 위해서라도 전심전력으로 분위기를 띄웁시다! 예~~~~이!!"

"""예~~~~~이!!"""

루나의 구호로 회장은 하나가 되었다. 분위기를 고조시키는 방법이 나쁘지 않다. 내가 감탄하고 있으니 옆에서 한숨 소리가 들렸다.

"아무래도 품위가 없군."

옆에 앉아있는 카이우스 황자가 어이없다는 듯이 말했다. 프리미엄 라운지에는 나와 카이우스 외에도 각계의 중진, 그리고 그 호위들이 모여 있었다.

"좀 더 제대로 된 후보는 없었나?"

"전 적임이라고 생각해요. 중계자를 맡은 게 처음인데 5만 명의 관객 앞에서도 겁먹지도 않고 아주 당당하게 행동하고 있죠."

내가 대답하자 카이우스는 노골적으로 얼굴을 찌푸렸다.

"당당하게 일을 할 수 있는 인재라면 이외에도 있을 텐데……. 나 참, 저 자리에 안 가길 잘했군."

카이우스가 바라본 곳은 이곳과는 반대편에 있는 프리미엄 라운지였다. 황제와 다른 황실 가족, 그리고 나라의 정치에 관여하는 대귀족들이 칠성배를 관람하고 있었다. 카이우스는 칠성배를 추진한 입장이라 그들이 세속적이라며 깔보는 게 싫은 듯했다. 항상 잘난 듯이 행동하는 주제에 작은 걸 신경 쓰는 남자다. 분명 간이 작을 것이다.

내가 곁눈질로 카이우스의 모습을 살펴보는 동안에도 대회는 진행되어 갔다.

"선수들이 입장하는 동안 해설자인 피노키오 누님과 함께 칠성배의 규칙을 설명하도록 하겠습니다. 누님, 오늘은 잘 부탁드립니다!"

"본 대회의 운영위원 겸 해설인 피노키오 발지니야. 평소에는 경영 컨설턴트업을 메인으로 루우 같은 아이돌의 프로듀스도 하고 있어. 관객 여러분, 칠성배가 끝날 때까지 잘 부탁해."

피노키우는 윙크를 하고 손키스를 날리며 관객석을 향해 애교를 부렸다. 얼굴이 잘생겨서 새된 성원이 난무하고 있지만, 피노키오의 정체를 알고 있는 자들은 내심 마음이 편치 않을 것이다. 제국에서 가장 흉악한 폭력단이자 노예상이 공적인 무대에 서는 날이 올 줄은 본인도 예상하지 못했을 것이다.

"칠성배는 지금까지 없었던 투기 대회입니다."

루나가 관객에게 설명하기 시작했다.

"이 대회의 가장 큰 특징은 선수의 부상을 완전히 막을 수 있습니다. 링에 설치된 두 개의 탑이 동기된 선수의 대미지를 흡수하기 때문입니다. 다치지 않으면 그냥 연극이라고 생각하신 분, 안심하세요. 다치지는 않지만 입어야 하는 대미지의 재현은 완벽합니다. 대미지에 상응하는 아픔이 선수를 엄습할 뿐만 아니라 대미지량에 따라 행동 저해가 발생합니다. 그죠? 누님?"

"맞아, 루우. 팔을 잘리면 팔을 못 움직이게 된다고 생각해줘. 그리고 독의 효과도 정확하게 재현돼."

루나의 입에서 오오, 하고 감탄하는 목소리가 새어 나왔다.

"독도 재현되는 건 대단하네요."

"맞아. 그러니 실전과 똑같이 공격은 회피하는 게 신상에 좋을 거야."

"공격을 너무 많이 받으면, 그러니까 탑의 대미지 흡수량이 한계에 달할 것 같으면 동기되어 있는 선수는 움직일 수 없게 됩니다. 반대로 탑에 여유가 있어도 움직이지 못하게 된 대전 상대에게 추가타를 가하면 그 선수도 움직일 수 없게 됩니다. 본 대회는 심판이 없지만, 그게 사실상 레퍼리 스톱이죠. 그리고 행동 불능 상태에 빠진 대전 상대에게 추가타를 가한 선수는 이유를 불문하고 실격 처리됩니다. 규칙은 잘 지킵시다!"

루나와 피노키오는 그 외에도 대회의 규칙을 관객에게 전달했다.

사용 가능한 스킬은 두 개로 한정되고 사전 신청이 필요하다는 것. 무기 반입은 가능하지만, 사람이 휴대할 수 있는 크기를 넘는 경우에는 인정되지 않는 것. 항복, 다운된 후에 열까지 카운트를 해도 일어나지 못할 때, 행동 불능, 또는 링 아웃으로 패배한다는 것——.

두 사람이 기본적인 규칙 설명을 끝냈을 때, 운영 스태프가 중계석에 나타나 루나에게 귓속말했다.

"지금 스태프의 연락이 있었는데, 선수들의 준비가 다 되었다고 합니다! 그럼 박수와 환성으로 맞이해주십시오! 칠성배 제1블록 예선, 선수들이 입장합니다!"

루나를 따라 관객들이 박수와 환성을 보내자 교향악단이 연주하는 행진곡이 흐르기 시작했고, 제1블록의 선수들이 속속 출입구를 통해 나타났다.

선수의 수는 20명. 보조자를 포함하면 40명이다. 무장한 모습의 선수들은 관객에게 웃으며 손을 흔들었다. 그중에는 잘 아는 얼굴도 있었다.

미라지 트라이어드의 울프, 리샤, 로건, 베로니카 네 사람이다. 모습을 보아하니 선수가 울프와 베로니카, 보조자가 로건과 리샤인 듯했다. 난 한눈에 네 사람이 이전보다 훨씬 강해졌다는 걸 알았다. 로렐라이와의 전투 경험이 네 사람의 능력을 꽃피웠을 것이다. 하지만 같은 클랜인 선수 두 명이 같은 블록에 배정된 걸 보니 운은 없는 모양이다.

"결국엔 몇 명이 모였지?"

카이우스가 선수들을 바라보는 채로 물었다.

"예선은 130명입니다."

"즉, 레갈리아를 제외한 65개의 클랜에서 누구 하나 빠지지 않고 두 명의 대표가 참가했다는 건가."

훌륭하다며 미소를 짓는 카이우스에게 나는 고개를 끄덕였다.

"네, 그만큼 시커 측의 관심과 기대도 크다는 뜻입니다. 인원 조정 문제로 블록에 따라서는 싸우는 횟수가 늘어나는 선수도 있지만, 이 대회의 취지를 생각하면 결코 나쁜 일은 아닙니다. 자신의 힘을 보여줄 수 있는 횟수가 늘어나면 평가도 올라가니까요."

"하지만 순수하게 승리를 노리고 싶은 자도 있겠지?"

"그건 이제 운이죠. 운 또한 시커에게 있어서 중요한 요소입니다. 만약 운명을 굴복시키고 싶다면, 그에 맞는 힘을 갖출 수밖에 없습니다. 이 업계는 어설픈 자에게 허용될 정도로 안이하지 않으니까요."

카이우스는 그렇군, 이라고 말하며 수긍하고 나를 곁눈으로 봤다.

"경험자의 이야기인가."

"일반론이에요."

난 가볍게 웃고 사이드 테이블에 있는 와인에 입을 댔다. 반병쯤 비웠을 때 선수들의 입장, 그리고 간단한 개회식 인사가 끝났다. 첫 시합을 하는 선수들은 이미 링 위에 올라가 있었다.

때가 되었다. 제국 최강의 시커를 정하는 싸움이 막을 연다——.

예선은 최대, 네 시합이 병행해서 진행된다. 네 개의 링 위에서는 선수들의 사투가 펼쳐지고 있었다. 누가 이겨도, 누가 져도 이상하지 않다. 평소에 직접 볼 일이 없는 시커끼리의 싸움을 앞에 두고 흥분하여 눈을 반짝였다.

그렇기에 그 비명에 그들은 얼어붙게 되었다.

"끄아아아아아아아아아아아!!"

마치 단말마와 같은 비명에 관객은 물론이고 관전 중이었던 선수들도 무슨 일인지 주의를 기울였다. 그 시선 끝에서는 선수 한 명이 왼팔을 잡고 입에서는 거품을 뿜으면서 괴로워하며 몸부림치고 있었다. 그의 심상치 않은 고통스러워하는 모습에 대전 상대도 경악하고 있었다.

"오오! 이건 대체 어떻게 된 일인가요?! 다운된 길리엄 선수, 전혀 일어나지 못하고 있습니다! 길리엄 선수의 이변에 대전 상대도 깜짝 놀란 것 같습니다! 누님, 해설 부탁드립니다!"

루나의 해설 요청을 받고 피노키오는 입을 열었다.

"길리엄 선수가 다운된 건 반영된 아픔을 참지 못했기 때문이야. 두 선수가 같은 【글래디에이터】이고 실력이 팽팽하기도 해서 교착 상태에 빠졌었지. 그래서 마음이 급해진 길리엄 선수는 살을 주고 뼈를 자르는 작전으로 나온 거야. 일부러 왼팔을 내어줘서 방심을 불러일으키고 그 틈을 찔러 목을 치는 작전. 하지만 왼팔로 참격을 받아낸 직후, 반격에 나서는 것보다 먼저 탑에서 반영된 고통이 길리엄 선수를 다운시킨 거야."

"다시 말해서 다칠 일은 없다고 얕보고 있다가 예상 밖의 아픔을 견디지 못해 다운됐다는 건가요! 뭔가 아쉬운 결착이네요!"

가차 없는 루나의 결론에 피노키오는 쓴웃음 섞인 웃음을 띠었다.

"확실히 루우의 말도 맞지만, 시커로서의 길리엄 선수는 아주 우수해. 실제로 그 힘은 모두가 본 바와 같아. 무엇보다 만약 실전이었다면 왼팔이 잘려 날아가더라도 결코 기가 꺾이지 않고 사냥감을 무찔렀을 거야."

"네?! 하지만 길리엄 선수는 고통을 참지 못해서 다운됐다고요? 그래서는 마치 정말로 필요 이상의 아픔이 반영되는 거라고요."

루나가 당황하자 피노키오는 고개를 끄덕였다.

"실은 그 말대로야."

"네에?! 어, 어째서인가요?!"

"정확히는 순수한 고통, 이라는 거지. 탑은 대미지를 흡수해주는 대신, 원래 겪어야 하는 아픔과 마비를 선수에게 부여해. 그 구조는 간단해. 전기 신호지. 신경을 흐르는 전기 신호에 개입해서 입어야 하는 대미지의 결과를 재현하는 거야. 즉, 탑은 선수들의 뇌를 속이는 거야."

피노키오는 잔혹한 웃음을 띠고 손가락으로 자신의 머리를 두드렸다.

"그리고 이건 우리한테도 예상 밖의 발견이었는데, 뇌를 직접 속여서 고통으로 착각하게 만들면 직업에 따른 신체 보정이 작용하지 않아. 그래서 원래라면 팔을 잘리는 아픔을 견딜 수 있는 자도 보정 없이 받는 순수한 고통에는 버티지 못했지. 그게 길리엄 선수가 다운된 이유야."

탑의 순수한 고통 반영은 노리고 장치한 기능이 아니다. 우연의 산물이다. 내가 직접 실험체가 됐을 때 판명됐다. 탑과 동기화하여 오른팔을 나이프로 벤 나는 평소와는 차원이 다른 고통을 느꼈다. 처음엔 탑 조정에 실패했나 싶었지만, 금방 고통의 성질

자체가 다르다는 점을 깨닫고 문제가 있는 건 자신이라는 것을 이해했다.

전투계 직업은 그 종류에 상관없이 신체 능력을 강화해준다. 신체 능력이란 곧, 힘, 민첩성, 내구력이다. 그리고 내구력에는 고통을 경감시켜주는 효과도 있다. 하지만 직접 뇌가 통증을 착각하게 만들면 이 효과는 기능하지 않는 것이다.

【화술사】같은 경우에는 원래 신체 보정이 낮지만 강한 정신 내성── 외적 요인에 쉽게 정신이 좌우되지 않는 특성을 지니고 있다. 그런데도 나이프로 팔을 벤 직후, 제대로 움직일 수 없을 정도의 고통에 시달렸다.

실험을 반복하면서 나는 견뎌내는 요령을 터득했지만, 순수한 고통이 익숙하지 않은 자들은 분명 견뎌내지 못할 것이다. 고통에 약한 것이 아니라 신체 보정이 기능하지 않는 순수한 고통은 우리 전투계 직업을 가진 자들에게 있어서 미지의 고통이기도 하기 때문이다. 어떤 강자라 하더라도 상상을 초월하는 고통을 견딜 수 있는 자는 없다.

전투를 잠시 중단했던 선수들은 피노키오의 설명으로 모든 것을 이해했는지 새파래진 얼굴로 가만히 서 있었다. 생각이 최악의 결과에 도달한 것이 그 원인이라는 것은 명백했다.

"뭐가 다칠 일이 없는 안전한 대회냐. 최악에는 폐인이 된다고."

미간을 찌푸린 카이우스는 나에게 험악한 눈길을 보냈다.

"전력이 부족해서 발리언트와의 싸움에 지면 본전도 못 찾는다. 이 자식, 진짜로 상황을 이해하고 있는 것 맞냐?"

"외람됩니다만, 그 걱정은 기우입니다. 보십시오."

내가 선수들을 턱으로 가리키자 카이우스는 눈을 크게 뜨며 놀랐다.

"이럴 수가……. 어째서……."

망연한 카이우스의 시선 끝에서 남은 세 조의 선수들이 치열한 싸움을 재개하고 있었다. 더는 그들에게 공포는 없었다. 그럴 뿐만 아니라 조금 전보다 더 세련된 움직임을 보여줬다. 찰나에 튀는 칼싸움의 불꽃, 마법의 섬광, 호우처럼 쏟아지는 화살――. 그들은 싸움의 리스크를 알고, 아니 알았기 때문에 각성할 수 있었던 것이다.

"강해졌어. 어째서냐, 저들은 레갈리아의 멤버도 아닌데……."

"확실히 저들은 레갈리아가 아니죠. 하지만 그렇다고 해도 엘리트 중의 엘리트라고요. 죽음을 두려워하기는커녕 죽음이라는 리스크를 발판으로 삼을 수 있는 강한 면모를 갖추고 있죠. 왜냐하면 전투직에 있어서 죽을 리스크를 동반하는 싸움이야말로 자신의 생존본능을 각성시키고 한층 더 나은 진화로 이끌기 때문입니다. 랭크업까지 이르지는 못해도 기본적인 전투 능력이 대폭 향상된다는 걸 저들 엘리트는 몸으로 알고 있는 것이죠."

"그건 알고 있다. 하지만……."

"전하, 영웅은 결코 저와 요한만 있는 것이 아닙니다. 저들에게도 영웅이 될 자격이 있습니다. 칠성배를 거쳐 자신의 껍데기를 깨고 그 앞에 기다리는 진정한 싸움에 도전하길 바라는 것은 저들에게 있어서 당연한 심리입니다."

카이우스는 못마땅한 표정으로 낮게 신음한 뒤에 표정을 누그러뜨렸다.

"……부아가 치밀지만, 네놈의 말대로군. 저들은 내 상상을 아득히 뛰어넘을 정도로 우수하다. 한 사람의 황족으로서 진심으로 자랑스럽다. 네놈도 레갈리아가 됐다고 해서 자만하고 있으면 순식간에 따라잡힐 거다."

"안심하십시오. 그렇게는 안 됩니다."

난 잔을 선수들을 향해 들었다.

"이 칠성배에서 증명하죠. 저야말로 절대적이고 최고라는 것을."

제1블록 예선은 순조롭게 진행되어 이긴 두 사람이 사투를 벌이고 있었다.

한쪽은 갈색 머리칼의 쌍검 사용자, 【글래디에이터】 울프.

대전 상대는 직전 싸움에서 베로니카를 이긴 【팔라딘】 노병이다.

노화로 인한 신체적 쇠퇴는 보이지만, 탁월한 검술로 이프리트와 동화한 베로니카에게 아무런 피해도 없이 승리한, 숨겨진 실력을 가진 강자다.

노병은 A랭크. 베로니카는 B랭크. 물론 랭크 차이로 인한 전투 능력의 차이는 있었지만, 결코 뒤집을 수 없는 수준은 아니었다. 베로니카가 완패한 이유는 전적으로 노병의 검술이 압도적이었기 때문이었다.

하지만 이런 강자라도 역시 세월에는 이기지 못했다——.

"날아가 버려라! 《보팔 소드》!!"

기합일섬. 열세였던 울프가 노병의 한순간의 빈틈을 노리고 전기를 동반한 돌진을 했다. 노병은 방패로 막는 것과 동시에 방어 스킬을 발동했지만, 그래도 울프의 전심전력이 담긴 돌진을 막지는 못했다.

당황한 노병의 얼굴에는 《엑스 인빈시블》만 있었다면, 이라고 적혀있었다. 온갖 공격을 튕겨내는 【나이트】 계열 절대 방어 스킬이지만 한 번 쓰면 24시간 동안 쓰지 못한다는 제한이 있다. 랭크 차이에 더해서 검술과 경험이 더 나은 노병은 싸움을 우세하고 이끌어가고 있었지만, 울프의 자신을 돌아보지 않는 맹공에 기가 꺾여 이미 《엑스 인빈시블》을 발동했었다.

——나이가 그의 투지를 무디게 한 것이었다.

"우오오오오오오오오오오오오오오오오오오!!"

굶주린 사냥개처럼 달려드는 울프. 그리고 노병의 얼굴이 동요와 후회로 완전히 물든 순간, 마침내 노병을 장외로 튕겨냈다.

"링 아웃 확인!"

중계하는 루나가 재빠르게 선언했다.

"제1블록 예선의 승자는 미라지 트라이어드의 클랜 마스터, 울프 레만 선수입니다! 자이언트 킬링 달성! 예상을 크게 벗어나는 일이 일어났습니다! B랭크가 A랭크에게 승리하다니 놀랍습니다! 예선부터 훌륭한 시합을 보여준 두 사람에게 우렁찬 박수와 환호성을 보내줍시다!"

울려 퍼지는 박수와 환호성을 받은 울프는 두 주먹을 하늘로 들어 올렸다.

"아자아아아아아아아아아아아아아아!!"

승리의 함성을 지르는 울프. 그에 비해 패자인 노병은 씌었던 귀신이 떨어져 나간 것 같은 표정을 짓고 있었다. 분명 이번 대회는 그에게 있어서 이름을 알릴 마지막 기회였을 것이다. 하지만 훌륭한 싸움을 보여준 한편으로 늙어서 쇠약해진 모습도 보여주고 말았다. 이래서는 발리언트와의 싸움에 공헌할 수 있을 것 같지는 않다.

그는 저 힘을 손에 넣기까지 무엇을 희생해왔을까. 힘으로 얻어온 것과 비등할 정도로 잃은 것도 많았을 것이다. 패자가 된 노병은 그저 지친 웃음을 띠고 있었다. 난 그의 시커 인생에 경의를 품고 마음속으로 박수를 보냈다.

"링 아웃이 없었으면 노병이 이겼겠군. 그는 아직 여력이 있어."

싸움을 지켜본 카이우스는 아쉬워하는 목소리로 중얼거렸다. 어쩌면 그의 처지에 대해 생각하며 동정하고 있을지도 모른다.

"어찌 됐든 노쇠해진 모습을 보여준 그는 쓸 수 없어요."

링 아웃은 상관없다. 노병이 울프에게 움츠러든 시점부터 영광으로 향하는 길은 끊어진 것이었다. 만약 노병이 울프에게 이겼다고 하더라도 본선은 사퇴할 것이라는 생각이 들었다. 그 사람 정도의 실력이라면 본선에 올라가도 추태를 보일 뿐이라는 것을 알고 있을 것이기 때문이다.

"성자필쇠. 어떤 강자라도 나이는 이기지 못합니다."

"정론이지만 그뿐인가? 시합을 관전하는 네놈의 옆얼굴을 보고 깨달았다. 네놈, 울프에게 특별한 마음이 있는 것 같더군. 승

217

리한 순간에 표정이 풀렸다고."

의외로 눈치가 빠르다. 아니, 예상한 대로였다고 평가해야 할까.

"저 바보는 신인 시절부터 알고 지낸 지인── 아니, 친구예요."

단순히 친하기 지내기 위한 관계가 아니라 서로 절차탁마할 수 있는 관계다. 지금은 내가 지위도 실력도 위지만, 블루 비욘드 시절에는 저 녀석을 목표로 삼은 적도 있었다.

그러니 친구다.

"친구? 네놈에게도 그런 감정이 있다니, 놀랍군."

"안 됩니까?"

카이우스는 아니라며 고개를 저었다.

"친구는 소중히 해라. ……잃은 뒤에는 하고 싶은 말도 못 하게 된다."

"물론 그럴 생각입니다."

웃으며 고개를 끄덕인 내 시선 끝에서는 아까 전까지 승리에 들떠 있던 울프가 호전적인 웃음을 띠고 프리미엄 라운지에 있는 나를 손가락으로 가리키고 있었다.

다음은 네 차례다── 그렇게 말하고 싶은 것 같았다.

"친구로서 가차 없이 박살을 낼 줄 생각입니다."

더 선명하게 웃는 내 옆에서 카이우스는 굳은 표정을 짓고 있었다.

제1블록 예선은 무사히 종료되었다. 예선은 내일도 이어지는데, 이 상태로 가면 큰 문제 없이 진행될 것이다.

도리가 말했던 이계 교단도 지금은 눈에 띄는 움직임은 보이지 않았다. 그렇다고 해서 경계를 늦출 생각은 없지만, 나는 놈들이 행동하는 때는 예선이 아니라 본선이라고 예측했다. 본선에는 레갈리아 사람들도 모이기 때문이다. A랭크에게 치명상을 입힐 수 있을 정도의 생체 폭탄을 제작할 수 있는 녀석이라면, 설령 레갈리아라 하더라도 두려워할 것 같지 않다. 오히려 레갈리아가 한곳에 모이는 것이 최고의 기회라고 생각할 것이다.

놈들이 멋대로 행동하지 못하게 막기 위해서라도 본선의 경비는 더더욱 엄중하게 해야만 한다. 하지만 그렇게 하면 발생하는 문제도 있다——.

프리미엄 라운지에서 나온 나는 피노키오와 내일 이후의 일에 대해 협의하기 위해 회의실로 향하고 있었다. 긴 복도에 뚜벅뚜벅하는 내 신발 소리만이 메아리쳤다. 앞으로의 일에 대해 생각하면서 걷고 있을 때, 갑자기 복도 반대편에서 다른 발소리가 들려왔다.

운영 스태프가 아니다. 싸우는 일에 적을 둔 자 특유의 발소리다. 적의 기습에 대비하는 한편으로 적을 기습하는 것을 의식한 발걸음. 늘 싸움터에 있는 마음가짐으로—— 들려오는 발소리는 그렇게 말하고 있었다. 만만치 않은 상대라는 건 틀림없다. 그리고 절그럭절그럭하는 금속이 스치는 소리가 발소리에 섞여서 났다. 쇠사슬을 무기로 쓰는 사람인 걸까?

난 멈춰 서서 담배에 불을 붙였다. 초조해할 필요는 없다. 상대가 어떻게 나올지 느긋하게 기다리도록 하자.

담배를 피우면서 기다리고 있으니 복도 모퉁이에서 빼빼 마른 젊은 남자가 나타났다. 낙낙한 옷을 입은 회색 머리칼의 남자는 온몸 곳곳을 은 액세서리로 장식하고 있었다. 절그럭절그럭 울리던 소리의 정체는 그 액세서리들이 스치는 소리인 듯했다.

목걸이, 팔찌, 체인, 그리고 온 얼굴에 박힌 피어스. 그리고 느슨한 목으로는 앙상하게 드러난 쇄골과 함께 트라이벌 타투가 보였다.

상당히 화려한 모습이다. 하지만 그 모습과는 반대로 남자에게서는 믿음직하지 못하다는 인상이 느껴졌다. 뼈가 선명하게 드러날 정도로 야위었을 뿐만 아니라 수면 부족 때문인지 눈 아래에 커다란 다크서클이 있었다. 그리고 등이 굽어 자세가 좋지 않았다. 그런 모습이라서 화려한 차림을 하고 있는데도 조금도 강해 보이지 않았다. 얼굴이 인형처럼 반듯한 게 최소한의 구원이었다.

하지만 날 경계하게 만든 발소리의 주인은 이 남자다.

"처음 뵙겠습니다."

남자는 짧게 깎은 머리를 긁으면서 비틀거리며 다가왔다.

"안녕하세요, 전 시커 클랜 '제국 악동회'의 대장을 맡은 키스 자파라고 합니다. 기억해주십시오."

내 앞에 멈춰선 남자── 키스는 웃는 얼굴로 눈인사했다. 웃는 얼굴은 어려 보였다. 키 차이는 나지만 나보다 어리지 않을까? 키스의 하얀 이에는 교정을 위한 철사가 휘감겨 있었다.

아니, 그 이전에──.

"네가 제국 악동회의 키스 자파라고? 거짓말하지 마라. 칠성배의 선수는 모두 사전에 조사해뒀다. 넌 키스 자파가 아니야."

내가 아는 키스와 눈앞에 있는 남자는 전혀 닮지 않았다. 실제로 만난 적은 없지만, 정보상의 조사 보고서에 기재되어 있던 용모와는 전혀 달랐다.

진짜 키스는 근육이 울퉁불퉁 솟은 몸집 큰 남자다. 그리고 시커 등록을 한 지 불과 한 달 뒤에 길드로부터 클랜 창설 승인을 얻어낼 정도의 공적을 쌓은 희대의 호걸이라는 이야기도 들었다. 이 남자가 강한 건 인정하지만, 전해 들은 이미지와는 일치하지 않았다.

키스를 사칭하는 남자는 수상하게 여기는 나를 비웃듯이 엷은 웃음을 지었다.

"아뇨, 제가 키스 자파입니다. 거짓말인 것 같으면 저희 담당 감찰관을 부를까요? 제가 진짜 키스 자파라고 증명해줄 거예요."

키스가 무슨 말을 하고 싶은 건지 바로 이해했다.

"과연, 내가 고용한 정보상을 매수한 건가."

난 보기 좋게 거짓 조사 보고서를 건네받은 것이다. 배신자에 대한 제재는 나중에 하고, 지금 중요한 건 키스의 진의다.

애초에 정보상만 매수해서는 날 속일 수 없다. 정보상의 조사 보고서를 토대로 발지니 패밀리의 공작원들이 신변 조사를 했기 때문이다. 구성원들의 피노키오에 대한 충성심은 강하다. 정보상과는 달리 그들 모두를 매수하는 것은 절대로 불가능하다. 즉, 키스는 정보상이 거짓 조사 보고서를 쓰게 만들었을 뿐만 아니라 평소 가짜 키스를 자신의 대리로서 움직여왔을 것이다.

왜 그렇게까지 할 필요가 있었던 것인가?

생각할 수 있는 가장 큰 이유는 자신의 전투 능력을 숨기는 것이다. 대전 상대가 무명의 시커라고 얕보게 만들 수 있다면, 그만큼 싸움이 유리해진다. 혹은 숨겨두고 싶은 특수한 능력이 있는 것일지도 모른다. 어쨌든 잔머리가 잘 굴러가는 남자다. 정석에 사로잡히지 않는 발상력과 행동력을 가지고 있을 뿐만 아니라 인내력도 있다.

그런 만큼 이 상황이 이해가 안 됐다.

"너, 막대한 비용을 내서 날 속였으면서 무엇을 위해 비밀을 밝히러 온 거지? 날 속여서 출전 자격을 박탈당하지 않을까 겁먹은 거냐? 그래서 사과하러 온 거냐?"

"그런 꼴사나운 짓은 안 해요. 무엇보다 사과할 필요가 있나요? 확실히 전 노엘 씨를 속였습니다. 하지만 속인 건 노엘 씨 개인입니다. 대회의 규칙은 어기지 않았습니다. 그런데 제 출전을 취소하는 건가요? 그건 운영의 횡포죠. 칠성배에 나가고 싶은 저로서는 여러 곳에 상담할 필요가 있겠어요."

이 자식, 운영이 부정을 저지르고 있다고 떠벌릴 셈인가. 날 속였을 뿐만 아니라 협박하다니, 배짱이 좋다.

"그럼 무슨 용건으로 내 앞에 나타났지? 설마 날 속였다고 일부러 자랑하러 온 건 아니겠지?"

"아뇨, 제 목적은 바로 그겁니다."

"……뭐야? 무슨 뜻이지?"

내가 고개를 갸웃하자 키스는 부끄러운 듯이 볼을 긁었다.

"사실 전 노엘 씨의 열렬한 팬이에요. 가장 약한 【화술사】라는 핸디캡을 가지고 있는데도 온갖 수단을 써서 쟁쟁한 거물들을 마음대로 농락하고 지금은 천하의 레갈리아죠. 시커 후배로서 노엘 씨만큼 동경하는 선배는 없어요."

키스는 그래서, 라고 말하며 눈을 가늘게 떴다.

"노엘 씨를 속인 걸 본인 앞에서 자랑하고 싶다는 생각이 들어서요."

"……그런가. 사정은 이해했다. 너, 바보지? 정보상을 매수한 정도로 우쭐거리고 말이야. 조금은 부끄러워하라고."

"노엘 씨답지 않은 말이네요. 정보를 지배하는 힘에 대해서는 당신이 가장 잘 알고 있을 텐데요? 칠성배 운영으로 바쁜 건 알겠지만, 고용한 정보상도 관리하지 못하는 건 말도 안 되는 일이죠. 페이스리스를 로다니아에 파견한 만큼 조심했어야 하지 않나요?"

"너……."

왜 이 남자가 거기까지 알고 있는 거지? 내가 로키를 로다니아에 파견했다는 걸 알고 있는 사람은 클랜 멤버를 포함해서 아주 가까운 관계자뿐이다. 누구를 떠올려도 내통자가 될 것 같진 않았다. 애초에 키스는 어떻게 내가 고용한 정보상의 존재를 알아차릴 수 있었지? 제국 전체에 눈이 없으면 설명이 안 되는 상황이다.

즉, 그런 의미일 것이다.

"혹시 시커 길드에 수작을 부려서 해롤드를 우리 담당에서 해제시킨 것도 너냐?"

내가 물어보자 키스는 뻔뻔하게 고개를 끄덕였다.

"네. 노엘 씨라면 그렇게 한다고 생각해서요. 그렇죠?"

"노코멘트. 내가 대답할 이유는 없지."

"뭐야, 쩨쩨하네. ……혹시 화났어요?"

키스는 한 걸음 더 다가와 나를 위에서 들여다봤다.

"솔직히 실망했단 말이죠. 제국 굴지의 무투파 시커, 뱀이라 불리며 두려움을 사고 있는 노엘 씨가 저 같은 신참한테 휘둘리면 안 되잖아요. 그죠?"

내가 아무 대답도 하지 않고 있으니 키스는 코웃음 쳤다.

"전 얼마 전에 막 15살이 돼서 겨우 시커 등록이 됐는데, 왠지 간단하게 클랜 창설이 가능한 수준까지 올라와서 맥이 빠졌단 말이죠. 동경하는 노엘 씨도 착실하게 1년 동안이나 밑바닥 생활을 했는데. 이래서는 마치 제가 노엘 씨보다 더 뛰어난 것 같잖아요."

키스는 그럴 리가 없잖아요, 라고 말하며 도발적인 웃음을 지었다.

혀가 나불나불 잘 굴러가는 놈이다. 날 동경한다고 해서 도발하는 방식까지 흉내 낼 필요는 없을 텐데. 후배의 모범이 된 건 기쁘지만, 도저히 참을 수 없는 공감성 수치심이 드는구나.

"키스, 한 가지 묻고 싶다."

"엣, 갑자기 뭡니까?"

"아버지의 힘으로 거들먹거리는 거, 허무하지 않냐?"

확신이 있었던 건 아니다. 난 떠봤을 뿐이었다. 현 상황에서 얻을 수 있는 정보를 토대로 소거법으로 답을 예측한 것에 불과하다. 하지만 높은 확률로 내 예상은 맞았을 것이다. 제도에서 발지니 패밀리를 웃도는 감시망을 가진데다가 발지니 패밀리의 조직원들의 동향을 알 수 있는 조직은 한 손으로 셀 수 있을 정도밖에 존재하지 않는다.

역시나 키스는 내 말을 듣고 놀라며 분노를 표출했다. 아까 전까지의 여유로운 태도는 어디로 갔는지, 짐승 같은 살기를 드러냈다.

아무래도 정말 찔리고 싶지 않은 약점이었던 모양이다. 하긴, 그것도 당연한가. 날 동경하고 흉내 내는 남자는 자존심 덩어리일 것이 분명하다. 부모덕을 보고 있다며 바보 취급당하고 화내지 않을 리가 없다. 반응이 심하게 예상한 그대로라서 내가 무심코 웃음을 터뜨리자 키스는 깜짝 놀란 표정을 지었다.

"……당했다. 떠본 거군요?"

"그럴 생각은 없었는데, 얼굴에 잘 드러나는 타입이구나."

"……세네. 말로는 못 당해낼 것 같아."

키스는 큰 한숨을 쉬고 표정을 고쳤다.

"지금은 무리더라도 언젠가 패배를 인정하게 할 거예요. 물론 화술이 아니라 시커로서요. 오늘은 그 인사를 하러 온 겁니다. 중요하잖아요? 인사는."

"기특한 마음가짐이네. 선배로서 칭찬해줄게."

"황송합니다. 노엘 씨가 해왔던 것처럼 가는 길을 막는 모든 것을 짓밟을 생각이니까 기대해주세요."

나는 그런가, 라고 말하며 고개를 끄덕이고 아주 짧아진 담배를 복도 옆에 던져서 버렸다.

"그런데 참 적절하게도 지금 여기에 있는 건 우리뿐이야. 그러니 언젠가 같은 겁쟁이 같은 말은 하지 말고 이 자리에서 날 넘어서는 게 어때?"

내가 미소를 지으면서 고개를 갸웃거리자 키스는 눈을 크게 떴다.

"……노엘 씨, 진심으로 하는 말인가요?"

"난 너와는 달리 시시한 거짓말을 하는 취미는 없어. 말해두겠는데, 이런 절호의 기회는 두 번 다시 안 올 거라고."

"그렇다고 해도…… 여기서? 여긴 중요한 칠성배를 위한 장소라고요? 시합도 아닌데 저 같은 신참과 싸우면 격이 떨어지지 않나요?"

예상 밖의 사태에 당황한 키스는 한 걸음 물러났고, 이번에는 내가 한 걸음 앞으로 나아갔다.

"늘 싸움터에 있는 마음가짐으로. 날 뛰어넘고 싶잖아? 신참. 만약 내가 너라면 눈앞에 있는 사냥감을 놓아주는 짓은 안 한다고."

"……하하하, 진짭니까? ……진짜 최고네요, 당신. ……그럼, 말씀하신 대로 하겠습니다──."

흥분을 억누르듯이 웃은 키스는 전투태세에 들어갔다. 이 남자, 역시 강하구나. 자세에 빈틈이 없고 마력의 정체도 느껴지지 않는다. 실로 매끄럽고 자연스러운 전투태세다. 하지만 내가 조용히 실버 플레임에 손을 뻗었을 때, 키스는 갑자기 전투 자세를 풀었다.

"최고의 권유지만, 역시 그만둘게요."

항복했다는 듯이 양손을 드는 키스를 보고 나는 실소할 수밖에 없었다.

"포기가 빠르네. 그래서는 날 뛰어넘을 수 없다고."

"그렇죠. 분수를 알았어요. 지금만큼은 겸허한 마음이에요. 동경하는 노엘 슈톨렌은 내 상상 이상으로 영리하고 크고── 교활하다. 지금의 저로서는 몇천 번을 싸워도 이길 수 없어요. 전 이기지 못하는 승부는 하지 않는 주의예요."

키스는 날 경계하면서 천천히 뒷걸음질 쳤다.

"그러니 전 도망치도록 하겠습니다. 노엘 씨, 오늘은 직접 이야기할 수 있어서 정말 좋았어요. 내일 제2블록, 꼭 보러 와주세요."

키스는 뻔뻔스러운 웃음을 남기고 내 앞에서 도망치는 토끼처럼 떠났다. 도망이 빠른 남자다. 쓴웃음을 지으면서 키스가 사라진 모퉁이를 보고 있으니 《링크》를 통해서 염화가 왔다.

'쟤, 대단하네. 내가 있다는 걸 알아차리고 있었어.'

목소리의 주인은 이틀 전에 원정에서 돌아온 아르마다. 지금은 내 호위로 천장 위에 숨어있다.

'완전히 기척을 죽이고 있었을 건데. 좀 기죽을지도.'

난 낙담한 아르마에게 웃으면서 고개를 저었다.

'아니, 스킬도 안 썼는데 넌 완전히 기척을 죽이고 있었어. 그 녀석의 감각이 뛰어났을 뿐이야.'

'천재, 인가. 놓아줘도 괜찮은 거야? 아까라면 확실하게 죽일 수 있었어.'

'카이우스 황자의 말대로야. 발리언트와의 싸움에 대비해서 지금은 우수한 전력을 결여시킬 순 없어.'

'흐음, 납득.'

아르마는 웃으면서 그건 그렇고, 라며 말을 이어서 했다.

'노엘은 진짜 이상한 사람한테 인기가 많네.'

'야, 그 말은 너한테도 그대로 적용된다고.'

'이상한 편이 재밌잖아. 난 양산형 아가씨보다 저 키스라는 남자애가 더 좋은데. 저 애라면 누나도 안심이야── 아니, 농담이야 농담! 말없이 실버 플레임으로 이쪽 겨누지 마!'

난 한숨을 쉬면서 천장에 겨누고 있던 실버 플레임을 홀스터에 넣었다. 아르마가 원정을 나가서 없었던 평온한 나날이 그립다.

하지만 이상한 편이 재밌다는 의견은 동감이었다. 어차피 수명은 짧다. 즐겁게 해주는 사람은 많은 편이 좋다.

키스 자파, 어느 정도나 뛰는 인물인지 내일이 기대된다.

†

날이 밝아 다음 날, 제1블록의 흥분이 다 식지 않은 가운데, 제2블록의 막이 열렸다. 경기장에 모인 관객들의 열광은 어제보다 더 뜨거웠고 한겨울의 추위도 날려버릴 기세였다.

이렇게나 분위기가 달아오른 건 울프가 자이언트 킬링을 달성한 게 크다. 단순히 관객의 마음을 사로잡은 시합이었을 뿐만 아니라 발지니 패밀리가 관리하는 도박의 대상이 되었기 때문이다.

랭크와 경력이 뒤떨어졌던 울프는 당연히 돈을 거는 사람이 적었다. 너무 한쪽으로 치우쳐서 아슬아슬하게 도박이 성립됐다고 한다. 하지만 격전에서 승리한 사람은 울프였다. 울프에게 걸었던 사람들은 막대한 배당금을 손에 넣었고, 도박에서 진 사람들도 다음에야말로 따겠다며 도박사의 혼을 불태웠다.

그 결과, 예선 이틀째인 오늘은 어제 이상으로 판돈이 움직였다. 어제의 매출 총액이 500억 필. 오늘의 예측 매출이 800억 필이다. 도박에 참여한 사람은 일반인뿐만 아니라 귀족과 대상인들도 포함되어 있는데, 그렇다고 해도 나와 피노키오가 예상한 것 이상의 매출이다. 그리고 피노키오가 사전에 국외에서 홍보 활동을 해서 다른 나라의 자산가들도 고용인을 써서 먼 곳에서 도박에 참여하고 있다고 들었다. 실제로 요 며칠 동안 제도로 유입되는 외국 자본이 급증했다.

아직 예선 이틀째인데 기세가 이렇다. 본선에서 어느 정도의 돈이 움직일지, 현재의 분위기를 토대로 계산해보니 천문학적인 숫자가 산출되었다. 어제 한 회의에서 흥분한 피노키오가 눈을 금화처럼 반짝였던 것을 기억하고 있다.

하지만 발지니 패밀리가 도박으로 돈을 아무리 벌어도 나한테 돈은 들어오지 않는다. 그렇게 계약했기 때문이다. 내가 얻을 수 있는 돈은 흥행 수입뿐이며, 그것도 피노키오와 분배하기로 약속했다. 물론 티켓비와 경기장 내 임대 점포의 수익도 순조롭게 늘고 있지만, 도박 수입에 비하면 미미하다.

피노키오는 계약을 재검토해도 좋다고 말했지만, 난 거절했다. 피노키오는 루키아노 패밀리의 새 회장이 되어줘야만 한다. 도박으로 번 돈은 그러기 위한 군자금이다. 내가 손을 델 수는 없다.

루키아노 패밀리의 간부회는 오늘 밤이다. 나도 피노키오와 함께 참가한다. 간부들이 어떤 반응을 보일지 이미 예측하고 대책은 세워뒀지만 절대적이진 않다. 최악에는 피 튀는 살육전으로 전개될 가능성도 있으니 각오해둬야 할 것이다.

물론 그렇게 되지 않도록 행동해왔지만, 그때는 그때다. 싸움이 보류되어 불만스러워했던 피노키오도 아주 좋아할 것이다.

오늘 밤을 대비해서 머리를 굴리고 있으니 제2블록에서 가장 주목하고 있는 선수, 즉 키스 자파가 링에 섰다.

키스의 직업은 【마법사】 계열 B랭크 【네크로맨서】. 인간과 마물, 그리고 비스트의 시체에서 영혼── 생체 정보를 추출하여 자신의 마력으로 재현하는 힘을 가진 직업이다. 【마법사】 자체는 일반적인 직업이지만 【네크로맨서】가 될 수 있는 자는 드물다. 그렇다고는 해도 감정사 협회에 의해 【네크로맨서】의 직업 성능은 전부 밝혀져 있기 때문에 주위에 숨길 정도의 직업이 아닌 것도 사실이다.

녀석의 행동에는 수수께끼가 많다. 그 진의를 싸움으로 알 수 있을까?

"자, 다음 시합 준비가 됐습니다!"

중계자인 루나가 목청을 높였다.

"예선 제2블록 제2시합도 주목받는 시합으로 가득합니다! 그 중에서도 제가 주목하고 있는 건 키스 자파 선수입니다! 그는 놀랍게도 시커가 된 지 한 달밖에 안 된 신인입니다! 그런데도 파죽지세로 클랜을 창설한 호걸이기도 하죠! 대체 그거 어떤 싸움을 보여줄지 눈을 뗄 수가 없습니다!"

피노키오가 흥분한 루나에게 고개를 끄덕였다."

"나도 그를 주목하고 있어. 어쨌든 그는 오늘에 이르기까지 철저하게 자신의 존재를 숨겨온 책사이기도 해. 지금까지 사람들 앞에 나왔던 키스 자파는 그가 준비한 대리인이었어. 그렇게까지 해서 숨기고 싶어 했던 그의 진짜 힘을 꼭 보고 싶어."

둘의 말에 영향을 받아 관객들도 키스가 선 링에 주목했다. 키스의 대전 상대는 몸집 큰【몽크】남자다.

칠성배의 규칙상 전위인 동시에 무기 없이 싸울 수 있는 직업이 세다. 직업의 유불리만을 따지면【네크로맨서】보다【몽크】가 압도적으로 유리하다. 몸집 큰 남자도 그걸 이해하고 있는지, 이미 승리를 확신한 웃음을 띠고 있었다. 그리고 키스의 겉모습도 그 이유일 것이다. 분명 이런 환자 같은 애송이는 일격에 매장해 주겠다고 생각하고 있을 것이다.

하지만 덩치 큰 남자의 여유에 찬 표정은 한순간에 괴로워하는 표정으로 바뀌었다――.

시합 시작을 알리는 종이 울린 순간, 키스는 후위직이라고는 생각할 수 없는 속도로 몸집 큰 남자의 품으로 파고들어 배에 호쾌한 앞차기를 날리고 있었다. 고통을 견디지 못한 몸집 큰 남자는 눈을 뒤집고 엎드리더니 그대로 기절했다.

"미, 믿을 수 없습니다! 키스 선수,【몽크】를 상대로 앞차기 한 방에 승리를 쟁취했습니다! 후위라고는 느껴지지 않는 파괴력입니다! 서, 설마, 키스 선수는 직업도 속이고 있었던 걸까요?!"

피노키오는 당황한 루나에게 고개를 저었다.

"아니, 그는 【네크로맨서】야. 앞차기 한 방에 【몽크】를 매장할 수 있었던 건 【네크로맨서】의 스킬 덕분이야. 아직 싸움이 남아있으니까 난 아무 말도 할 수 없지만, 운영자 측 사람으로서 그에게 부정은 없다고 단언할 수 있어."

단순한 중계자인 루나와는 달리 피노키오는 선수가 사전에 등록한 두 개의 스킬을 파악하고 있다. 만약 부정을 저질러도 피노키오라면 쉽게 간파할 수 있을 것이다. 즉, 키스는 틀림없는 【네크로맨서】라는 것이다.

난 키스가 등록한 스킬을 모르기 때문에 확실한 판단을 내릴 수는 없지만, 키스가 금방 들킬 만한 부정을 저지를 것 같진 않았다. 그래도 놀라지 않았다고 하면 거짓말일 것이다. ──경이로운 전투 능력이다. 탑의 대미지 흡수가 없었다면 그 일격으로 대전 상대의 몸은 두 동강이 났을 것이다.

확실히 후위라고 해도 발동한 스킬에 따라 전위와 치고받는 건 가능하다. ──가능하지만, 키스처럼 일격에 쓰러뜨릴 수 있을 정도의 위력은 드물다. 과연, 정체를 속이면서까지 전력을 숨기고 싶어 했던 것도 납득이 간다.

키스는 감탄하는 내 시선 끝에서 차례차례 대전 상대를 순식간에 쓰러뜨려 나갔다. 그리고 제2블록 마지막 싸움, 또다시 키스의 앞차기 한 방으로 대전 상대는 졸도했다. 결국 키스가 여력을 많이 남기고 앞차기만으로 모든 싸움을 제패하는 형태가 되었다.

"예선 제2블록의 패자는 키스 자파 선수입니다! 【네크로맨서】

가 앞차기만으로 늘어선 강호들을 꺾었습니다! 우린 백일몽이라도 꾸고 있는 걸까요?! 아니요, 이건 현실입니다! 이것이 재능입니다! 대전 상대들도 강했습니다! 하지만 그는 그 이상으로 강했습니다! 시커들이여, 괄목하라! 이것이 신세대의 실력이다!!"

루나가 승자인 키스를 소리 높여 칭찬하자 관객들한테서도 열렬한 성원이 터져 나왔다. 많은 사람 앞에 얼굴을 밝힌 건 처음인데 완전히 인기인이 되었다.

아니, 그래서일까. 정체를 속여 온 정체불명의 신인이라는 개성이 그 경이로운 전투 능력과 맞물려 관객의 마음을 사로잡았다. 녀석이 클랜을 창설한 건 한 달 전, 아마 칠성배에 대한 소식을 들었을 때 이 연출을 떠올렸을 것이다.

다시 말해서 정체를 속여 온 이유는 단순히 전투 능력만 숨기고 싶었던 것이 아니라는 뜻이다. 모든 행동이 밀접하게 맞물려서 녀석의 순풍이 되어주고 있다.

재미있군. 단순한 남의 흉내만 내는 녀석이 아니라는 것을 증명했다.

"……잠깐만요, 표정이 무서워졌어요."

갑자기 옆에서 팔꿈치로 찔러서 나는 무심코 허리를 폈다. 시선을 링에서 옆으로 옮기니, 옆에 앉아있는 베르나데타가 무서운 것을 보는 듯한 눈으로 날 보고 있었다.

"갑자기 얼굴이 짐승 같아져서 놀랐어요."

"……실례. 직업 특성상 조금 흥분해버렸을 뿐이에요."

난 가볍게 헛기침을 하고 와인으로 목을 축였다. 감정이 얼굴로 잘 드러나는 건 나도 마찬가지구나. 베르나데타에겐 부끄러운 모습을 보이고 말았다.

프리미엄 라운지에 베르나데타를 부른 건 나다. 위장이라고는 해도 레갈리아에 주최자인 내가 연인을 부르지 않는 건 문제라고 판단해서 불렀다.

"칠성배는 어땠나요?"

내가 묻자 베르나데타는 부드럽게 미소 지었다.

"솔직히 싸움은 그다지 좋아하지 않아요. 하지만 피가 나지 않는 건 좋았어요. 순수하게 경기로서 즐길 수 있었어요."

"그런가요. 즐겁게 보셨다면 다행입니다."

난 일어나서 베르나데타에게 손을 내밀었다.

"오늘은 함께할 수 있어서 좋았습니다."

"저야말로 또 불러주셔서 기뻤어요."

베르나데타는 내 손을 잡고 일어났다. 그리고 내 얼굴을 물끄러미 바라봤다.

"왜 그러시죠?"

내가 묻자 베르나데타는 고개를 저었다.

"딱히 이유가 있었던 건 아니에요. 그저——."

"그저?"

"가까이에서 보니 정말 얼굴이 예뻐서……."

"……보통 그런 대사를 말하는 건, 반대 아닌가요?"

베르나데타는 어이가 없어서 미간을 찌푸리는 나에게 머리를 숙였다.

"죄송합니다. 남자분이 예쁘다는 말을 들어도 기쁘지 않겠죠."

"다른 남자는 모르겠지만, 전 이 얼굴 때문에 고생해왔으니까요……."

얼굴이 여자 같다며 얕보일 뿐만 아니라, 내가 남자를 좋아한다고 오해당하는 일도 많다. 하지만 내 고뇌를 아는지 모르는지, 베르나데타는 소리 죽여 웃었다.

"그렇게 다른 사람의 불행이 재밌나요?"

"정말 미안해요. 얼굴이 예뻐서 난처한 사람은 드물어서……."

"……너, 성격 안 좋구나."

내가 지적하자 베르나데타는 수긍했다.

"그럴지도 몰라요. 어쨌든 전 히스테리녀니까요."

"그건 실언이었습니다. 썩을 꼬맹이라서 생각한 걸 그대로 말하고 말아요."

"후후후, 서로 못났네요."

"부정할 수 없는 게 괴로워요."

나와 베르나데타는 서로의 얼굴을 마주 보고 큰 소리로 웃었다.

경기장에서 나온 우리는 마차를 타고 베르나데타의 집으로 향하고 있었다. 베르나데타를 집에 데려다준 뒤에 피노키오를 찾아갈 예정이다. 내가 창밖을 바라보고 있으니 갑자기 베르나데타가 높아진 목소리로 말했다.

"저, 생각했어요."

"……생각했다니, 무엇을?"

"역시 아버지를 속이는 건 좋지 않아요. 그러니까 진짜로 교제하지 않을래요?"

난 놀라서 베르나데타에게 얼굴을 돌렸다.

"……안, 되나요?"

베르나데타는 눈을 살짝 치켜뜨면서 질문했고, 나는 한숨을 쉰 뒤에 창밖으로 시선을 돌렸다.

"……왜 그렇게 생각했나요?"

"마음이 잘 맞는다고 생각해서예요. 같이 있으면 싫지 않아요. 싸우기도 했지만 싫어지기보다는 어딘가 후련한 느낌이 있었어요."

"후련한 느낌?"

"그런 식으로 말싸움을 한 건 처음이었으니까요. 정말 신선했어요. 감정을 표출하는 것도 나쁘지 않다고 느꼈어요."

"말싸움이 즐겁다니, 별나네요."

"하지만 그런 거라고 생각해요. 보통은 품지 않는 감정을 품는 걸 특별하다고 하지 않을까요?"

창문에 비친 베르나데타는 가슴에 양손을 대고 내 말을 기다리고 있었다. 어떻게 답해야 할지 생각하고 있으니 창밖에 즐겁게 걷는 부모와 자식의 모습이 보였다. 아버지는 어린아이를 목말 태우고, 아버지와 어머니는 사이좋게 손을 잡고 있었다. 나에겐 부모님에 대한 기억은 없지만, 마음속이 따뜻해지는 광경이었다.

가정을 가지는 것도 나쁘지 않을지도 모른다. 설령 남은 수명이 10년이라고 해도 내가 남길 수 있는 건 많을 것이다. 하지만 그렇게 생각하는 한편으로 내 이성이 속삭였다.

너에게 그럴 자격은 없다고——.

"베르나데타, 당신은 나에 대해 아무것도 몰라."

난 시선을 맞추지 않은 채로 말을 걸었다.

"난 당신이 생각하는 것 이상으로 훨씬 악당이야."

"……아버지께 이야기는 들었어요. 동료를 노예로 전락시킨 적도 있었다고……. 하지만 그에 맞는 이유가 있어서 그런 거죠?"

"내 말은 그게 아니야. 분명 난 동료를 노예로 전락시킨 적도 있고, 그 외에도 나쁜 짓을 잔뜩 해왔어. 그 악행들은 당신이 말하는 걸맞은 이유—— 변명할 수 있는 수준의 악행이야. ……하지만 딱 한 가지, 누구에게도 변명할 수 없는 죄를 안고 있어."

그 뒷내용을 말하는 건 상상 이상의 고통을 동반했다.

"……난, 나를 잘 따르던 아이를 죽인 적이 있어."

"무슨, 말인가요?"

"직접 내 손으로 죽인 건 아니야. 하지만 내 선택으로 인해 그 아이가 험한 꼴을 당하는 걸 알면서도 난 내 생각을 관철하는 것을 고집했어. ……그 결과, 그 아이는 끔찍하게 죽었어."

민츠 마을에서 나를 속인 촌장에게 제재를 가했을 때, 그게 어떤 결과를 불러올지 난 이해하고 있었다. 폭력단에게 빚을 진 이상, 돈을 갚을 수 없다는 말로는 넘어갈 수 없을 것이다. 빚의 담보로 첼시가 폭력단들에게 어떤 취급을 받을지는 상상하기 어렵지 않았다. 살해당할 줄은 몰랐지만, 그렇다고 해서 내 결단이 정당해지는 것도 아니고, 죄의 크기에도 차이는 없다.

"난, 그런 남자야."

베르나데타가 있는 쪽으로 몸을 돌려 정면으로 바라봤다.

"필요하다면 자신을 따르는 아이를 죽이는 결단도 주저 없이 할 수 있어. 그리고 그 결단에 후회는 없어. 다음에도, 그다음에도, 몇 번이라도, 나는——."

그 아이를 죽일 것이다, 그렇게 단언하려던 순간, 베르나데타가 나에게 안겼다.

"미안해요. 괴로운 기억을 떠올리게 할 생각은 없었어요."

"……위로받을 필요는 없어. 이건 내 문제야."

내 가슴에 얼굴을 파묻고 있는 베르나데타는 그 상태로 고개를 끄덕였다.

"알고 있어요. 하지만 어떻게 하면 좋을지, 전 잘 모르겠어요."

죄를 규탄하지도 않고, 용서하지도 않고, 베르나데타는 그저 나에게 기대고 있었다. 다른 사람과 살을 맞대는 건 싫다. 더구나 동정해서 안아주는 건 구역질이 나온다. 그래서 뿌리치려고 했다. ——하지만 그러지 못했다.

안긴 채로 시간이 지났고, 마차가 베르나데타의 집 앞에 도착했다. 베르나데타는 나에게서 떨어져 부드러운 웃음을 보였다.

"아까 한 질문에 대한 답, 언젠가 들려주세요."

베르나데타는 기다릴게요 라고 말하고 마차에서 내리려고 했다. ——답답한 건 질색이다. 다른 사람이 그러는 건 그래도 참을 수 있지만, 내가 그러는 건 절대로 용서할 수 없다. 그래서 난 재빠르게 그녀의 어깨를 잡아 뒤돌아보게 만들고 그대로 입술을 빼앗았다.

"……으읍?!"

입을 막힌 베르나데타는 눈을 한계까지 크게 뜨고 놀랐지만 저항하지는 않았다. 입안에서 서로의 뜨거운 숨이 뒤섞였다. 베르나데타는 약간 괴로운 듯하면서도 어딘지 모르게 응석을 부리는 듯한 목소리를 내며 몸을 비틀었다.

어느 정도의 시간이 지났을까. 내가 입술을 떼자 베르나데타는 부끄러운 듯이 시선을 돌렸다. 그녀의 가냘픈 어깨가 거친 호흡으로 흔들렸다.

"질문에 대한 답은 이걸로 괜찮을까?"

베르나데타는 시선을 돌린 채로 고개를 갸웃하는 나에게 고개를 끄덕였다. 난 가볍게 미소 짓고 마차에서 내려서 베르나데타 쪽의 문을 열고 오른손을 내밀었다.

"내리시죠, 공주님."

"가, 감사합니다."

베르나데타는 부끄러워하면서도 내 손을 잡고 마차에서 내렸다. 난 마부에게 잠깐 기다려달라고 부탁하고 그대로 베르나데타를 저택 안까지 에스코트했다. 그리고 시선을 맞추려 하지 않는 베르나데타에게 작별 인사를 하고 마차로 돌아왔다.

"이제 됐어. 출발해줘."

내 지시에 따라 마차가 움직이기 시작했다. 나는 흘러가는 창밖의 광경을 바라보면서 담배를 꺼내 불을 붙였다. 들이쉰 연기가 평소보다 달게 느껴지는 건 결코 기분 탓이 아닐 것이다. ——

입술이 뜨겁다. 베르나데타의 열기가 남아있는 입술을 혀로 가볍게 핥으니, 유리에 흉악한 웃음을 띤 내 얼굴이 비쳤다.

"달달하네. ——이게 거짓말쟁이 여자의 맛인가."

†

루키아노 패밀리의 정례 간부회는 호사스러운 회의실에서 지체되는 일 없이 열렸다. 회장 비토 루키아노의 저택에 모인 13명의 간부가 비토를 상석에 앉히고 그와 마주 보는 형태로 착석해 있었다.

백발의 노신사—— 비토의 오른편, 넘버2가 앉는 자리에는 검은 머리칼을 올백으로 넘긴 턱시도 차림의 잘생긴 남자가 우아하게 앉아있었다. 넘버2이자 후계자 후보 1순위, 그리고 비토의 아들이기도 한 알레시오 루키아노다.

알레시오의 자리에서 좌우로 번갈아 간부들의 서열이 이어진다. 피노키오의 자리는 비토의 왼쪽이자 올레시오의 정면, 즉 조직의 넘버3라는 증거다.

이전에는 넘버5였지만 보스를 잃은 감비노 패밀리를 산하에 둬서 넘버3로 승격됐다. 그래서 피노키오의 대각선 앞에는 전 넘버3이자 현 넘버4인 간부가 앉아있었다. 넘버3 자리를 빼앗긴 게 어지간히 용서가 안 되는 모양이었다. 다른 간부들의 눈이 있는데도 불구하고 계속 피노키오에게 증오로 일그러진 표정을 보이고 있었다.

이름은 두린 해머헤드. 루키아노 패밀리에서 유일한 드워프 간부다. 다른 드워프가 그렇듯이 체형이 근육질에 땅딸막하며, 머리는 벗겨졌지만 그 대신 훌륭한 수염을 길렀다.

　두린은 피노키오 입장에서 형님에 해당하는 조직원이다. 옛날에 부랑아였던 피노키오가 루키아노 패밀리 산하의 2차 단체에 거둬들여졌을 때는 이미 그 패밀리의 2인자 보좌로서 세력을 떨치고 있었다.

　두린과의 사이는 처음부터 나빴으며, 신입이었던 피노키오가 불합리한 일을 당한 경우가 한두 번이 아니었다. 매일같이 얻어맞고 걷어차였고, 당시에는 루키아노 패밀리의 적대 조직이 많기도 해서 히트맨으로서 위험한 역할을 강요당했다.

　하지만 얄궂게도 피노키오는 단기간에 히트맨으로서 이름을 날리고 본가에서도 인정받는 조직원이 되었다. '매드 피에로'라고 불리며 두려움을 사기 시작한 것도 딱 이 무렵부터다. 결정적이었던 건 소속되어 있던 패밀리의 보스가 불상사를 일으켜 이에 격노한 본가의 지시로 피노키오가 직접 보스의 목을 쳤을 때였다. 원래 폭력단에게 있어서 보스를 죽이는 건 중죄지만, 본가의 지시를 훌륭하게 수행한 피노키오는 본가에서도 많은 신뢰를 얻게 되었다.

　물론 피노키오를 원망하는 자들도 많다. 그 필두가 예전의 형님이자 피노키오에게 보스를 살해당해 복수심을 품고 있는 두린이다.

　루키아노의 눈이 있어서 지금까지 피노키오를 직접 건드리지는 못했지만 두린의 복수심은 진짜다. 술에 취하면 피노키오를 죽이겠다며 형님과 동생, 동료들에게 씩씩댄다고 한다. 그래도 두린이 실행으로 옮기려 하지 않은 이유는 단순히 본가의 눈이 있을 뿐만 아니라 자신이 서열이 더 높다는 긍지가 있었기 때문이다.

하지만 서열이 뒤집힌 지금, 두린은 피노키오에 대해 어둡고 더러운 감정을 고조시키고 있었다. 마찬가지로 피노키오를 좋게 보지 않는 간부들과 결탁하여 반 피노키오 연맹을 구축하려고 획책하고 있다고 한다.

피노키오는 속으로 어리석다며 두린을 비웃었다. 모든 것이 너무 느리다. 아직도 간부들과 손을 잡으면 어떻게든 될 거라고 믿고 있다니. 생각이 얕은 것도 정도가 있다.

확실히 두린이 다른 간부들과 손을 잡으면 성가시긴 했다. 하지만 그건 피노키오가 혼자일 때의 이야기. 이쪽엔 노엘 슈톨렌이 있다.

루키아노 패밀리가 제국 최대의 뒷세계 조직이 된 지 수십 년, 완전히 평화에 젖은 간부들이 몇이나 결탁하든 레갈리아 현역 무투파 클랜을 같은 편으로 둔 피노키오를 당해낼 수 있을 리가 없다. ──그렇다, 상대가 될 리가 없고 일방적인 싸움이 될 걸 알고 있었기에 노엘의 손을 빌리고 싶지 않았다.

협력자 덕분에 편하게 이긴다고 하더라도 그 승리에 어느 정도의 가치가 있을까? 적어도 피노키오는 그런 승리를 바라지 않았다. 역시 노엘의 협력은 거절했어야 했다. 거절해야 한다는 걸 알고 있었는데도 거절하지 못한 자신의 여심이 진심으로 원망스러웠다.

"시간이 됐군."

비토가 중얼거리자 알레시오는 고개를 끄덕이고 간부 전원을 둘러봤다.

"그럼 지금부터 정례 간부회를 시작한다."

위엄 있는 목소리다. 어릴 때부터 제왕학을 배우고 루키아노 패밀리의 후계자로서 길러진 알레시오는 분명 다음 회장에 어울리는 인재다. 나이는 피노키오와 별 차이 안 나지만, 부랑아 신분에서 출세한 피노키오와는 달리 타고난 왕이다. 사람을 부리는 것이 그의 본분이며 앞으로도 계속 패도를 걸어 나갈 것이다.

만약 나 혼자의 힘으로 그와 대결할 수 있다면 마음이 얼마나 들떴을까. 하지만 피노키오는 자신의 투쟁심보다 반한 남자를 돋보이게 하는 길을 선택했다.

"부두목, 그 전에 잠깐 괜찮을까?"

피노키오가 목소리를 높이자 알레시오는 의아하다는 표정을 지었다.

"왜 그러나? 할 얘기라도 있는 건가?"

"네, 있죠. 있고말고요. 중요한 얘기가 있습니다."

피노키오는 고개를 끄덕이고 비토에게 시선을 돌렸다.

"회장님, 이 자리를 빌려 부탁드립니다. 루키아노 패밀리의 회장 지위. 이 피노키오 발지니에게 주실 수 없겠습니까?"

순식간에 자리가 얼어붙었다. 갑작스러운 제언── 그것도 수장 자리를 넘겨달라는 요구에 간부들 모두가 동요했다. 그렇게 혼란스러운 와중에 비토만이 피노키오를 똑바로 바라보고 있었다.

"이유를 들어볼까?"

비토가 조용히 묻자 피노키오는 허리를 바로 폈다.

"이유는 단순합니다. 회장님은 이미 연세가 77세. 아직 건강하시고 제국에서 비할 사람이 없는 현자이시긴 하지만, 지도자로서는 전성기라기보다는 쇠퇴하고 있는 게 사실입니다. 그래서 알버트 감비노가 도리를 벗어난 짓을 하는 걸 내버려 두었죠."

최종적으로 알버트를 숙청하기로 정한 건 비토지만, 그 판단은 너무나도 늦었다. 그 남자가 마음대로 하게 둔 탓에 받은 피해는 막대하다. 늙은 비토가 감비노 패밀리 선대 두목과의 의리에 사로잡혀 냉정한 사고 능력을 잃었다는 사실은 비토와 친밀한 자라면 모두 알고 있었다.

"제가 조직에 들어왔을 무렵의 회장님이었다면, 절대로 그런 어리석은 자가 멋대로 하게 두지 않았을 겁니다. 아직 늦지 않았습니다. 유종의 미를 거두기 위해서라도 회장님은 자신의 의지로 은퇴해야 할 때입니다."

"그리고 내가 없어진 뒤에는 네가 책임을 지고 관리하겠다고?"

피노키오는 네, 라며 힘차게 고개를 끄덕였다.

"저야말로 걸맞다고 자부하고 있습니다."

피노키오가 단언하자 비토는 대담한 웃음을 지었다.

"호오, 단언하는 건가. 역시 매드 피에로군."

"취하고 미치는 것이야말로 남자의 길이라고 회장님께 배웠으니까요."

"하하하, 그 말이 옳다. 넌 옛날부터 좋은 부하였지."

비토는 소리 높여 웃고 의자 깊숙이 앉았다. 그리고 유쾌하다는 듯이 웃음 짓고는 간부들을 둘러봤다.

"피노키오의 말은 옳다. 내가 늙어빠진 탓에 너희에게도 고생을 시켰다. 이제 내 어깨에는 루키아노 패밀리의 간판은 너무 무거워. 물러날 때가 됐다는 거지."

비토가 은퇴를 인정하자 간부들은 웅성거리기 시작했다. 앞으로 어떻게 되는가, 정말로 피노키오가 다음 회장이 되는 건가, 경악과 불안으로 혼란스러워하는 자들만 있는 가운데, 넘버2인 알레시오는 당당한 태도를 유지하고 사태를 지켜봤고 넘버4인 두린은 분노에 몸을 맡기고 일어섰다.

"무슨 생각인교, 회장님?!"

격하게 노한 모습을 보이는 두린에게 모두의 눈이 모였다.

"회장님이 은퇴하는 건 좋다 이겁니다. 늙은 몸을 채찍질 하는 건 우리도 마음이 괴로우니 말임더. 근데 후계자가 자기 두목을 죽인 빌어먹을 여장남자 자식인 건 참을 수가 없심더."

"피노키오에게 두목을 죽이라고 명령한 건 나다. 그 일이 피노키오를 후계자에서 제외할 이유는 안 되지."

비토가 의연한 태도를 보이자 두린은 벌레를 씹은 듯한 표정을 지었지만, 금방 기세를 되찾았다.

"알겠심더. 자기 두목을 죽인 일은 일단 차치해 두겠심더. 다만 누구를 새 회장으로 삼을지는 저희가 정하게 해주지 않겠십니꺼? 회장님이 은퇴하는 건 회장님의 판단 능력의 쇠퇴를 자각했기 때문이 아입니까? 그라믄 후임을 누구로 하는지도 후진들에게 맡겨주셨으면 합니더."

"난 피노키오를 회장으로 삼겠다고 안 했어. 하지만 네 말도 이치에 맞는군."

비토는 고개를 끄덕이고 알레시오에게 시선을 돌렸다.

"넌 어떻게 생각하나?"

"저도 두린의 말에 찬성합니다. 새로운 회장은 간부들이 다 같이 정해야 할 겁니다. 하지만 그 전에 확실히 해두고 싶은 게 있습니다."

알레시오는 말을 끊고 피노키오를 뚫어지게 바라봤다.

"피노키오, 넌 자신이야말로 새 회장에 걸맞다고 했지? 왜 그렇게 생각하지? 그 이유를 말해봐라."

알레시오의 도전적인 말에 피노키오는 미소 지었다.

"이유는 두 개야. 첫 번째는 내가 관리하는 칠성배가 많은 이익을 얻고 있다는 점. 오늘의 정례 간부회에서는 각 패밀리의 장사 상황과 본가에 바치는 상납금을 보고할 예정이었지만 나 때문에 지체됐지. 그러니 이왕 폐를 끼치는 김에 내가 먼저 발표하도록 할게. 발지니 패밀리의 하반기 매출은 현 단계에 2,000억 필. 거기에 더해 칠성배가 본선까지 종료되면 약 8,000억의 이익이 날 예정이야. 즉, 1조 필이지."

피노키오가 웃으면서 발표하자 간부들 전원이 말을 잃었다. 칠성배가 막대한 이익을 내고 있다는 건 모두가 알고 있는 사실이었지만, 1조 필이라는 천문학적인 숫자에 달할 것이라고는 예상하지 못했기 때문이다.

물론 단순히 칠성배를 개최하기만 해서는 1조 필이나 되는 이익을 낼 수 없다. 칠성배를 관전하지 못하는 사람들도 도박에 참여할 수 있도록 사전에 제국의 신문사와 협력해 전국에 독자적인 네트워크를 깐 것이 이번 수익으로 이어졌다. 그리고 국외에도 선전 활동을 한 결과, 타국의 자산가들도 도박에 참여해 현재진행형으로 예측 매출은 계속 커지고 있다.

"마, 말도 안 된다! 1조 필이라는 매출은 있을 수가 없다!"

두린은 호들갑스럽게 머리뿐만 아니라 손도 저으며 피노키오가 거짓말을 하고 있다고 주장했지만, 단순히 깨끗이 체념하지 못했을 뿐이라는 건 누가 봐도 명백했다.

"거짓말이 아니야, 두린. 본가에 바치는 상납금은 우리 매출의 2할로 정해져 있으니까 허세를 부려도 내가 크게 손해를 볼 뿐이잖아."

"네놈이 회장이 되면 상납금으로 손해 본 것도 상쇄된다이가!"

"하아, 믿기지 않네. 아무리 못나도 그렇지 루키아노 패밀리의 간부나 되는 사람이 일의 진위를 판별하지도 못하는 거야? 상황을 이해하지 못하고 있으니까 그런 망언을 아무렇지 않게 내뱉을 수 있는 거야. 아무래도 노망이 난 건 너 같네."

"뭐라고?! 그게 뭔 소리고?!"

피노키오는 보란 듯이 한숨을 쉬고 두린을 차가운 눈으로 바라봤다.

"말 그대로의 의미야. 네가 칠성배를 맡아서 관리해도 1조 필이나 버는 건 불가능하겠지. 하지만 나라면 할 수 있어. 격이 다르다구, 너랑 나는."

"이, 이 자식……."

격노한 두린은 삶은 문어처럼 새빨개져서 거친 호흡을 반복했다. 당장이라도 덤벼들 것 같았지만 그렇게 하지 않을 만한 이성은 아직 남아있는 듯했다. 정당방위를 이유로 두린을 죽이고 싶었던 피노키오로서는 흥이 깨지는 전개였다.

"두린, 때와 장소를 구분해라."

알레시오가 짧지만, 똑똑히 경고하자 두린은 분노에 얼굴을 일그러뜨리면서도 의자에 다시 앉았다.

"첫 번째 이유는 이해했다."

알레시오는 무릎 위로 깍지를 끼고 이야기를 계속했다.

"1조 필, 훌륭하군. 상반기의 모든 패밀리가 올린 매출과 거의 같은 금액이다. 간부로서 충분히 후계를 요구할만한 자격이 있어. 그래서 두 번째 이유는?"

끝까지 여유로운 태도를 유지하는 알레시오를 본 피노키오는 내심 의아해했다. 아무리 본가의 넘버2라고 해도 너무 태연자약하다. 설마 이쪽의 의도를 알아차린 건가? 하지만 그렇다고 해도 이제 와서 작전을 변경할 수는 없다. 이제부터는 임기응변으로 대처한다.

"두 번째 이유, 그걸 이야기한다면 전문가의 의견도 필요하지."

"전문가라고?"

"그래요, 내 말만으로는 설득력이 부족해. 부두목, 이 자리에 그를 불러도 될까?"

피노키오의 말을 듣고 알레시오는 잠시 생각한 뒤에 고개를 끄덕였다.

"좋다. 회장님도 괜찮으시겠습니까?"

비토는 의견을 묻자 호들갑스럽게 어깨를 으쓱였다.

"난 이미 은퇴하기로 정한 몸이야. 새로운 회장이 정해질 때까지는 네가 대행으로서 진행해."

"알겠습니다. 피노키오, 그 전문가인지 뭔지 하는 자를 불러라."

허락을 받은 피노키오는 귀에 달고 있던 귀고리형 교신기에 마력을 통하게 하여 밖에서 대기하고 있는 전문가에게 연락했다.

'나야, 준비됐으니까 안으로 들어와 줘. 우리 조직원과 함께라면 경비도 들여보내 줄 거야.'

'알았다. 바로 가지.'

명료한 답이 돌아온 지 5분도 안 되어서 회의실의 문을 노크하는 소리가 들렸다. 알레시오가 '들어와라' 하며 허가를 내리자 문이 열리고 검은 머리칼에 검은 옷을 입은 미소년이 모습을 보였다. 레갈리아의 일각, 와일드 템페스트의 클랜 마스터, 노엘 슈톨렌이다.

간부들이 아연실색한 가운데, 노엘은 산책하러 나온 듯한 가벼운 발걸음으로 비토 앞으로 가서 그 자리에서 정중하게 인사했다.

"처음 뵙겠습니다, 어르신. 전 와일드 템페스트의 클랜 마스터 노엘 슈톨렌입니다. 안드레아스 후가 건에서는 신세 많이 졌습니다."

머리를 든 노엘과 시선이 맞은 비토는 쾌활하게 웃었다. 하지만 그 웃음 안쪽에 검은 감정이 숨겨져 있다는 걸 피노키오는 알고 있었다.

왜냐하면 노엘은 이전에 루키아노 패밀리가 보호하고 있던 후가 그룹과 싸운 경위가 있기 때문이다. 결과적으로 후가 그룹은 붕괴하고 루키아노 패밀리는 소중한 돈줄 하나를 잃게 되었다. 하지만 한편으로 노엘은 칠성배의 소중한 운영 파트너이기도 하다. 실제로는 비토를 거치지 않은 피노키오와 노엘만의 관계이긴 하지만 비토 입장에서는 큰 차이는 없었다. 그래서 비토의 마음속은 몰라도, 그의 얼굴에서 웃음이 사라지는 일은 없었다. 오히려 마음씨 착한 할아버지 같은 분위기마저 느껴지는 쾌활함이었다.

"그렇군, 네가 뱀인가. 좋은 상판을 달고 있군. 하지만 할아버지와는 전혀 닮지 않았구나. 할머니를 쏙 빼닮았어. 할아버지한테 내가 네 할머니에게 차인 이야기는 들었나?"

"아니오, 아쉽게도요. 할아버지는 비밀주의자였으니까요."

"후후후, 그런가. 그래서 네가 전문가인 거냐?"

노엘은 웃으면서 묻는 비토에게 고개를 끄덕였다.

"네, 애송이입니다만, 오늘은 잘 부탁드립니다."

"알았다. '불멸의 악귀' 손자 실력이 어느 정도인지 나에게 보여다오."

노엘은 미소로 대답하고 뒤돌아서 간부들을 바라봤다.

"자 그럼, 바로 본론으로 들어갑시다. 제가 여러분께 하고 싶은 이야기는 제국이 발리언트에게 이긴 후에 뒷세계의 세력도가 어떻게 변하는가, 입니다."

노엘의 말에 알레시오는 미간을 찌푸렸다.

"뒷세계의 세력도가 바뀐다고? 무슨 뜻이지?"

"오해받는 걸 무릅쓰고 말씀드리자면, 지금 이대로라면 새로운 뒷세계에 루키아노 패밀리가 있을 곳은 없습니다. 바로 도태할 운명이 기다리고 있습니다."

당연하다는 듯이 담담하게 이야기하는 노엘. 하지만 딱 잘라서 너희는 멸망할 것이라는 말을 들은 사람들은 태연히 있을 수 없을 것이다. 바로 격노한 간부들의 노성이 난무하고 회의실의 분위기는 험악해졌다. 그중에서도 두린의 분노는 굉장했다.

"다르게 말할 수도 있을 텐데 우리가 도태된다고?! 네놈이 무슨 말을 하고 자빠졌는지는 이해하고 있제?! 깔보는 소리 지껄이면 대가리 다 깨버린다, 이 자식아!!"

두린의 노성에 다른 간부들도 동조했지만, 정작 노엘은 자기와는 상관없다는 표정을 짓고 있었다. 레갈리아의 칭호를 받은 클랜의 수장이 폭력단의 협박 따위를 무서워할 리가 없었다.

"그럼 반대로 물어봅시다. 여러분은 어떤 경쟁자라도 이길 수 있습니까?"

"당연하지! 이제 와서 다른 폭력단 따위는 쪽도 못 쓴다 멍청아!!"

"폭력단, 말이죠. 확실히 폭력단 중에는 여러분을 이길 수 있는 조직은 존재하지 않습니다."

노엘은 하지만, 이라며 차갑게 웃었다.

"상대가 시커 클랜이라면 여러분은 이길 수 있습니까?"

"뭐, 뭐라고?!"

두린은 경악해서 눈을 휘둥그레 떴다. 다른 간부들도 마찬가지였다. 유일하게 알레시오만이 납득했다는 듯이 작게 고개를 끄덕였다.

"뱀, 네가 말하고자 하는 바를 알았다. 즉, 시커 클랜이 폭력단으로 변해서 우리의 경쟁 상대가 된다, 이 말이지?"

알레시오의 말을 듣고 노엘은 고개를 끄덕였다.

"그 말대로입니다, 부두목."

선견지명이 있는 알레시오는 노엘이 말하고자 하는 바를 바로 이해했다. 하지만 다른 간부들은 전혀 이해하지 못한 것 같았다.

"애송이, 그게 뭔 소리고?! 내한테도 알아먹을 수 있게 설명 좀 해봐라!"

노엘은 자신의 어리석음을 모른 척하고 뻔뻔하게 설명을 요구하는 두린을 벌레 보는 듯한 시선으로 봤다.

"근본적인 이야기를 해봅시다. 저는 저희 시커와 여러분 폭력단에 큰 차이는 없다고 생각하고 있습니다. 둘 다 공권력에 속하지 않고 폭력을 생업으로 삼아 살고 있죠. 저희의 폭력의 대상이 비스트인 것에 비해 여러분의 대상은 약자, 명확한 차이는 그 정도밖에 없습니다. 폭력을 등에 업고 세력 확대를 꾀한다는 점에서는 한통속입니다."

"말은 그래 해도 다른 건 다르다이가. 니 주장을 곧이곧대로 받아들이면 남자고 여자고 다 똑같아지는 거 아이가. 뭐, 니는 머스마 새끼가 돼가꼬 얼굴이 가스나 같고 같이 있는 피노키오도 여장남자니께 분간이 안 될지도 모르겠지만 말이다."

두린이 이야기를 농담으로 얼버무리자 다른 간부들도 상스럽게 웃음을 터뜨렸다. 하지만 노엘은 화내지도 않고 그저 냉담한 웃음을 지었다.

"다른 사람을 놀려서 주목을 받으려는 행동은 어릴 때 부모에게 충분한 애정을 받지 못했다는 증거죠. 보통은 부끄러워해야 하는 행동이에요. 하지만 그 나이를 먹고도 고치지 못하다니, 정말 열악한 유소년기를 보내셨겠네요. 진심으로 동정합니다."

"뭐, 뭐라고, 이 썩을 꼬맹이가?!"

간단히 설복당한 두린은 격노하여 의자에서 일어났지만, 알레시오가 그 행동을 날카롭게 제지했다.

"그만해라! 이걸로 경고는 두 번째다! 다음은 없다고 생각해라!"

"끄, 끄으으응……."

알레시오를 거스르지 못하는 두린은 불만스러운 듯이 입을 다물었다.

"다시 이야기로 돌아가겠습니다."

노엘은 아무 일도 없었다는 듯이 이야기를 계속했다.

"시커와 폭력단 사이에 큰 차이는 없다. 그렇다면 왜 지금까지 시커들은 여러분의 경쟁 상대가 되지 않았는가? 답은 간단합니다. 귀찮기 때문입니다. 비스트를 토벌하는 것만으로도 충분한 보수를 받을 수 있는데, 군이 폭력단의 경쟁 상대가 되는 귀찮은 짓은 하고 싶지 않다. 그뿐입니다. 하지만 앞으로는 상황이 변합니다."

간부들은 어느샌가 노엘의 이야기에 집중하기 시작했다.

"발리언트를 성공적으로 토벌했다 하더라도 사회적 혼란은 피할 수 없습니다. 그렇게 혼란한 와중이라면 지금까지 귀찮다고 생각했던 부업도 간단히 실행할 수 있죠. 왜냐하면 여러분 폭력단은 물론이고 행정부도 모든 사태를 정확하게 파악할 여유가 없어지기 때문입니다."

실행이 간단하다면 많은 시커 클랜이 비스트 토벌 이외의 부업에 손을 대기 시작할 것이다. 거기에 더해 빠르게 돈을 벌 것이라면 절차가 번거로운 공적인 일보다 폭력으로 강제로 진행할 수 있는 뒷세계의 일이 더 좋다. 그 결과로 만연하는 것이 알레시오가 말한 시커 클랜의 폭력단화다.

여기까지 설명을 듣고 겨우 위기 상황이라는 것을 이해한 간부들은 안색이 아주 안 좋아졌다. 노엘은 다그치듯이 계속해서 말했다.

"여러분, 그 안색을 보니, 전부 이해하신 것 같군요. 지금까지도 시커가 준폭력단으로 전락하는 케이스는 있었습니다. 하지만 그들은 시커 경쟁에서 탈락한 자들입니다. 하지만 그런 수준인 자들에게도 여러분은 고전을 면치 못하는 일이 많았죠."

사실이다. 매드 피에로라 불리며 두려움을 사고 있는 피노키오의 구역조차도 지금까지 몇 번이나 준폭력단이 휩쓴 적이 있었다. 최종적으로는 배제할 수 있었지만 어려운 싸움이었다. 그 정도로 시커는 강하다.

"그런데 이번에는 일선에서 활약하고 있는 시커 클랜과 경쟁하게 됩니다. 그것도 특정 클랜이 아니라 여러 클랜이죠. 한 번 더 물어보겠습니다. 여러분은 그들과 싸워서 이길 수 있습니까?"

대답할 수 있는 간부는 없었다. 모두가 거북한 듯이 시선을 피했다. 당연하다. 옛날의 루키아노 패밀리라면 몰라도 현재의 평화에 젖은 루키아노 패밀리에는 시커 클랜과 정면으로 싸울 만한 전력도 기개도 없다.

"자, 잠깐만 기다리봐라!"

두린이 동요하면서 소리쳤다.

"확실히 시커 클랜이 경쟁 상대가 되면 우리도 위험할지도 모르지! 그래도 우리한테는 황실의 위광이 있다고!"

제국의 뒷세계의 지배자인 루키아노 패밀리는 황실과도 긴밀한 관계를 맺고 있다. 서로 상부상조하는 관계를 맺고 있다는 것 또한 사실이다.

하지만——.

"황실의 위광? 그런 게 정말로 여러분을 지켜줄 거라 믿고 있습니까? 그렇다면 어리석다고밖에 할 수 없군요."

노엘은 두린을 비웃고 근본적인 착각을 지적했다.

"황실은 여러분의 친구가 아닙니다. 단순한 비즈니스 파트너죠. 여러분에게 뒷세계를 지배할 능력이 없다고 판단하면 바로 관계를 끊을 겁니다. 의리와 인정이야말로 폭력단의 길이라고 표방하는 여러분도 그것만으로는 배가 채워지지 않는다는 건 알고 계시죠?"

"그, 그건……."

두린의 말문이 막히자 알레시오가 입을 열었다.

"시커 클랜이 폭력단으로 변하는 현상은 확실하게 일어나겠지. 하지만 정말로 지금의 세력도를 뒤엎을 정도로 만연하는가? 실제로 지난번에는 우리를 위협할 만한 시커 클랜은 나타나지 않았다."

"지난번과 이번에는 시커의 모수가 다릅니다. 시커의 수는 수십 년 전보다 늘어나고 그 질도 좋아졌죠. 그에 비해 여러분은 세력은 확대했지만, 자원 대부분을 경제 활동에 돌린 결과, 전투 면에서는 현저하게 약체화되었죠."

수십 년 전에는 루키아노 패밀리도 시커 클랜에 대항할 수 있을 정도로 강했다. 전력 면에서 뿐만이 아니라 싸움에 대한 마음가짐이 달랐다. 하지만 뒷세계의 패자가 되어서 싸움보다 경제 활동을 중시하게 되었다. 현재 루키아노 패밀리의 조직으로서의 힘은 피를 동반하는 폭력보다도 자본력이라는 이름의 폭력이 더 크다.

"확실히 우린 약해졌다. 하지만 그건 싸움터에서의 이야기다. 자본력은 오히려 수십 년 전과는 비교도 안 될 정도로 강대해졌다. 아무리 뒷세계 일의 진입장벽이 낮아진다고 해도 문외한이요 수십 년 동안 비축된 자본력과 각계에 미치는 영향력, 그리고 장사 노하우를 뒤집을 순 없다."

"마, 맞다! 아무것도 모르는 사람이 폭력단 일을 할 수 있겠나, 멍청아!"

알레시오의 반론에 두린이 동조하고 다른 간부들도 고개를 끄덕였다. 하지만 노엘은 웃는 얼굴을 흐뜨리는 일이 없었다.

"문외한이라도 장사를 성공시키는 간단한 해결 방법이 있어요. 폭력으로 여러분한테서 장사를 통째로 빼앗으면 됩니다. 그러면 전부 해결되죠."

노엘의 답에 간부들은 말문이 막힐 수밖에 없었다. 지금까지 태연자약했던 알레시오마저 대답할 말을 찾지 못해 눈을 크게 뜨고 있었다. 일반인인 노엘의 입에서 폭력단조차 망설이는 피비린내 나는 해결 방법이 나올 줄은 몰랐기 때문이다. 하지만 피노키오만은 이것이 노엘이라는 남자의 본질이라는 것을 이해하고 있었다.

"왜 그렇게 놀란 거죠? 세력 다툼에 있어서 탈취는 기본 중의 기본이잖아요? 여러분도 처음에는 그렇게 세력을 확대해왔을 텐데요."

알레시오는 고개를 갸웃거리는 노엘에게 고개를 저었다.

"……그건 옛날이야기다. 지금은 폭력단의 장사도 복잡해졌고, 빼앗았다고 해서 반드시 잘 되는 건 아니다."

"하지만 한다면 이 방법을 쓰겠죠. 이게 가장 빨라요."

"그렇다고 해도 지금까지 일반인이었던 자들이 그렇게 과감하게 행동할 수 있을까?"

"할 수 있어요. 한 번 하겠다고 정하면 철저하고 합리적으로 실행한다. 그게 시커라는 생물입니다."

노엘은 무엇보다, 라고 말하며 더욱 선명하게 웃으면서 자신을 양손으로 가리켰다.

"저라는 '최고의 대표적 사례'가 있으니까요. 시커 신분이지만 로렐라이의 철도 이권을 옆에서 가로채고, 게다가 칠성배라는 역대 최대급의 축제를 실현한 저를 보고 많은 시커들이 모방할 겁니다."

노엘의 말이 가진 설득력은 간부들 모두에게 날카롭게 꽂혔다.

후진이 성공자를 모방하는 건 당연한 행동이다. 동서고금, 인간은 그렇게 번영해왔다. 물론 노엘을 완전히 흉내 내는 건 불가능하지만, 똑같이 해서 이익을 얻고자 생각하는 건 자연스러운 흐름이다. 폭력단의 장사를 탈취하는 것쯤은 큰 갈등도 없이 결단할 것이다.

회의실에 침묵이 흘렀다. 간부들은 이미 노엘의 화술에 사고를 지배당하고 있었다. 알레시오도, 두린도, 비토조차도 아무런 반론을 할 수 없었다. 노엘의 말이 옳다고 완전히 믿고 있었다.

이렇게 될 것은 예측하였지만, 그렇다고 해도 완벽한 무대였다. 무엇보다도 무서운 점은 모든 것이 신들린 것처럼 맞물리고 있다는 점이었다. 아마 노엘은 피노키오에게 칠성배 개최를 제의한 시점에 이 무대의 대본도 떠올렸을 것이다. 그렇지 않으면 이렇게까지 모든 요소가 맞물릴 리가 없다.

──있잖아, 노엘, 기억해?

피노키오는 마음속으로 노엘에게 물었다.

──넌 전에 나한테 말했지.

'피노키오, 넌 루키아노 패밀리의 회장이 돼서 제국의 음지를 지배한다. 그리고 나는 레갈리아의 1등성이 되어 양지에서 가장 큰 명예와 권력을 지닌 남자가 된다. 즉, 우리가 손을 잡으면 이 제국은 사실상 우리 것이 된다.'

안드레아스 사건 때 피노키오는 노엘에게 손을 떼라고 협박했지만, 정작 노엘에게서 돌아온 답은 칠성배 개최를 미끼로 삼은 피노키오에 대한 회유였다. 그뿐만 아니라 피노키오에게 루키아노 패밀리의 새로운 회장이 되어야 한다고 제안하고 함께 제국을 좌지우지하자며 권했다.

'골라, 피노키오 발지니. 아니, 매드 피에로. 안드레아스 따위를 위해 죽을 것인지, 아니면 나와 정점을 차지할 것인지. 대답은 둘 중 하나로 해라. ──자, 선택해라! 너의 사나이로서의 대답을 말해봐라!!'

노엘은 대답하지 못하는 피노키오에게 가차 없이 결단을 강요했다. 그때의 충격은 지금도 기억하고 있다. 자기보다 어린 꼬맹이한테 겁쟁이라고 비난받은 노여움과 분함, 무엇보다도 자신이 겁먹고 있었다는 사실에 대한 수치심으로 감정이 엉망이 되었다.

하지만 그 이상으로 영혼이 뜨거워졌다. 이 남자라면 정점을 차지할 수 있을 것이라는 생각이 들었다. 그때의 노엘은 그 정도까지 눈부시게 빛나고 있었기 때문이다.

──난 너야말로 최고의 파트너라고 확신했어. ……하지만 그건 틀린 생각이었어. 난 널 잘못 보고 있었어.

"전문가로서의 의견은 이상입니다. 그리고 여러분께 묻고 싶습니다."

회의실은 이미 노엘의 독무대로 바뀌어 있었다. 단 한 명의 스타인 노엘은 관객들을 향해 노래하듯이 이야기를 계속했다.

"폭력단으로 변한 시커 클랜이 군웅할거 하는 새로운 시대의 뒷세계에서 자신이라면 이 루키아노 패밀리의 새로운 회장을 맡을 수 있다고 약속할 수 있는 분 계십니까?"

목소리를 내는 사람은 아무도 없었다. 위세가 대단했던 두린뿐만 아니라 후계자 후보 1순위였던 알레시오조차 철저하게 관망했다. 여기서 입후보하면 새 회장으로서 많은 책임을 지게 되기 때문이다. 구체적으로 말하자면, 폭력단으로 변한 시커 클랜에 대항할 수 있는 새로운 조직 재편과 그에 따른 자금 제공이다.

입을 다물고 있는 간부 중에 그만한 그릇을 가진 자는 없었다. 하지만 이 자리에는 딱 한 명, 전투원으로서의 실적에 따른 전투 지식과 남아도는 자금, 그리고 우수한 시커와의 연줄까지 가지고 있는 자가 있었다.

"내가 할게."

피노키오가 일어서서 간부들을 둘러봤다.

"나라면 새로운 시대의 뒷세계에서도 싸울 수 있어. 그뿐만 아니라 이 루키아노 패밀리를 더 큰 조직으로 만들 수도 있지."

그러니, 라고 말하며 피노키오는 목소리를 높였다.

"너희들, 날 따라와라!!"

잠깐의 침묵이 흐른 후, 누군가가 손뼉을 쳤다. 그 박수는 차례차례 퍼졌고, 회의실은 순식간에 박수갈채에 휩싸였다. 새로운 회장의 탄생을 축하하는 것이다.

"느, 느그들 뭔 생각이고?!"

두린은 당황해서 소리쳤지만 이미 늦었다. 손뼉을 치는 간부 중에는 두린이 피노키오에게 대항하기 위해 뒤에서 손을 잡은 자도 있었다. 칠성배의 매출과 피노키오의 실적, 그리고 노엘의 화술로 누구에게 붙어야 하는지가 명확해진 지금, 두린 따위에게 복종할 리가 없다.

"내는 인정 못 한다! 니가 새 회장이라니, 절대로 인정 못 한다!!"

알레시오는 깨끗이 체념하지 못하는 두린에게 고개를 저었다.

"포기해라. 우리의 패배다."

그리고 미소를 짓더니 알레시오도 피노키오에게 박수를 보냈다.

"아무래도 이걸로 정해진 것 같군."

비토는 만족스럽게 고개를 끄덕이고 피노키오를 응시했다.

"루키아노 패밀리의 새 회장은 피노키오 발지니다!"

박수가 더 커졌다. 새 회장이 된 피노키오는 노엘에게 시선을 돌렸다. 노엘도 미소를 짓고 손뼉을 치고 있었다. 순수하게 새로운 '어둠의 왕'의 탄생을 축하해주고 있는 것이리라. 하지만 피노키오의 생각은 달랐다.

──난 왕이 아니야. 겨우 인정할 수 있게 됐어. 노엘, 너야말로 빛과 어둠 쌍방을 지배하는 진정한 왕이야.

피노키오에게 있어서 노엘의 존재는 더 이상 함께 걷는 파트너가 아니다. 충성을 맹세해야 하는 진정한 왕이다. 실제로 피노키오가 새 회장이 될 수 있었던 건 전부 노엘 덕분이다. 두 사람이 타고난 그릇은 너무나도 달랐다.

물론 파트너가 되지 못해 분한 마음은 있었다.

하지만 그 이상으로──.

"나쁘지 않은 기분이네."

피노키오는 작게 중얼거리고 노엘에게 미소 지었다.

†

정례 간부회가 끝나고 다른 간부들이 떠난 후, 알레시오와 두 린만은 서로의 측근들과 함께 회의실에 남아있었다.

"그 썩을 여장남자 자식이 날 깔보고 자빠졌어!!"

두린은 분노가 사그라지지 않아 몇 번이나 발을 구르며 날뛰었다.

"부두목, 진짜 피노키오를 인정할 생각입니까?!"

"인정이고 뭐고——."

알레시오는 시가에 불을 붙이면서 이어서 말했다.

"이미 나도 포함해서 다른 간부들의 승인을 얻은 상황이다. 네가 아무리 부정해봤자 그 녀석이 새로운 루키아노 패밀리의 회장이야."

"그렇다고 해도 이대로 내버려 두면 점마 세상이 된다구요?!"

"그래도 당장 우리가 할 수 있는 일은 없어."

두린은 이미 끝난 일이라며 점잔 빼는 표정으로 시가를 피우는 알레시오에 대한 분노와 짜증을 부풀렸다.

"뭔 잠꼬대 같은 소릴 하는 겁니까, 부두목?! 원래라면 당신이 새 회장이 돼야 하는데, 그걸 옆에서 빼앗아 갔는데 분하지도 않습니까?!"

"확실히 그렇긴 해."

"그라믄——."

"하지만 이번에는 그 녀석이 더 잘했어. 깔끔하게 패배를 인정해야지."

"그런 바보 같은 일이 있을 수 있겠냐고, 멍청아!!"

결국 인내의 한계에 달한 두린은 알레시오에 대한 예의까지 내팽개쳤다. 서로의 상하관계 따위는 머릿속에서 완전히 사라졌다.

"내는 말이다, 니가 새 회장이 될 거라 생각해서 지금까지 가만히 따라왔단 말이다! 근데 회장을 포기한다고?! 아, 글나! 그라믄 그 여장남자 자슥의 똥꼬나 실컷 빨아라! 내는 인자 모르는 일이다! 내도 내 마음대로 할 거다! 지금까지 쌓아온 울분을 싹 풀어야겠다!"

"……너, 두목을 배신할 생각인가?"

알레시오는 날카롭게 노려봤지만 두린은 코웃음 쳤다.

"금마는 두목이 아니라 두목의 원수다. 대의는 내한테 있다."

"근성은 훌륭하다만, 네가 피노키오를 이길 수 있나?"

"그딴 여장남자 자식한테 내가 쫄 거라 생각하나? 애초에 금마가 새 회장이 될 수 있었던 건 그 노엘이라는 얼라 덕분이다. 노엘만 없으면 금마는 지금도 내 밑이었다. 금마는 단순히 운이 좋았을 뿐이다."

그러니, 라고 말하며 두린은 사악한 웃음을 지었다.

"먼저 노엘을 죽여야겠다."

"뭐라고? 멍청하긴, 레갈리아에게 이길 수 있을 리가 없잖아."

"내가 노리는 건 레갈리아가 아이다. 노엘 개인이다. 와일드 템페스트가 강한 건 동료 덕이지. 머리인 노엘은 가장 약한【화술사】아이가? 방법은 얼마든지 있다."

자신만만하게 큰소리치는 두린을 본 알레시오는 진심으로 아연실색할 수밖에 없었다. 하지만 두린은 알레시오가 아무 말도 하지 않는 것을 말로 꺾었다고 착각한 것 같았다. 갑자기 기분이 좋아지더니 큰 소리로 웃기 시작했다.

"카하하하! 뭐, 너는 가만히 보고 있기나 해라! 노엘 다음은 바로 피노키오의 목도 따주겠다! 그리고 금마의 돈을 뺏들면 내가 루키아노 패밀리의 새 회장이다! 니도 내한테 수그리면 그대로 부두목으로 있게 해줄 건데?"

"……생각해두지."

"글나! 그라믄 난 바쁘니까 인자 간데이!"

두린이 부하들을 데리고 회의실을 뒤로하자, 알레시오는 지친 얼굴로 큰 한숨을 쉬었다.

"옛날엔 좀 더 머리가 잘 돌아갔는데……. 권력에 젖어있는 사이에 머리에 구더기가 들끓게 된 것 같군……."

확실히 두린이 유능했던 시대는 있었다. 그렇지 않으면 아인인 드워프가 루키아노 패밀리의 대간부가 될 수 있을 리가 없다.

"시간의 흐름이라는 건 잔혹하구나. 저렇게 되면 끝장이다."

알레시오가 불만을 토로하자 옆에 대기하고 있던 측근이 입을 열었다.

"형님, 내버려 둬도 됩니까?"

"저 드워프가 시궁창에 떠다니든 말든, 내 알 바 아니다."

"아뇨, 두린 형님이 아니라……. 새 회장의 자리, 정말 피노키오 형님께 넘겨도 괜찮습니까?"

알레시오는 불안한 기색으로 물어보는 측근에게 쓴웃음을 지었다.

"그것이야말로 내 알 바 아니다. 그 녀석이 하고 싶다고 하니까 하게 해주면 그만이야."

"하, 하지만······."

"알겠나? 발리언트전 후의 혼란한 제국에서 새 회장을 맡아도 고생만 하지 아무런 이득이 없다고. 피노키오는 뱀의 감언이설에 넘어갔을 뿐이야."

"뱀이? 어째서?"

"거기까진 모르겠지만 뱀은 루키아노 패밀리의 힘을 이용하고 싶겠지. 그래서 피노키오를 속여서 새 회장에 앉힐 필요가 있었던 거다."

확증은 없지만, 아마 틀림없을 것이다. 알레시오가 아는 한, 피노키오는 지위에 구애되는 남자가 아니었다. 그 마음이 뒤집힌건 꼬드기는 놈이 있었기 때문이다.

"놈은 불쌍한 피에로야. 무대에 올라간 이상, 죽을힘을 다해서 관객을 만족시켜야만 하지. 하지만 전반의 여흥으로는 아주 좋아. 발리언트전 후의 혼란한 제국에서 그 녀석만큼 지휘자로 적합한 남자도 없다. 무대에서 끌어 내리는 건 역할을 다한 뒤다."

알레시오는 결코 회장 자리를 포기한 것이 아니다. 지금 당장 회장이 될 필요는 없다고 이해하고 있기 때문이다.

"하지만 피노키오 형님의 정권이 탄탄해지면 아무리 형님이라도 회장 자리를 빼앗는 건 어렵지 않습니까?"

측근의 질문에 알레시오는 웃으며 고개를 끄덕였다.

"그 말대로다 내 힘만으로는 어렵겠지. 그러니 피노키오와 마찬가지로 나에게도 어울리는 파트너가 필요하다. 단순히 뱀보다 우수할 뿐만 아니라 나와 강한 유대감으로 이어진 파트너의 존재를 빼놓을 수 없어."

"뱀보다 우수하고 신뢰할 수 있는 파트너? 그런 사람이 있나요?"

"때가 되면 너도 알 수 있을 거다."

알레시오는 측근에게서 시선을 떼고 연기를 뿜으면서 창문에 다가갔다. 창밖에는 어렸을 적에 애견과 뛰어다녔던 정원이 보였다. 여긴── 루키아노 패밀리는, 알레시오의 것이다. 다른 누구에게도 넘겨줄 생각은 없다.

──두린은 딱 한 가지 맞는 말을 했다.

피노키오는 단순히 운이 좋았을 뿐. 확실히 그 말대로다. 피노키오는 운 좋게 노엘과의 관계를 얻어 단번에 회장의 자리를 손에 넣을 수 있었다. 하지만 그렇다고 해서 불공평하다고 한탄할 수는 없고, 두린처럼 성급하게 행동하는 건 당치도 않은 일이다. 행운은 언제나 불확정. 그래서 알레시오는 운에 기대지 않는다. 필요한 것은 언제나 자신의 손으로 만들어낸다.

지금으로부터 십수 년 전, 알레시오는 세력을 더 크게 확대하기 위해 시커 파트너를 찾고 있었다. 하지만 우수한 시커와 파트너가 되기에는 문제가 있었다. 우선 자력으로 올라갈 수 있는 실력자는 굳이 폭력단과 손을 잡을 필요가 없다는 점. 이쪽에서 먼저 금전적 지원을 하겠다고 제의해도 다른 지원자가 있다며 문전박대당할 것이 뻔하다. 설령 지원자가 된다고 하더라도 많은 사람

중 한 명이 되는 건 의미가 없다. 폭력단 사이에서 행해지는 '술잔을 나누는 의식'조차 이미 의미가 없어지고 있는데, 시커가 보통 지원자의 편의를 봐줄 것이라는 생각은 도저히 들지 않았다.

그래서 알레시오는 생각을 바꿨다. 기존 시커와 바람직한 관계를 맺을 수 없다면, 알레시오가 직접 우수한 시커를 옹립하면 된다. 그것도 결코 끊을 수 없는 절대적인 유대로 맺어진 시커를.

방침을 정한 알레시오는 가장 바람직하다고 판단한 여자 시커에게 신분을 숨기고 접근했다. 여자는 젊을 때부터 뛰어난 실적을 남긴 시커였지만, 소속된 클랜에서는 여자라는 이유만으로 푸대접을 받고 있었다. 독립하려고 해도 적합한 동료를 찾지 못했고, 무엇보다도 시커 업계에 싫증이 나 있었다. 그런 마음의 빈틈을 파고든 알레시오는 금방 여자와 깊은 관계를 맺을 수 있었다.

여자는 자신이 반한 남자를 위해서라면 뭐든지 한다. 폭력단 업계에서는 여자를 어떻게 이용하는지가 기본이었고, 그 테크닉은 알레시오도 전수받았다. 자신이 폭력단이라는 사실을 밝힌 건 여자가 알레시오에게 완전히 빠졌을 때였다. 그리고 알레시오는 당시에 이미 처자식이 있는 몸이었지만, 사랑하는 사람은 여자뿐이라고 맹세했다. 여자는 당연히 화냈지만, 알레시오와의 관계를 끊을 수 없는 수준까지 빠져있었다.

그 후, 여자는 시커를 은퇴하고 알레시오가 교외에 마련한 저택에 살기 시작했다. 다른 사람의 눈에 띄지 않도록 밀회를 거듭하는 사이에 여자는 더더욱 알레시오의 포로가 되었다. 금단의 사랑에 타오르는 것 또한 여자의 천성이다. 서로를 격렬하게 갈

구한 결과, 여자는 알레시오의 아이를 뱄다. 원래라면 불륜 상대가 아이를 배면 불이익밖에 없지만, 알레시오는 달랐다. 왜냐하면 그게 바로 여자에게 접근한 진짜 목적이었기 때문이다.

아이가 태어나자 알레시오는 본처가 낳은 아이에게 주는 것 이상으로 사랑을 쏟았다. 그리고 아무리 바빠도 서로 교감하는 시간을 가지고 알레시오가 직접 아이에게 루키아노류 제왕학을 가르쳤다. 한편 어머니가 된 여자는 자기 자식에게 시커 훈련을 시키기 시작했다. 여자 또한 알레시오의 목적을 이해하고 있었기 때문이다.

이윽고 세월이 흘러 아이에게 발현된 직업은 여자와 같은 전투계 직업이었다. 혈통상, 아이의 직업은 모계의 영향을 받기 쉽다. 특히 어머니와 할머니의 직업이 같은 경우, 거의 확실하게 아이의 직업도 똑같아진다. 감정사 협회가 공표한 연구 논문 그대로의 결과였다. 알레시오는 사전에 여자의 신원을 조사해 가장 이상적인 피라는 걸 알고 있었다.

아이에게 전투계 직업이 발현되자 알레시오는 돈의 힘을 써서 시커로서 대성하기 위해 필요한 모든 지식과 기술을 줬다. 그렇게 한 효과도 있어서 알레시오의 아이는 다른 사람을 압도할 정도의 재능을 발휘하기 시작했다.

알레시오는 확신하고 있었다. 내 아이가 언젠가 시커의 정점에 선다고. 노엘과 피노키오가 결탁한 건 예상 밖이었지만, 알레시오의 계획이 흔들리는 일은 없었다. 자기 자식이 양지의 정점에 서고, 알레시오는 음지를 완전히 지배한다. 칠성배도, 발리언트도, 그리고 피노키오도 그러기 위한 발판에 불과하다.

　──피노키오, 넌 어디까지 가더라도 그냥 피에로다.

　피노키오와 노엘 사이에 존재하는 유대는 덧없다. 결국엔 타인이기 때문이다. 하지만 알레시오와 자식 사이에 존재하는 것은 절대적인 피라는 유대다.

　"진정한 어둠의 왕은 네가 아니다. 바로 나다."

　알레시오는 확고한 의지를 가지고 작게 중얼거렸다.

†

　피노키오가 루키아노 패밀리의 새 회장으로 취임한 지 닷새, 칠성배 예선은 지체되는 일 없이 진행되어 오늘부로 종료되었다. 예선에서 이긴 7명의 시커들은 내일부터 시작되는 본선에 참가할 수 있다.

　전부 순조롭다. ──그리고 그건 나와 베르나데타의 관계도 마찬가지였다.

　"괜찮아?"

　베르나데타는 그렇게 물어보는 나에게 괴로워 보이는 얼굴로 고개를 끄덕였다.

　"이, 일단은……."

　호텔에서 나오니 바깥은 밤의 장막에 완전히 뒤덮여 있었다. 바깥은 추운데 베르나데타의 얼굴에는 땀이 살짝 맺혀있었다. 서 있는 모습도 약간 부자연스러웠고 아픈 곳을 감싸는 듯한 모습을 보였다.

"허세는 그만 부려. 포션 가지고 있는데 쓸 거야?"

연미복 차림이라 아이템 파우치는 장비하고 있지 않지만, 여차할 때를 위해 휴대용 포션을 가지고 있었다. 요즘은 뒤숭숭하다. 짐이 좀 많아지더라도 호신용 실버 플레임뿐만 아니라 각종 아이템을 어느 곳에 가더라도 항상 가지고 다녀야 한다는 걸 배웠다.

내가 재킷의 안주머니에서 작은 포션 병을 꺼내려고 하자 베르나데타는 고개를 저었다.

"괜찮아요. 필요 없어요. ……포션을 쓰면 이상하게 들러붙는다고 들어서."

"……사실인가? 그냥 소문 아닌가?"

"그럴지도 모르지만, 사실이면 싫잖아요……."

안색이 파래지는 베르나데타를 보고 나는 쓴웃음을 지었다. 그러자 그게 불쾌했는지 베르나데타는 나를 힐끗 쏘아봤다.

"남자는 좋겠네요. 여자만 아프고 더러워지잖아요."

"하하하, 그렇게 말하면 난처한데."

나는 웃고 주머니에서 은색 펜던트를 꺼냈다.

"사과하는 의미로 이걸 줄게."

"이건……."

베르나데타는 받은 펜던트를 보고 눈을 크게 떴다.

"와일드 템페스트의 클랜 심볼 아닌가요."

내가 베르나데타에게 건네준 것은 날개 돋친 은색 뱀이 장식된 펜던트── 바로 와일드 템페스트의 클랜 심볼이다.

"왜 이걸 저한테?"

"남자로서 뭔가 선물을 줘야 한다고 생각하고 있었는데, 너만큼 유복한 환경에서 태어난 여자한테 대체 무엇을 선물하면 좋을지 계속 망설이고 있었어. 어지간한 귀금속 장식으로는 눈썹 하나 까딱 안 할 것 같아서."

"전 그렇게 고급을 지향하는 사람이 아니에요."

"하지만 눈에 익은 물건에 마음이 움직이지 않는 것도 사실이잖아?"

"그건, 그럴지도 모르지만……."

"그래서 내가 가지고 있는 것 중에서 가장 가치 있는 것을 선물하기로 했어. 즉, 레갈리아인 우리 클랜의 심볼이지."

베르나데타는 손안에 있는 클랜 심볼을 다시 봤다.

"하지만 괜찮은가요? 전 멤버가 아닌데."

"멤버가 아니더라도 장래를 생각하면 네가 가지고 있는 것에 대해 이의를 제기할 사람은 없을 거야. 그건 그런 의미로도 받아줬으면 좋겠어."

내 말에 베르나데타는 눈을 크게 뜨고 볼을 빨갛게 물들이면서 빛나는 웃음을 보여줬다.

"기뻐요. 고마워요, 노엘."

난 고개를 끄덕이고 베르나데타의 허리에 손을 둘렀다. 베르나데타도 내 목에 양손을 둘렀다. 서로 원하며 우리는 뜨거운 입맞춤을 나눴다.

그렇게 서로 안고 있으니 사전에 불러둔 마차가 왔다. 얼굴을 뗀 나를 보고 베르나데타는 부끄러운 듯이 웃었다.

"처음 했을 때보다는 여유가 생겼지만, 아직 익숙하지 않아요."

"나도야."

"거짓말만 하고. 당신이 당황한 적은 한 번도 없잖아요."

"얼굴에 잘 안 드러날 뿐이야. 이거 봐, 손에 땀이 흥건하잖아."

양손을 펼쳐보이자 베르나데타는 난처하다는 듯이 웃고 내 손 위로 가느다란 손가락을 얽었다.

"뽀송뽀송하잖아요. 왜 거짓말을 하는 거죠?"

"뭐야, 내가 사람들에게 뭐라 불리는지 모르는 거야? 난——."

웃으며 뒷내용을 말하려고 했을 때, 갑자기 베르나데타의 표정이 굳어졌다.

"호위도 없이 여자랑 놀다니, 팔자 한 번 좋구만, 뱀."

어딘가에서 들은 적 있는 탁한 목소리. 뒤돌아보니 거기에는 드워프 폭력단—— 두린, 그리고 녀석이 이끄는 해머헤드 패밀리의 부하들이 우리를 천박한 시선으로 보고 있었다.

"니랑 하고 싶은 얘기가 있다. 잠깐 좀 볼까."

난 손짓하는 두린을 보고 쓴웃음을 지었다.

"이거 놀랍네. 그렇게 즐겁게 말할만한 뇌가 있었구나. 분명 머리에 말똥만 가득 차 있을 줄 알았어."

"개소리 집어치워라, 썩을 꼬맹이! 됐으니까 퍼뜩 일로 안 오나!"

두린이 소리치자 겁먹은 베르나데타가 내 소매를 꼭 쥐었다. 그런 베르나데타를 본 두린은 유쾌하게 웃음 지었다.

"안심해라, 골딩 아가씨. 우리는 신사 아이겠나. 아가씨를 다치게 할 생각은 털끝만큼도 없다. 근데 뱀이 얌전히 따라올 생각이 없으면 우리도 원치 않는 방법을 쓸 수밖에 없지만 말이다."

요컨대, 베르나데타를 구하고 싶다면 말하는 대로 하라는 뜻이다. 난 한숨을 쉬고 베르나데타를 마차 쪽으로 가볍게 밀었다.

"가. 저놈들은 진심이야. 네 아버지를 적으로 돌리는 것도 각오하고 있어."

"하, 하지만!"

"어차피 네가 있으면 싸울 수 없어. 됐으니까 빨리 가."

내가 날카롭게 명령하자 베르나데타는 아픔을 참는 듯한 얼굴로 고개를 끄덕였다.

"……바로 도와줄 사람을 부를게요."

그렇게 작게 말한 베르나데타가 마차에 올라타자 마부가 바로 말을 달리게 했다. 마차가 멀어져가는 것을 확인한 나는 두린을 보고 고개를 갸웃했다.

"그래서 어디로 안내해주는 거지?"

"이, 이쪽이다! 빨리 안 오나!"

두린은 내가 동요하지 않으니 난처해하면서도 뒷골목으로 날 데려갔다. 주위는 부하들이 단단히 막고 있어서 빠져나가는 건 어려운 상황이다.

이윽고 다른 사람의 눈에 띄지 않는 공터에 도착하니, 그곳에는 더 많은 무장한 부하들이 기다리고 있었다. 대충 세어서 30명은 있다. 그중에서도 얼굴이 많이 닮은 두 엘프 남자는 명백하게 다른 사람들과는 이질적인 분위기를 풍기고 있었다.

분명 파렌 형제라 불리는 전 시커 무뢰한일 것이다. 두린의 부하는 아니지만 친한 사이이며 20년 정도 전에 소속되어 있던 클랜에서 품행 불량으로 쫓겨난 이후, 식객 같은 처지에 있다고 한다.

형이【검사】, 동생이【창병】, 둘 다 A랭크에 도달했으며 친형제 특유의 연계로 비스트, 인간을 가리지 않고 수많은 적대자를 매장해왔다고 들었다. 그리고 옛날이야기라서 사실인지 거짓인지 불명하지만, 자기들을 쫓아낸 클랜에 원한을 품고 단둘이서 몰살했다는 소문도 있는 위험한 형제다.

두린은 나에게 가학심으로 가득 찬 웃음을 지었다.

"레갈리아라는 놈도 별거 아이네. 니가 호위도 없이 여자랑 호텔에 들어갔다는 말을 부하한테 들었을 때는 내 귀를 의심했다. 니 얼굴이랑 안 어울리게 혈기왕성한 건 칭찬해주겠는데, 머리가 치명적으로 나쁘제? 머릿속이 정액으로 가득 차서 허리 흔드는 것 말고는 생각 못 하게 됐나?"

두린이 허리를 흔들면서 크게 웃자 부하들도 큰 소리로 웃었다. ──그래서 난 참지 못하고 소리 죽여 웃었다.

"썩을 꼬맹이, 뭐가 웃기노?!"

돌변하여 분노를 표출하는 두린은 상관하지 않고 나는 담배와 성냥을 가슴 주머니에서 꺼내 언제나처럼 입에 물고 불을 붙였다. 그리고 담배 연기를 뿜으면서 그저 웃음을 띠고 두린을 바라봤다.

"이, 이 썩을 꼬맹이가, 끝까지 내를 바보 취급하고 있어…….이젠 귀찮다, 퍼뜩 죽이고 시궁창에 빠뜨려줘라!"

두린의 명령에 따라 부하들이 무기를 들고 나에게 다가왔다.

하지만——.

"뭐, 뭐고?!"

그 손이 나를 잡는 일은 없었다. 부하들은 보이지 않는 벽에 부딪쳐 반동으로 튕겨 나갔다.

"배리어?! 어, 어째서【화술사】인 니가, 그런 능력을⋯⋯."

경악하는 두린의 꼴사나운 모습에 나는 결국 웃음이 터지고 말았다.

"하하하, 너, 폭력단보다 코미디언이 더 적성에 맞는다고. 조금만 생각하면 무슨 일이 일어나고 있는지 알 수 있잖아."

"뭐, 뭔 일이고?"

"아직도 모르겠나? 너흰 처음부터 궁지에 몰려있었다고."

내가 두린 패거리를 담배로 가리키자 근처 건물의 옥상에서 검과 방패를 지닌 은백색 갑옷을 두른 남자가 힘차게 눈앞에 내려섰다.

와일드 템페스트의 서브 마스터 레온이다. 두린의 부하들을 튕겨낸 것은 레온이 전개한 배리어였던 것이다.

"보, 복병이라고?! 서, 설마, 니는——."

두린은 이제야 자신이 놓인 상황을 깨달은 것 같았지만, 이미 늦었다. 내가 더 선명하게 미소 짓자 부하들이 차례차례 비명을 지르기 시작했다.

"꺄아아아아아아아아아아아아아아!!"

어떤 자는 나이프에 찢기고, 또 어떤 자는 갑자기 나타난 인형 병사에게 머리가 으스러졌다. 많았던 부하들은 눈 깜짝할 새도 없이 말없는 시체가 되었고, 두린에게는 파렌 형제만이 남게 되었다.

나이프를 들고 잔혹한 미소를 짓고 있는 아르마, 그리고 인형 병사를 등 뒤에 거느리고 얼음처럼 아주 차가운 눈빛을 한 휴고가 두린 패거리의 뒤에 섰다.

"네가 날 칠 거라는 건 알고 있었어."

난 담배를 피우면서 두린에게 말했다.

"네가 피노키오의 회장 취임을 납득하지 못하고 성급하게 행동할 건 누가 봐도 뻔했으니까. 하지만 이쪽에서 선수를 쳐서 널 배제하면 다른 직속 두목들에게 공포 정치를 할 것이라는 오해를 살 우려가 있었지."

그래서, 라고 말하며 난 두린에게—— 불쌍하고 어리석은 자에게 미소 지었다.

"네가 치기 쉽도록 내가 직접 미끼가 되기로 했어. 생각이 부족한 넌 보기 좋게 속아서 함정에 빠졌다는 거지. 네가 부하에게 날 미행하라고 시켰을 때, 내 동료들도 네 움직임을 지켜보고 있었다고."

"그, 그런, 바보 같은……. 조직의 수장이 스스로 미끼가 된다고? 니, 니, 제정신이가?! 니가 죽으면 전부 끝나는데?!"

두린은 이해가 안 된다며 소리쳤고 나는 한숨을 쉬었다.

"인식이 그렇게 어설프니까 네가 피노키오에게 진 거라고."

"내가 그 여장남자 자식보다 못하다는 말이가?!"

"네가 피노키오보다 나은 점은 하나도 없어."

"큭, 크으으웃……."

분노와 수치심에 사로잡힌 두린은 그저 이를 꽉 깨무는 것밖에 할 수 없었다. 한편, 두린을 경호하고 있는 파렌 형제는 무기를 쥔 채로 방심하지 않고 우리에게 주의를 기울이고 있었다.

"두린 나리, 슬슬 정해주십시오. 도망칠지, 싸울지."

"형님 말대로라고. 도망치든 싸우든 빠른 편이 좋다고."

"아, 알고 있다!"

파렌 형제에게 결단을 재촉당한 두린은 큰소리로 외쳤다.

"이 모양인데 싸울 수가 있겠나! 빨리 도망치는 게 이득이다!!"

""확인!""

도망치는 토끼처럼 뛰기 시작한 두린과 그의 퇴로를 확보하는 파렌 형제.

"안 놓쳐!'

아르마가 맨 먼저 철침을 투척했지만 전부 파렌 형제의 검과 창에 막혔다. 투척을 무효화 당한 아르마는 혀를 차고는 직접 추격했다. 순식간에 교차하는 음속을 뛰어넘는 칼싸움의 불꽃. 그리고 휴고의 인형 병사도 참전하여 양자의 연계가 맞부딪쳤다.

"전보다 연계의 정밀도가 올라갔네. 그 유명한 파렌 형제에게도 뒤지지 않아. ──하지만 오늘의 목적은 둘의 연계를 확인하는 게 아니야."

난 그렇게 중얼거리고 곁눈질로 옆에 서 있는 레온을 봤다.

"레온, 배리어를 전개해서 놈들의 행동을 방해하면서 대기 장소로 유도해."

"알았어. ──《홀리 실드》, 전개."

레온의 스킬이 발동하여 보이지 않는 배리어가 파렌 형제 주위에 전개되었다. 배리어는 단순히 몸을 지키기 위해서 뿐만이 아니라 장애물로도 이용할 수 있다. 곧바로 파렌 형제의 움직임이 안 좋아졌고, 아르마와 휴고가 압도하기 시작했다.

　"시커를 그만둔 후의 공백기가 길어서 전투 대응력이 무뎌져 있군. 현역 A랭크라면 바로 대응했을 거야."

　내 전황 분석에 레온도 수긍했다.

　"저들도 강하지만 아르마와 휴고의 적수는 아니야. 처치하려고 마음먹었으면 이미 처치했을 거야."

　"희소한 A랭크 적이야. 둘에겐 미안하지만, 그 녀석한테 양보하자."

　아르마와 휴고, 그리고 레온의 배리어에 고전을 면치 못하고 있는 파렌 형제는 내가 의도한 방향으로 유도되어 갔다. ──처음 이변을 깨달은 건 파렌 형제의 형이라 불린 쪽이었다."

　"조심해라! 뭔가 있다?!"

　동생에게 경계를 촉구한 순간, 어둠이 짙게 깔린 곳에서 날카로운 빛이 방출되었다. ──아름답고 잔혹한 하얀 칼날의 번뜩임. 형은 순간적으로 검으로 막았지만, 그건 무의미한 행동이었다.

　"형니이이이이이이이이임!!"

　동생의 비통한 외침이 울려 퍼지는 가운데, 형의 몸이 검과 함께 통째로 둘로 갈라져 그 자리에 쓰러졌다. 흘러넘치는 피와 내장. 이젠 어떤 회복 스킬로도 치유할 수 없다.

　"이, 이 자식, 잘도 형님을!"

형의 죽음에 격노한 동생이 창을 쥐고 어둠 속으로 돌격했다. 자살행위라는 건 명백했다. 역시나 새로운 섬광이 뿜어져 나왔고, 동생의 몸도 둘로 양단되었다.

"히, 히이이이이익! 파, 파렌 형제가?!"

비빌 언덕이었던 파렌 형제를 눈 깜짝할 사이에 잃은 누린은 공포에 질린 나머지 다리가 풀려 주저앉고 여자처럼 비명을 질렀다.

싸움은 끝났다. 어둠 속에서 뽑은 칼을 쥔【도검사】──코우가가 모습을 드러냈다. 파렌 형제를 순식간에 죽인 건 수행 끝에 랭크업 한 코우가였다.

코우가는 칼을 휘둘러 피를 털어버리고 익숙한 동작으로 칼집에 납도했다. 그리고 자신이 베어 죽인 파렌 형제를 향해 양손을 합장했다.

"날 원망해도 좋다. 하나 지금은 그저 명복을 빌겠다."

조용히 기도를 올리는 코우가를 본 나는 입꼬리가 자연스럽게 올라가는 걸 알 수 있었다.

"훌륭해. 랭크업 한 지 얼마 안 됐는데 숨 한 번 헐떡이지 않고 동격의 상대를 죽일 수 있는 건가. 저 녀석, 완전히 변했어."

"코우가가 강해진 건 널 위해서야. 그것만큼은 잊지 말아줘."

레온의 타이르는 듯한 말투에 난 미간을 찌푸렸다.

"그래서, 머리라도 쓰다듬어주라는 거냐?"

"그렇게 하는 게 적합하다고 생각한다면 그렇게 해야 한다고 생각해."

"칫, 코우가에겐 특별 상여를 주지. 이걸로 됐지?"

내가 혀를 차자 레온은 곤란한 듯이 웃었다.

"솔직하지 못하네."

"닥쳐. 그건 내가 제일 잘 알고 있어."

얼굴을 돌리고 담배를 물었을 때, 아르마가 성큼성큼 다가왔다. 그 반듯한 얼굴은 명백히 나에 대한 분노라는 하나의 색으로 도배되어 있었다.

"잠깐, 노엘! 그건 어떻게 된 일이야?!"

"갑자기 뭐야……."

"그 아가씨랑 호텔에 들어가다니, 난 못 들었는데?! 거기까지 할 예정은 아니었잖아?! 그건 너무했어!"

그렇군, 그 일인가. 난 짧아진 담배를 버리고 실소했다.

"어이없네. 설마 그 여자를 질투하는 거냐?"

"질투해! 그러니까 나한테도 뽀뽀해줘! 뽀뽀!"

체면 따위는 신경 쓰지 않는 아르마는 까치발로 서더니 눈을 감고 키스를 요구해왔다. 친절하게도 입을 오므리고 손가락으로 가리키고 있었다. 짜증 나니까 얼굴을 때려줄까 싶었지만, 바로 생각을 고쳤다. 혹시 항상 적당히 넘겨서 이 녀석은 날 얕보고 있는 게 아닐까? 그렇다면 내가 할 일은 하나다.

"알았어. 네 말대로 할게."

"……어?"

난 재빠르게 아르마를 안고 빨간 입술을 빼앗았다. 예상대로 내 행동이 예상 밖이었는지 아르마는 눈을 크게 뜨고 기겁했다. 놀라서 굳어버린 아르마는 신경 쓰지 않고 그대로 계속 입술을

맞추니 점점 힘이 빠지고 있다는 걸 알 수 있었다. 이 이상은 한
계일 것이다. 실제로 내가 놓아줬을 때는 이미 아르마는 스스로
서 있는 것도 힘든 모양이었다.

"이제 만족했냐?"

"⋯⋯으, 응."

아르마는 애매하게 고개를 끄덕이고 술에 취한 것처럼 비틀거
리는 발걸음으로 나에게서 떨어졌다. 저 상태라면 한동안은 날
얕보는 태도를 보이지는 않을 것이다. 내심 만족하고 있다가 레
온과 휴고의 차가운 시선을 알아차렸다.

"최악이네. 내가 널 잘못 봤구나, 노엘."

"여자의 적이네. 언젠가 칼침 맞을 거라고."

"불만 있으면 너희가 저 녀석을 상대해."

내가 째려보자 둘 다 시선을 피했다. 나 참, 이래서 패기가 없
는 녀석은 곤란하다. 난 한숨을 쉬고 둘에게서 떨어져 살금살금
도망치려고 하는 두린의 뒤에 섰다.

"어디 갈 생각이지?"

두린은 천천히 날 돌아봤다. 그 얼굴에는 그저 공포만이 있었다.

"밤은 길다고. 즐길 시간은 얼마든지 있어. 얼마든지, 말이야."

"끝났나."

벌레를 통해 사건의 전말을 지켜본 베르나데타는 아무도 없는
건물 옥상에서 작게 중얼거렸다. 노엘이 폭력단 따위에게 질 거
라는 생각은 안 했지만, 유사시에는 가세할 생각으로 대기하고

있었다. 물론 베르나데타가 아닌 벌레가.

"그건 그렇고, 코우가까지 A랭크가 됐다니⋯⋯."

상황을 토대로 판단하면 틀림없다. 그렇지 않으면 파렌 형제를 순식간에 죽일 수 있을 리가 없다. 이로써 와일드 템페스트는 마스터인 노엘을 포함해 5명의 A랭크가 소속되게 되었다. 인원은 적지만 명실공히 레갈리아에 걸맞은 클랜이 되었다.

베르나데타는 주머니에서 뱀의 펜던트를 꺼냈다. 노엘에게 건네받은 와일드 템페스트의 클랜 심볼이다. 그 아름답고도 꺼림칙한 날개 달린 뱀을 바라보면서 앞일을 생각했다. 노엘을 이용할 수단은 생각해냈다. 베르나데타가 실수하지 않는 한 전부 잘 될 것이다.

하지만 그건 정말로 맞는 수단일까?

목적을 위해서라면 모든 걸 바칠 각오는 돼 있다. 비스트인 말레볼제와 손을 잡고 뒷세계에서 전설로 전해져 내려오던 파리 대왕의 이름을 사칭하고 있는 것도 베르나데타에게 부과된 사명을 완수하기 위해서다.

그런데 뭔가 잘못됐다는 느낌이 들었다. 말로 잘 표현할 수는 없지만, 파리 대왕을 사칭하게 된 이후의 일을 떠올리려고 하면 몇 가지 모순되는 기억을 맞닥뜨리게 된다. 마치 누군가에 의해 기억이 바뀐 듯한⋯⋯.

"으윽!"

갑자기 찾아오는 머리가 깨질 듯한 고통. 격통을 견디지 못하고 모든 생각을 놓아버리니 차차 아픔이 잦아들어 갔다.

"……뭐지? 나, 뭔가 중요한 생각을 하고 있었던 것 같은데……."

떠올리려고 해도 아무것도 떠올릴 수 없었다. 그저 심한 두통에서 해방된 것이 기뻐 마음이 편했다. 사고력이 결여된 베르나데타가 비몽사몽한 상태로 서 있으니 근처 공간에 갑자기 구멍이 열렸다. 거기서 나타난 것은 말레볼제였다.

"여기 있었구나, 베르나데타."

말레볼제는 명랑하게 웃고 베르나데타 앞에 섰다.

"그 남자, 로다니아 공화국의 첩보원과 실행할 계획이 정해졌어."

"그걸 알려주려고 여기에?"

"맞아, 중요한 계획이니까. 염화로 이야기하면 다른 사람이 들을 우려가 있잖아?"

"그렇네. 그래서 난 어떻게 하면 될까?"

베르나데타가 묻자 말레볼제는 표정을 바꿨다.

"당초의 예정대로 네 벌레와 이계 교단의 신도를 이용해서 칠성배 본선 당일에 대규모 테러를 일으킬 거야. 자세한 내용과 시간표, 로다니아 공화국 첩보원과의 연계에 대해서는 이 종이에 적혀있는 내용을 따라줘."

베르나데타는 고개를 끄덕이면서 말레볼제가 가슴골에서 꺼낸 계획서를 받았다.

"이로써 모든 것이 바뀔 거야. 우리가 원하는 대로."

베르나데타는 사악한 웃음을 짓는 말레볼제에게 애매한 웃음으로 대답했다. 그렇다, 이로써 모든 것이 바뀐다. 그건 분명 올바른 일일 것이다——.

†

"두린도 말이야, 옛날엔 그렇게 어리석지 않았어."

이곳은 피노키오의 저택. 응접실에서 나를 맞이한 피노키오는 깊은 한숨을 쉬었다. 해머헤드 패밀리의 습격을 물리친 후, 주모자인 두린의 신병은 피노키오에게 맡기기로 했다. 지금 루키아노 패밀리의 회장은 피노키오다. 간부의 잘못을 바로잡는 것도 그의 역할이다.

레온과 모두는 돌려보내서 응접실에는 나와 피노키오밖에 없다. 문제를 일으킨 두린에 대한 판결도 이미 내려져 있었다.

"옛날부터 싫은 남자이긴 했지만, 의협심 넘치는 폭력단이기도 했어. 그래서 드워프인데 모두에게 받는 신뢰도 두터웠고, 루키아노 패밀리의 간부도 될 수 있었지. 그런데 저렇게 돼버리다니, 전 여동생으로서는 순수하게 슬퍼⋯⋯."

슬픈 듯이 눈꼬리를 내린 피노키오는 새끼손가락을 들고 홍차를 후루룩 마셨다. 나도 홍차로 목을 축이고 피노키오의 말에 동의했다.

"그 마음 이해해. 기대하던 녀석한테 배신당했을 때만큼 슬픈 것도 없지."

"노엘도 이래저래 고생했지⋯⋯."

"지금은 그것도 양분이 됐다고 생각해."

"나한테도 그렇게 생각할 수 있는 때가 올까?"

"그래, 분명 그렇게 생각할 수 있는 날이 올 거야."

"후후후, 오늘은 엄청 상냥하네. 이 누나는 가슴이 두근거릴 것 같아."

"후후후, 기분 나쁜 소리 하지 말라고. 홍차 토한다."

나와 피노키오가 서로에게 미소를 짓고 있으니 응접실에 이 세상의 것이라고는 느껴지지 않는 엄청난 비명이 들렸다. 그건 두린의 비명이었다.

"그만해애애애애애! 그만해줘어어어어어어!! 아파 아파, 아프다고오오오오오오오오오!! 살려줘어어어어어어어어어!!"

두린은 지금 지하실에서 조치를 받고 있다. 그 고통을 견디지 못하고 목이 터지라고 계속 비명을 지르고 있다. 응접실에서 지하실까지 거리가 있고 차폐물이 있는데도 비명이 똑똑히 들리는 걸 보니, 견디기 어려운 고통을 받고 있을 것이다.

하긴, 그것도 당연한가. 산채로 가죽을 벗기니 당연히 죽는 게 행복하다고 느낄 정도로 괴로울 것이다.

"저런 더러운 아저씨의 박제를 원하다니. 매드 피에로의 광기는 끝이 없네. 진심으로 존경스러워."

"바보 같은 소리 하지 마. 그 더러운 걸 내 집에 두는 건 사절이야."

피노키오는 노골적으로 싫다는 표정을 지으면서 손을 저었다.

"내 손님 중에 인체 수집가가 있는데 말이야. 드워프 박제를 갖고 싶대. 두린은 더러운 아저씨지만, 전 루키아노 패밀리의 대간부였다는 가치가 있으니까 분명 비싼 값으로 사줄 거야."

그건 그렇고, 라고 말하며 피노키오는 화제를 바꿨다.

"어쩌다보니 결국 유혈사태가 일어났네."

"중요한 건 도리야. 네가 정당하게 회장으로 인정받은 지금, 그 회장의 상담역인 날 습격한 두린은 명백한 반역자야. 난 정당방위가 성립되고 넌 당당하게 처분할 수 있는 명목을 얻었지. 그러니 누구도 불평할 수 없어. 그렇지?"

"처음부터 전부 예상했다는 거야? 너만큼은 절대로 적으로 만들고 싶지 않아."

기가 막힌다는 듯이 웃은 피노키오는 의자에 등을 기댔다.

"그렇다고는 해도 이번 일로 나에게 맞서는 가장 성가신 놈을 배제할 수 있었어. 두린이 없어지면 다른 간부들이 날 거역하는 일은 없을 거야."

"아니, 아직 가장 큰 거물이 남아있잖아."

난 눈을 가늘게 뜨고 그 이름을 말했다.

"선대의 아들, 현 본가 부두목인 알레시오다."

"알레시오? 하지만 알레시오는 내 취임을 찬성하는 입장인데?"

"지금은 말이지. 하지만 언젠가 회장 자리를 노리고 움직일 거야."

"……무슨 뜻이야?"

관심을 가지며 묻는 피노키오에게 나는 목소리를 낮추고 설명했다. 그 내용은 나에게 접촉해온 신인 시커, 키스 자파에 관한 정보였다.

"상황을 보고 판단하건대, 놈은 분명 알레시오와 깊은 관계가 있을 거야. 놈을 떠봤을 때의 느낌으로는 숨겨둔 자식이겠지."

"놀랍네. 키스가 알레시오의 숨겨둔 자식이었다니⋯⋯. 노엘에게 부탁받은 정보상 처리 일도 키스 관련이었지."

"맞아. 제대로 관리하고 있다고 생각했는데, 놈이 더 뛰어났어. 공격 측보다 수비 측이 더 약하다는 건 잘 알고 있었는데⋯⋯."

난 쓴웃음을 짓고 이어서 말했다.

"서로 자만하지 말고 정신 바짝 차리고 가자. 알레시오는 두린과는 달라. 간단히 배제할 수 없어."

"그 말이 맞네. 배제한다고 해도 잃는 게 너무 커. 알레시오는 차기 회장을 맡을 자로서 지금까지 본가의 부두목 일을 해왔어. 패밀리 전체에 대한 정보량은 물론이고 풍부한 각계의 연줄도 이제 막 새 회장에 취임한 나와는 비교도 안 돼. 두린처럼 실책을 저지를 것 같지도 않아."

"정말 만만치 않은 부자야. ──즐거움이 늘어나겠는데?"

내가 웃으며 묻자 피노키오는 힘차게 고개를 끄덕였다.

"나랑 노엘의 유대가 더 위라는 걸 깨닫게 해주자."

"그렇네. 그때가 올 때까지 내 목숨이 다하지 않도록 조정할 생각이야."

에, 라는 소리를 내며 피노키오의 눈동자가 흔들렸다.

"노엘, 목숨이라니, 무슨 뜻이야?"

"말하는 게 늦어졌는데, 내 수명은 10년 남았대."

"남은 수명 10년?! 어, 어떻게 된 거야?! 설명해!"

난 당황해서 허둥거리는 피노키오에게 일의 경위를 이야기하기로 했다.

"내가 로렐라이—— 그 클랜 마스터인 요한과 싸웠다는 건 너도 알고 있지?"

"어, 어어……. 자세한 것까지는 모르지만 들어서 알고 있어."

"그때 무리해서 내 수명은 크게 깎이게 됐어."

"이럴 수가……."

"의사의 진단으로는 내 남은 수명은 10년이야. 단, 그건 몸에 부담을 주지 않고 항상 안정을 취하며 지냈을 때의 이야기지. 이대로 시커 일을 계속하면 길어야 3년 정도겠지."

내 이야기를 다 들은 피노키오는 감정 없는 얼굴로 가만히 나를 응시했다.

"……더는, 어떻게 할 수 없는 거야?"

"안 되지. 이것만큼은 이제 어쩔 방법이 없어."

피노키오는 할 말을 잃은 듯, 아무 말도 하지 않으려 했다. 서로 말이 없는 채로 시간만이 흘러갔다. 두린의 비명도 훨씬 전부터 들리지 않았다. 이윽고 피노키오는 메마른 미소를 띠고 천천히 입을 열었다.

"노엘, 난 말이야, 언젠가 이런 날이 오지 않을까 하고 생각하고 있었어. 그야 그렇잖아? 넌 언제나 치열하게 살았으니까. 별똥별처럼 찰나의 반짝임을 보여주고 그렇게 사라져가는. 넌 그런 남자야. 그래서 말이야, 네 이야기를 들어도 아무것도 느껴지지 않는다고. ……그렇게, 생각하고 있었는데."

한줄기 물방울이 피노키오의 볼을 타고 떨어졌다. 매드 피에로라 불리며 모두가 두려워하는 제국에서 가장 흉악한 폭력단이 조용히 눈물을 흘렸다.

"피노키오, 난——."

"지금은 그만둬."

피노키오는 손으로 날 제지하고 그대로 얼굴을 덮고 고개를 숙였다.

"……지금만이라도 좋아. 혼자 있게 해줘. 내일부터는, 다시 싸울 수 있어."

난 말없이 고개를 끄덕이고 일어나서 응접실을 뒤로했다. 피노키오의 부하들이 호위로서 나를 따라왔다. 저택 바깥에 나가니 문 앞에 잘 아는 남자가 서 있었다.

"코우가, 어쩐 일이야?"

문이 열렸고, 코우가는 나에게 다가왔다.

"……호위 필요하다이가? 내가 숙소까지 데려다줄게."

"무슨 바람이 분 거야?"

난 고개를 갸웃했지만 코우가는 아무 말도 하지 않았다. 어쩔 수 없이 피노키오의 부하들을 물리치고 코우가를 호위로 삼기로 했다.

가로등의 어슴푸레한 빛이 비치는 밤길을 코우가와 함께 걸었다. 코우가는 아무 말도 하지 않았고 나도 담배만 피울 뿐, 말할 생각은 없었다. 이윽고 내가 묵고 있는 별의 물방울관이 보이기 시작했다. 난 걸음을 멈추고 코우가에게 시선을 돌렸다.

"이만하면 됐어. 호위, 고맙다."

"······알았다."

"잘 가라. 내일 본선, 활약을 기대하고 있다고."

나는 그 말만 하고 코우가에게 등을 돌렸다.

"노엘!"

갑자기 난 큰 소리에 뒤돌아보니, 코우가는 진지한 표정으로 날 보고 있었다.

"내는 니를 죽게 하고 싶지 않다. ······설령 니 목숨이 짧더라도 내는 마지막까지 니 검으로서 살 생각이다. 긍께 약속해줘라. 만약 내가 칠성배에서 우승하면 두 번 다시 무모한 짓은 안 하겠다고."

"할 수 있을 것 같냐?"

"할 수 있다! 내는 그러기 위해 강해진 거다!"

코우가는 바보지만 결코 어리석지 않다. A랭크가 된 지금도 본선에 참가하는 자들을 이기는 건 쉽지 않을 것이라는 걸 이해하고 있을 것이다. 그런데도 '할 수 있다'고 단언했다. 그렇다면 난 와일드 템페스트의 클랜 마스터로서—— 그리고 코우가의 친구로서 그 말을 믿을 뿐이다.

"좋아. 내 할아버지, 브랜든 슈톨렌의 이름을 걸고 약속하지. ——코우가, 반드시 이겨라."

"그래! 맡겨둬라!"

코우가는 웃으며 고개를 끄덕였다. 그래서 나도 웃었다.

강한 마음은 기적을 일으킨다. 보통 사람은 일으킬 수 없는 기적을 수없이 쌓아 올린 끝에 인간은 후세에 이름을 남기는 별이 된다. 그리고 밤하늘에 반짝이는 수많은 별 중에서 가장 강한 빛을 내뿜는 별이 누구인지, 그 답이 드디어 밝혀진다.

　세상이여, 괄목하라. 진정한 칠성배를 그 역사에 새겨라——.

칠성배, 본선 당일——.

경기장 최상층, 프리미엄 라운지의 한 방에는 카이우스와 그의 호위들이 모여 있었다. 전 어쌔신 교단의 교단장인 사이먼 그레고리, 와일드 템페스트의 아르마, 칸의 클랜 마스터인 메이스, 그리고 태청동의 클랜 마스터인 와이즈맨이다.

아르마는 노엘이 호위로 보냈고, 메이스와 와이즈맨은 자신이 참가하지 않는 대신 자진해서 호위를 맡았다. 둘 다 뛰어난 공적을 세웠지만 발리언트전의 총지휘관으로는 부적합하다고 평가받았기 때문이다.

메이스는 클랜 자체가 혈연자로 구성되어 있어서, 그리고 와이즈맨은 타국에서 온 자이기 때문에 다른 시커에 대한 지휘 능력을 불안하게 여겼다. 전자는 혈연자의 독자적인 연계를 기준으로 싸움을 이끌 우려가 있고, 후자는 단순히 다른 나라 사람에 대한 신뢰도가 문제다. 둘 다 부적합하다는 자각이 있기 때문에 직접 참가해서 총지휘관의 자리를 노리는 것보다 젊은이에게 맡겨 경험을 쌓도록 하는 것을 우선한 것이다.

패룽대의 클랜 마스터인 빅토르 또한 둘과 같은 이유로 칠성배에는 참가하지 않았고, 그 대신 서브 마스터인 지크와 샤론이 참가했다. 빅토르 본인은 패룽대의 멤버들과 함께 별실—— 맞은편에 있는 프리미엄 라운지에서 황제를 필두로 한 다른 제후와 귀족들의 호위를 맡고 있었다.

카이우스가 황제 일행과 같은 방에 있지 않은 것은 테러리스트의 표적이 되었을 때, 함께 전멸하는 것을 막기 위해서다. 아무리 제국의 시커들이 우수하다고는 해도 국가를 지휘하는 자가 사라지면 타국에게 일방적으로 유린당하는 미래만이 기다린다. ——이는 자신을 납득시키는 나중에 붙인 이유에 불과하며, 카이우스는 사실 단순히 가족이 싫었다. 예선 때는 체면상 동석하는 경우도 있었지만, 결코 기분이 좋지는 않았다.

카이우스는 마음속 어딘가에서 원했다. ——위정자의 긍지를 잊고 관리의 꼭두각시로 전락한 저 속이 텅 빈 인형들이 테러의 표적이 되어서 죽는 것을.

"오, 토너먼트 표가 발표되는 것 같은데."

카이우스가 어두운 생각에 사로잡혀 있으니, 메이스가 목소리를 냈다. 개회식은 이미 끝났고, 작업 스태프가 링 위에서 공간전사기를 준비하고 있었다. 토너먼트 대진은 이미 추첨으로 정해져 있지만, 아직 발표되진 않았다. 누가 누구와 싸우게 되는가, 관객 모두가 마른침을 삼키며 기다리고 있었다. 잠시 기다리고 있으니 공간상에 어떤 각도에서도 확인할 수 있는 역사각뿔 형태로 토너먼트 표가 크게 나타났다.

터져 나오는 환호성. 그 발표 내용을 본 카이우스는 자기도 모르게 눈을 크게 떴다.

"이거 놀랍군요……."

와이즈맨이 흥미진진하다는 듯이 중얼거리자 메이스가 턱을 쓰다듬으면서 고개를 끄덕였다.

"설마 첫 싸움이 우리 서브 마스터와 땅꼬마님일 줄이야……."

칸의 서브마스터이자 메이스의 장남, 샤를 칸. 약관 20세에 레갈리아의 서브 마스터를 맡는 천재 시커가 노엘의 대전 상대다.

샤를은 메이스의 아들이지만 몸매가 가늘고 호리호리하여 아버지에게 물려받은 백발 외에는 전혀 닮지 않았다. 하지만 외모는 어찌 됐든 시커의 재능은 제대로 물려받았다. 샤를의 직업은 【창병】계열 A랭크, 【터미네이터】. 몸이 날씬하지만 거대한 할버드를 자유자재로 다루고, 10살 때부터 전장을 뛰어다닌 샤를은 지금까지 20체나 되는 로드를 토벌하는 데 관여해온 강자다.

그리고 어떤 전장에서도 몸에 두르고 있는 아름다운 순백의 갑옷에 결코 한 점의 더러움도 남기지 않아 킬링 돌이라고도 불렸다.

재능, 완력, 경험, 모든 면에 있어서 노엘을 뛰어넘는 대전 상대다. 상대가 너무 안 좋다. 선전하면 감지덕지, 절대로【화술사】가 이길 수 있는 상대가 아니다.

카이우스의 볼에 식은땀이 흘렀다. 노엘의 말을 믿고 협력한 체면이 있는데 첫 싸움에서 지면 다른 제후와 귀족들에게 모범을 보일 수 없다. 칠성배 자체가 아무리 성공하더라도 정작 중요한 노엘이 자신의 가치를 보여주지 않으면 곤란하다.

"그렇게 큰소리쳤는데 첫 싸움부터 지는 겁니까……. 제가 그라면 부끄러워서 자살해버릴 겁니다."

와이즈맨이 조소하자 메이스도 웃었다.

"평소 샤를에겐 상대가 누구든 전력을 다하라고 말해뒀다. 저녀석은 자만하지 않아. 땅꼬마님한테는 미안하지만, 순식간에 쓰러뜨려주지."

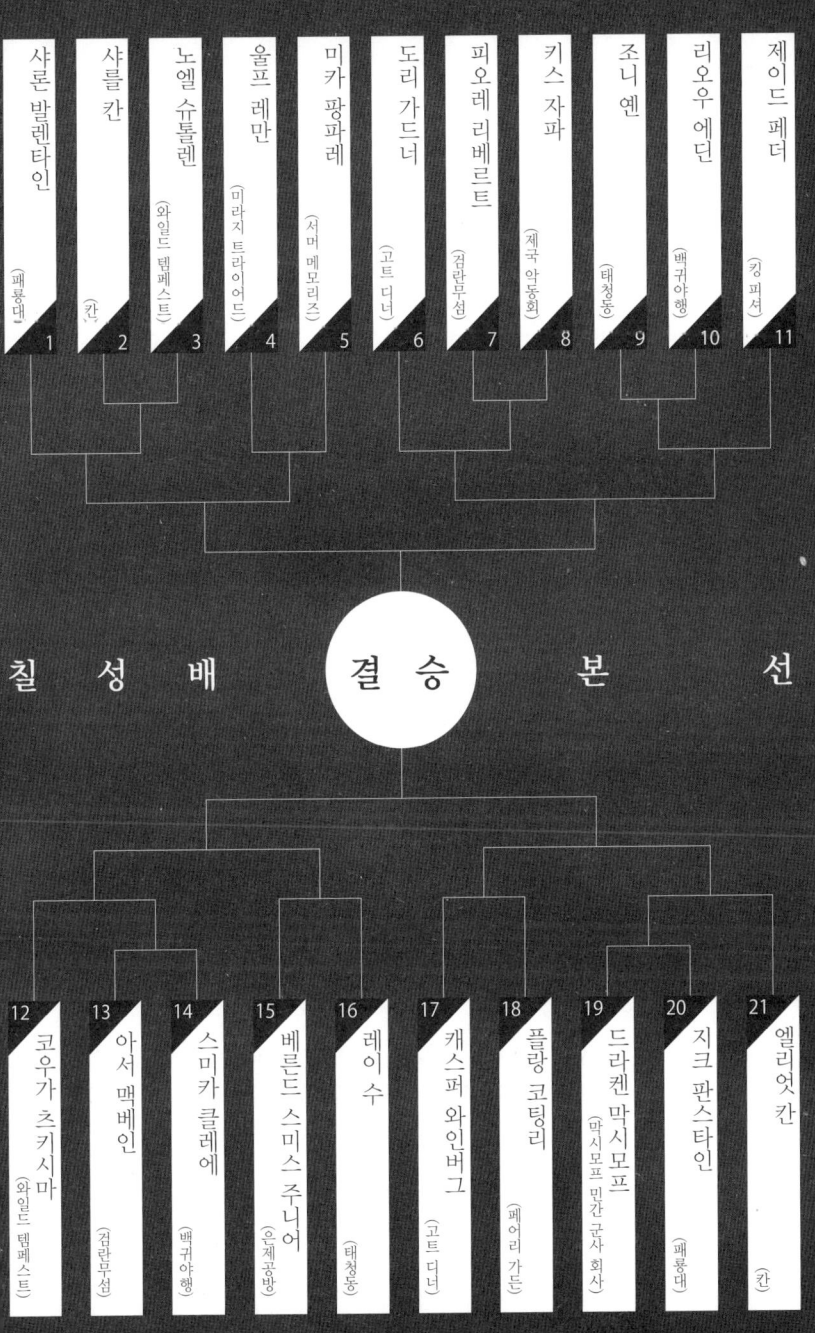

메이스와 와이즈맨은 이미 노엘이 패퇴할 것이라 단정했다. 노엘을 밀어주고 있는 카이우스는 그를 믿고 싶다고 생각하면서도 마음속에는 의심과 불안밖에 없었다.

"안심해, 황자님."

카이우스에게만 들리는 목소리로 말한 사람은 옆에 서 있는 아르마였다.

"이기는 건 노엘."

"……뭐라고?"

"노엘은 황자님이 생각하는 것 이상으로 강해."

"……믿어도 되겠지?"

카이우스가 의심하면서도 물어보자 아르마는 그저 미소를 지었다. 거짓말을 하는 것 같지는 않았다. 어쨌든 이제 카이우스가 할 수 있는 일은 노엘의 승리를 믿는 것밖에 없다. 카이우스는 허리를 펴고 눈 아래에 보이는 링에 집중했다.

"요한을 이긴 실력, 거짓이 아니라는 걸 증명해 보여라……."

링 위에서는 노엘과 샤를의 싸움이 시작되려 하고 있었다.

"노엘 선수, 마나 농도 체크는 완료됐습니다."

소형 측정기를 든 운영 스태프의 마나 농도 측정이 끝나 사전에 버프 스킬이 걸려있지 않다는 것이 증명되었다. 칠성배에서 사용할 수 있는 스킬은 사전에 신청한 두 개뿐이라서 다른 스킬을 사용, 또는 사용한 상태로 링에 올라가면 실격된다. 마나 농도 측정은 부정을 밝혀내기 위한 대책이다.

"그럼 이걸 장착해주십시오."

운영 스태프에게 검은 팔찌를 받았다. 메가리스와 링크하기 위한 팔찌다. 이 팔찌를 장비하고 있는 한, 링 위에서 받은 모든 대미지를 메가리스가 대신 받아준다. 하지만 흡수할 수 있는 대미지 허용 범위를 넘어가면 봄의 자유를 빼앗는 기능도 가지고 있다. 칠성배의 주축이 되는 특별한 장치다.

난 팔찌를 장비하면서 대전 상대인 샤를 칸을 관찰했다. 샤를은 아직 마나 농도 측정이 끝나지 않았는지 운영 스태프가 소형 측정기를 한 손에 들고 샤를의 체크를 끝내려고 분투하고 있었다.

"움직이지 마세요! 가만히 있으세요!"

운영 스태프가 큰 소리로 주의를 줬다. 샤를은 관객석을 향해 다양한 포즈를 취하고 있었는데, 그때마다 손에 들고 있는 할버드를 휘둘러서 작업 스태프가 다가가지 못하고 있었다. 게다가 어째서인지 보조자가 장미 꽃잎을 흩뿌리고 있어서 작업 스태프의 짜증은 쌓여가기만 했다.

"하하하, 너무 그렇게 화내지 말게, 스태프 군! 가만히 있고 싶은 마음은 굴뚝같지만, 내 천사들이 허락해주질 않아! 그렇지, 얘들아!"

샤를이 관객석을 향해 손 키스를 날리자 새된 성원이 폭발하듯이 일었다. 여성 팬의 열렬한 성원에 샤를은 더 과장된 몸짓과 손짓으로 응했다.

"아아, 이 무슨 비극인가! 나의 천사가 가는 길을 막다니! 하나난 극복해 보이겠다, 이 시련을! 하~핫핫핫하!!"

"됐으니까 움직이지 마세요! 실격시킵니다?!"

큰 소리로 웃는 샤를과 운영 스태프의 대화를 지켜보고 있으니, 내 보조자인 레온이 옆에 섰다.

"경박한 남자네……. 하지만 방심할 순 없어."

"그래, 알고 있어. 저 녀석, 촌극을 연기하면서도 나에 대한 경계를 한 번도 풀지 않았어. 젊은 나이에 칸의 서브 마스터를 맡을 만해."

"아마 너에 대한 대책도 다 세워뒀겠지."

난 레온의 분석에 수긍했다. 이 대회, 대전 상대가 가정한 최약체【화술사】인 나의 유일한 승기는 《스턴 하울》이다. 어떤 강자라도 스턴 상태에 빠지면 속수무책으로 실버 플레임으로 가하는 일격에 끝나기 때문이다.

하지만 그 대책 자체는 간단했다. 스턴을 포함한 디버프는 한 번 걸리면 한동안 내성이 생긴다. 즉, 사전에 같은 종류의 공격을 받으면 내성이 있는 상태로 싸움에 임할 수 있다.

통계적으로 한 번에 10분, 두 번에 30분으로 내성이 이어지는 시간이 늘어나며, 최대 24시간까지 유지할 수 있다. 【화술사】가 아니더라도 디버프를 쓸 수 있는 직업은 많으니 별다른 고생 없이 취할 수 있는 확실한 대책이다. 또한 디버프에 대한 내성은 개인의 체질이라 마나 농도가 올라갈 일도 없다.

《스턴 하울》에 대한 대책만 완벽하면 【화술사】 따위는 무서워할 것 없는 가장 약한 대전 상대다. 모두 그렇게 생각하고 있다는 건 들어볼 것도 없이 명백했다.

그렇기에 내 가치를 보여주기에는 아주 좋은 장소다——.

"노엘 선수, 샤를 선수의 준비가 끝났으니 링에 올라와 주십시오."

운영 스태프의 권유에 따라 나는 앞으로 나왔다.

"노엘, 네 진정한 힘을 모두에게 보여줘."

나는 주먹을 쥐는 레온에게 웃어주며 고개를 끄덕이고 링 위에 올라왔다. 내 훈련 상대를 맡은 레온은 내가 어떻게 싸우는지 알고 있다. ——이 칠성배, 이길 생각은 없다. 하지만 질 생각도 없다.

"자, 칠성배 본선, 주목받는 A블록 제1시합이 막을 엽니다!"

중계자인 루나의 목소리가 회장에 울려 퍼졌다.

"대전 편성은 설마 했던 두 사람! 한 명은 칸의 서브 마스터, 샤를 칸! 그리고 또 한 명은 본 대회의 주최자이기도 한 와일드 템페스트의 클랜 마스터, 노엘 슈톨렌이다!!"

흥분의 절정에 이른 루나는 목소리를 높이면서 계속했다.

"한쪽은【창병】이라는 전위직의 최고봉, 한쪽은 최약체 버퍼인【화술사】, 싸움의 결과는 불을 보는 것보다 뻔하다고 느껴집니다만, 노엘 선수는 그냥【화술사】가 아닙니다! 창설한 클랜을 불과 반년 만에 레갈리아의 자리까지 끌어올린 천재입니다! 어떤 싸움을 보여줄지 기대되고 흥분되어서 두근거림이 멈추지 않습니다! 해설자인 피노키오 누님은 이 싸움을 어떻게 보시나요?"

질문을 받은 피노키오는 잠깐의 시간을 두고 대답했다.

"……애초에【화술사】가 최약체라고 평가받는 이유는 자위 수단의 결여 때문이야. 집단전은 물론이고, 1대1로 싸우는 경우에는 더 큰 결점이 되지. 만약 이 결점을 극복할 수 있다면——."

"있다면?"

"그는 틀림없이 모든 시커의 정점에 설 남자겠지."

피노키오의 말에 회장의 관객들은 더욱 흥분한 모습을 보여줬다. 5만 명의 큰 환호성이 링에 선 우리를 두들겼다. 아무리 나라도 이끌려서 감정이 고조될 것만 같았다. 샤를이 알아차리지 못하도록 심호흡을 하고 정신의 안정화를 도모했다. 효과는 바로 나타났다. 약간의 감정의 흔들림도 사라지고 집중력이 극한까지 높아졌다.

"노엘 군, 미안하지만 안 봐줄 거야."

샤를이 미소 짓고 말했다.

"이기는 건 바로 나야. 하지만 안심하도록. 네 이름은 반드시 나의 영웅서사시에 새기도록 하지. 패자의 이름을 짊어지는 것 또한 영웅의 의무니까!"

같잖게 머리칼을 쓸어 올리면서 승리 선언을 하는 샤를을 보고 난 가볍게 미소 지었다.

"기특한 마음가짐이네. 나도 본받도록 할게."

서로 정해진 위치에 서자 루나가 외쳤다.

"두 사람 모두 전투 준비 완료! 공이 울리는 것을 이제나저제나 기다리고 있습니다! 이 세상의 여자를 두근거리게 하는 아름다운 두 남자, 승리를 거두는 건 과연 누구인가?! 지금 공이 울렸습니다!"

싸움 시작을 알리는 공이 울린 순간, 샤를이 창을 쥐고 나에게 돌진했다. 예비 동작 없이 물 흐르듯 자연스럽게 행한 급습은 음속의 몇 배나 되는 속도에 달해있었다. 속도 상승 스킬과 공격력 강화 스킬을 병용했다는 것은 일목요연하다. 【화술사】인 나로서는 막는 것도 피하기도 어렵다. 하지만 내가 【화술사】이기에 샤를의 움직임을 사전에 예측할 수 있었다.

찰나의 미래 예지. 【화술사】의 고속 연산 보정을 써서 주위의 상황을 토대로 찰나의 미래를 예측하는 힘은 샤를이 어떻게 움직일지를 내 뇌리에 비춰줬다. 거기에 더해 랭크업 하여 【진언사】가 된 지금은 사고 속도가 더 상승하여 미래 예지와 동시에 시간의 흐름을 '멈춰서' 인식하는 것도 가능하게 되었다.

샤를의 공격 타이밍과 궤도는 완전히 파악하고 있다. 물론 그것만으로는 안 된다. 아무리 샤를의 움직임이 보여도 몸이 움직이지 않으면 의미가 없다. 직격당하면 단 한 번의 공격으로 장외로 날아갈 것이다. 그래서 난 샤를이 움직이는 것과 동시에 '요격'을 하고 있었다.

보이지 않고 피할 수도 없는 비기가 샤를을 스턴시켰다.

《스턴 하울》이 아니다. 내가 쓴 비기는 구강으로 발하는 반고리관을 어지럽히는 노이즈—— 즉, 휘파람이다.

특수한 음역의 휘파람이 샤를의 발을 휘청이게 했다. 정지시킬 수 있는 건 1초도 안 되는 얼마 안 되는 시간뿐이지만 사냥감의 숨통을 끊기에는 충분하고도 남는 시간이다.

쏘아진 화살처럼 관성만으로 계속 움직이는 샤를. 나는 기세를 잃어도 무시무시한 샤를의 찌르기를 종이 한 장 차이로 피하고 그대로 할버드 자루에 몸을 맡기면서 앞으로 발을 디뎠다. 그 결과, 찌르기의 위력을 흡수하는 형태가 되어 팽이처럼 격렬하게 회전하면서 샤를의 배후로 들어가게 되었다. 그 순간, 나는 도약해서 샤를의 뒤통수에 원심력을 실은 팔꿈치 치기를 날렸다.

휘파람으로 반고리관에 이상을 일으키고 팽이처럼 회전하면서 적의 뒤통수를 팔꿈치로 치는 비기는 두 가지 의미로 소용돌이친다. 하나는 소용돌이 모양을 한 반고리관. 또 하나는 소용돌이치는 듯이 내딛는 보법.

그래서 난 이 비기를 이렇게 부른다──.

"──'소용돌이'."

팔꿈치로 전해지는 뒤통수를 찌르는 확실한 감촉. 만약 샤를이 메가리스와 링크하지 않았다면 내 팔꿈치 치기는 샤를의 뒤통수를 완전히 꿰뚫었을 것이다. 하지만 직접적인 대미지는 없어도 메가리스는 동기하고 있는 자의 몸에 대미지를 재현한다.

"커, 헉⋯⋯."

인체의 뒤통수는 신경이 집중된 부위. 거기에 강렬한 일격을 맞고 의식을 유지할 수 있을 리가 없었다. 샤를은 의식을 잃고 쓰러졌다. 이제 이번 싸움에서 일어나는 건 절대로 불가능할 것이다.

싸움의 결말에 5만 명의 관객들이 물을 끼얹은 듯이 아주 조용해졌다. 당연한 일이다. 설마 내가 이길 줄은 꿈에도 몰랐을 것이다.

난 관객들에게 승리를 알리기 위해 오른 주먹을 들려고 했다. 하지만 온몸을 엄습하는 강렬한 고통 때문에 팔을 잘 움직일 수 없었다. 샤를에게 소용돌이를 날린 반동이다. 팔꿈치 치기에 쓴

왼팔의 고통이 특히 심해서 방심하면 정신을 잃을 것 같았다. 실전이었다면 왼팔이 갈가리 찢어져 날아갈 정도의 반동이었으니 당연하다면 당연하다.

난 기합으로 아픔을 참고 웃음을 지으며 다시 오른 주먹을 하늘로 내밀어 말없이 승리를 선언했다. 관객들은 겨우 사태를 이해하고 큰 환호성을 질렀다.

"제, 제1시합, 결착!! 승자는 노엘 선수입니다!!"

루나는 동요하면서도 내 승리를 선언했다.

"미, 믿을 수 없는 일이 일어났습니다! 샤를 선수를 【화술사】인 노엘 선수가 단 일격으로 이겼습니다! 이것이 노엘 선수의 진정한 실력이란 말인가?! 하지만 무슨 일이 일어났는지 이해한 사람은 적을 텐데요. 저도 모르겠습니다! 피노키오 누님, 부디 싸움의 해설을 부탁드립니다. ……누님?"

중계석에 시선을 돌리니, 고개를 갸웃거리는 루나 옆에 피노키오가 일어서 있었다. 피노키오는 눈물을 흘리면서 나를 향해 박수를 보내고 있었다.

"아직 한 경기째인데 호들갑스러운 녀석이네."

난 웃으며 발길을 돌려 링에서 내려갔다.

"이, 이런 바보 같은 일이……."

노엘과 샤를의 싸움의 결말에 와이즈맨은 경악할 수밖에 없었다.

"같은 랭크라고는 해도 버퍼가 전위직을 정면으로 꺾다니……. 게다가 스킬을 쓰지도 않고……."

"말해두겠지만 내 아이가 약했던 건 아니다."

메이스가 묘하게 딱딱한 표정으로 말하자 와이즈맨은 고개를 끄덕였다.

"알고 있습니다. 샤를의 급습은 완벽했습니다. 그걸 피한 뱀이 이상한 겁니다……. 한순간에 일어난 일이라 확실한지는 모르겠지만, 아마 구강으로 반고리관을 어지럽히는 음파를 내서 샤를의 움직임을 막는 데 성공한 것이겠죠."

"나도 시합을 본 바로는 같은 분석을 했다. 《스턴 하울》에 대한 방비는 했지만, 땅꼬마── 아니, 노엘의 공격은 직업이 가져다주는 스킬이 아니라 순수한 수련으로 얻은 스킬이었다. 저걸 처음 보고 대응할 수 있는 놈은 없겠지……."

"음향 공격도 무섭지만, 가장 두려워해야 하는 것은 샤를을 일격에 쓰러뜨린 저 팔꿈치입니다……. 단순히 원심력만 실은 팔꿈치 공격으로는 저만한 위력에 도달할 수 없습니다. 분명 침투경을 썼을 겁니다……."

"침투경이라고?!"

메이스는 소리를 지르며 놀랐다.

"분명 타격을 인체 내부로 전하는 기술이었지. 하지만 침투경은 네 나라의 기술이잖아? 왜 노엘이 습득하고 있는 거지?"

"저한테 물어봐도 모르죠……. 다만 분명한 것은 실전에 쓸 수 있는 수준으로 침투경을 쓸 수 있는 사람은 제 본국에도 손에 꼽을 정도밖에 없다는 것입니다……. 노엘 슈톨렌, 그의 대인 전투 기술은 이미 인간을 뛰어넘었습니다……."

둘은 침을 삼키고 그대로 입을 다물었다. 잠시 후, 메이스가 입을 열었다.

"……틀림없어, 노엘의 원래 적성은 전위직이다."

"예, 저도 같은 의견입니다. 운명의 장난으로 적성 외의 직업이 발현됐지만, 그래도 상식을 벗어난 힘을 발휘하고 있습니다."

"만약, 저 녀석의 직업이 원래 적성대로 발현됐다면……."

"그런 건 무서워서 생각하고 싶지도 않군요……."

메이스와 와이즈맨, 유명한 두 사람의 강자는 얼굴이 파랗게 질려 입을 다물었다. 두 사람의 얼굴에는 확실하고 분명한 공포의 빛이 드러나 있었다.

"그러니까 말했잖아요."

아르마가 카이우스 옆에서 미소를 지었다.

"이기는 건 노엘이라고."

"저 남자의 힘은 잘 알았다. 하지만 저게 전부는 아니겠지?"

"스킬이라면 다음 싸움에서 보여줄 거야."

"다음 싸움…… 패룡대의 샤론 발렌타인인가……."

근대 시커론의 중심인물이자 패룡대의 전 서브 마스터의 실력은 샤를과 비할 바 아니다. 샤를이 영웅이라면 샤론은 대영웅이다. 그러니 만약 샤론도 물리칠 수 있다면, 노엘은 엄청나게 높은 곳에 도달할 것이다.

"노엘 슈톨렌, 넌 대체——."

——어느 정도의 가치를 보여준다는 것이냐.

카이우스는 주먹을 쥐고 끓어오르는 흥분을 억누르려고 했다.

하지만 카이우스의 얼굴에는 억누를 수 없는 격정이 강렬한 웃음으로 나타나 있었다.

　——오늘, 제국의 역사가 바뀐다.

　카이우스는 그렇게 확신하지 않을 수 없었다.

　"몸 상태는 어때?"

　경기장 최상층의 선수 대기실, 레온이 쓴 회복 스킬이 내 손상을 치유했다. 난 의자에서 일어나 전신의 상태를 확인했다. 저린 것은 약간 남아있지만, 문제없이 움직일 수 있었다.

　"괜찮아. 고마워, 레온."

　내 감사 인사에 레온이 별말씀을, 이라며 미소 지었다.

　"그건 그렇고 첫 싸움부터 상대가 강적인 건 운이 안 좋았네. 훌륭하게 이기긴 했지만, 다음 싸움은 어떻게 될지……."

　"뽑기 운은 어쩔 방법이 없어. 우는소리를 해도 소용없어."

　난 샤를을 순식간에 쓰러뜨릴 수 있었지만, 그건 작전이 잘 맞물린 덕분이다. 샤를은 약한 상대가 아니다. 본선에서도 상위의 전투 능력을 가진 시커다. 그래서 전력으로 싸울 필요가 있었다.

　——몸의 부하를 도외시해서라도.

　"다음 상대는 그 유명한 샤론 발렌타인이야. 게다가 네가 싸우는 걸 봤어. 샤를과 싸웠을 때처럼 순식간에 쓰러뜨리는 건 불가능할 거야."

　"알고 있어."

　"샤를에게 이겨서 네가 단순한 버퍼가 아니라는 건 보여줬어.

이제 충분하지 않을까? 더 이상의 부하는 이후에 영향을 미칠 거야. 기권해야 해."

"……알고 있어."

"메가리스는 외부에서 오는 대미지는 흡수해주지만, 자신의 운동 부하에 의한 대미지는 대상이 아니야. 그리고 샤를을 쓰러뜨렸을 때처럼 싸우면, 아무리 내가 회복시켜줘도 후유증이 남을 가능성이 커. ……노엘, 진짜 알고 있는 거야?"

난 알고 있다고 말하며 다시 고개를 끄덕였다.

샤를에게 이길 수 있었던 건 단순히 나의 대인 전투 능력이 웃돌았을 뿐만 아니라 뇌의 리미터를 해제했기 때문이다. 이른바 '오버클럭' 상태이다.

나는 메가리스의 피실험자로서 온갖 고통을 경험함으로써 고통이라는 감각을 의식적으로 경감할 수 있게 되었다. 그 부차적인 효과로 한계를 뛰어넘은 근육 운동도 가능해진 것이다. 하지만 고통이라는 위험 신호를 무시하고 한계를 뛰어넘는다는 것은 그만큼 신체에 가해지는 부하도 커진다는 것이다. 레온이 불안하게 보는 것도 당연했다.

"……하아, 무슨 말을 해도 소용없는 것 같네."

내가 명확한 답을 하지 않으니 레온은 한숨을 쉬었다.

"뭐가 이길 생각이 없다는 거야. 우승할 생각이 넘치잖아."

"그렇게까지 분수를 모르는 건 아니야."

다만, 하고 나는 웃으며 말을 이어나갔다.

"모처럼이니까 즐길 수 있을 때까지 마음껏 즐기고 싶어. 그뿐이야."

이길 생각은 없다. 하지만 간단히 져줄 생각도 없다. 만약 내가 우승할 수 있다면, 그 또한 하나의 결과다.

난 창문 가까이 다가가 다음 시합이 시작되는 걸 기다리기로 했다. 선수 대기실은 모두 프리미엄 라운지와 같은 최상층에 위치해서 여기서 시합을 관전하는 것도 가능하다. 다른 대기 선수들도 나처럼 창가에 서 있었다.

다음 시합에는 울프가 나온다. 상대는 똑같은 예선 통과 선수인데, 레갈리아 소속이 아니라고 해서 간단히 이길 수 있는 상대가 아니다.

"내 앞에서 큰소리쳤으니까 실망하게 하지 말라고."

작게 중얼거렸을 때, 방문을 노크하는 소리가 들렸다. 레온이 소리에 응하여 문을 여니, 거기에는 해롤드가 서 있었다.

"노엘 씨, 수고하셨습니다."

해롤드는 빙긋 웃음을 띠며 대기실에 들어왔다.

"실로 훌륭한 승리였습니다. 공식적인 자리에서 그만한 활약을 하면 이제 누구도 당신을 '동료들 뒤에서 잘났다는 듯이 뻐기기만 하는 조무래기'라고 하진 않겠죠."

"거 고맙수다."

항간에서는 젊은 나이에 레갈리아의 클랜 마스터까지 오른 날 높이 평가하는 목소리가 크지만, 동시에 우수한 동료의 덕을 봤을 뿐인 남자라고 깔보는 목소리도 적지 않았다. 해롤드가 말했듯이 샤를에게 승리했다는 실적은 그런 평가를 뒤집게 될 것이다.

"실력은 어찌 됐든, 항상 잘났다는 듯이 뻐기고 있는 건 사실이지만."

"야."

레온의 농담에 내가 미간을 찌푸리자 해롤드는 큰 소리로 웃었다.

"하하하, 노엘 씨가 건방진 건 어제오늘 일이 아니니까요."

"썩을 영감, 날 비꼬기만 하려고 온 거냐?"

해롤드는 설마요, 라며 어깨를 으쓱였다.

"비꼬다니 당치도 않습니다. 전 노엘 씨를 격려하려고 했을 뿐입니다."

"어떨는지……."

"그리고 지금부터 토르메기드에 출발하니 그전에 만나두려 했습니다."

"지금부터 가나? ……꽤나 갑작스럽네."

해롤드가 토르메기드에 부임하는 건 이전부터 정해져 있던 일이지만, 정식 일정에 대해서는 아무 말도 듣지 못했다.

"원래라면 더 빨리 부임할 예정이었습니다만, 무리하게 부탁해서 미루고 있었습니다. 적어도 당신의 시합만은 봐두고 싶어서요."

"그렇군. 만족했나?"

"네, 대단히. 역시 당신은 훌륭합니다."

해롤드는 만족스럽게 웃었다.

"이대로 결승이 끝날 때까지 남아있고 싶습니다만, 기관차 출발 시간을 못 맞추게 되니, 이만 가보겠습니다."

제국의 철도 계획이 재개된 지 두 달 남짓. 정식 상업 운전은 아직이지만 국가의 강력한 지원을 받은 볼칸 중공업이 그 기술력과 막대한 돈을 최대한으로 활용한 결과, 제도와 주요 도시를 잇는 선로 대부분이 이미 개통된 상황이다.

관계자 사이에서는 시운전을 겸한 이용도 하고 있기 때문에 연줄을 써서 철도를 이용할 수 있다면 한나절에 토르메기드 근교에 도착하는 것이 가능하다. 해롤드는 정중하게 인사하고 발길을 돌려 나갔다.

"해롤드 씨, 성가신 일에 말려들지 않았으면 좋겠는데……."

레온이 걱정스럽게 중얼거렸고, 나는 고개를 끄덕였다.

"그곳의 지맥을 폭주시키기만 하면 발리언트가 금방이라도 현계하니 말이야. 표적이 될 가능성은 높아."

"하지만 절대적인 건 아니잖아? 제국도 중요한 곳이라는 걸 알고 있으니까 경비는 엄중해. 타국의 공작원이 몇 명 모인 정도로는 쉽게 함락시킬 순 없을 거야."

"타국의 공작원뿐이라면 말이지……."

얼마 전의 폭파 사건이 뇌리를 스쳤다. 그때 느낀 건 분명 인간과는 다른 마력이었다.

"……무슨 뜻이야?"

레온이 물어봐서 나는 아무것도 아니라며 고개를 저었다.

"해롤드가 경비 주임을 맡는다면, 설령 습격을 당하더라도 괜찮겠지. 그리고 테러를 한다면, 요인이 모여 있는 칠성배에서 할 가능성이 높아."

"그렇네. ……응? 혹시 칠성배를 개최한 건 공작원을 여기로 집중시키는 목적도 있었던 거야? 이곳이 습격당해도 레갈리아의 주요 멤버가 모여 있는 지금이라면 자연스럽게 그들을 공작원 토벌에 동원할 수 있어. 노엘, 그런 거지?"

"노코멘트."

난 시선을 레온에게서 링으로 돌렸다. 마침 다음 시합 준비가 된 모양이다. 울프와 그 대전 상대인 서머 메모리즈의 미카 팡파레가 링 위에서 서로를 노려봤다.

"자, A블록 제2시합이 시작됩니다!"

중계자 루나가 외친 순간, 싸움의 시작을 알리는 공이 울렸다.

†

"위험했어……."

시합이 끝나고 대기실에 돌아온 울프는 의자에 앉아 안도의 숨을 내쉬었다.

"조금만 잘못했으면 당할 뻔했어……."

대전 상대인 미카는【궁술사】계열 B랭크인【호크아이】. 예선에서 이기고 올라온 강자인 것은 틀림없지만 같은 B랭크라고 방심한 것도 잠깐, 미카의 맹공에 노출되어 하마터면 그대로 질 뻔했다.

시합 중에 어떻게든 재정비해서 승리하긴 했지만, 어느 쪽이 져도 이상하지 않은 싸움을 끝낸 탓에 울프의 심장은 지금도 격하게 고동치고 있었다.

"이 바보 늑대!"

"아야!"

미라지 트라이어드의 서브 마스터인 베로니카가 노성을 지르면서 울프의 머리를 쥐어박았다.

"예선에서는 A랭크한테 이겨놓고 그 추태는 뭔가요?!"

"시, 시끄러워! 이겼으니까 됐잖아!"

울프가 얻어맞은 머리를 만지며 울먹이면서 반론하자 마찬가지로 대기실에 모여 있었던 돌격대장 로건이 깊은 한숨을 내쉬었다.

"하아~, 너의 그런 점은 클랜 마스터가 되면 개선될 줄 알았는데, 전혀 나아질 기미가 안 보이는구만."

"그, 그런 점이라니, 어떤 점인데?"

"자만해서 실력을 다 발휘하지 못하는 점이라고."

윽, 하고 말문이 막힌 울프를 본 두 사람은 기가 막힌다는 듯이 고개를 저었다.

"어떻게든 여기까지 왔지만, 다음은 힘들 것 같네."

"뭐, 울프치고는 잘한 거죠."

"야, 멋대로 내 패배를 단정하지 말라고!"

화난 울프는 의자에서 일어나 둘에게 손가락질했다.

"난 반드시 노엘한테 이길 거라고! 이제 자만 안 해!"

울프의 선언에 두 사람은 눈을 휘둥그레 떴다.

"노엘한테 이긴다니……, 그쪽은 아직 샤론 발렌타인과의 시합이 남아있다고요? 확실히 노엘은 강했지만 샤론에게 이길 수 있을 것 같지 않아요. 대책을 짠다면 샤론에 대한 대책을 짜야죠."

하지만 울프는 베로니카의 지적에 고개를 젓고 표정을 바꿨다.

"아니, 노엘은 지지 않아."

울프에게 평소의 경박함과는 전혀 다른, 이견을 허용하지 않는 박력이 감돌자 베로니카는 자기도 모르게 멈칫했다.

"확실히 그 녀석이 쉽게 질 것 같진 않아."

로건은 두툼한 웃음을 지으며 울프의 말에 동의했다.

"그런 거야. 그러니 대책을 짠다면 노엘에 대한 대책을 짜야지."

울프와 로건은 서로의 얼굴을 마주 보며 끄덕였다. 평소에는 견원지간인데 둘의 의견은 완벽하게 똑같았다.

"나 참, 이래서 남자는⋯⋯."

베로니카는 어울려줄 수 없다며 고개를 젓고 옆에 있는 리샤를 봤다.

"리샤, 당신도 저 바보 둘한테 뭐라고 말 좀 해주세요!"

"⋯⋯헤? 아아, 그렇네⋯⋯."

하지만 리샤는 애매하게 끄덕이기만 할 뿐, 그 이상은 아무 말도 하지 않았다. 그저 멍하니 허공을 바라봤다.

"역시 안 되겠네⋯⋯."

리샤의 모습을 본 울프가 글렀다며 고개를 저었다.

"이 녀석, 노엘이랑 베르나데타 아가씨의 맞선 소식을 안 뒤부터 계속 이 상태라고? 정신 똑바로 차리고 있을 때는 정상이라 보조자를 맡겼는데 말이야. 잠깐 내버려 두면 바로 넋이 나가버린다고. 이거 원래대로 돌아오려면 오래 걸리겠구만⋯⋯."

울프의 말을 듣고 베로니카도 수긍했다.

"어쩔 수 없네요. 가만히 내버려 둡니다……."

둘이 혼이 빠진 상태인 리샤에게 동정하는 시선을 보내고 있으니, 로건이 고양된 목소리를 냈다.

"이봐! 다음 시합 시작한다!"

A블록 제3시합은 예선 통과자 키스와 검란무섬의 젊은 에이스 어태커, 【소드마스터】 피오레 리베르트가 싸운다. 예선을 앞차기만으로 이기고 본선에 올라온 키스가 격이 더 높은 A랭크를 상대로 어떻게 싸울지 주목되는 시합이다.

"상대는 【소드마스터】인가……. 게다가 검란무섬의 에이스 어태커야. 그에 비해 키스는 후위직이잖아? 지금까지 붙어온 상대와는 다르게 체술이 통할 것 같진 않은데……."

창 앞에 선 울프의 분석에 로건과 베로니카도 수긍했다.

레갈리아인 검란무섬은 그 이름대로 '검'에 중점을 둔 클랜이다. 소속된 시커 대부분이 【검사】이며 【검사】 이외의 직업도 무기로 검을 쓰고 있다. 후위직조차 전원이 검술을 습득하고 있으니 철저하다.

하지만 클랜 마스터인 아서가 별난 취미가 있어서 그러는 게 아니다. 자신의 방침이 가장 멤버를 강하게 만드는 방법이라는 걸 아는 것이다.

맥베인류 검투술, 그것은 제국에서 최강이라 칭송받는 무술 유파이다. 그 역사는 400년에 달하며 끊임없이 이어져 내려왔다. 맥베인류 검투술이 다른 유파보다 뛰어난 점은 단순히 【검사】에게 최적화된 검술을 다루는 것이 아닌【마법사】를 비롯한 후위직과도 친화성이 높다는 점이다.

실제로 과거의 당주 중에는【마법사】나【궁술사】도 있었다. 그들에 의해 더욱 발전된 원거리와 근거리에 자유자재로 대응할 수 있는 전투 기술은 유파에 소속되지 않은 후위직도 참고할 정도이며, 현대에는 시커 양성 학교의 필수 기술이 되기도 했다.

현 당주이자 역대 최강이라고도 소문난 아서 아래에서 진짜 맥베인류 검투술을 배운【소드마스터】, 그 힘은 상상하는 것만으로도 무시무시했다.

모두가 키스의 패배가 확실하다고 생각했다. 하지만 키스는 여유로운 웃음을 띠고 있었다. 아니, 여유라기보다는 상대를 비웃는 듯한 얄미운 웃음이었다.

"저 아이, 자살을 희망하기라도 하는 거예요?"

누구에게랄 것도 없이 질문한 베로니카에게 울프와 로건은 쓴웃음을 지었다.

키스의 도발을 받은 피오레는 멀리서 봐도 알 수 있을 정도로 화가 나 안색이 변해 있었다. 자기보다 격이 낮은 상대에게 깔보였으니 당연하다. 아마 그의 머릿속에는 얄미운 키스를 순식간에 쓰러뜨리는 광경이 그려지고 있을 것이다.

하지만 시합 결과는 모두가 예상하지 못한 형태로 막을 내렸다.

"A블록 제3시합, 결착! 승자는——."

중계자 루나가 흥분한 목소리로 승자의 이름을 선언했다.

"키스 자파 선수입니다! 자이언트 킬링 달성! B랭크가 A랭크에

317

게 승리했습니다! 본선에서도 이런 장면을 볼 수 있다니 놀랍습니다!! 더욱 놀랄만한 것은——."

루나는 말을 끊고 단숨에 중계의 열기를 발산했다.

"키스 선수가 단 '일격'으로 승리했다는 것입니다! 게다가 전투 방식이 노엘 선수와 완전히 같습니다아!! 믿을 수가 없습니다! 두 사람은 혹시 같은 스승 아래에서 배운 사이인 걸까요?!"

"그럴 리가 있겠냐……."

울프는 힘없이 루나의 말을 부정했다.

확실히 키스가 이기는 방식은 노엘과 완전히 똑같았다. 시합이 시작된 순간 격분한 피오레가 급습을 가했고, 이에 맞서서 키스는 노엘이 한 것처럼 공격을 받아넘기고 뒤통수에 강렬한 회전 팔꿈치 치기를 먹여서 승리를 손에 넣었다.

하지만 노엘에게 사제가 있다는 이야기는 들은 적이 없다. 혈연관계로도 안 보이니, 아마 생판 남일 것이다. 그렇다면 어째서 키스는 노엘과 같은 기술을 쓸 수 있었던 것인가. 그 해답을 깨달은 울프 일행은 전율할 수밖에 없었다.

"저 꼬맹이는 노엘의 기술을 딱 한 번 보고 훔친 거야."

"미, 믿을 수가 없군……. 대체 뭐가 어떻게 된 거냐……."

"마, 말도 안 돼요……. 그런 신기를 훔칠 수 있다니……."

울프, 로건, 베로니카는 자기들보다 경험이 뒤떨어질 터인 키스가 보인 압도적인 실력에 말을 잇지 못했다.

세 사람이 말을 잃은 가운데, A블록 제4시합의 준비가 시작됐다. 대전 편성은 백귀야행의 클랜 마스터인 리오우 에딘과 태청동의 젊은 에이스 어태커,【데스】조니 옌이다.

둘 다 레갈리아지만 백귀야행이 3등성인 것에 비해 태청동은 2등성. 클랜 자체의 서열은 태청동이 더 위다. 다만 시커로서의 격은 리오우가 더 위다. 리오우는 광대한 제국에서도 세 명밖에 없다고 알려진 EX랭크 시커이기 때문이다. EX랭크의 실력이 어떤지는 울프 일행도 잘 알고 있다. 누가 어떻게 생각하든 리오우가 이길 것이다.

"설마 이번에도 예상 밖의 결과가 나온다거나 하지는…… 않겠지?"

딱딱한 웃음을 지으면서 묻는 울프에게 두 사람 또한 딱딱한 웃음으로 응답했다. 링에는 양 선수가 이미 올라와 있었다. 한쪽은 태청동의 에이스 어태커인【데스】. 한쪽은 사자를 본뜬 가면을 쓴 EX랭크【무신】.

양자의 싸움은 찰나의 순간에 결판이 났다――.

"A블록 제 4시합, 결착! 승자는 가면의 클랜 마스터, 리오우 에딘 선수입니다! EX랭크의 실력을 보여준, 그야말로 신들린 듯한 싸움이었습니다! 그보다 솔직히 말해서 무슨 일이 일어났는지 모르겠습니다아아아!! 피노키오 누님, 해설 부탁드립니다!"

루나는 피노키오에게 해설을 요청했지만, 대답은 없었다. 그저 두 눈을 크게 뜨고 석상처럼 굳어있었다.

"……너희들, 무슨 일이 일어났는지 보였냐?"

울프가 묻자 둘은 고개를 저었다. 무슨 일이 일어났는지 알지 못한 건 루나뿐만이 아니었다. 울프 일행도 마찬가지였다. 그리고 아마 이 경기장에 모인 대부분이 리오우의 공격을 보지 못했을 것이다.

때린 건지 찬 건지, 전혀 알 수 없다. 그저 시합이 시작되자 리오우의 대전 상대가 링에서 사라지고 뒤쪽의 벽에 처박혀 있었다. 그게 리오우의 공격에 의한 것이란 것을 안 건 무참하게 후벼 파인 링을 목격했기 때문이다. 눈에 보이지도 않는 공격의 여파가 리오우가 서 있는 곳에서 일직선으로 링을 깊이 후벼팠다.

울프 일행은 리오우의 굉장함에 말을 잃을 수밖에 없었다. 와일드 템페스트와 로렐라이가 싸웠을 때 EX랭크의 힘은 직접 목격했지만, 그래도 이만한 충격은 없었다. 명백하게 타고난 재능이 너무나도 달랐다.

리오우는 물론이고 키스 또한 세 사람을 월등하게 초월한 재능의 소유자다. 하지만 세 사람 또한 시키 중에서는 천재라 불리는 인재이며 그 자부심도 있었다. 다만 뛰는 놈 위에는 나는 놈이 있다, 그뿐인 이야기였다.

"이봐, 저쪽 좀 봐."

로건이 턱으로 가리킨 곳은 노엘의 대기실이었다. 노엘 또한 창가에 서서 시합을 보고 있었다. 하지만 리오우의 시합 결과에 대한 반응은 울프 일행과는 달랐다.

"저 자식, 웃고 있어……."

노엘은 팔짱을 끼고 사나운 미소를 띠면서 리오우를 내려다보고 있었다. 그건 마치 사냥감을 발견한 맹수가 엄니를 드러낸 듯한 미소였다.

"그 싸움을 보고 어떻게 저런 표정을 지을 수 있는 거지……."

리오우는 무시무시하다. 하지만 그 이상으로 지금은 노엘이 무시무시했다. 울프는 핏기가 가시는 걸 알 수 있었다. 공포 때문에 현기증마저 났다.

"울프."

베로니카가 날카로운 목소리를 내며 울프를 똑바로 바라봤다.

"정말로, 저 남자한테 이길 수 있어요?"

울프는 아무 대답도 할 수 없었다. 뒤처지더라도 아직 라이벌이라 생각하고 있었다. 하지만 현실에 가로놓인 서로의 거리는 너무나도 멀었다.

"나, 좋은 작전이 떠올랐을지도."

대기실에 무겁고 긴장된 침묵이 흐르기 시작했을 때, 허수아비처럼 가만히 있던 리샤가 갑자기 목소리를 냈다. 세 사람은 놀라서 리샤를 주목했다.

"좋은 작전이 뭐야?"

울프가 묻자 리샤는 심각한 얼굴로 대답했다.

"있잖아, 이런 건 어떨까? 시합이 시작되면──."

리샤가 제안한 작전에 세 사람은 경악할 수밖에 없었다.

"리샤, 진심이에요?!"

"너 대체 무슨 생각을 하는 거냐!"

베로니카와 로건이 비난하는 듯이 반응하자 리샤는 곤란한 듯이 웃었다.

"아, 알고 있어. 나도 칭찬받을 만한 수단이 아니라 생각해."

리샤는 하지만, 이라며 표정을 다잡았다. 그건 비스트와 싸울 때의 표정이었다.

"이 방법이라면, 노엘이 무슨 짓을 하든 상관없어."

확실히 리샤의 작전이 잘 먹히면 울프에게도 승산이 있을 것이다. 하지만 이 작전에는 큰 문제도 있었다.

"뭐, 리샤의 말도 일리 있어요. 그리고 노엘의 호전적이고 지기 싫어하는 성격이라면 묵인해줄 가능성도 높을 것 같네요……."

볼에 손을 대면서 중얼거리는 베로니카를 본 울프는 고개를 저었다.

"그 사고방식으로는 안 돼."

"안 된다니?"

"리샤의 작전 자체는 생각해볼 가치가 있어. 베로니카의 노엘에 대한 평가도 옳아. 문제는 실제로 싸우는 내가 가져야 할 마음가짐이야."

울프는 잘 들어, 라고 말하며 세 사람을 둘러보고 이어서 말했다.

"노엘이라면 더러운 수단을 써도 봐줄 것이라는 타산적인 생각으로 임하면, 설령 이긴다고 하더라도 노엘이 승리를 베풀어 준 것에 불과하다고."

"그건……."

"더러운 수단을 쓰는 이상 반드시 이긴다. 어떤 오명도 받아들인다. 실격당해도 좋아. 그래도 노엘과 같은 판에 선다. 중요한 건 그런 거라고 생각해."

울프는 변명은 절대로 하지 않을 것이라고 강조했다.

"나에겐 그런 각오가 있어. 하지만 이건 나만의 문제가 아니야. 이겨도 잃는 게 더 큰 싸움이야. 너희가 그만두라고 하면 난 그만둘 거야."

발안자인 리샤는 이미 각오를 다진 것 같았다. 로건과 베로니카는 한동안 생각에 잠긴 뒤에 졌다는 듯이 고개를 끄덕였다.

"마음대로 해."

"같은 의견. 다른 멤버도 이해해줄 거예요."

울프는 고맙다며 동료들에게 머리를 숙였다.

"여차할 때는 내가 모든 책임을 질게. 그러니 내가 이기게 해줘."

†

A블록의 제4시합까지 끝나 다음부터는 인원 조정을 위한 시합이 진행된다. 칠성배 본선에 모인 선수의 수는 21명. 그 모든 경기를 소화하기 위해서는 선수에 따라 싸워야만 하는 경기의 수를 늘릴 필요가 있었다.

A블록에서 대상이 된 사람은 노엘과 키스와 리오우 셋이었다. 그리고 다음에 이루어지는 제5시합은 노엘의 두 번째 경기인 것과 동시에 샤론의 첫 경기이기도 했다.

대기실에서 나온 샤론은 보조자와 함께 무대로 향했다. 그녀의 뇌리에는 클랜 마스터인 빅토르와 한 대화가 되살아났다.

"내가 두 번째 선수?"

빅토르의 집무실에 불려온 샤론은 자기 대신 칠성배에 나가달라는 부탁을 받았다.

"그래, 부탁할게, 샤론. 나보다 네가 적임이야."

"당신은 EX랭크잖아? 당신 이상의 적임자는 없어."

샤론이 의아해하자 빅토르는 쓴웃음을 지었다.

"난 늙었어. 이제는 A랭크 정도의 실력밖에 없어."

"그래도——."

빅토르는 반론하려는 샤론을 손으로 제지했다.

"네가 무슨 말을 하고 싶은지는 알겠어. 그래도 대부분은 이길 수 있다. 그 말을 하고 싶은 거지?"

샤론이 말없이 고개를 끄덕이자 빅토르는 깊은 한숨을 쉬었다.

"대부분을 이기는 건 의미 없어. ……난 누구에게도 지고 싶지 않아."

"……무슨 뜻이야?"

"난 예전 전성기 시절엔 분명 제국 최강의 시커였어. 너희와 함께 수많은 위업을 이룩해왔고, 그건 객관적으로 봐도 사실일 거야. ……그래서 무서워. 내가 지면 모든 것이 거짓말이 될 것 같은 느낌이 들어서, 견딜 수 없이 무서워……. 분명 더 이상 시커로서 자신을 자랑스러워하지 못하게 될 거야……."

"빅토르……."

빅토르가 약한 마음을 토로하니 샤론은 안타까운 마음이 들었다. 함께 패룡대를 이끌어온 가장 신뢰할 수 있는 동료가 처음으로 보여준 약한 모습에 그저 가슴이 아팠다.

사실 빅토르는 늙어도 다른 자를 압도하는 시커다. 전투 능력,

지휘 능력, 어느 것을 들어도 일류다.

그렇긴 하지만, 그래도 세월은 분명 그의 시커로서 가장 강했던 부분── 즉, '마음'을 부식시켜버렸다. 그 감각은 늙지 않는 엘프인 샤론에겐 없는 것이었지만, 수십 년 동안 이어진 인연이 빅토르의 아픔을 공감하게 했다.

"알았어. 칠성배에는 내가 대신 나갈게요."

빅토르와 한 대화를 떠올리면서 걷는 사이에 링에 도착했다. 대전 상대인 뱀── 노엘은 먼저 도착했는지, 운영 스태프의 마나 검사를 받고 있었다.

한순간 둘의 눈이 맞았다. 노엘은 대담한 미소를 지었고, 샤론은 혐오로 표정을 일그러뜨렸다. 노엘이 상징하는 것은 '젊음'과 '파괴'. 그에 대항하는 샤론이 상징하는 것은 '품격'과 '유지'. 결코 서로 섞일 수 없는 관계다. 유일하게 서로 똑같이 무기로 선택한 '실버 플레임'만이 홀스터 속에서 차가운 살기를 내뿜고 있었다──.

전투 준비가 끝난 나와 샤론은 서로 링 위에서 노려보고 있었다.

"자, 제5시합이 시작됩니다! 대전 편성은 【진언사】 노엘 선수 VS 【블랙 슈터】 샤론 선수! 양자의 직업은 다릅니다만, 같은 실버 플레임 사용자가 어떤 싸움을 보여줄까요?! 운명의 공이 지금 울려 퍼집니다!"

루나의 선언과 함께 공이 울린 순간, 난 샤론을 향해 실버 플레임을 빼 들었다. 샤론을 노리고 발사한 가룸 불릿. 직격하면 그 파괴력은 탑의 내구력을 크게 깎을 것이다. 하지만 가룸 불릿은 샤론을 직격하기 직전에 부자연스럽게 궤도를 바꿨다.

"《안티 미사일》이라고?!"

《안티 미사일》은 【거너】 또는 【궁술사】가 습득할 수 있는 모든 원거리 무기를 무효화하는 강력한 방어 스킬이다. 하지만 스킬을 겨우 두 개밖에 쓰지 못하는 칠성배에서는 선택할 확률이 낮을 것이라 생각하고 있었다. 왜냐하면 《안티 미사일》이 유효한 대상은 원거리 무기로 하는 공격뿐이기 때문이다. 즉, 샤론은 원거리 무기로 공격하는 상대를 완전히 봉쇄하기 위해서만 《안티 미사일》을 선택한 것이다.

"난 네가 싫어. 이대로 아무것도 못 하게 하고 끝내줄게."

샤론이 명확한 적의를 담아 선언한 순간, 난 사방팔방에서 살의를 감지했다. 고속 연산에 의한 미래 예지가 뇌리에 비춘 것은 무수한 가룸 불릿이 직격해 마력 폭발에 휩쓸린 내 모습이었다.

블랙 슈터 스킬 《로열 로드》. 표적과의 거리를 무시하고 직접 공격하는 스킬이다. 하지만 미래 예지로 모든 착탄점을 간파하고 있었던 나는 간발의 차로 마탄의 포위망을 빠져나가는 데 성공했다.

뛰쳐나간 곳은 전방. 마력 폭발로 생긴 폭풍으로 더욱 가속하여 눈앞에 있는 샤론에게 육박했다. 동시에 실버 플레임을 들고 있던 손을 고속으로 휘둘렀다. 샤론은 웃었다. 내가 홧김에 실버 플레임을 투척했다고 생각한 것이다. 투척이라면 《안티 미사일》의 대상이라 피할 필요도 없다.

하지만 난 실버 플레임을 던지지 않았다. 이미 실버 플레임을 홀스터에 넣은 난 맨손이었다. 맨손인 상태로 스텝을 이용해 날린 고속 백블로우는 대기를 밀어내서 '바람의 마탄'이 되어 샤론의 안면에 직격했다.

"큭, 눈이?!"

기술의 이름은 '하루살이'. 샤론에겐 《안티 미사일》이 있지만, 하루살이는 실체가 없는 바람의 마탄이기 때문에 무효화될 일은 없다. 따라서 그 위력은 턱을 들리게 할 정도였지만, 완전히 무방비했던 안면에 직격해서 시력을 빼앗는 데 성공했다.

나는 양쪽 눈을 누르며 괴로워하는 샤론을 추격할 태세를 취했다. 노리는 곳은 심장. 그곳에 혼신의 주먹을 때려 박아 심장진탕을 일으켜 기절시킨다. 탑의 내구력은 상관없다. 심장진탕을 일으킬 수 있다면 내 승리다.

난 오른 주먹을 샤론의 가슴을 노리고 전력으로 휘둘렀다. ──하지만 그 순간, 하루살이로 시력을 잃었어야 하는 샤론이 갑자기 두 눈을 떴다.

"아쉽게 됐네, 내 두 눈은 '의안'이야."

아차 싶은 순간에는 샤론이 내 측두부를 노리고 하이킥을 날리고 있었다. 강력한 카운터를 왼팔로 막는 데 성공했지만, 그 대가로 탑에서 반영된 대미지가 왼팔을 못 쓰게 만들었다. 실전이었다면 왼팔을 꺾는 위력인 것이다.

차여서 공중으로 날려진 내 뇌리에 비친 것은 《로열 로드》로 전방위에서 마탄이 날아오는 광경. 아슬아슬하게 땅에 오른손이 닿아서 한 팔의 힘만으로 힘차게 백 텀블링을 반복해서 샤론으로부터 거리를 벌리는 데 성공했다. 물론【블랙 슈터】를 상대로 거리

를 벌릴 수밖에 없는 상황은 사지에 몰리는 것 그 이상도 이하도
아니지만……

"대단한 몸놀림이네. 아까 전의 기술도 그렇고, 체술로는 네가
더 뛰어나."

샤론은 하지만, 이라며 박정한 미소를 띠면서 이어서 말했다.

"나한테는 못 이겨. 알아차렸어? 네가 원숭이처럼 날아다니는
동안에도 난 여기서 한 발짝도 안 움직였어."

사실이다. 나에게 카운터를 먹였을 때도 샤론은 같은 곳에 있
었다.

"그리고 네가 선택한 스킬을 알았어. 분명 사고력이 보정되는
직업은 주위의 상황을 토대로 한정적인 미래 예지를 할 수 있었
지. 하지만 내《로열 로드》를 완전히 간파하는 건 네 시점으로는
어려울 거야. 즉, 너에겐 너 이외의 시점이 있는 거지. 【화술사】
의《링크》를 통해서 동료와 시점을 공유하고 있다는 건 명백해."

정답이다. 노블 블러드의 힘을 쓸 수 있었던 때라면 몰라도, 지
금의 나는 혼자서《로열 로드》를 완전히 간파하는 건 불가능하
다. 그래서 난 샤론과의 싸움이 시작된 순간부터 항상《링크》를
발동해서 위에서 시합을 보고 있는 아르마와 레온의 시야를 이용
하고 있었다. 이전까지는 염화밖에 쓰지 못하는 스킬이었지만, A
랭크가 된 것으로 인해 강화되어 지금은 시야 공유도 가능하기
때문이다. 그 결과, 세 개의 시점으로부터 도출되는 더욱 정확한
미래 예지 덕분에《로열 로드》를 회피할 수 있었던 것이다.

"네가 선택한 스킬은《링크》, 그리고《스턴 하울》. 이 싸움에서

【화술사】인 너에게 유효한 스킬은 그것뿐. 그리고 체술에 기초하는 묘책인데, 술수는 전부 알았어. 이제 나한테는 아무것도 통하지 않아. 이대로 완전히 봉쇄해줄게."

샤론은 더욱 선명하게 미소 짓고 다시 《로열 로드》를 발동했다. 총구에서 나를 향해 직접 날아오는 마탄의 비를 미래 예지를 구사해서 회피해 나갔다. 샤론이 가지고 있는 탄약에도 한계가 있을 텐데, 그 전에 내 체력이 다할 것이다. 그리고 설령 직격당하지 않더라도 가뭄 불릿이 일으키는 연속적인 폭발이 나에게 대미지를 축적시켜갔다.

5분 후, 내 몸에 한계가 왔다. 왼팔뿐만 아니라, 이제는 오른발도 쓸 수 없다. 샤론은 한발로 허수아비처럼 우뚝 선 나를 비웃었다.

"잘 버텼네. 하지만 이걸로 끝이야."

샤론에게 자만심은 없었다. 방심하지 않고 움직이지 못하는 나에게 《로열 로드》를 발동했다. 하지만 샤론에게 자만심이 없듯이, 지금 나에게도 자만심은 없었다.

"진언 스킬 《갓 프래그먼츠》, 전개. ——검을 쥔 자는 모두 검으로 스러진다."

내가 중얼거린 순간, 샤론의 실버 플레임이 갑자기 그 손에서 튕겨 나갔다.

"무, 무슨 일이?!"

경악하는 샤론. 그 모습을 본 나는 큰 소리로 웃었다.

"하하하, 실버 플레임한테 미움받은 것 같네."

샤론은 나를 신경 쓰지 않고 실버 플레임을 주우려고 했지만,

다시 튕겨 나갈 뿐이었다. 마치 실버 플레임이 의지를 가진 것처럼 샤론을 계속 거절했다.

"……이건, 네 스킬이야?"

샤론의 물음에 나는 고개를 끄덕였다.

"정답. 넌 수완가지만, 딱 한 가지를 틀렸다. 내가 선택한 스킬에 《스턴 하울》은 없어. 선택한 것은 《링크》와 이 진언 스킬 《갓 프래그먼츠》다."

"진언 스킬이라고?! 감정사 협회는 【진언사】를 단순한 지원직이라고 발표했을 텐데?! 이런 직접적인 효과는 있을 수 없어!"

"그래, 그건 감정사 협회의 거짓말이다. 내가 돈을 쥐여줘서 진짜 능력을 숨기라고 부탁해뒀지."

"뭐, 뭐라고……?"

어이없어하는 샤론을 본 나는 더욱 선명한 미소를 지었다.

"공적 기관인 감정사 협회를 조종하는 데는 큰 비용이 필요했어. 하지만 그런 보람이 있는 것 같네. 널 보기 좋게 속일 수 있었어."

난 분한 듯이 어금니를 깨무는 샤론을 바라보면서 계속 말했다.

"《갓 프래그먼츠》가 발동하고 있는 한, 효과 범위 안의 대상자는 무기를 소지할 수 없게 된다. 그리고 그 효과 범위는 나를 기준으로 반경 30m. 그에 비해 이 링의 크기는 사방으로 20m. 즉, 효과 범위 밖으로 도망치려고 하면 자동적으로 장외로 패배하는 거다."

"무기를 들 수 없게 된다고?! 다른 사람을 지배하는 정신계 스킬이라고 해도 그렇게까지 강력한 건 있을 수 없어! 반드시 레지스트에 성공할 텐데!"

"그 말이 맞아. 그렇기에 이 스킬에는 제약이 있지. 첫 번째, 효과를 받는 건 대상뿐만 아니라 나도 마찬가지다. 두 번째, 이 스킬을 발동시키기 위해서는 대상과 10m 이내의 거리에 5분 동안 연속해서 있어야만 한다."

"제약으로 인해 효과가 증폭되는 스킬……."

스킬 중에는 조건을 달성하는 것으로 발동하는 타입이 있으며, 그런 스킬 같은 경우에는 통상적인 스킬보다 강한 효과를 발휘한다. 예를 들면【퍼니셔】의《저지먼트》는 대상이 술자의 부탁을 세 번 거절하는 것으로 발동하는데, 그걸 무효화 하는 건 거의 불가능하다. 같은 랭크라면 반드시 심장을 도려내어지게 된다.

"네 스킬은 이해했어. 하지만——."

샤론은 냉정함을 되찾고 주먹을 쥐고 자세를 잡았다.

"설령 실버 플레임을 들 수 없게 되어도 제대로 못 움직이는 몸으로 싸우는 너한테 질 것 같진 않아."

"그렇겠지. 나도 이대로 이길 수 있을 거라고는 생각 안 해."

내가 솔직하게 고개를 끄덕이자 샤론은 경계심을 드러냈다. 정답이다. 이대로는 이길 수 없다. 그래서《갓 프래그먼츠》는 다음 단계로 이행한다. 이변을 감지한 샤론은 재빠르게 나와의 거리를 좁히려고 했지만 이미 모든 것이 늦었다.

"내가 친절한 마음으로 스킬을 까발렸을 거라 생각하냐? 멍청하긴, 그건 다음 효과를 발휘하기 위한 조건이라고!"

나는 샤론의 주먹이 나에게 닿는 것보다 빠르게 선언했다.

"힘을 버려라. 알아라, 내가 곧 법이다."

《갓 프래그먼츠》의 제2페이즈는 효과 범위 안의 대상으로부터 모든 직업 보정을 빼앗는 능력이다. 스킬을 못 쓰게 될 뿐만 아니라 신체 능력도 대폭 떨어지게 된다. 대상에는 나도 포함되지만 《갓 프래그먼츠》만은 계속 발동하며 애초에 【화술사】인 내 직업 보정은 사고력에만 적용돼서 변화는 적다.

한편, 【블랙 슈터】인 샤론의 변화는 컸다. 직업 보정이 사라져 평상시의 민첩함을 잃은 샤론의 공격은 제대로 움직이지 못하는 나라도 쳐낼 수 있을 정도로 매서움을 잃었다.

"즐거운 싸움이었어, 샤론 발렌타인."

난 샤론의 공격에 맞춰 도약해서 팔을 잡는 것과 동시에 양다리로 샤론의 목을 압박했다. ——삼각조르기. 상대의 어깨를 이용해 경동맥을 조르는 조르기 기술이다. 경동맥을 졸린 샤론은 수를 셀 새도 없이 정신을 잃었다. 탑의 내구력이 남아있어도 상관없다. 경동맥동반사로 혈압이 급격하게 내려가면 반드시 실신하기 때문이다.

난 실신한 샤론에게서 손발을 떼고 비틀거리면서 일어났다. 그리고 제1시합 때와 똑같이 관객들을 향해 주먹을 들었다. 5만 명의 떠나갈 듯한 환호성이 나를 향해 일제히 쏟아졌다.

"……샤론까지 져버린 건가."

프리미엄 라운지에서 왕후와 귀족들의 호위를 맡고 있던 빅토르는 시합 결과에 작게 중얼거렸다. 하지만 그의 얼굴에 특별히 놀란 기색은 없었다. 마치 이 결과를 알고 있었던 것처럼 빅토르는 무표정하게 링을 바라보고 있었다.

"이거 놀랍군요! 역시 불멸의 악귀의 손자의 손자예요!"

흥분한 젊은 귀족 남자가 흥분한 목소리를 냈다.

"버퍼이면서도 훌륭하게 승리! 그에 비해 샤론 여사에겐 낙담했어요. 그녀는 궁지에 몰릴 때까지 진심으로 싸우려 하지 않았죠."

다른 귀족들도 문외한 주제에 다 안다는 듯이 지껄이는 남자에게 이구동성으로 동의했다.

"더 일찍 전력으로 공격했어야 했어." "무효화 스킬을 유효하게 활용하지 못했어." "애초에 정말로 강한 것 맞나?" "그녀의 명성은 전부 과대평가였던 것 아닌가?"

귀족들이 샤론에 대해 하는 말은 차차 그녀에 대한 모욕으로 변해갔고, 이윽고 결정적인 말이 빅토르의 귀에 들어갔다.

"어떤 공적을 세워도 결국엔 엘프. 인간을 당해낼 수 없다구요."

심한 차별적 발언에 빅토르는 신나게 떠들고 있는 귀족들을 날카롭게 째려봤다. 빅토르가 분노한 것을 알아차린 귀족들은 한 번 째려본 것만으로 몸을 떨며 거북한 듯이 얼굴을 돌렸다.

——이게 패자에 대한 평가인가.

빅토르는 내심 탄식하고 링으로 시선을 돌렸다. 거기선 승자인 노엘이 관객들의 칭찬을 한 몸에 받았고, 한편으로 패자인 샤론은 비참하게 쓰러져 있었다.

——단 한 번의 패배가 모든 것을 허사로 만든다.

그렇다면 빅토르 일행은 대체 무엇을 위해 싸워온 것인가. 계속해서 이기는 것이 시커의 숙명이라면, 이 늙은 몸으로 무엇을 할 수 있단 말인가. 빅토르는 링 위에 쓰러져 있는 맹우의 모습에 자신을 겹쳐서 봤다. 승자 옆에서 흙을 씹으며 멍청이들에게 업신여김당하는 자신의 모습은 상상만 해도 구역질이 날 정도로 역겨웠다.

——힘을 원한다.

빅토르는 자기 안에서 분노가 부글부글 끓어오르는 걸 알 수 있었다.

——힘을 되찾고 싶다.

분노는 활활 타오르는 검은 불꽃이 되어 빅토르의 내면을 그슬렸다.

——젊었을 적의 그 절대적인 힘을 되찾고 싶다.

그래, 그러기 위해서라면——.

"난 내 모든 것을 바쳐도 좋아⋯⋯."

선수 대기실, 다음 시합을 기다리는 리오우의 붉은 두 눈은 링 위에서 주먹을 들고 있는 노엘을 바라보고 있었다.

"저것이 뱀. 불멸의 악귀의 진정한 후계자⋯⋯."

리오우가 작게 중얼거린 목소리는 가면에 반향되어 기분 나쁘게 떨렸다. 대기실에는 리오우 외에는 없었다. 누구도 들어오지 말라고 명령해뒀다. 잔챙이는 싫다. 같은 공기를 마시는 것만으로도 신물이 난다. 바라는 것은 강한 자뿐. 그래서 노엘에겐 아무런 기대도 하지 않았었다. 칠성배에 참가한 것도 단순히 도발에 응한 것일 뿐이다.

하지만 노엘은 너무 강했다. 최강이라 불리는 리오우조차 몸속의 뜨거운 불꽃을 느낄 정도로 그는 누구보다도 빼어나게 강했다.

"노엘 슈톨렌······."

리오우는 중얼거리면서 가면을 벗었다.

"네가, 내가 찾아다니던 존재인가?"

창에 손을 대며 질문을 던지는 리오우의 얼굴에는 그저 사나운 웃음만이 있었다.

†

키스 자파는 천재라는 단어는 자신을 위해 있는 것이라 생각했다.

철이 들었을 무렵부터 자신이 할 수 없는 것은 없었고, 모든 일을 누구보다도 완벽하게 수행할 수 있었다. 수학을 시작하면 겨우 1년 만에 저명한 수학자들도 손을 뗀 문제를 완벽하게 증명하고, 피아노를 치면 제도 최고의 피아니스트가 감동의 눈물을 흘릴 정도의 연주를 보였다.

만능의 천재인 키스. 운명은 그에게 온갖 재능을 줬는데, 그중에서도 가장 뛰어난 재능이 시커 재능이었다. 직업 발현 후, 아버지와 어머니의 말대로 시커 수행을 시작한 키스는 15살의 성인이 되었을 때는 이미 일류 시커라 불리기에 걸맞은 실력을 갖추고 있었다.

물론 시커의 성지인 제도에는 키스처럼 젊을 때부터 특별하게 여겨지는 자들이 많이 있다. 그래도 키스는 누구보다도 자신이 가장 뛰어나다고 생각했고, 실제로 그 자신감에 맞는 재능의 편린을 보여 왔다.

키스 안에서 유일한 예외가 있다면, 그건──.

"격투! 격투가 벌어지고 있습니다!!"

루나의 혼을 담은 중계가 회장에 울려 퍼졌다.

"A블록 제6시합, 대전 편성은【아크엔젤】도리 선수 VS【네크로맨서】키스 선수!! 둘 다 후위직인데, 이 싸움은 상상을 초월하고 있습니다! 고속으로 주고받는 주먹과 주먹! 발차기와 발차기! 이 무슨 수준 높은 접근전입니까?! 우린 백일몽이라도 꾸고 있는 것인가?! 아니, 이것이 현실이다! 이것이 제도 최고봉의 후위직의 싸움이다!!"

키스와 도리의 싸움은 개막부터 체술의 격돌이었다. 한쪽은【마법사】계열 B랭크【네크로맨서】. 한쪽은【힐러】계열 A랭크【아크앤젤】. 각각의 직업을 모르는 자에게는 육탄전이 서투른 직업이라 여겨지고 있다. 하지만 둘 다 그 약점을 극복하고도 남는 스킬을 습득하고 있었다.

사령 스킬《소울 인스톨》. 죽은 자의 영혼을 해석하고 문신으로 만들어 자신에게 새겨 생전의 직업 보정을 자신에게 적용할 수 있는 스킬이다. 현재 키스가 사용하고 있는 영혼은 예전에 고명했던【하이몽크】의 영혼이다. 그 직업 보정이 키스가 수준 높은 인파이팅을 실현하도록 해주고 있었다.

이에 대항하는 도리 또한 키스와는 다른 방법으로 신체 능력을 향상시키고 있었다. 【힐러】는 생명을 관장하는 직업. 그 직업의 A랭크쯤 되면 단순히 상처를 치유하는 것뿐만 아니라 신체를 활성화함으로써 힘을 향상시키는 것쯤은 간단한 일이다.

격렬한 격투전을 이어나가는 둘. 서로 결정타는 맞지 않지만, 초근거리에서 펼쳐지는 주먹과 발차기의 응수는 본직에 뒤지지 않는 무의 극치였다. 고조되는 관객들의 환호성에 이끌리듯이 서로의 공방 속도는 더더욱 빨라져 갔다.

하지만 속도를 계속해서 올리는 도리에 비해 키스의 움직임에 좋지 않은 징후가 보이기 시작했다. 스킬에 필요한 마력량 차이가 그 원인이다. 체술 실력으로는 키스 쪽이 약간 뛰어나지만, 이대로 가면 점점 불리해진다. 한 가지 계책을 생각해낸 키스는 도리의 날카로운 발차기를 피하는 것과 동시에 백스텝으로 거리를 크게 벌렸다.

"하하하, 역시 대단하네요. 역시 레갈리아의 클랜 마스터야."

키스는 일부러 여유로운 미소를 띠면서 도리에게 말을 걸었다.

"이대로 치고받아도 전혀 이길 수 있을 것 같지 않아. 하지만 그런 식으로 이기는 건 도리 씨도 바라지 않죠?"

"무슨 소리지?"

도리가 고개를 갸웃하자 키스는 이야기를 계속했다.

"점점 불리해지는 상대를 밀어붙이기만 해서 이기다니, 그만큼 재미없는 시합도 없을 거란 얘기에요. 저 같은 초짜라면 몰라도, 레갈리아의 클랜 마스터라면 이기는 방식에도 신경을 써야죠. 이거 봐요, 관객들도 아까에 비하면 흥분이 잦아들기 시작했어요."

"말은 하기 나름이지. 그래서 네가 바라는 건 뭔데?"

"재미없는 시합이 싫은 건 저도 마찬가지예요. 그러니——."

키스는 분위기가 완전히 바뀌어 흉악한 살기를 내뿜었다.

"전력으로 끝내겠습니다!! 《와일드 헌트》!!"

그 순간, 키스의 눈앞에 무수한 시커들이 모습을 드러냈다. 네크로맨서 스킬 《와일드 헌트》. 자신에게 문신으로 새긴 영혼을 마력으로 실체화하는 스킬이다. 그 수는 열셋, 모두 A랭크 이상의 강자들이다. 발동까지 시간이 걸리고 발동 후에는 종일 움직일 수 없게 될 정도의 반동도 있지만, 키스가 자기보다 뛰어난 사람을 상대로 역전을 노릴 수 있는 유일한 수단이었다.

비장의 수단으로 선택한 두 번째 스킬은 도리에게 말을 걸었을 때부터 발동 준비에 들어가 있었다. 키스의 기습은 의도한 대로 성공하여 열셋의 영령이 도리에게 쇄도했다. 이제 회피는 불가능하다. 되살아난 영령들의 공격이 닿으려고 한 바로 그 순간, 도리는 대담하게 미소 지었다.

"《킬러 조커》."

갑자기 도리의 등 뒤에 나타난 날개 달린 염소 머리의 괴물. 그 양손에는 도신에 무수한 눈과 입이 꿈틀거리는 거대한 낫이 쥐어져 있었다. 키스는 깨달았다. 도리는 키스의 의도를 간파하고, 자기 또한 상위자를 소환하는 스킬을 발동할 준비를 하고 있었다는 것을.

"GYEEEEAAAAAAAA!!"

짐승의 단말마와도 닮은 소름 끼치는 고함을 지른 괴물은 엄청난 기세로 낫을 휘둘렀다. 그 먹이가 된 키스의 영령들은 어쩔 도리도 없이 양단되어 빛의 입자로 변했다. 괴물 또한 도리의 그림자로 사라졌는데, 영령들과는 달리 자신의 책무를 다했기 때문에 사라진 것이다.

승패는 이미 정해져 있었다. 맥없이 쓰러져 거친 호흡을 반복하는 키스 앞에 도리가 우아한 발걸음으로 다가오더니 아리따운 웃음을 지으면서 고개를 갸웃했다.

"더 할 거야?"

"……아뇨, 제 패배입니다."

패배를 인정한 키스가 양손을 들자 시합 종료를 알리는 공이 울렸다.

"시합 결착! 격렬한 싸움에서 이긴 선수는 도리 선수입니다!!"

루나가 승자의 이름을 드높이 선언했다. 굉장히 피로해진 키스는 그대로 링 위에 드러누웠다.

"카아~, 힘들다~~!"

운영 스태프가 들것으로 옮겨주는 걸 기대하고 있으니 도리가 신기하다는 듯이 키스의 얼굴을 내려다봤다.

"너, 졌는데 전혀 분한 것 같지 않네?"

"아뇨 아뇨, 엄청 분해요. 하지만 도리 씨에게 이기는 게 어렵다는 건 알고 있었으니까요. ──지금은, 말이죠."

"건방져. 몇 번을 해도 똑같아. 넌 날 이길 수 없어."

기분이 나빠진 도리는 발길을 돌려 링에서 내려갔다.

"아뇨, 다음은 제가 이길 거예요."

키스는 웃으며 중얼거리고 자신의 오른손을 봤다. 거기에는 다

른 문신과는 다른 해골 문양이 있었다. ——랭크업이 가능하다는
증거다.

키스는 대회에 참가하기 전부터 A랭크가 될 자격을 얻고 있었
다. 하지만 일부러 B랭크인 채로 도전했다. 약한 채로 싸우는 편
이 더 질 좋은 전투 경험을 얻을 수 있기 때문이다. 실제로 자기
보다 격이 높은 도리와 싸움으로써 키스는 자신의 재능이 더욱
개발된 것을 강하게 실감하고 있었다. 하지만 동시에 아직 부족
하다는 실감도 있었다.

키스는 드러누운 채로 찾고 있던 인물에게 시선을 돌렸다. 최
상층, 선수 대기실 중 한 곳에 찾고 있던 인물이 있었다.

"멀구나. 아직 전혀 닿을 것 같지 않아."

노엘 슈톨렌. 재능은 없지만, 정점에 오르려고 하는 키스가 유
일하게 인정한 진정한 시커.

"하지만 언젠가 이겨 보이겠어. 모든 승리와 패배를 양식으로
삼아서——."

키스는 손을 뻗어 허공을 쥐었다. 마치 눈부신 별을 잡는 것처럼.

†

칠성배 본선은 테러의 위협에 노출되는 일 없이 순조롭게 진행
되어 A블록 제6시합에 이어서 제7시합도 종료되었다. 승자는 리
오우. 이전 시합과 마찬가지로 눈에 보이지도 않는 공격으로 대
전 상대인 킹피셔의 제이드 페더를 순식간에 쓰러뜨렸다.

일곱 개 시합을 끝낸 A블록은 다음 싸움── 준결승으로 나아
간다. 제1시합은 노엘 VS 울프. 둘 다 이전 싸움의 대미지를 안
고 대기실에서 링으로 향하고 있었다.

"근데 말이야, 잘도 그런 작전을 생각해냈네."

링으로 향하는 도중에 울프는 질렸다는 듯이 옆에 있는 리샤에
게 말했다.

"역시 그건가? 실연의 분노인가 뭔가 하는 건가?"

리샤는 웃으면서 묻는 울프에게 어두컴컴한 시선을 보냈다.

"······뭐라고 했어?"

"아, 아뇨, 아무것도 아닙다······."

비스트보다 무서운 리샤의 살기에 울프는 움츠러들면서 사과
했다. 그런 울프의 한심한 모습을 본 리샤는 깊이 탄식했다.

"······딱히, 노엘한테 원한이 있는 건 아니야. 애초에 나랑 노엘
은 그냥 아는 사이니까. 맞선 이야기도 신문으로 처음 알았고. 아
~무것도 가르쳐주지 않는단 말이지~."

주눅이 든 것처럼 투덜거리는 리샤를 본 울프는 쓴웃음을 지
었다.

"뭐, 그 녀석은 바쁘니까."

"훌륭해졌단 말이지. 얼마 전까지 우리랑 동격이었는데 지금은
레갈리아의 클랜 마스터인걸. 게다가 이런 엄청난 대회까지 열고
말이야. 이제 완전히 구름 위에 있는 사람이야."

리샤는 하지만, 이라며 울프를 응시했다.

"그렇다고 해서 간단히 포기해서는 안 되잖아. 우리도 강하다

는 걸 노엘한테 보여줘야지."

"그렇네. 그래, 그 말이 맞아."

울프는 힘차게 고개를 끄덕였다. 그때, 선수 통로 안쪽에서 관객의 환호성이 들렸다. 아무래도 노엘이 먼저 입장한 모양이다. 지금부터 노엘과 싸운다는 사실을 자각하니 갑자기 다리가 떨려왔다. 이대로는 안 된다.

"이봐, 리샤. 미안한데 한 방 때려서 활기를 불어넣어줘."

"어? 싫어, 기분 나빠."

"야! 이럴 때는 좀 이해해달라고!"

"거짓말이야 거짓말, 알고 있다니깐. ——그럼 쎈 거 간다?"

팡, 하고 마른 소리가 입장 통로에 울렸다. 리샤가 손바닥으로 쳐준 덕분에 울프의 다리의 떨림은 멈췄다.

"아자! 가자!"

몸이 나른하다. 머리 회전도 조금 둔하다. 샤론과 싸운 대미지가 남아있는 탓이다. 이기긴 했지만 내 몸은 이미 한계를 맞이하고 있었다. 레온이 끈질기게 기권하라고 했지만, 난 아직 링 위에 서 있다. 계획을 성공시키기만 할 것이라면 이렇게까지 할 필요는 없다. 그건 나도 알고 있다.

하지만——.

"노엘, 안 봐줄 거다."

대담하게 웃는 울프. ——이 녀석한테서 도망치는 것만큼은 죽어도 싫다.

"나보다 격도 낮은 녀석이 잘났다는 듯이 지껄이지 말라고. 넌 순식간에 쓰러뜨려주지."

"그 오만, 물어뜯어주지."

나와 울프가 서로를 노려보는 가운데, 루나의 목소리가 회장에 울렸다.

"A블록 준결승! 제1시합은【진언사】노엘 선수 VS【글래디에이터】울프 선수입니다! 독자적인 정보에 따르면 아무래도 두 사람은 인연이 있는 사이인 듯합니다! 이 링 위에서 어떻게 결판이 날까요. 주목받는 시합이 지금 시작됩니다!!"

울려 퍼지는 공. 난 선언한 대로 울프를 순식간에 쓰러뜨리기 위해 실버 플레임에 손을 댔다. 하지만 그 순간, 예상 밖의 광경을 봤다.

"이의 제기라고?!"

울프의 보조자인 리샤가 거수했다. 그건 내가 의심스러운 행동을 했다고 호소하기 위한 행동. 규칙상 보조자에겐 이의 신청권이 있다. 하지만 이의 신청은 시합 시작 전이나 시합 종료 후에만 가능하다. 공이 울린 후에 거수한 리샤의 이의 제기는 완전히 무효다. 애초에 난 아무런 부정도 저지르지 않았다. 영문을 알 수 없어 동향을 지켜보고 있으니 리샤는 그대로 몸을 뒤로 젖혔다.

"으, 으~음, 몸을 쭉 펴니 기분 좋네~."

천연덕스러운 리샤의 말을 듣고 난 눈을 휘둥그레 뜰 수밖에 없었다. 이의를 제기하려고 한 건 틀림없다. 하지만 도중에 무효라는 걸 알아차리고 얼버무리려고 하는 건가? 어이없어하고 있을 때, 레온이 외치는 소리가 귀에 닿았다.

"노엘, 앞!"

그 목소리에 정신을 차린 나는 리샤에게서 울프에게 시선을 돌렸다. 아니, 정확히는 시선을 돌리지 않아도 《링크》를 통해서 울프의 동향도 알아차리고 있었다. 울프는 등에 있는 쌍검을 단숨에 뽑아 나에게 덤벼들려 하고 있었다.

그렇군, 리샤의 행동은 내 주의를 돌리기 위한 것인가. 확실히 주의를 돌리고 있던 만큼 반응이 늦긴 했지만, 내 체술이라면 울프의 공격을 쳐내는 건 가능하다. ──그렇게 생각하고 있던 내 앞에서 울프는 믿을 수 없는 행동을 했다.

"뭐야?!"

경악한 나에게 날아온 것은 두 자루의 검. 울프는 믿기지 않게도 자신의 검을 나를 향해 던져버린 것이었다. 하지만 이 정도의 공격은 간단히 피할 수 있다. 오히려 무기를 잃고 불리해진 건 울프 쪽이다. ──하지만 투척 궤도를 계산했을 때, 난 자신의 실태를 깨달았다. 틀렸다, 투척을 회피할 수 있어도 자세가 무너져버린다.

두 자루의 검은 부메랑처럼 투척되었고, 딱 양옆에서 호를 그리는 형태로 나에게 육박하고 있었다. 검 자체를 피하는 건 쉽지만, 눈앞에 바짝 다가온 울프의 공격을 쳐낼 여유가 없어진다.

《링크》로 울프의 행동은 보고 있었다. 평소 같았으면 미래 예지를 발동해서 검 회피와 함께 울프의 공격도 쳐낼 수 있었다. 하지만 리샤의 행동에 정신을 팔렸던 나는 미래 예지 발동을 늦게 하고 말았다. 또한 이전의 두 번의 싸움에서 미래 예지에 너무 의지한 탓에 미래 예지를 사용하지 않을 때의 판단력이 무뎌져 있었다.

겨우 발동한 미래 예지가 나에게 보여준 것은 자신의 실태가 초래한 결과. 투척된 검을 피해서 자세가 무너진 내 얼굴에 울프의 주먹이 다가오고 있었다. 보이는데 피할 시간이 없었다. 그리고 미래의 광경이 현실과 겹쳐지는 때가 왔다.

"우오오오오오!"

울프는 우렁차게 외치며 내 안면을 강타했다. 두 눈에 튀는 불꽃. 반격하려고 해도 그 대미지 때문에 의식이 멀어지고 제대로 서 있는 것도 어려웠다. 두 강자를 압도한 체술을 쓸 여유도 없었다. ──이 자식, 처음부터 이 상태로 몰고 가는 게 목적이었나.

움직이지 못하는 나에게 울프의 맹타격이 쏟아졌다. 겨우 양팔로 가드하고 있지만 이대로 가면 일방적으로 맞고 쓰러지는 건 시간문제였다. 탑에서 반영된 대미지가 내 몸에 축적되어 갔다.

지는 건가? 내가? 이대로? 아니, 그런 건 인정할 수 없다!

"날 얕보지 마라아아아아아아!!"

포효와 함께 내지른 것은 전력의 박치기. 박치기는 울프의 콧등에 직격했고 맹공을 멈췄다. 그 순간, 난 울프의 명치를 노리고 앞차기를 날렸다.

"크흑!"

괴로워하는 표정을 짓고 뒤로 날아가는 울프. 난 바로 추격하려고 했지만 대미지 때문에 다리가 앞으로 나가지 않았다. 어쩔 수 없이 심호흡을 반복해서 뇌에 산소를 보내 조금이라도 몸의 기능을 되찾는 데 힘썼다.

"……크크크, 너 치고는 머리 좀 썼네."

난 자연스럽게 치밀어오르는 웃음과 함께 울프에게 말을 걸었다.

"칭찬해줄게. 너도 하면 되는구나."

"시끄러워. 혀를 놀려서 체력을 회복하려는 게 다 보인다고."

"그건 배에 한 방 먹고 괴로워하는 너도 마찬가지잖아."

울프는 나와는 달리 아픔을 경감하는 수단이 없었다. 받은 대미지는 내가 더 많지만, 머리가 돌아가게 된 덕분에 울프보다 먼저 움직일 수 있을 것 같다.

"자, 계속해볼까?"

내가 울프를 향해 한 걸음 앞으로 나섰을 때였다.

"비겁자 울프! 그렇게까지 해서 이기고 싶은 거냐! 부끄러운 줄 알아라!!"

관객석에서 울프를 매도하는 야유가 날아들었다. 야유는 하나로 그치지 않았고 차례차례 난무하여 울프뿐만 아니라 보조자인 리샤까지 비난의 대상이 되었다.

"썩을 엘프! 더러운 수법 쓰지 말라고!" "정정당당하게 싸워라!" "실망했다, 미라지 트라이어드!!" "이런 시합은 무효 아니냐!" "운영은 빨리 실격시켜라!" "비겁자는 빨리 꺼져라, 눈에 거슬린다고!"

이윽고 5만 명의 야유는 물러가라는 콜로 통일되었고, 울프와 리샤는 반론하지 않고 가만히 듣고 있었다. 처음엔 무슨 일이 일어났는지 몰랐다. 하지만 관객 입장에서 생각하면 확실히 둘의 행동은 반칙에 가깝다. 정작 내가 항상 더러운 수단을 써서 뭐가 문제인지를 이해하는 게 늦어지고 말았다.

"회장에 넘쳐흐르는 물러가라 콜! 저도 울프 선수의 기습은 규칙에 저촉되지 않나 생각합니다! 피노키오 누님, 어떻게 생각하나요?"

루나에게 어떻게 판단하냐는 질문을 받은 피노키오는 천천히 입을 열었다.

"나도 오인을 노린 악질적인 행위였다고 생각해."

"그럼 울프 선수는 이대로 실격되는 걸까요?"

"그렇네……. 그리고 싶은 마음은 굴뚝같지만……."

머뭇거리는 피노키오의 시선은 나에게 향하고 있었다. 최종적인 판단은 맡기겠다는 뜻이다. 답은 처음부터 정해져 있다. 오명을 뒤집어쓸 거라는 걸 알면서도 나에게 이기는 것만을 생각한 둘에게 악감정 따위가 있을 리 없었다. 오히려 칭찬하는 마음이 더 컸다. 난 가볍게 웃고 관객들에게 소리쳤다.

"여러분, 정숙해주십시오!!"

관객들은 서서히 조용해졌고, 소곤소곤 이야기하는 목소리만이 들렸다.

"전 한 사람의 선수로서, 그리고 한 사람의 운영자로서, 울프 선수가 한 행동을 이번 시합에 한하여 인정해주셨으면 합니다!"

술렁이는 관객들. 나는 또 시끄러워지기 전에 이야기를 계속했다.

"울프 선수가 한 행동은 규칙 면에서는 한없이 위반에 가깝습니다. 실격시키는 건 간단합니다. 하지만 본 대회는 승패를 겨룰

뿐만 아니라 선수들이 시커로서 무엇을 할 수 있는지를 여러분께 알리는 목적도 큽니다. 대인전에서는 비겁하다고 생각할 수 있는 작전도 비스트를 사냥하기 위한 지혜로서 활용된다면 여러분의 이익에도 연결됩니다. 따라서 저는 울프 선수의 행동이 그런 시커의 기본 이념에 기초하여 행해진 것이라 판단합니다."

내 변호를 들은 관객 중에는 납득하는 자가 많았다. 고개를 갸웃하는 자도 있지만, 당사자인 내가 이렇게 말하니 제삼자가 참견하는 건 어렵다.

"물론 경기성의 면에서 생각하면 이후의 시합에서는 허용할 수 없습니다. 그러니 절충안으로서 이번 시합만큼은 여러분께서도 인정해주셨으면 합니다. 왜냐하면 울프 선수는 제게 있어서 한 사람의 라이벌이기 때문입니다. 이 싸움은 누구에게도 방해받지 않고 끝내고 싶습니다."

나의 라이벌 선언에 관객들은 일제히 열광했다.

"노엘, 너……."

울프는 크게 감동한 듯이 말을 잇지 못했다.

"대중은 이런 드라마를 좋아하니까. 이제 더 이상 방해받지 않을 거다."

휴식 시간은 끝이다. 난 실버 플레임을 장외로 던져버리고 울프를 향해 손짓하며 불렀다.

"와라 울프. 격의 차이를 알려주마."

"그래! 간다, 노엘!!"

울프의 손에 검은 없었고, 나 또한 실버 플레임을 버렸다. 서로의

힘을 증명할 수 있는 건 자신의 주먹뿐. 이건 그런 싸움이다——.

†

"전혀 일어나질 않네. 진짜 괜찮은 거야?" "회복 스킬은 썼지만, 한계에 달한 몸으로 그런 싸움을 했으니 말이지……." "에, 이대로 안 일어나면 위험한 거 아냐?" "음~, 일단 정신이 드는 약을 써볼까." "그런 것보다 내가 뽀뽀하면 한 방이야." "그만둬! 나중에 혼나는 건 나라고!" "귀여운 잠든 얼굴. 누나의 잠에서 깨는 뽀뽀예요~. 쪽~." "아아 정말, 멋대로!"

시끄러운 대화 소리에 눈을 뜨니, 눈앞에는 아르마의 얼굴이 있었다. 난 동요하지 않고 콧등을 손바닥으로 때렸다.

"아얏! 뭐 하는 거야?!"

나는 코를 누르며 불평하는 아르마를 무시하고 장의자에서 몸을 일으켰다. 방금 전까지 링에 서 있는 줄 알았는데, 내가 지금 있는 곳은 선수 대기실이었다.

"젠장, 머리가 핑핑 도네. ……난 정신을 잃었었나?"

"울프와 싸우니까 그렇지."

레온은 곤란하다는 듯이 웃으면서 사정을 설명해줬다. ——아무래도 나와 울프는 서로 정신을 잃을 때까지 서로 치고받은 모양이다. 마지막에는 더블 녹다운. 승자는 없다는 결과가 나온 모양이다.

"관객은 모두 흥분의 도가니에 빠졌어. 이렇게 되면 울프 일행에 대한 악평도 남지 않겠지. 거기까지 계산하고 한 행동이라면, 너 정도 되는 책사야."

"그 녀석은 나랑은 달라. 계산을 뛰어넘은 행동으로 사람의 마음을 사로잡는 남자지."

그렇기에 나는 그 녀석이 라이벌이라고 솔직한 마음으로 공언할 수 있었다.

"하지만 카이우스 황자는 엄청 화내고 있었어."

아르마는 떨떠름한 표정을 지으면서 이어서 말했다.

"기대하게 만들어놓고 그런 식으로 지는 게 말이 되냐고 했어."

"하하하, 그거 미안한 짓을 했네."

내가 웃자 아르마는 한숨을 쉬었다.

"계획에 대해서 말할 수도 없으니까 웃으면서 얼버무리고 있었더니 눈에 거슬리니까 꺼지라면서 쫓아냈어……. 그 썩을 황자, 반드시 복수해줄 거야……."

카이우스의 호위를 맡고 있었던 아르마가 여기에 있는 데는 그런 이유가 있었나.

"마지막에는 카이우스 황자도 이해하게 될 거야. 지금은 내버려 두자."

난 일어나서 창가로 향했다.

"시합은 어디까지 진행됐지?"

"B블록 제5시합."

"다음은 코우가의 시합이야."

"그렇게나 진행됐어?!"

놀라서 뒤돌아보니 두 사람은 고개를 끄덕였다.

"빨리 진행된 건 시합이 적어졌기 때문이지."

레온은 가지고 있던 토너먼트 표를 테이블에 놓았다. 거기에는 시합 결과가 적혀있었다.

A블록 준결승 제1시합, 승자 없음. 제2시합, 백귀야행 리오우의 부전승. 결승, 리오우의 부전승.

B블록 제1시합, 검란무섬 아서의 승리. 제2시합, 태청동 레이수의 승리. 제3시합, 페어리 가든 플랑의 부전승. 제4시합, 패롱대 지크의 승리.

"너랑 울프 모두 사라진 뒤에 다음 시합에서는 도리가 기권했어."

"기권이라고? 무슨 뜻이지?"

"급한 일이 생긴 것 같아. 또 한 명의 멤버인 캐스퍼도 같이 기권했어. 그래서 원래보다 시합 수가 줄어든 상황이야."

그렇군. 고트 디너 자체가 빠졌다는 것은 도리가 쫓고 있던 그 교단에 어떤 움직임이 있었다는 뜻일 것이다.

"그 결과, A블록은 리오우가 남은 시합을 치르지 않고 올라갔고, B블록으로 이행된 거지."

"그리고 다음이 코우가의 시합인가."

레온의 이야기를 들은 나는 고개를 끄덕이고 링으로 시선을 돌렸다. 시합 준비는 이미 돼 있었고 두 선수 모두 링에 서 있었다. 코우가의 대전 상대는 레갈리아의 3등성, 검란무섬의 클랜 마스터인 아서 맥베인이다. 상대가 아서라면 A랭크가 된 코우가라도 불리하다. 이길 수 있는 확률은 1할도 안 될 것이다. 하지만, 그래도——.

"너의 혼을 나에게 보여 봐라."

난 작게 중얼거리고 담배에 불을 붙였다.

"칠성배 본선 시합도 이제 얼마 남지 않았습니다! B블록 제5시합의 대전 편성은 【브레이버】아서 선수 VS 【후츠미타마】코우가 선수입니다!!"

루나의 중계와 관객들의 환호성을 들으면서 코우가는 예전에 검투사였던 때를 떠올리고 있었다. ——싸우고 싶지 않았다. 누구도 상처 입히고 싶지 않았다. 하지만 검투사였던 코우가에게 거절할 자유는 허락되지 않았다. 가능하다면 두 번 다시 싸우고 싶지 않았다.

"근데, 지금은 내 의지로 여 서 있네……."

코우가는 짓궂은 운명을 자조했다. 자유로워진 몸으로 선택한 길은 매료된 남자의 검으로써 사는 것. 그 길에 후회도 공포도 없다. 존재하는 것은 오직 충의와 사명감뿐이다.

"코우가, 알고 있겠지?"

뒤에서 보조자인 휴고의 목소리가 들렸다. 뒤돌아보니 링 바깥에 선 휴고가 진지한 눈길로 코우가를 보고 있었다.

"알고 있다. 맡겨둬라."

코우가는 휴고에게 웃음을 보이고 시선을 돌렸다. 그 앞에는 대전 상대인 아서가 태연하게 서 있었다. 둘 다 A랭크. 하지만 아서쪽이 훨씬 더 격이 높다. 제대로 싸워도 가볍게 일축당할 뿐이다.

실제로 이전 시합이 그랬다——.

"——가루라족 A랭크가 손도 못 쓰는 건가⋯⋯."

B블록 제1시합, 아서의 대전 상대는 백귀야행의 서브 마스터, 스미카 클레에였다. 가루라족인 스미카의 신체 능력은 인간보다 뛰어나며 직업은 A랭크인 【검호】. 경험에선 떨어져도 선전할 수 있다고 코우가는 생각하고 있었다. 하지만 실제 시합에서 스미카는 아서에게 완패했다. 완전히 아기와 싸우는 것과 다름없었다. 게다가 아서는 스킬을 쓰지도 않고 검술만으로 스미카를 압도했다.

"아서의 실력이라면 가루라족 A랭크라고 해도 상관없어. 녀석은 400년의 역사를 자랑하는 제국 최강의 무술 유파, 맥베인류 검투술의 최고 걸작이니까."

옆에서 함께 시합을 관전하고 있던 휴고는 딱딱한 표정으로 말했다.

"용병 시절에 녀석에게 고용되어서 함께 싸운 적이 있어. 그때 가까이에서 본 녀석이 싸우는 모습은 그야말로 귀신 그 자체였어. 코우가, 너도 강해졌지만 이길 수 있는 상대가 아니야."

"그래도 내는⋯⋯."

"알고 있어. 노엘을 위해 이기고 싶은 거지? 그럼 이걸 써."

휴고의 손이 반짝이고 거기서 한 자루의 와키자시*가 나타났다. 【인형술사】의 스킬로 제작된 무기다.

"이걸 쓰면 아서에게도 이길 수 있을지도 몰라. 잘 들어, 이 칼에는——."

---

*허리에 차는 작은 호신용 칼.

──코우가는 휴고에게 받은 와키자시를 의식하면서 아서를 응시했다. 두 자루의 롱소드를 짊어진 아서의 직업은【검사】계열 A랭크【브레이버】.【나이트】에서 파생된【브레이버】는 방어 성능이 같은 랭크인【팔라딘】보다 떨어지지만 풍부한 지원 스킬을 가진 전위 직업이다.

한편 코우가의 직업은【후츠미타마】. 태어난 고향인 금강신국에서 '후츠'는 검을 휘두르는 소리, '미타마'는 영혼을 의미한다. 같은 랭크인【검호】가 순수하게 공격에 특화된 데 비해 함정이나 지속 대미지 부여 등, 사후 발동 스킬이 많은 직업이다.

1대1 싸움에서는【후츠미타마】가 약간 유리하다. 하지만 그렇다고 하더라도 아서의 탁월한 검술은 간단히 넘을 수 있는 벽이 아니다.

"서로를 노려보는 두 검객. 과연 어느 쪽의 검술이 더 날카로울까요. 싸움을 알리는 공이── 지금 울립니다!"

루나가 외치고, 공이 울리고── 아서는 쌍검을 힘차게 뽑는 동시에 코우가에게 육박했다. 받아치는 코우가는 막힘없는 농작으로 뽑은 큰 칼을 휘둘러 아서의 맹습을 막아냈다. 금속끼리 얽혀 서로의 눈앞에서 불꽃이 튄 것도 잠시, 둘은 눈 깜짝할 새도 없이 칼을 휘둘러 칼싸움의 불꽃을 흐드러지게 피워갔다.

아서의 쌍검과 코우가의 일도류 대결은 의외로 코우가 쪽이 더 예리했다. 애초에 쌍검의 메리트는 동시에 공격할 수 있다는 점에 있지만, 한 손으로 드는 대가로 속도와 무게를 잃는 디메리트가 있다. 정면으로 맞붙으면 강한 건 양손으로 드는 쪽이다. 하지만 코우가는 차차 아서의 검이 빠르고 무거워지는 것을 느꼈다.

"속도 올린다. 잘 따라와라."

이때까지 쇠처럼 무표정이었던 아서가 대담한 웃음을 띤 순간, 선언한 대로 쌍검의 기세가 거세어져 갔다.

"큭, 이, 이건!"

쌍검을 자유자재로 다루는 아서가 한 번 휘두르는 검의 위력은 이미 코우가의 전력의 일격을 능가할 정도까지 도달해 있었다. 너무나도 뛰어나고 굉장한 검술에 코우가는 아서가 두 명 있는 것으로 착각할 뻔했다. 힘 자체가 코우가보다 뛰어난 건 아니다. 검 자체의 무게를 공격에 살리는 검술 실력이 코우가를 월등히 웃도는 것이다.

"치잇, 춤춰라 하늘을 달리는 칼날이여──《아메노하바키리》!!"

아서의 맹공을 다 쳐내지 못하게 된 코우가는 버티지 못하고 혀를 차면서 스킬을 발동했다. 후츠미타마 스킬 《아메노하바키리》는 《비검 츠바메가에시》의 상위 스킬이며 공간에 고정한 참격을 방출할 뿐만 아니라 자동 추적과 위력 상승효과를 갖추고 있다. 고정되어 있던 참격은 칼로 구현되어 아서를 노리고 전방위에서 덮쳤다.

"흠, 이건 좋지 않군."

하지만 아서의 쌍검은 아주 간단하게 모든 칼을 베어버렸다. 아무리 위력과 수가 있어도 페인트 모션을 취할 수 없는 자동 추적 공격 따위는 아서의 검술 앞에선 산들바람이나 마찬가지다.

──그런 건 알고 있었다.

"아직이다! 신기여 내 칼날에 깃들어라──《아메노무라쿠모》!!"

후츠미타마 스킬《아메노무라쿠모》. 칼날에 담은 마력에 비례해서 위력이 올라가는 공격 스킬이며, 벤 대상에게 마력을 흘려넣어 내부에서 침식시켜 파괴하는 효과도 가지고 있다. 맞으면 일격필살의 참격.《아메노무라쿠모》를 발동한 코우가는《아메노하바키리》의 탄막으로 생긴 사각으로 아서에게 다가가 번뜩이는 칼날을 옆으로 휘둘렀다.

"음, 이건 좋군!"

하지만 아서는 사각에서 날린 공격을 가볍게 도약하여 피하는 것과 동시에 공중 돌려차기를 코우가의 얼굴에 날렸다. 그대로 차여서 날아간 코우가는 하마터면 의식을 잃을 뻔하면서도 후방으로 회전하여 자세를 바로잡고 착지함과 동시에 아서의 추격에 대비했다. 하지만 아서는 추격을 하지 않고 그저 대담한 미소를 띠고 있었다.

"……니, 뭔 생각이고?"

미심쩍게 여긴 코우가가 묻자 아서는 표정을 부드럽게 풀었다.

"레갈리아 회의에서의 대화를 들었나? 노엘과는 서로 반목하는 태도를 보였지만 사실 녀석에 대한 악감정은 없어. 그건 빅토르와의 의리를 지켰을 뿐이다. 그 사람에겐 받은 은혜가 있으니까."

"……대체 뭔 소리 하는 거고?"

"난 강한 녀석이 좋아. 그것도 큰 가능성을 품은 젊은 원석은 특히. ——검을 맞대고 알았다. 코우가, 넌 더 강해질 수 있다. 나와의 싸움이 널 더 높은 경지로 올라가게 해줄 것이다. 배워라, 너에겐 그럴 자격이 있다."

요컨대, 시합을 통해 훈련을 시켜주겠다고 말하는 것이다. 어렴풋이 알아차리고는 있었지만 아서는 코우가를 완전히 얕보고 있었다. 아니, 얕보는 것 이전에 대전 상대로도 보지 않았다. 실력 차를 생각하면 당연한 생각이긴 하지만 짜증 나는 남자다.

"고마운 얘긴데, 스승이라면 이미 있다."

코우가는 엄지를 뒤로 향했다. 그 끝에 있는 건 휴고다. 실제로 코우가가 A랭크가 될 수 있었던 건 전부 휴고 덕분이다——.

"이해했다. 코우가, 난 지금부터 진심으로 널 죽일 생각이다."

원정지에서 훈련하는 중에 휴고는 아무리 애를 써도 한계를 뛰어넘지 못한 코우가에게 살의를 드러냈다. 말리려고 하는 레온을 밀어내고 휴고는 차가운 목소리로 이어서 말했다.

"네 재능의 문은 진짜 살의를 부딪친 끝에서만 열린다. 죽고 싶지 않으면 지금 당장 여기서 떠나라. 두 번 다시 우리 앞에 모습을 보이지 마라. 그게 널 위한 것이기도 하다. 안심해라, 노엘은 우리가 지킨다. ——넌 불필요하다."

그날 밤, 무슨 일이 일어났는지는 기억나지 않는다. 하지만 코우가는 도망치지 않았다. 도망치지 않고 전력을 다하는 휴고와 싸워서 물리치는 데 성공했다. 그리고 랭크업 했다.

"코우가, 잊지 마. 넌 오로지 혼자서 나에게 이겼어."

휴고가 진심으로 상대해줬기에 지금의 코우가가 있다. 지는 것은 허용되지 않는다. ——반드시 이긴다.

"……무슨 짓이지?"

웃음을 지우고 눈살을 찌푸리는 아서. 코우가는 지금 휴고에게 받은 와키자시를 뽑고 이도류 자세를 취하고 있었다.

"오오, 코우가 선수, 드디어 두 자루째 칼을 뽑았습니다! 지금부터가 진짜인 걸까요?! 여유로운 미소를 짓고 있던 아서 선수도 경계하고 있는 모양입니다!"

루나의 실황에 맞춰 관객들도 큰 환호성을 질렀다. 하지만 아서의 견해는 전혀 달랐다.

"이기지 못한다고 해서 허세를 부리는 건 그만둬라. 이도류의 결점은 이해하고 있을 것이다. 그건 좋지 않다. 아무런 배움도 얻을 수 없는 싸움이 될 것이다."

코우가는 대답하지 않았고, 이도류 자세도 풀지 않았다. 아서는 깊이 탄식했다.

"전혀 이해가 안 되는군. 노엘도 그렇다. 어째서 너희는 성급하게 사는 거지? 조바심을 내지 않아도 견실하게 배워나가면 언젠가 걸맞은 실력을 얻을 수 있을 것이다. 무엇이 너희를 그렇게 몰아대는 거지? 한 번 더 말하겠다. 일도류로 돌——."

"장황한 말은 치아라. 빨리 안 덤비나."

코우가는 아서의 충고를 도발로 가로막았다. 한순간의 침묵 후, 아서의 얼굴에서 모든 표정이 사라지고 잔혹한 살의만이 남았다.

"……좋다. 이제 너에겐 아무런 기대도 하지 않는다."

그 순간, 링 위에 불길이 휘몰아쳤다. 연료도 없이 계속해서 타오르는 불꽃은 분명 아서가 스킬을 발동한 결과다.

"《플레임 해저드》. 내가 벤 것은 끝없이 계속 불타오른다. 그게 공간 그 자체라고 해도 말이지. 네가 이 공격을 막을 수단은 없다."

아서는 간다, 라며 조용히 속삭이고 소리도 따돌리는 속도로 코우가에게 달려들었다. ──빠르다. 아까 전까지와는 차원이 다른 속도다. 코우가는 어떻게든 회피에 성공하고 이도류로 반격했지만, 간단히 막히고 말았다. 검을 양손으로 들다가 한 손으로 든 결과, 공격 속도가 반감했기 때문이다. 공격을 해도 빈틈을 보일 뿐이다. 바로 일방적으로 방어만 하게 된 코우가는 아서의 맹공과 주위의 불길에 계속해서 체력이 깎였다.

뜨겁다. 숨쉬기 힘들다. 불길은 열기로 괴롭힐 뿐만 아니라 산소를 빼앗는다. ──아니, 그뿐만이 아니다. 코우가의 체내에서 마력이 안개처럼 흩어져 사라져가고 있다.

"이, 이 불길은 적의 마력을 양식으로 삼는 거가?!"

코우가는 자신의 이상한 피로감으로 《플레임 해저드》에 대상의 마력을 빼앗는 효과도 있다는 것을 이해했다. 전혀 지친 기색이 보이지 않는 아서, 그리고 기세를 더해가는 불꽃에 비해 코우가의 한계는 눈앞에 보였다──.

"이걸로 끝이다!!"

지쳐서 발을 헛디딘 코우가에게 아서가 쌍검을 내리쳤다. 받아내는 것도 회피하는 것도 불가능하다. ──하지만 코우가는 이때를 기다리고 있었다. 아서가 이겼다고 확신하고 방심하는 이때를.

"끝나는 건 니다!!"

"뭐야?!"

그 순간, 코우가의 와키자시에서 칼날이 사출되었다. 경악하는 아서. 설마 와키자시에 사출 장치가 있을 것이라고는 예상하지 못했기 때문이다.

장치가 있는 무기는 그만큼 부서지기 쉬워진다. 격렬하게 치고 받으면 금방 못 쓰게 된다. 그 대단한 아서도 그런 무기를 쓸 줄은 예상하지 못했다. 게다가 마무리를 하려는 약간의 빈틈을 노려서 완전히 의표를 찔리는 결과가 나왔다.

그래도 아서는 직감적으로 남은 선택 스킬로 배리어를 전개했다. 【브레이버】는 【나이트】의 상위 직업이기 때문에 방어 스킬도 뛰어나다. 과연 아서의 배리어는 다가오는 도신을 막아냈다. 배리어에 박히는 도신. 아서는 안도의 미소를 지었다. 그 순간——.

"아직 안 끝났다! 터져라, 《아메노무라쿠모》!!"

아서의 배리어에 박혀있던 코우가의 칼이 폭발을 일으켰다. 사전에 도신에 충전해뒀던 마력이 코우가의 의지로 작렬한 것이다.

산산이 부서지는 배리어, 폭발의 위력으로 몸을 젖히는 아서. 코우가는 남은 큰 칼을 전력으로 휘둘렀다. 아서는 자세를 무너뜨리면서도 쌍검으로 닥쳐오는 검을 막았다. 섬광이 충돌한 순간, 충격으로 두 사람의 손에서 칼이 떨어졌다.

아뿔싸. 검을 놓아버린 아서는 당황했다. 호기다. 칼을 잃어도 코우가의 기세는 멈추지 않았다. 같은 검객이지만 칼을 잃었을 때의 생각은 완전히 달랐다. 왜냐하면 코우가는 칼을 잃어도 쓸 수 있는 대인 전투기술의 최강 오의를 알고 있기 때문이다.

그 이름은——.

"——굉뢰!!"

도약과 함께 날린 코우가의 돌려차기가 아서의 심장에 맞았다. 그 충격으로 심장진탕을 일으킨 아서는 실이 끊어진 꼭두각시처럼 쓰러졌다.

"아서 선수 다운! 승자는 코우가 선수입니다!! 검객의 승부에서 승리를 가져다준 건 예상치 못한 발차기 기술!! 예상할 수 없는 결판이었습니다!!"

흥분한 루나의 중계를 들은 코우가는 안도와 함께 미소를 지었다.

"미안하구만, 아서 씨. 언젠가로는 안 된단 말이다."

코우가는 아서에게 머리 숙여 인사하고 링에서 내려왔다. 거기엔 만족스러운 미소를 띤 휴고가 있었다. 서로 말 없는 채로 웃는 얼굴로 서로의 손뼉을 마주치는 두 사람. 팡 하고 울린 마른 소리는 승리의 함성을 대신하는 것이었다.

†

칠성배 본선이 진행되는 그 뒤에서 암약하는 자들에게도 움직임이 있었다.

이계 교단을 조종하는 중개상 레이센, 말레볼제와 제국 붕괴를 노리는 로다니아 공화국의 공작원들은 말레볼제가 준비한 제국

내의 아지트 한 곳에서 한창 계획을 확인하는 중이었다. 준비는 다 되었다. 이제 예정된 타이밍에 실행만 하면 된다. 모두가 그렇게 생각했을 때, 아지트에 비명이 울려 퍼졌다.

"적습?! 여길 들킨 겁니까?!"

바로 사태를 알아차린 공작원은 놀라면서 말레볼제에게 물었다. 한편 말레볼제는 동요하지 않고 옅은 웃음을 띠면서 고개를 끄덕였다.

"그런 것 같네요. 이거 곤란하게 됐군요. 이렇게 된 이상 받아치는 수밖에 없겠죠."

"받아친다고?! 여기에 충분한 전력은 있는가?!"

초조한 나머지 여유를 잃어가고 있는 공작원에게 말레볼제는 고개를 저었다.

"설마요. 대부분의 교단원은 이미 맡은 자리에 가 있고, 파리대왕도 마찬가지입니다. 여기엔 비전투원인 간부들밖에 안 남아 있어요."

"뭐라고?! 그럼 대체 어떻게 할 생각이냐?!"

"저한테 그런 말을 해도 곤란하죠. 이다음은 당신들의 재량으로 극복하는 수밖에 없겠죠. 무력한 전 응원밖에 할 수 없어요."

"이 자시이익!!"

격분한 공작원이 말레볼제에게 덤벼들려고 한 순간, 방문이 갑자기 날아갔다. 거기엔 피처럼 빨간 머리칼을 가진 여자가 요염한 웃음을 띠고 서 있었다.

"고트 디너의 클랜 마스터, 도리 가드너……."

공작원은 경악하여 떨리는 목소리로 도리의 이름을 말했다.

"어머나, 이거 강적이네요. 분발하지 않으면 살해당하겠어요."

끝까지 표표한 말레볼제의 태도에 공작원들은 격렬하게 분노한 모습을 보이면서도 이 궁지에서 벗어나기 위해 도리를 에워쌌다.

"방심하지 마라! 이 여자는 레갈리아의 클랜 마스터다! 다 같이 처리한다!"

일제히 도리에게 덤벼드는 공작원들.

하지만——.

"방해돼."

이미 자기 강화를 해뒀던 도리의 주먹이 찰나의 순간에 공작원들을 말 없는 고깃덩어리로 바꿨다. 방에 흩날리는 공작원들의 피와 내장. 말레볼제는 얼굴에 묻은 피를 손가락으로 닦고는 옅은 미소를 띠며 빨간 혀로 핥았다.

"같은 A랭크를 한꺼번에 눈 깜짝할 사이에 죽인 건가요."

"흐음, A랭크였어? 나는 C랭크인 줄 알았지."

"이거야 원, 원래라면 넌 더 피폐해져 있어야 하는데……."

말레볼제는 일이 잘 안 풀린다며 탄식했다.

"내가 너랑 싸울 예정은 없었지만, 이렇게 되면 도망칠 수 있을 것 같지도 않네. 어쩔 수 없지. 상대하지, 흑염소 마녀."

싸울 자세를 취하는 말레볼제에게 도리는 잔혹한 미소를 지었다.

"원수를 갚는 건 내 취향이 아니지만, 넌 특별해. 여기서 끔찍하게 죽여줄게. 산 채로 해체당하는 공포를 만끽해."

†

길게 이어진 칠성배 본선도 드디어 2시합만이 남았다——.

"여러분 오래 기다리셨습니다, B블록의 결승전이 시작됩니다!"

루나의 중계에 5만 명의 관객들이 큰 환호성을 질렀다. 링에 올라간 두 사람은 지크, 그리고 코우가다. 지크는 제6시합에서 칸의 엘리엇을 이긴 후, 고트 디너의 캐스퍼가 기권하여 준결승을 치르지 않고 결승에 올라왔다. 코우가는 준결승에서 태청동의 레이를 이기고 지크 앞에 서 있었다.

둘 다 시합 수는 두 번. 하지만 지크가 전혀 피로하지 않은 것에 비해 코우가는 누가 봐도 기진맥진했다. 태청동의 레이와의 싸움은 이기긴 했지만, 몸에 쉽게 치유되지 않는 대미지를 새겼다.

상태는 최악. 아서와 싸웠을 때 쓴 잔꾀도 두 번은 통하지 않을 것이다. 그런데 코우가의 앞을 막아선 자는 최강의 EX랭크 중 한 명이다. 이길 가능성은 한없이 0에 가깝다. 하지만 포기할 수는 없다——.

"대전 편성은【검성】지크 선수 VS【후츠미타마】코우가 선수! 최강의 EX랭크를 상대로 아서 선수를 물리친 코우가 선수는 어떻게 싸울까요?! 시합 시작을 알리는 공이—— 지금 울립니다!"

공이 울리는 것과 동시에 코우가는 자세를 낮추고 칼집에 들어간 채로 있는 칼에 손을 걸쳤다. 그건 극동에 전해지는 발도술, 거합 베기의 자세.

【도검사】에겐《거합일섬》이라는 거합 베기가 조건인 스킬이 있

는데, 선택 스킬이 아니기 때문에 사용은 할 수 없다. 코우가
취하고 있는 건 순수한 거합 베기 자세. 칼집에서 힘차게 칼을 뽑
음으로써 발도 속도와 위력을 올리고, 거기에 더해 공격 타이밍
과 궤도를 예측하기 어렵게 만드는 기술. 그리고 거합 베기에는
한순간의 승부에 모든 것을 거는 각오를 적에게 보인다는 의미도
있다──.

"승부다, 지크 판스타인!!"

코우가는 지크를 향해 외쳤다. 그건 너도 일격에 모든 걸 걸라
는 은근한 메시지. EX랭크이며, 제국 최강 클랜의 서브 마스터
이며, 무엇보다 자신이야말로 최강이라 생각하는 지크가 5만 명
의 관중 앞에서 도망칠 리가 없다는 계산. 힘이 얼마 안 남은 코
우가가 싸움을 길게 끌지 않고 지크에게 이기고, 그 너머에서 기
다리는 리오우와 싸우려면 그런 속보이는 작전에 의지하는 수밖
에 없었다.

"좋아. 싸우는 도중에 네가 쓰러지는 건 나도 원하지 않아."

승부를 받아들이겠다며 미소를 짓고 선언한 지크는 코우가와
완전히 똑같은 거합 자세를 취했다. 하지만 지크의 무기는 직검.
거합 베기를 해도 곡도를 발도할 때와 같은 메리트는 얻을 수 없
다. 오히려 속도를 크게 감퇴시키게 될 것이다.

즉, 그것이 지크의 대답이었다. 약해진 너 따위는 제대로 상대
할 필요도 없다는 퍼포먼스. 한 사람의 시커로서 분하지 않다고
하면 거짓말일 것이다. 그래도 코우가는 이기고 싶었다. 이젠 자
존심 따위는 필요 없다. 바라는 것은 승리뿐.

"내는 반드시——."

얼음이 녹은 듯이 힘을 뺀 코우가는 상반신이 거의 땅에 닿을 때까지 쓰러진 순간, 이완시켰던 온몸의 근육을 완벽한 타이밍에 약동시켜 탄환도 능가하는 가속력으로 단숨에 거리를 좁혔다. ——축지. 극동에 전해지는 신속의 스킬.

"——이긴다!!"

거합 자세 그대로 지크에게 바싹 다가간 코우가는 칼집 안에서 마력을 충전해뒀던 도신을 힘차게 뽑았다. 후츠미타마 스킬《아메노무라쿠모》. 직격하면 상대가 지크라고 해도 쓰러뜨릴 수 있을 것이다. 코우가의 칼날이 번뜩이고 지크의 목에 빨려 들어가는 그 순간, 지크가 중얼거린 말을 코우가는 확실하게 들었다.

"그는 좋은 동료를 가졌어. ——하지만 내 적수는 아니야."

시간의 흐름을 생각하면 절대로 있을 수 없는 체험. 극한까지 농축된 찰나는 코우가를 무한한 시간의 감옥에 가뒀다. ——아무리 시간이 지나도 칼이 지크에게 닿지 않았다. 마치 꿈속에 있는 듯한 멈춘 시간은 갑자기 끝을 보였다.

시야 한가득 펼쳐지는 푸른 섬광이 코우가의 의식을 빈틈없이 물들였다——.

——코우가가 눈을 뜨니, 그곳은 자신의 대기실이었다. 황급히 일어나려고 했지만, 몸이 전혀 말을 듣지 않았다. 어떻게든 목을 옆으로 움직여 본 그곳에는 휴고가 팔짱을 끼고 서 있었다.

코우가는 시선으로 휴고에게 물었다. 결과는 알고 있지만, 그래도 묻지 않을 수 없었다. 휴고는 잠시 시간을 두고 천천히 고개를 저었다.

그 순간, 자신도 믿을 수 없을 정도로 눈물이 흘러넘쳤다. 코우가는 지크에게 진 것이다. 모든 것을 바치더라도 이기고 싶었는데, 반드시 이기겠다고 노엘에게 약속했는데── 노엘을 구하고 싶었는데, 손도 못 쓰고 지고 말았다.

코우가는 울었다. 소리 없는 비명을 지르며 울었다. 그건 마치 짐승의 통곡과 같았다. 자신의 무력함이 원통해서 용서할 수 없었다. 계속 울어서 남아있던 약간의 체력도 바닥났을 때, 그대로 의식을 잃고 말았다.

"……넌 잘 싸웠어. 난 네가 진심으로 자랑스럽다."

휴고는 코우가가 일어나 있는 동안에는 하지 못했던 말을 중얼거리고 대기실 밖으로 나왔다. 밖에 나오니 방 앞에 담배의 잔향이 감돌고 있었다. 익숙해진 향을 누가 남긴 것인지는 생각할 필요도 없었다. 휴고는 자기도 모르게 웃음을 터뜨려버렸다.

"나 참, 솔직하지 못하네……."

†

"어렸을 적에 근처에 살던 남자아이들이 메뚜기를 잡아서 다리를 비틀어 떼면서 놀고 있었어. 난 어린 마음에 어쩜 저렇게 잔혹한 짓을 하는 걸까 하고 화냈던 걸 아직도 기억하고 있어. ──하지만 의외로 해보니까 즐겁네."

도리는 중독될 것 같다며 잔혹하게 웃고 손에 들고 있던 오른팔을 내던졌다. 그 앞에는 오른팔을 잃고 거친 호흡을 반복하는 말레볼제의 모습이 있었다.

"레이센, 네가 어떠한 능력으로 스킬을 무효화 할 수 있다는 건 지난번에 잘 배웠어. 하지만 육탄전으로 전환하면 선혀 상대가 안 되네."

도리는 레이센의 진짜 이름을 모른다. 하지만 그 압도적인 실력은 레이센—— 말레볼제를 일방적으로 몰아넣고 있었다.

"아래층도 대강 정리된 것 같아."

주위의 소리에 귀를 기울인 도리는 더욱 선명한 웃음을 지었다. 조금 전까지 들렸던 비명은 더 이상 들리지 않았고, 발소리의 수도 줄어들어 있었다. 아마 고트 디너의 멤버가 교단의 간부들을 전부 처리했을 것이다.

"자, 계속 놀아볼까."

도리가 천천히 다가왔지만 말레볼제는 공포에 떨기는커녕 식은땀 한 방울 흘리지 않고 여유로운 미소를 띠고 있었다.

"잔혹한 여자네. 인간으로 두기에는 아까운 인재야."

"난 상냥해. 상대를 고를 뿐이지. 그도 그럴게 넌 인간이 아니잖아?"

비스트지, 라며 도리는 표정을 바꾸고 확고한 말투로 규탄했다.

"이미 증거는 밝혀졌어. 어떻게 어비스 바깥에서도 활동하고 있는 건지는 모르겠지만, 그것도 해부하고 분석하면 알 수 있어."

"그런가, 거기까지 알고 있었나. 그렇다면 오히려 실망이야."

"……뭐라고?"

"내가 비스트라는 걸 알고 있었는데, 이렇게까지 할 줄은 몰랐나?!"

말레볼제는 남은 왼팔을 이공간에 집어넣더니 거기서 꺼낸 '것'을 도리를 향해 내던졌다. 투척 공격이라고 하기에는 위력이 부족했고, 설령 충분한 위력이 있었다고 하더라도 정면에서 던진 것이라면 도리는 간단히 피할 수 있었을 것이다.

하지만 도리는 그걸 목격한 순간, 몸이 움직이지 않게 되었다. 몸은 움직이지 않는데, 사고만은 고속으로 작용했다.

──그건 거의 10년 전의 일이다. 아직 15살이었던 도리는 소꿉친구 약혼자의 아이를 배고 있었다. 하지만 아이가 태어난 날에 약혼자는 사고로 죽었다. 여자 혼자 아이를 기를 수 있을 만한 저금도 연줄도 없었던 도리는 애끓는 마음으로 갓 낳은 아이를 고아원에 맡기고 자신은 홀로 일하러 나가는 수밖에 없었다.

선택한 길은 시커. 행운이었던 점은 도리에게 보기 드문 재능이 있었다는 것. 도리는 눈 깜짝할 사이에 시커로서 대성하고 레갈리아의 클랜 마스터까지 되었다. 불운했던 점은 너무나도 우수한 재능을 가지고 있었다는 것. 자신의 아이를 데리러 갈 수 있을 정도의 지위와 재력을 손에 넣었음에도 불구하고, 강자가 된 도리는 이제 와서 어머니라는 입장에 얽매이는 것을 거절했다. 그래서 아이를 데리러 가지 않고 그저 계속해서 막대한 돈만 보내줬다.

하지만 도리도 피가 흐르는 사람이다. 죄책감에 전혀 시달리지 않았다고 하면 거짓말일 것이다. 채워지지 않았던 모성은 확실하게 도리의 마음의 가시가 되어 있었다. 딱 한 번 고아원에 자기 아이의 모습을 보러 간 적이 있었다. 성장한 아이의 모습은 자기가 어렸을 때의 모습과 똑 닮았었다. 검은 머리카락만이 약혼자를 닮았었다.

그게 얼마 전의 일이다. 자신의 판단 미스로 부하가 중상을 입은 후, 마음이 약해져 있었던 도리는 자신이 버린 자식의 안부가 걱정되어서 참을 수가 없었다. 아이는 건강했다. 안심한 도리는 자신도 놀랄 정도로 마음이 치유되는 것을 알 수 있었다. 그리고 멀리서라도 좋으니 다시 그 아이의 모습을 보고 싶다고 생각하게 되었다.

──거기까지 기억을 떠올렸을 때, 겨우 굳어 있던 몸이 움직이기 시작했다. 도리는 달리기 시작했다. 말레볼제가 던진 '것'을 피하기 위해서가 아니라 '받기' 위해서. 과연 도리는 그걸 받아내는 데 성공했다. 따뜻하고 부드럽고 우유 향기가 나는 '아기'가 도리의 팔 안에서 순진무구한 웃음을 띠고 있었다.

"……다행이야, 무사해서."

받아낸 아기에게 상처는 없었다. 전혀 모르는 사람의 아이일 텐데, 예전에 잃어버린 온기를 떠올린 도리는 다정하게 미소 지었다. ──그때였다.

"아~아, 저질러버렸네."

말레볼제가 등골이 오싹해지는 목소리로 비웃었다. ──교단은 인간을 생체 폭탄으로 변화시킨다. 갑자기 떠오른 무시무시한 교단의 진실. 하지만 이미 전부 늦었다. 갑자기 아기가 빛을 띠기 시작했을 때, 도망칠 수 없다는 걸 깨달은 도리는 아기를 내버리지 않고 그저 세게 끌어안았다…….

†

"자, 칠성배 본선도 드디어 마지막 시합입니다!!"

지금까지 한 것 이상으로 열기가 담긴 루나의 중계가 경기장 안에 울려 퍼졌다.

"모두가 주목하는 결승전 대전 편성은 두 사람 모두 EX랭크!! 대회 중에 자이언트 킬링을 몇 번인가 볼 수 있었습니다만, 역시 EX랭크는 격이 다릅니다!! 수많은 강자도 손쉽게 물리쳐낸 신과 신의 싸움이 지금 시작되려 하고 있습니다!!"

신과 신의 싸움, 딱 맞는 말이다. 지크와 리오우 모두 인간의 몸이긴 하지만 그 힘은 이미 신과 다름이 없다. 그야말로 바로 오늘 이곳에서 5만 명의 관중들은 신화 속 싸움의 목격자가 되는 것이다.

"너와 싸우는 걸 얼마나 고대했는지 모르겠어."

지크는 차가운 미소를 지으면서 리오우에게 말을 걸었다.

"같은 EX랭크라서 네 지루함은 잘 알고 있어. 신과 같은 힘을 가지고 있음에도 불구하고 적수가 없는 고통과 고독. 네가 그런 가면으로 자신을 가리고 아무렇게나 살아온 건 그 때문이지? 하지만 안심해. 네 지루함은 오늘 끝날 거야. 내가 너에게 패배라는 이름의 자극을 줄게."

수다스럽게 이야기하는 지크에 비해 리오우는 침묵을 지키고 있었다. 다만 가면 속에서 코웃음 친 소리가 들려왔다. ──얕보이고 있다. 그렇게 이해한 지크의 표정이 엄청난 분노로 일그러졌다.

"【무신】리오우 선수 VS 【검성】지크 선수!! 한쪽은 킹 슬레이어, 한쪽은 이노센트 블레이드, 두 사람 모두 알려진 이명은 장식이 아니다!! 그 이름을 구현하는 절대적인 힘이 지금 여기서——맞부딪칩니다!!"

시합 개시를 알리는 공이 울린 순간, 리오우의 신속의 주먹이 지크를 덮쳤다. 이전의 두 시합에서 대전 상대를 일방적으로 묻어버린 눈에도 보이지 않는 주먹을 지크는 가볍게 피해내고 카운터로 오른 주먹을 리오우의 안면에 때려 박았다. 충격으로 인해 몸을 젖힌 채로 뒤로 날아간 리오우는 장외 직전인 곳에서 버텨냈다.

"검을 쓰지 않은 건 자비다. 다음은 없다고. ——진심으로 싸워라, 리오우."

지크가 리오우를 향해 선언한 순간, 리오우의 가면 일부가 깨져 심홍색 왼쪽 눈이 드러났다. 지크는 그 눈이 천천히 가늘어지며 광기를 띠기 시작한 것을 느꼈다. ——온다. 피에 굶주린 금사자가 엄니를 드러낸다——.

"……그야말로 신화 속 싸움이네."

선수 대기실에서 시합을 관전하고 있는 레온은 파랗게 질린 얼굴로 중얼거렸다. 지크와 리오우의 싸움은 이미 재앙이나 다름없는 격렬함을 띠며 펼쳐지고 있었고, 링에 구비된 배리어 기구가 한계를 맞이하는 건 시간문제였다.

EX랭크끼리 벌이는 싸움은 이전에도 지크와 요한의 싸움으로 직접 봤지만, 그때보다 더더욱 격렬했다. 지크의 검술은 요한과의 싸움을 거쳐 성장했고, 리오우는 애초에 요한보다 체술이 더 뛰어났다. 다만 레온의 눈으로는 그 모든 것을 파악할 수는 없었다. 시야 끝에서 겨우 포착한 두 사람의 행동 결과를 토대로 한참 늦게 상황을 추측하고 있는 것에 지나지 않았다.

"······틀렸어. 내 눈으로도 움직임의 7할밖에 모르겠어."

분하다는 듯이 말한 사람은 옆에 선 아르마였다.

"조금만 더 하면 따라잡을 수 있을 줄 알았는데, 아직 이렇게나 멀다니······."

떨리는 목소리로 중얼거린 아르마의 두 눈에는 눈물이 희미하게 맺혀있었다. 와일드 템페스트 안에서 전투 재능이 가장 뛰어난 아르마조차 지크와 리오우의 싸움엔 절망을 느끼지 않을 수 없었다. 신의 자리는 그만큼 지고의 영역인 것이다.

하지만 유일하게 그곳에 도달한 남자가 옆에 있었다──.

"──검성 스킬 《에어 버스트》 발동. 링 위 모든 범위 공격에 대항해 리오우는 상공으로 탈출. 지크의 추격. 서로 대기를 차서 이동하면서 공방. 리오우의 페인트가 들어감. 공중에서 주먹 지르기에서 하이킥으로 이행. 지크는 상반신을 젖혀 피하면서 올려베기로 요격. 리오우, 후방으로 뛰어 이를 회피하고 그대로 땅에 착지. 공중에서 다가오는 지크와 충돌하기 직전에 무신 스킬 《호법권신》 발동. 발치에 펼쳐지는 연꽃 형태의 진에서 동시에 전개되는 3,000개의 주먹을 예측 확인. 지크, 《에어 버스트》로 대항. 양 스킬, 상쇄. 바로 근접전을 재개. 지크의 고속 연격 시작. 17

회째 중단 찌르기에 페인트. 리오우가 옆으로 회피한 순간, 횡베기로 이행. 하지만 리오우는 주먹으로 받아넘기고——."

노엘은 어지럽게 변하는 전황을 계속해서 고속으로 중얼거리고 있었다. 그리고 그 모든 것은 사후 결과가 아닌 앞으로 일어날 미래였다. 노엘이 예지한 미래를 따라 그리듯이 지크와 리오우의 행동이 실현되어 갔다.

하지만 예로부터 신을 직시한 자의 눈은 불탄다는 말이 전해 내려오듯이, 신역의 싸움에 대한 모든 것을 파악하려고 하는 노엘의 몸에 심각한 대가가 나타나기 시작했다. 노엘의 눈에서 흘러나오는 피눈물은 그야말로 신벌의 일부분이었다.

"노엘?! 이제 그만해! 한계야!!"

미래 예지 연속 발동에 따른 과부하다. 피가 흐르는 두 눈뿐만 아니라 고도의 연산 처리를 계속하고 있는 뇌에 대한 대미지는 더욱 심각할 것이다. 레온은 참지 못하고 노엘을 말리려고 했지만 아르마의 손이 저지했다.

"안 돼, 레온. 지금 노엘을 말리면 지금까지 해온 모든 것이 허사가 돼."

"하지만 이대로 가면 노엘의 뇌가 타버린다고! 적어도 회복만이라도!"

"……그것도 안 돼. 노엘한테 들었잖아? 회복 스킬은 피술자의 치유 능력을 향상시키는 만큼 일시적으로 사고력을 쇠퇴하게 만든다고. 보통이라면 큰 영향은 없겠지만, 계속 미래 예지를 하는 노엘에겐 치명적."

반론할 수 없는 레온은 자신의 무력함을 곱씹을 수밖에 없었다. 계획에 필요한 수순은 이해하고 있었을 텐데, 실제로 약해져 가는 노엘을 그저 지켜볼 수밖에 없는 상황은 레온의 마음에 상상도 할 수 없는 고통을 줬다.

"……코우가가 했던 말, 사실은 나도 그 말이 옳다는 걸 알고 있었어."

아르마 또한 비통함을 참듯이 말을 자아냈다.

"이 사람한테 모든 것을 맡기면 안 돼……."

레온은 고개를 떨구듯이 끄덕였다. 강해져야만 한다. 수명이 얼마 안 남은 동료에게 모든 것을 맡기고 얻은 승리 따위는 아무런 가치도 없으니까——.

"——때가 왔다."

노엘은 두 눈으로 피를 흘리면서도 대담한 웃음을 지으며 말했다.

"이제부터가 진짜다. 레온, 바로 내려갈 수 있도록 준비해둬. 계획대로 내 앞에 나오지 마."

"그, 그래. ……알았어!"

묻지도 따지지도 못하게 하는 노엘의 지시에 레온은 고개를 끄덕일 수밖에 없었다.

미친 듯이 날뛰는 신과 신의 싸움의 여파는 슬슬 링의 배리어 기구를 파괴하려 하고 있었다. 그런 줄도 모르는 5만 명의 관객들은 지고의 싸움에 계속해서 큰 환호성을 지르고 있었다. 비록 무엇을 하고 있는지 몰라도── 아니, 그렇기에 그들 내면에 경외심과 흥분이 극한까지 고조되어 황홀경에 빠져들고 있었다.

두 신이 계신 경기장은 흡사 신전. 5만 명의 신자들 앞에서 신의 싸움은 더더욱 치열함을 더해갔다──.

지크는 싸움 속에서 자신의 검이 날카로워져 가는 것을 느끼고 있었다. 강자와 싸움으로써 얻을 수 있는 방대한 경험은 요한과 싸웠을 때도 경험한 감각. 무한하게 힘이 커지고 별까지 절단할 수 있을 것 같은 만능감마저 샘솟는 가운데, 지크의 마음에는 백지에 떨어뜨린 먹물처럼 퍼져가는 초조함이 있었다.

──끝이, 안 보여?!

서로의 공방은 일진일퇴. 결코 지크가 리오우에게 뒤떨어지고 있는 게 아니다. ──그런데 지크는 마치 어둠 속에서 계속 검을 휘두르고 있는 듯한 착각을 느끼고 있었다. 초조한 뇌리에 언젠가 노엘이 했던 말이 되살아났다──.

'……난 리오우와 직접 만난 적은 없어. 하지만 녀석의 전투기록을 보는 한, 리오우가 더 강해. 진정한 최강의 시커는 틀림없이 리오우다.'

──갑자기 찾아오는 공포심. 그건 극히 사소한 잡념이긴 했지만 신을 인간으로 전락시키기에는 충분한 불순물이었다.

"큭, 커헉!!"

지크의 배를 꿰뚫는 리오우의 더할 나위 없이 정확하고 호쾌한 주먹. 약간의 빈틈을 찔린 지크는 그 상식을 벗어난 파괴력에 기절 직전에 이르는 대미지를 입었다. 검을 링에 박아서 겨우 장외

패를 피하는 데는 성공했지만, 탑에서 피드백 된 강렬한 대미지가 지크를 기절 직전까지 몰아넣었다.

조금이라도 긴장을 늦추면 의식을 잃을 격통과 괴로움. 하지만 탑의 흡수 한계는 아직 오지 않았다. 호흡을 가다듬으면 몸은 움직인다. 시합은 끝나지 않았다. 아까는 방심했을 뿐이다. 지금부터 반격한다. 거기까지 생각한 것과 동시에 마음속에서 오싹한 것이 고개를 쳐들었다. ──실전이었다면 아까 전의 일격으로 죽었다.

지크의 시야가 흔들렸다. 대미지는 이미 사라지고 있고, 호흡도 가다듬었음에도 불구하고 마음에 커다란 미혹이 생겨나 있었다. 그리고 리오우는 지크의 동요를 간파한 듯 추격하지 않고 그저 차가운 시선을 보내고 있었다.

"⋯⋯⋯⋯크, 크크큭."

치밀어오르는 웃음. 지크는 겨우 이해했다. 자신이 리오우보다 훨씬 뒤떨어진다는 것을. 그래서 이런 링에서는 힘을 다 발휘하지 못한다는 것을──.

"나중에 노엘 군한테 사과해야겠네."

지크는 그렇게 중얼거리고 링 바깥에 있는 자신의 보조자에게 시선을 돌렸다.

"넌 이제 됐어. 여기서 바로 피난해줘."

"네? ⋯⋯피, 피난이라니 무슨 뜻이죠?"

"난 지금 기분이 굉장히 안 좋아. 두 번은 말하지 않아."

"아, 알겠습니다!!"

지크의 보조자는 발길을 돌리더니 쏜살같이 떠나갔다.

"이런 일도 있을 줄 알고 말 잘 듣는 좋은 부하를 고르길 잘했네⋯⋯."

지크는 웃으며 중얼거리고 리오우가 있는 곳과는 다른 엉뚱한 방향으로 검을 휘둘렀다. ——번뜩. 지크가 검을 휘두른 순간, 자신이 동기하고 있는 탑이 절단되고 소리를 내면서 무너졌다.

"이런 게 있으니까 다음이 있다면서 마음을 약하게 하지. 진정한 싸움에 구제 따위는 필요 없어. 이기느냐 지느냐가 아닌, 죽느냐 사느냐만이 존재할 뿐!!"

지크는 검 끝을 리오우에게 겨누고 자신의 기운을 북돋우듯이 고함을 질렀다.

"지금부터가 진짜다. 리오우, 난 내 모든 것을 걸고 너에게 이긴다!!"

투지를 새로 다지고 검을 쥐는 지크. 이에 맞서는 리오우는 시선만으로 자신의 보조자를 물리고 탑을 발차기로 파괴하는 것으로 응했다.

"좋다. 네가 원한다면 지금부터는 '사투'다."

관객들은 주먹을 쥐고 선언한 리오우에게 비명과 같은 큰 환성을 질렀다.

"서, 설마 했던 데스 매치 선언?! 지크 선수와 리오우 선수는 함께 스스로 목숨을 거는 각오를 우리에게 보여줬습니다!!"

루나의 중계에는 흥분과 동시에 큰 동요도 있었다.

"하, 하지만, 이는 대회의 규칙을 어기는 행위입니다! 피노키오 누님, 운영은 어떤 판단을 내릴까요?!"

"……운영은 데스 매치를 허용하지 않습니다."

하지만, 이라며 피노키오는 목소리를 쥐어 짜내듯이 이어서 말했다.

"저 둘을 누가 말릴 수나 있겠어……."

신은 스스로 사슬을 뜯어내고 난폭한 신으로 변했다. 이제 이 싸움을 말릴 수 있는 자는 아무도 없다. 운영 스태프가 말리러 들어가도 참살당할 것이 분명하다. 피노키오의 공포를 뒷받침하듯이 두 위의 난폭한 신이 사납게 외쳤다.

""죽인다!!""

찰나의 충돌. 지크는 검성 스킬 《월드 엔드》를 발동. 요한과 싸우며 습득한 검의 극치는 신도 악마도—— 세상마저도 자르는 궁극의 일격. 음속을 뛰어넘어 광속에 한없이 가까운 칼날이 자르지 못하는 것은 없다. 푸른 빛이 리오우에게 바싹 다가갔을 때, 리오우 또한 스킬을 발동했다.

"천국 또한 지옥. 돌고 도는 영혼의 잔재에 구제를. ——《육도윤회》."

리오우의 주먹이 내뿜은 금색 빛이 지크의 푸른 빛을 집어삼켰다——.

그것은 모든 것을 무로 되돌리는 구제이자 파멸의 빛. 직격당한 물질은 이 세상에서 완전히 소실된다. 《월드 엔드》와 충돌하여 위력이 크게 줄어들긴 했지만, 그래도 직격을 당한 지크는 온몸에 중상을 입게 되었다.

쓰러진 지크는 의식이 있었지만, 손가락 하나 까딱할 수 없었다.

——빈사 상태인 지크의 귀에 들리는 죽음의 발소리. 흐릿해지는 시야 끝에서 포착한 리오우의 붉은 눈동자에는 무서운 광기의 빛이 깃들어 있었다.

"——죽어라, 버러지."

움직이지 못하는 지크를 내려치는 강력한 주먹. 지크가 희미해져 가는 의식 속에서 죽음을 각오했을 때, 상공에서 두 사람의 그림자가 나타났다.

"《엑스 인빈시블》, 전개!!"

착지와 동시에 스킬을 발동하는 레온. 온갖 공격을 막는 절대 방어가 리오우의 공격을 저지했다.

하지만——.

"피라미가. 방해할 거면 너희도 죽어라."

반사된 대미지에 주춤하지 않고 리오우의 주먹이 레온에게 향했다. —— 그 순간, 믿을 수 없는 일이 일어났다. 탱커인 레온을 감싸듯이 버퍼인 노엘이 리오우를 급습한 것이다.

"네 움직임은 해석이 끝났다."

리오우의 강력한 주먹과 교차하듯이 날린 노엘의 공중 돌려차기. 모든 강자를 일격에 쓰러뜨리고 같은 EX랭크인 지크만이 대응할 수 있었던 리오우의 주먹을 노엘은 종이 한 장 차이로 피하는 데 성공했을 뿐만 아니라 도약의 기세를 죽이지 않고 리오우에게 육박하고 있었다.

그 있을 수 없는 광경을 목격한 지크는 그제야 모든 것을 깨달았다. 칠성배는 이때만을 위해 준비된 노엘의 모략이었다는 것을.

"노엘, 너의 진의를 알았다."

지금으로부터 한 달 전, 휴고는 내가 칠성배를 여는 진짜 이유를 추리했다.

"넌 질 생각이 없다고 했지. 하지만 이길 생각도 없지? ――내 예상대로라면, 네 진짜 목적은 지크와 리오우의 싸움을 이용하는 것이다."

휴고는 수수께끼가 풀린 흥분한 탓인지 어긋난 안경을 손가락으로 밀어 올렸다.

"아마 EX랭크인 두 사람이 싸우면 반드시 뭔가 문제가 생기겠지. 그걸 네가 막아서 둘보다 우위에 있다는 걸 공적인 자리에서 증명하는 게 목적이지?"

정답이라며 고개를 끄덕인 내 앞에서 레온이 고개를 갸웃했다.

"문제라니?"

"구체적인 건 노엘이 아니니까 모르겠지만, 그 둘의 성격이 전해 들은 대로라면 칠성배의 규칙을 깨고 진지한 사투를 시작하지 않을까."

휴고가 입에 손가락을 대고 생각하는 기색을 보이면서 대답하자 레온은 몸을 젖히면서 눈을 크게 뜨며 놀랐다.

"그러니까 폭주한 EX랭크를 말린다는 거야?! 어떻게?!"

"내 《엑스 인빈시블》을 쓰면 가능해. 모든 공격을 딱 한 번 막는 절대방어로 둘의 싸움에 끼어드는 거지."

"하, 하지만 막을 수 있는 건 한 번뿐이라고?! 그 뒤는 어떻게 할 거야?!"

"노엘에겐 '굉뢰'가 있어."

굉뢰—— 적의 가슴에 강력한 발차기를 날려 심장진탕을 일으키는 기술. 휴고의 대답에 레온은 앓는 소리를 내며 팔짱을 끼고 질문을 계속했다.

"……굉뢰를 EX랭크에게 쓸 수 있어?"

맞을 거야, 라며 옆에서 대답한 사람은 아르마였다.

"둘에게 동시에 맞히는 건 절대 안 되겠지만, 한 명이라면 될 거야. 즉, 한쪽이 쓰러지고, 다른 한쪽도 피폐해진 상황이 베스트. 거기에 더해 노엘이 그런 상황에 이르게 될 때까지의 싸움을 분석한 뒤라면 미래 예지를 구사해서 상대의 공격을 피하고 굉뢰를 명중시킬 수 있을 거야."

"맞힌다고 해도 EX랭크가 심장진탕을 일으킬까?"

"EX랭크도 신체구조 자체는 똑같아. 내가 보증해."

"그러고 보니 아르마는 알코르의 혈연자였지……."

어쌔신 교단의 전 교단장, 알코르 이우디칼레는 EX랭크이자 아르마의 육친이었던 남자다. 따라서 알코르에게 전투 훈련을 받은 아르마라면 EX랭크의 한계도 이해하고 있을 것이다. 불멸의 악귀의 손자인 내가 그렇듯이.

"애초에 심장진탕은 외압을 받은 심장이 경련하는 상태를 말하는 거니까 약한 힘으로도 일어날 때는 일어나. 중요한 것은 외압을 확실하게 심장에 전할 수 있는 기술. 그 기술만 있으면 상대가 EX랭크라도 상관없어."

"그, 그렇구나……."

레온이 납득하고 고개를 끄덕였을 때, 휴고가 헛기침했다.

"아르마, 굉뢰에 대한 설명은 이제 끝났을까?"

끝났어, 라며 고개를 끄덕인 아르마는 나에게 얼굴을 가까이 대더니 귓가에서 속삭였다.

"휴고는 평소엔 과묵한데 흥분하면 멈추지 않네."

아르마의 목소리는 의외로 커서 휴고의 귀에도 들어갔을 텐데 눈썹 하나 까닥하지 않고 묵살되었다. 휴고는 당당하게 이야기를 계속했다.

"하던 얘기를 계속하자. 노엘의 계획대로 일이 진행되면, 토너먼트 편성이나 각 승부 결과는 상관없어. 대회가 어떻게 굴러가도 이기는 건 지크나 리오우 둘 중 하나야. 둘은 반드시 어딘가에서 싸우게 될 거야."

"그리고 폭주한 둘을 막은 사람이 더 우위에 있다고 증명할 수 있지……."

"그 말대로야. 우승은 못 해도 공적인 자리에서 EX랭크도 컨트롤할 수 있다고 증명할 수 있으면, 다가올 발리언트와의 싸움에서 총지휘관을 맡기기에 걸맞은 인재가 바로 노엘이라고 모두가 생각하게 되겠지."

"하지만 다른 시커가 먼저 말리면 어떡할 거야?"

"설령 A랭크가 집단으로 말린다고 해도 대책도 없이 EX랭크의 상대가 될 것 같진 않아. EX랭크끼리 벌이는 싸움은 너도 봤잖아? 어떤 죽음을 두려워하지 않는 자라도 주저할 게 분명해."

"확실히, 아무런 준비도 없이 뛰어들어도 자기만 죽을 뿐이야."

"유일하게 가능성이 있다면 같은 EX랭크인 빅토르인데, 그는 이미 늙었어. 지크와 리오우를 막을 수 있을 만한 실력은 없어."

게다가, 라며 휴고는 말을 덧붙였다.

"신과 신의 싸움은 좀처럼 볼 수 있는 게 아니지. 말리려는 이성보다 명확한 승패 결과를 알고 싶다는 심리도 작용할 것이다. ──이런 건가?"

해답을 요구하는 휴고에게 나는 웃으며 고개를 끄덕였다.

"훌륭해. 완벽한 답이야."

──극한까지 가속한 사고 속에서 내가 체감하는 세계는 완전히 정지해 있었다.

주위에 흩날리는 짙은 빛의 입자는 레온이 나에게 부여한 배리어 스킬의 잔해다. 난 리오우의 주먹을 피하는 데 성공했지만, 그 여파만으로 배리어가 깨진 것이다.

리오우의 가슴에 내 굉뢰가 닿기까지 현실 시간으로 0.01초. 이미 사람이 대응할 수 있는 시간은 넘었다. 하지만 EX랭크라면 지금부터라도 대응할 수 있을 것이다. 그런데 리오우는 움직이지 못했다. 이유는 하나. 지크와의 싸움으로 피폐해져 있기 때문이다.

리오우는 지크에게 압승하긴 했지만, 인지를 뛰어넘은 고속 전투, 그리고 마지막에 큰 기술을 써서 평상시보다 큰 폭으로 능력이 떨어져 있었다. 그래서 내 굉뢰를 회피하는 것도, 요격하는 것도 불가능하다.

그런데도 리오우의 붉은 눈은—— 웃고 있었다.

내가 무엇을 하려는지 리오우라면 이해하고 있을 것이다. 리오우는 코우가가 아서 전에서 굉뢰를 쓴 것을 보고 있었다. 아니, 설령 처음 본다고 하더라도 그 유례가 드문 전투 센스가 있으면 내 공격 목표를 꿰뚫어 봤을 것이다.

그래도 리오우의 눈에는 공포도 초조함도 없이 그저 사나운 살의와 유열만이 소용돌이치고 있었다. 만약 불발하면 바로 주먹으로 반격해 죽인다. 리오우의 눈은 그렇기 말하고 있었다.

실제로 지금의 리오우에게 굉뢰가 효과를 보일 가능성은 적다. 분명 리오우는 피폐해져 있지만 예상했던 것 이상으로 여력이 남아있기 때문이다. 이대로라면 굉뢰가 리오우의 가슴에 명중해도 심장진탕이 일어날 확률은 한없이 0에 가까울 것이다.

발동하고 있는 미래 예지가 멈춘 시간 속의 리오우 옆으로 굉뢰가 불발하여 요격에 들어가는 리오우의 모습을 보였다. 그 미래에서의 나는 리오우의 주먹에 가슴을 꿰뚫려 있었다.

미래는 아직 확정되지 않았다. 하지만 리오우의 가슴에 내 굉뢰가 닿기까지 이미 현실 시간으로 0.01초가 채 남지 않았다. 리오우가 굉뢰를 피할 수 없는 것과 마찬가지로 나 또한 굉뢰를 멈출 수 없다.

——하지만, 그게 어쨌다는 거냐?

찰나를 나유타까지 확장한 시간 속에서 내 뇌리에 지난날의 기억이 되살아났다.

"——열 번에 한 번이다."

정신을 잃었던 할아버지가 일어나자마자 가슴을 문지르면서 말했다.

"훌륭하다. EX랭크인 내게도 네 굉뢰는 통한다. 이제 내가 너에게 가르쳐줄 수 있는 건 아무것도 없구나."

만족스러운 듯이 넉살 좋은 미소를 보이는 할아비지에 비해 난 불만밖에 없었다.

"열 번에 한 번의 성공률이라면 실전에선 전혀 써먹을 수가 없잖아."

"바보 같은 소리 하지 마라. 늙었다고는 해도 난 EX랭크라고? 설령 훈련이라고 해도 나에게 굉뢰를 성공시킨 것만으로도 경탄할만해. 노엘, 이 불멸의 악귀가 보증해주마. 네 체술은 이미 신의 영역에 들어와 있단다."

"……그게 무슨 의미가 있는데."

난 큰 한숨을 쉬고 할아버지를 똑바로 응시했다.

"최고의 시커로 만들어주겠다, 할아버지는 나한테 그렇게 말했지? 확실히 난 할아버지의 가르침 덕에 강해질 수 있었어. 비스트에 대한 지식, 전투 기술, 병법, 그 외에도 많은 것을 배웠고 습득해왔어. 하지만 동시에 안 것도 있어. 역시 【화술사】로는 시커로서 헤쳐나가는 건 어려워……."

【화술사】의 지원 능력은 분명 강력하지만, 버퍼가 아니더라도 지원 스킬을 배울 수 있는 직업은 적지 않다. 결국 전투 능력뿐만 아니라 자신을 보호할 수단도 변변치 않은 【화술사】는 상대적인 가치가 낮으며, 따라서 '위'로 갈 수 없는 것이다.

"할아버지 덕분에 중견 수준에서라면 활약할 수 있을 거야. 하지만 지금까지 필사적으로 해왔는데 결국 이 정도라고 생각하면……."

"허무해졌나?"

"뭐, 그런 거지……."

내가 고개를 끄덕이고 메마른 웃음을 흘리자 할아버지는 표정을 바꿨다.

"노엘, 내가 왜 비스트에겐 통하지 않는 굉뢰를 너에게 전수해줬는지 알겠느냐?"

"어? ……난폭한 사람이 많은 시커 업계에서 내가 얕보이지 않기 위해서잖아?"

대인 전투기술이 뛰어나면 시커끼리 다툼이 벌어져도 몸을 지킬 수 있다. 할아버지는 평소 나에게 비스트와 싸우기 전에 우선 사람과의 싸움에서 이겨라고 가르쳐왔다.

"그뿐만이 아니다. 굉뢰는 널 지탱하는 '기둥'이다."

"……무슨 뜻이야?"

"네 말대로 【화술사】는 시커에 맞는 직업이 아니다. 하지만 한편으로 넌 EX랭크를 때려눕힐 수 있을 정도의 기술을 가지고 있다. 지금은 실감이 안 되더라도 그건 너에게 있어서 큰 정신적 기둥이 될 게다. 그리고 다른 시커에겐 없는 새로운 가능성을 지탱해주는 기둥도 될 게다."

"……새로운 가능성?"

"답은 말하지 않겠다. 하지만 너라면 언젠가 다다를 수 있다고 난 믿고 있다."

아무튼, 이라고 말하며 할아버지는―― 할아버지는 부드럽게 미소 지었다.

"넌 내 손자이니 말이다."

――의식이 현재에 집중됐다.

리오우가 내 가슴을 꿰뚫는 미래 영상은 한층 더 선명해져 있었다. 하지만 그래도 난 내 승리를 의심하지 않았다. 의심할 리가 없다.

리오우, 너라는 신은 분명 최강이다. 아마 전성기 시절 불멸의 악귀와도 필적하겠지.

따라서 난 지지 않는다. 질 수 없다. 설령 바로 앞을 가로막는 게 당대 최강의 남자라 하더라도 할아버지로부터 모든 것을 맡은 내게 패배는 허락되지 않는다. 네가 최강이라면 난 그 '위'를 가겠다.

왜냐하면 노엘 슈톨렌은 불멸의 악귀의 손자이기 때문이다――.

"――굉뢰!!"

내가 날린 회전 발차기가 리오우의 가슴을 꿰뚫었다. 울려 퍼지는 소리는 우레와 같은 굉음. 그리고 내 죽음을 비추던 미래가 현실과 동기화했다――.

"……무, 무…… 슨?"

리오우는 나에게 반격하지 않고 괴로운 듯한 소리를 흘리면서 쓰러졌다. 그것이 바로 진정한 결과. 미래―― 운명을 무릎 꿇린 나의 굉뢰가 신마저 꺾은 순간이었다.

승리의 여운은 한순간. 난 쓰러진 리오우를 보고 경악과 당황으로 말을 잃은 5만 명의 관중들에게 시선을 돌렸다. 관객들은 신을 쓰러뜨린 내 말을 기다리고 있었다.

"진심을 말하겠습니다. 전 둘의 싸움을 말리고 싶지 않았습니다."

난 관중들을 향해 외쳤다.

"하지만 그들의 행위는 칠성배의 규칙에 위배되어 전 말리지 않을 수 없었습니다. 한편으로 전 그들을 나쁘게 생각하지 않습니다. 목숨을 걸어가면서까지 최강의 자리를 쟁탈하는 모습은 한없이 순수하고 아름답습니다. 모든 시합을 보신 관객 여러분도 분명 저와 같은 생각일 것입니다."

곧바로 관객석에서 동의하는 목소리가 나왔다. 처음엔 몇 사람 규모였지만, 이윽고 목소리는 널리 퍼져 침묵하고 있던 관객들은 지크와 리오우를 칭찬하기 시작했다. ──물론 처음에 목소리를 낸 몇 사람은 내가 준비한 바람잡이다.

동조효과. 인간은 집단 속에서 모두와 같은 행동을 하도록 만들어져 있다. 누군가가 목소리를 내면 그에 따르는 자가 나타나기 시작하고, 얼마 지나지 않아 모두가 똑같은 사고에 지배당한다. 더구나 여기에 모인 관객들은 오늘 종일 함께 칠성배를 관전해온 사이다. 연대감이 생기기 쉬운 밑바탕은 이미 완성되어 있었다.

"그렇기 때문에 원래라면 둘 다 실격시켜야 하지만, 전 감히 한 명의 우승을 선언하고 싶습니다. ──그 이름은 리오우 에딘!!"

실제로 싸움에서 이긴 건 리오우였다. 열광하는 관객들은 칠성배의 패자가 된 리오우의 이름을 일제히 연호했다.

한편, 이름을 불린 리오우는 겨우 눈을 뜨고 일어났다.

"······너, 처음부터 이게 목적이었나?"

깨어난 지 얼마 되지도 않았는데 리오우는 상황을 파악하고 있었다. 그것도 당연하다. 관객들은 리오우를 칭송하면서도 나에게 경의를 담은 시선을 보내고 있었기 때문이다. 리오우는 승자이지만 내실이 없는 '겉만 그럴 듯한 왕'이었다.

"리오우, 확실히 넌 강하다."

난 하지만, 이라며 웃음을 짓고 경기장 전체를 가리키듯이 양팔을 벌렸다.

"내가 너보다 강하다."

리오우는 잠깐 침묵한 뒤에 갑자기 크게 웃음을 터뜨렸다.

"크크크, 하하하하하하!! 확실히 이건 못 따라하지!!"

유쾌하게 웃은 리오우의 붉은 눈동자가 나를 똑바로 바라봤다.

"······네가 깨끗하게 패퇴했을 때, 뭔가 할 거라는 생각은 했지만 이렇게까지 용의주도하게 일을 추진할 줄은 몰랐다. 노엘 슈톨렌, 넌 정말 강하구나."

"거만하게 말하지 말라고. 넌 나한테 졌어."

"그렇네. 인정하지, 난 너에게 졌다. 그러니──."

갑자기 리오우의 손이 자신의 가면으로 뻗었다.

"이건 더 이상 필요 없다."

리오우는 가면을 벗어 던지고 정한한 얼굴을 많은 사람에게 드러냈다. 관객들은 정체를 밝힌 리오우에게 일제히 환성을 질렀다.

"이 얼굴을 잘 기억해둬라. 난 반드시 널 죽인다. 넌 내 사냥감이다."

리오우는 살기와 광기, 그리고 환희에 물든 무시무시한 웃음을 남기고 링에서 내려갔다. 그의 등을 지켜보던 나는 레온이 뭔가에 놀라고 있다는 걸 알아차렸다.

"레온, 왜 그래?"

"……아니, 아무것도 아냐. 세상이 좁다고 생각했을 뿐이야."

내가 고개를 갸웃하자 레온은 난처하다는 듯이 웃었다. 금방 뭔가를 숨기고 있다는 걸 알았지만, 굳이 추궁은 하지 않았다.

"노엘, 지크를 치료해도 괜찮을 것 같아?"

레온의 물음에 나는 고개를 저었다.

"저 상태로 회복 스킬을 쓰는 건 위험해. 생명력이 더 깎일 거야. ──그리고 마침 의료반이 왔어."

의료반은 들것을 가지고 나타나 중태에 빠진 지크를 실어갔다.

"가자. 이제 싸움은 끝났어."

우리는 관객석을 향해 인사를 하고 우레와 같은 박수와 환호성을 받으며 함께 링에서 내려갔다. 길고도 짧았던 칠성배는 이렇게 막을 내렸다──.

†

중상을 입은 지크는 바로 치료실로 실려 갔다.

하지만 체력이 극단적으로 저하되어 있어서 회복 스킬은 쓰지 못하고 일반적인 치료를 받았다. 우수한 의사 덕분에 용태는 이미 안정되었고, 오늘 하루 안정을 취하면 회복 스킬로 치료를 받을만한 체력도 돌아올 것이라고 한다.

온몸이 붕대에 감겨 미라 같은 모습이 된 지크는 의료용 침대 위에서 비난 섞인 시선으로 나를 쳐다보고 있었다.

"네 악랄함은 알고 있었지만, 설마 이렇게까지 심할 줄은 몰랐어……."

원망하는 지크를 보고 나는 쓴웃음을 지었다. 치료실에는 다른 사람은 아무도 없었다. 지크가 다른 사람들을 물렸다. 지금 여기 있는 사람은 나와 지크뿐이다.

"정한 건 너잖아? 남 탓하지 말라고."

"뭐, 그렇게 말하면 아무런 반박도 할 수 없는데……."

지크는 기특하게 자신의 잘못을 인정하고 깊은 한숨을 쉬었다.

"……첫 패배라는 건 상상 이상으로 사무치네."

"이용한 건 사과할게. 미안해."

"됐어. 너한테 솔직하게 사과받는 게 더 비참해져."

씁쓸한 얼굴로 웃은 지크는 나를 똑바로 바라봤다.

"하나만 가르쳐주면 좋겠어. 대체 넌 언제 그 모략을 생각해낸 거지? 나한테 칠성배 계획에 관해 이야기했을 때는 시나리오가 짜여 있었던 거지?"

"……그래. 실제로는 좀 더 전이야."

"그게 언제지?"

난 잠시 망설인 뒤에 솔직하게 이야기하기로 했다.

"처음 제도에 온 14살 때야."

"……그러니까, 시커가 되기 전에 생각해냈다고?"

난 지크의 물음에 고개를 끄덕이고 이야기를 계속했다.

"제도의 정세—— 시커와 경제 상황, 정치 동향, 문화, 시민성, 그리고 뒷세계를 조사하고 다니던 와중에 떠올랐어. 다소의 계획 보정은 있었지만."

"신인 시커조차 아니었던 네가 단순히 조사만 해서 생각해낸 거야?"

"맞아. 가장 약한 버퍼인 내가 정점에 서려면 그 방법밖에 없다고 생각했지."

내가 단언하자 지크는 시선을 돌렸다.

"정점에 서기 위해서라면? 바보 같은 소리 하지 마. 그런 장대한 모략을 떠올릴 수 있는 시점부터 넌 이미 정점에 서 있었던 거라고. 어떤 강자보다도, 넌 14살 때 '최강'의 자리에 올라 있었어……."

"실제로는 많은 실패도 겪었어. 난 결코 처음부터 최강이었던 게 아니야."

"그럼 바꿔서 말하지."

지크는 다시 나에게 시선을 돌리고 이렇게 말했다.

"넌 최흉이야. ——'최흉의 버퍼'."

허공에 손가락으로 그려진 것은 비슷한 발음에 뜻이 다른 말. 내가 지크의 말장난에 쓴웃음을 지었을 때였다. ——치료실의 문이 노크도 없이 난폭하게 열렸다. 거기엔 내 동료들이 있었다.

"노엘, 테러다!!"

맨 처음 입을 연 사람은 서브 마스터인 레온이었다.

"역시 대회를 끝내고 모두가 피폐해졌을 때를 노렸구나."

다음으로 휴고가 앓는 목소리로 말했다.

"하지만 이상해."

아르마가 의아해서 나는 고개를 갸웃했다.

"뭐가 이상하지?"

"테러가 일어난 곳은 여기가 아니라 시가지래."

"뭐라고? 요인이 모여 있는 여기가 아니라 시가지에서 테러가 일어난 건가? 그런 짓을 해도 단순히 더러운 짓을 하는 것밖에 안 된다고."

"그게 그렇지도 않다……."

코우가가 딱딱한 표정으로 말했다.

"노엘한테 들은 대로 교단원 대부분이 비전문가라는 보고가 들어왔다. 생체 폭탄도 사전 정보가 있었응께 관헌만으로 대응이 되고 있었지. 근데 성가시고로 금마들뿐만 아이라 정체 모를 벌레 사역마랑 촉수가 기생하는 적이 억수로 많이 나타났단다."

"틀림없어. 파리 대왕이 움직이고 있어."

휴고는 단언하고 험악한 표정을 지었다. 파리 대왕이 자신에게 누명을 씌운 원한이 있어서 마음이 편치 않은 듯했다. 끓어오르는 분노를 숨기지 못하고 있었다.

"녀석 때문에 현장은 고전하고 있어. 바로 지원이 필요해."

"알았어. 우리도 가자."

내가 고개를 끄덕이자 레온이 한 장의 양피지를 꺼냈다.

"카이우스 전하께 받아왔어. 황제 폐하가 널 기간 한정으로 모든 시커의 지휘관으로 인정한 증표야. 이 효력은 발리언트를 토벌할 때까지 계속돼."

황제의 사인이 돼 있는 칙령을 본 나는 웃음을 숨길 수 없었다.

"이 상황을 이용해서 칙령을 내리게 하다니, 믿음직한 황자님이야."

"경기장에 남아있는 모두가 네 지시를 기다리고 있어. 마스터, 지시를."

나는 레온의 재촉을 받아 나는 고개를 끄덕이고 동료들을 둘러봤다.

"첫 지시를 내린다. 너희 넷을 중심으로 각 클랜과 부대를 편성. 이후 《링크》를 써서 내가 현장 상황을 공유하고 테러리스트 놈들을 바로 진압한다. 겁먹지 마라. 우리 와일드 템페스트가 모든 것을 장악한다!!"

"""""알았어!!"""""

동료들은 빠르게 치료실에서 나갔다. 나도 그 뒤를 따르려고 했을 때, 뒤에서 지크가 '노엘 군'이라며 부르는 소리가 들렸다.

"네 지휘하에서 싸우는 게 벌써 기대된다."

하지만, 이라며 지크는 목소리를 힘차게 냈다.

"복수는 할 거야. 너뿐만 아니라, 리오우에게도——."

"기대할게."

난 등 너머로 손을 흔들고 치료실을 뛰쳐나갔다——.

해롤드를 태운 기관차는 선로 위를 맹렬한 속도로 달려 나갔다.

승차감은 아주 좋다. 아직 시운전을 하는 중이라 호사스러운 특등석에는 해롤드 이외의 손님은 없었다. 사치스러운 차내에서 부드러운 벨벳 의자에 앉아 고급 와인을 즐기니 마치 왕이 된 듯한 기분이었다.

차창으로 보이는 풍경은 겨울이라 적적함이 느껴지긴 했지만, 그 또한 운치가 있었다. 그리고 시가지 근처를 통과할 때는 달리는 기관차에 손을 흔들어주는 사람들의 모습이 보였다. 해롤드는 웃으면서 손을 흔드는 아이들에게 손을 흔들어주려고 했지만 눈 깜짝할 사이에 그들의 모습은 보이지 않게 되었다.

제도에서 발차한 지 4시간. 도중에 선 역에서 화물 하역을 몇 번인가 했지만, 그래도 마차를 이용하는 것보다 빠르다. 비공정의 일반 이용이 아직 어려운 현재, 같은 엔진을 탑재하고 있긴 하지만 비공정보다 연비가 압도적으로 낮은 기관차는 틀림없이 사람과 물자 유통에 혁명을 가져다줄 것이다.

"겨우 두 달 만에 용케도 이렇게나 광대한 선로를 깔았군요."

기관차의 성능도 그렇지만, 진짜 놀라운 것은 단기간에 제국의 주요 도시 사이에 선로를 연결한 볼칸 중공업의 완벽한 공사 계획이다. 국가로부터 강력한 지원을 받고 있었다는 점을 차치하더라도 우수한 기술자, 육체노동에 뛰어난 직업 보정을 가진 작업자, 그리고 자원을 부족하지 않게 마련한 수완은 역시 대단하다.

애초에 요한이 철도 계획을 공표한 시점에 모든 준비는 갖춰져 있었다. 하지만 노엘이 끼어든 탓에 계획은 일시정지 되었다.

"남에게 폐를 끼치는 아이네요, 정말 그 사람은······."

해롤드는 입으로는 나쁘게 말했지만 해롤드의 표정은 마음씨 좋은 할아버지와 같았다.

노엘은 폭풍이다. 자신의 이익을 위해서라면 국가도 말려들게 하고 다른 사람에게 폐가 되는 것도 신경 쓰지 않고 휘젓는다. 하지만 그렇기 때문에 사람은 그 큰 스케일에 이끌리고 그의 존재를 필요로 하는 것이다. 제국 존망의 기로가 다가오고 있는 바로 지금 이때처럼──.

발리언트, 그 대재앙에 인간의 상식은 통하지 않는다. 모든 것을 말려들게 하는 폭풍 같은 대영웅이 아니면 그 대재앙을 이길 수 없다. 코퀴토스와의 싸움을 알고 있는 해롤드는 그렇게 확신하고 있었다.

"비록 그의 수명이 얼마 남지 않았다 하더라도······."

제국은 진정한 구세주를 원했다. 하지만 노엘이 다른 자를 초월한 재능을 발휘하기 위해서는 큰 대가도 필요했다. 원래라면 절친한 친구의 가장 사랑하는 손자가 그런 길을 걷게 해서는 안 될 것이다. 해롤드에겐 노엘을 막을 의무가 있었을 것이다. 하지만 해롤드는 막지 않았다. 막기는커녕 그를 밀어주었다. 공공의 이익을 생각한다면 필요한 일이긴 했지만, 브랜든의 친구로서는 절대로 용서받지 못할 짓이다.

"지옥에서 재회하면 만나자마자 얻어맞겠죠······."

해가 기울고 황금빛 노을이 퍼지기 시작했다. 해롤드는 황혼을 바라보면서 탄식하고는 담배에 불을 붙였다. ──차내의 관통문이 열린 건 그때였다. 앞 차량에서 다가온 자는 하얀 코트를 걸친 흑발의 대장부. 남자는 그대로 해롤드 앞까지 오더니 대담한 웃음을 지었다.

"확인하겠다. 네가 해롤드 젠킨스지?"

남자에게 질문을 받은 해롤드는 의아하게 여기며 눈을 가늘게 떴다. 모르는 얼굴이다. 차장이 아닌 것은 물론이고 화물을 관리하는 작업자로도 보이지 않았다. 한편으로 처음 만났을 텐데 기시감이 느껴졌던 것도 사실이다.

"……실례입니다만, 누구십니까?"

"내 이름은 사혼의 엠피레오."

"사혼의…… 엠피레오?"

"너희에게 이름을 대는 건 처음이다. 이걸 보여주면 알겠나?"

엠피레오라 이름을 댄 남자는 오른손을 내밀었다. 해롤드가 경계하는 가운데, 남자의 오른손은 인광을 띠기 시작했다. 이윽고 빛은 실체화되어 거대한 전투용 도끼를 형성했다.

"그, 그 전투용 도끼는?!"

남자가 든 전투용 도끼를 직접 본 해롤드는 경악한 나머지 말을 잃었다. 잘못 볼 리가 없다. 그 검고 거친 전투용 도끼의 이름을 해롤드는 알고 있다.

"귀신의 춤?!"

"그렇다, 귀신의 춤. 그 남자와 싸웠을 때 얻은 전리품이지."

"그럼 넌…… 설마?!"

더욱 선명하게 미소를 지은 남자는 조용히 고개를 끄덕였다.

"총을 뽑아라. 해롤드 젠킨스, 난 지금부터 널 죽일 것이다."

†

테러의 표적이 된 제도 시가지는 의외로 민중의 피해는 적었다. 민중 대부분이 칠성배를 관람하기 위해 경기장에 모여 있었기 때문이다. 티켓을 사지 못한 사람들도 경기장 바깥에 병설된 노점 등에 모여 있었다.

현재 경기장은 피난 시설로 기능하고 있어서 요인들뿐만 아니라 일반 민중들도 호위로 남긴 시커들에게 보호받고 있다.

테러 진압을 위해 총지휘관이 된 나는 편성한 부대에 전투와 구조 활동 지시를 병행해서 내리면서 파리 대왕이 있는 곳을 밝혀내는 데 주력했다.

지금까지의 상황으로 판단하면 파리 대왕은 스스로 싸우지 않고 사역마, 또는 사역마를 기생시킨 생물에게 모든 전투를 맡기고 있다. 이런 전투직은 조종하는 사역마의 수가 늘어날수록 지시가 닿는 범위가 좁아지는 게 일반적이다. 즉, 더 효율적으로 광범위하게 사역마를 푸는 경우, 술자는 노리는 곳의 중앙에 설 필요가 있다.

나는 각 부대로부터 전해지는 교전 정보를 토대로 파리 대왕이 숨어있는 곳을 알아냈다. 잠복지로 추정되는 후보는 네 개의 건물. 하지만 전부 조사할 필요는 없었다. 코트 주머니에 지니고 있는 감응석이 떨려서 그 진동의 크기로 나를 파리 대왕이 있는 곳으로 이끌어줬다.

장소는 오너가 파산한 폐호텔. 난 동료를 동반하지 않고 혼자 호텔에 잠입해 감응석에 의지하면서 위로 위로 발길을 옮겼다──.

이윽고 옥상으로 나왔다. 겨울의 맑은 하늘을 밝게 비추는 황금빛 노을. 그리고 더없이 아름다운 석양이 가늘고 짙은 그림자를 내 발치까지 드리우고 있었다.

──찾았다. 전방에 찾아다녔던 파리 대왕을 발견했다.

파리 대왕은 이쪽에 등을 돌리고 서 있었다. 그리고 때마침 바람이 불어 가는 쪽에 있어서 숨을 죽이고 있는 나를 알아차릴 가능성은 작다. 주위에서는 호위하는 사역마의 기척도 확인할 수 없었다. 아마 사역마가 내뿜는 마나로 인해 잠복한 곳을 파악당하는 걸 피하기 위해서일 것이다. 예상대로의 전개다.

바람이 불어오는 곳에서 달콤한 꽃향기가 실려 왔다. 난 기척을 죽인 채로 사역마 조작에 집중하고 있는 파리 대왕에게 다가갔다. 그리고 실버 플레임을 뽑아 차가운 총구를 파리 대왕의 뒤통수에 댔다.

"좋은 밤이야, 파리 대왕. ──아니, 베르나데타."

내가 들어도 차가운 목소리였다. 내가 말을 걸자 베르나데타는 허리를 폈다.

"그, 그 목소리…… 노엘이야?"

난 돌아보려고 하는 베르나데타에게 총구를 강하게 들이댔다.

"움직이지 마. 조금이라도 이상한 짓을 하면 머리를 날려버린다."

"농담은 그만둬! 왜 이런 짓을 하는 거야?!"

"이제 와서 어설픈 연극을 하는 건가? 아무리 그래도 그건 아니지. 무엇보다 이 추운 날에 너랑 말다툼 하는 건 재미없어. 뭐, 내 얘기를 들어봐."

난 총구로 베르나데타를 제압한 채로 이야기를 계속했다.

"사실대로 말하자면, 너한테는 만났을 때부터 위화감을 느끼고 있었어."

"……뭐라고요?"

"직업 특성상 난 타인의 공포에 민감해. 그리고 너한테서는 처음 만나는 나에 대한 강한 공포심이 느껴졌지. 부자연스러울 정도로 말이야."

"그건, 당신의 소문을 들어서……."

"공포심에도 여러 종류가 있어. 너한테서 느껴진 건 적에 대한 공포였지. 표정과 목소리, 그리고 몸이 굳는 것을 보고 네가 공포심 때문에 도망치고 싶다고 생각하는 게 아니라, 무서운 상대를 어떻게 배제해야 할지를 생각하고 있다는 걸 알 수 있었지. 골딩가의 규중처녀가 왜 무서운 시커를 죽이려 하는 거지?"

베르나데타는 대답하지 않았다. 등을 돌리고 있어서 어떤 표정을 짓고 있는지는 모르겠지만 극도로 긴장하고 있다는 건 전해졌다.

"나한테 적은 많지만, 만난 지 얼마 안 된 규중처녀가 나한테 살의를 품을 짓을 한 기억은 없어. 그래서 난 생각했지. 어쩌면 내가 모를 뿐이고, 이 여자는 나랑 적대관계일지도 모른다고. 그리고 딱 한 명 해당하는 존재가 있었지. 그건 파리 대왕. 뒷세계의 만능 해결사. 그 녀석과 나 사이에는 인연이 있는데도 얼굴을 알고 있는 건 녀석뿐이니까."

정보상 로키를 써도 파리 대왕의 정체를 알 수 없었다. 하지만 얄궂게도 모른다는 사실이 파리 대왕의 정체로 이어졌다.

"베르나데타, 네가 파리 대왕이다."

"……전부, 당신의 억측이잖아요?"

"후후후, 깨끗이 체념을 못 하네. 하지만 결정적인 증거도 있어."

"……증거라구요?"

"내가 너한테 선물한 펜던트, 그 펜던트에는 감응석이 장치되어 있었어."

숨을 죽이는 베르나데타. 난 웃고 계속해서 말했다.

"감응석은 교신기에 이용되는 소재지. 마력을 통하게 하면 분할된 같은 돌에 진동이 전해지고 그걸 음성으로 변환하는 것이 교신기의 구조. 하지만 교신기에 설치하지 않아도 상대가 스킬을 쓰고 있는지를 알 수 있지. 무슨 말인지 알겠지? 이런 상황에 이런 곳에서 스킬을 쓰고 있는 녀석의 정체 따위는 생각할 필요도 없다는 말이야."

내가 판 함정에 대해 안 베르나데타는 큰 한숨을 쉬었다.

"……처음부터 날 속일 생각이었구나."

"그건 피차일반이잖아. 넌 단지 속고 속이는 싸움에서 졌을 뿐이야."

"왜, 날 지금까지 마음대로 하게 둔 거야?"

"첫 번째, 지금까지 확실한 증거를 잡을 수 없었다. 두 번째, 증거가 있어도 골딩가의 아가씨의 죄를 탄핵하는 건 어려워. 세 번째, 그래서 뜻밖의 사고로 처리할 수 있는 때를 기다리고 있었다. 납득하셨습니까, 아가씨?"

"……내가 할 말은 아니지만, 정말 사악한 사람이구나."

베르나데타의 원망에 나는 큰 소리로 웃었다.

"하하하하하, 내가 동업자에게 뭐라 불리고 있는지 알고 있나? ──'뱀'이다. 속이는 것과 사악함으로 나에게 견줄 자는 없어."

EX랭크도, 국가조차도 내 장기말이다. 파리 대왕도 내 적수가 아니다.

"네가 파리대왕이라는 건 틀림없는 사실이다. 부정은 무의미하다. 하지만 죽이기 전에 몇 가지 질문을 하고 싶다. 그 내용에 따라서는 살려줄 수도 있다."

"…………뭘 알고 싶은 거야?"

"왜 경기장이 아니라 시가지를 습격하고 있지? 사람도 적은 시가지에서 날뛰면 너한테 무슨 이익이 있는 거지?"

"……몰라."

"이 자식, 이 상황에 잘도 날 우습게 보는 말을 하는구나."

"거짓말 아니야. 난 아무것도 몰라. 원래라면 네 말대로 경기장을 노릴 예정이었어. 하지만 그 녀석은 마지막 순간에 작전을 바꿨어……. 상황이 바뀌어서 경기장을 습격해도 의미가 없어졌다고 했어……."

"그 녀석? 네 고용주인가?"

내가 묻자 베르나데타는 작게 고개를 끄덕였다.

"로다니아 공화국의 공작원인가?"

"아니, 틀려. 하지만 협력관계이긴 했어."

"그 외에 관계자가 있나? 그 녀석은 누구지?"

"……더는 숨길 생각 없어. 전부 얘기할게. 하지만 당신이 믿을지 안 믿을지는 모르겠어. 사태는 당신이 생각하고 있는 것보다 더 복잡해."

목소리만으로 진위를 확인하는 건 어렵다. 《컨페스》를 쓰면 진실만을 자백하게 만들 수 있지만, 베르나데타의 말대로 사태가 복잡하면, 내가 올바른 질문을 던지지 않으면 효력이 약해질 우려가 있었다. 역시 베르나데타에게 이야기하도록 시키면서 미세한 표정 변화를 읽는 게 가장 간단하면서 확실한 심문 방법이다.

"이쪽을 봐라."

난 총구를 겨눈 채로 뒤로 물러났다. 베르나데타가 천천히 뒤돌아봤다. 차가운 바람이 두 사람 사이로 지나갔다.

"좋은 눈을 하고 있네."

이쪽을 돌아본 베르나데타는 데이트를 할 때 보여줬던 고생을 모르는 아가씨의 눈이 아닌, 각오를 다진 자 특유의 날카롭고 뼛속까지 한기가 스며드는 듯한 눈빛을 하고 있었다.

"지금의 너라면 진심으로 반할 것 같아."

난 희미하게 웃고 총구를 슬쩍 비쳤다.

"말해. 가능한 한 간결하고 명료하게."

베르나데타는 알았다며 고개를 끄덕이고 강한 눈빛으로 이야기하기 시작했다.

"내 진짜 고용주는——."

그때였다. 내 옆에 은발의 남자가 나타나 귓가에 속삭였다.

"놈이 온다——."

난 직감에 따라 후방으로 크게 뛰었다. 그 순간, 내가 있던 곳에 검은 벼락이 떨어졌다. 뒤늦게 찾아오는 굉음과 충격파. 난 날아갈 뻔하면서도 전방에 계속 실버 플레임을 겨눴다.

"흠, 지금 걸 피하는 건가. 미래 예지 덕분일까?"

하얀 연기가 피어오르는 가운데, 그 안쪽에서 모르는 여자의 목소리가 들렸다. 이윽고 옥상에 소용돌이친 돌풍이 연기를 날려버리고 떨어지는 태양 아래에 여자의 모습을 드러냈다.

"넌……."

여자가 누구인지 바로 알았다. 요염한 여우 귀의 수인은 이전에 도리가 보여준 사진과 완전히 똑같은 얼굴을 하고 있었다.

——이계 교단을 조종하는 중개상, 레이센.

레이센은 나를 향해 잔혹한 미소를 보이더니 손에 들고 있던 뭔가를 내던졌다. 피할 것도 없이 도중에 떨어진 '그것'은 천천히 내 발치에 굴러왔다. ——그리고 난 '그것'과 눈이 맞았다.

"도리……."

레이센이 던져서 보낸 것은 도리의 목이었다. 어째서인지 상냥한 표정으로 고정된 도리의 공허한 눈동자가 내 모습을 비추고 있었다.

"……네놈에 대해서는 도리한테 들었다. 중개상 레이센이지?"

난 레이센에게 시선을 돌리고 실버 플레임을 조준했다. 레이센은 겁내지 않고 나와 베르나데타 사이를 가로막고 섰다.

"뱀, 이렇게 너랑 만나는 건 처음이네."

"날 알고 있는 것 같네. 그럼 어떤 결말이 찾아올지도 알고 있겠지? 여자라고 해서 안 봐준다. 넌 내가 죽인다."

"엄청난 살기야. 그녀랑은 사이가 좋았어?"

"아니. 하지만 네놈에 대한 혐오감만으로도 죽이기엔 충분한 이유가 되지."

"흠, 미움받아버렸나. 슬프네."

레이센은 눈살을 찌푸리고 고개를 저었다.

"내 아들한테 미움을 받다니, 이렇게나 슬픈 일도 없을 거야……."

"뭐야? 지금 뭐라고 했지?"

레이센은 질문하는 나에게 고혹적인 미소를 띠고 양손을 풍만한 가슴에 댔다.

"놀라는 것도 당연하지. 하지만 진실이야. 난 말이야, 노엘 슈톨렌. 너라는 영웅의 '어머니'야."

한순간 침묵한 뒤에 난 큰 소리로 웃었다.

"아하하하하하, 내가 네 아들이라고? 너, 뇌가 썩어 문드러졌냐? 너처럼 기분 나쁜 여자의 가랑이에서 태어난 기억은 없거든!"

"나도 널 낳은 기억은 없어. 하지만 난 분명 너라는 영웅의 어머니야. 미세한 표정 변화를 읽을 수 있지? 거짓말인지 아닌지 알 수 있지?"

거짓말은…… 안 하고 있다. 갑자기 목덜미의 털이 곤두서는 게 느껴졌다.

"애초에 너라는 영웅은 어떻게 탄생했지?"

"……무슨 소리냐?"

"가장 약하다고 평가받는【화술사】라는 직업이 발현된 네가 목숨을 깎아내면서까지 시커의 정점을 목표로 한 이유, 그건 가장 사랑하는 할아버지의 죽음에서 기인하지. 그날, 마을에 역류한 방대한 마나가 어비스를 불러내고 네 할아버지를 죽일 수 있는 비스트를 현계시켰지."

그렇다. 그리고 난──.

"넌 임종을 맞이하는 할아버지에게 맹세했지. 반드시 최강의 시커가 되겠다고. 그게 너의 원점이야. 그 일이 없었으면 넌 지금 같은 시커는 되지 못했을 거야."

"너……."

"넌 머리가 좋으니 이해했겠지? 그 사고를 연출한 건 나야."

"너어어어어어!!"

사고를 메우는 격렬한 분노, 그리고── 할아버지와의 추억. 난 망설이지 않고 실버 플레임의 방아쇠를 당겼다. 예상대로 총구에서 발사된 가룸 불릿이 레이센의 미간을 꿰뚫었다.

하지만 가장 중요한 마력 폭발은 일어나지 않았다. 그럴 뿐만 아니라 몸을 젖혀 하얀 아래턱을 보여주던 레이센이 천천히 자세를 되돌렸다. 그리고 옅은 미소를 띤 채로 불발된 가룸 불릿을 입으로 뱉어냈다.

"자기소개가 아직이었네. 내 이름은 말레볼제. 혼돈의 말레볼제. 모든 운명을 지배하는── 발리언트 중 하나."

THE MOST NOTORIOUS "TALKER", RUN THE WORLD'S GREATEST CLAN Vol.04
©2021 jaki
First published in Japan in 2021 by OVERLAP, Inc.
Korean translation rights reserved by Somy Media, Inc.
Under the license from OVERLAP, Inc., Tokyo JAPAN

최흉의 버퍼 화술사인 나는 세계 최강 클랜을 이끈다 4

2024년 1월 15일 1판 1쇄 발행

저   자 쟈키
일 러 스 트 fame
옮 긴 이 박정철
발 행 인 유재옥
이   사 조병권
출판본부장 박광운
편 집 1 팀 박광운
편 집 2 팀 정영길 조찬희 박치우 정지원
편 집 3 팀 오준영 이해빈 이소의
디자인랩팀 김보라 박민솔
디지털사업팀 박상섭 김지연 윤희진
라이츠사업팀 김정미 맹미영 이윤서
영업마케팅팀 최원석 박수진 박소연
물 류 팀 허석용 백철기
경영지원팀 최정연
인쇄제작처 ㈜코리아피엔피
발 행 처 ㈜소미미디어
등   록 제2015-000008호
주   소 서울시 마포구 토정로222, 403호 (신수동, 한국출판콘텐츠센터)
판매 및 마케팅 (070) 8822-2301

ISBN 979-11-384-8144-1 04830
ISBN 979-11-384-0155-5 (세트)